古典文獻研究輯刊

四 編

潘美月・杜潔祥 主編

第 **20** 冊

文學觀念的因襲與轉變
——從《文苑英華》到《唐文粹》

張蜀蕙 著

錢謙益《列朝詩集》文學史觀研究

許蔓玲 著

國家圖書館出版品預行編目資料

文學觀念的因襲與轉變—從《文苑英華》到《唐文粹》 張蜀
蕙著／錢謙益《列朝詩集》文學史觀研究 許蔓玲著 — 初
版 — 台北縣永和市：花木蘭文化出版社，2007〔民96〕

目 2+126 面 ＋ 目 2+118 面；19×26 公分
（古典文獻研究輯刊 四編；第 20 冊）
ISBN：978-986-6831-23-2（全套精裝）
ISBN：978-986-6831-13-3（精裝）
1. 中國文學 – 評論　2. 中國詩 – 研究與考訂
820.7　　　　　　　　　　　　　　　　　96004470

ISBN - 9866831133

9 789866 831133

古典文獻研究輯刊
四 編 第二十冊
ISBN：978-986-6831-13-3

文學觀念的因襲與轉變—從《文苑英華》到《唐文粹》
錢謙益《列朝詩集》文學史觀研究

作 　 者　張蜀蕙 許蔓玲
主 　 編　潘美月 杜潔祥
企劃出版　北京大學文化資源研究中心
出 　 版　花木蘭文化出版社
發 行 所　花木蘭文化出版社
發 行 人　高小娟
聯絡地址　台北縣永和市中正路五九五號七樓之三
　　　　　電話：02-2923-1455／傳真：02-2923-1452
電子信箱　sut81518@ms59.hinet.net
初 　 版　2007 年 3 月
定 　 價　三編 30 冊（精裝）新台幣 46,500 元　　　　版權所有・請勿翻印

文學觀念的因襲與轉變
——從《文苑英華》到《唐文粹》

張蜀蕙　著

作者簡介

張蜀蕙，現任東華大學中國語文系助理教授，著有《文學觀念的因襲與轉變——從文苑英華到唐文粹》政大中文所碩士論文（1993），《書寫與文類——以韓愈詮釋為中心研究北宋書寫觀》政大中文所博士論文（2000）。研究領域：唐宋散文與唐宋詩，韓柳蘇黃作家研究，兼治旅行文學。

提　　要

　　宋初文風的研究是宋代文學研究的重點，歷來研究者或說明此時存在的文學流派，或以歐陽修之前宋初詩人與作品的掘發，皆意圖解決作為文學史與批評史，以歐陽修作為反對「西崑體」，作為唐宋文學風尚轉變的關鍵的論述。在這些解釋的動機在於認為歷史的真實情形是可以重新浮現，本文撰寫的用意亦然，希望透過文學選本，認識與重建宋初文壇。

　　本書以兩本相距不到三十年的宋初編選唐代文學作品選本：《文苑英華》（編選時間宋太宗太平興國七年至雍熙三年（西元 982～986））、《唐文粹》（編選時間宋真宗咸平五至大中祥符四年（西元 1002～1011）），尋繹當時文壇在延續唐音時，是如何反映時代的聲音？筆者深信這樣的研究路徑與取材是有意義。文學選本的確反映著時代的文學觀點，其研究價值已被認可與確定。作為描述歐陽修以前的宋初文壇，攸關歐陽修在嘉祐二年（西元 1035）知貢舉，被視為宋聲的開創。兩本選本的編選時間皆在歐陽修之前，《文苑英華》的編輯群，是以五代入宋的館臣與歐陽修之前的文人，《唐文粹》編者姚鉉是在歐陽修之前即標舉古文，確認韓愈作為唐文的典範意義。在編選觀點上，兩書一為官方選本，一為私人選本，均有其代表性。本文透過兩書雜文類與古文類的編選比較，與兩書的編輯群體與同時代的文人們的互動、討論，以勾勒歐陽修之前宋初文壇的情景。本書附錄〈試論《二李唱和集》與白樂天詩之關係〉一文，以說明宋初文壇對白體的接受與實踐。

目

錄

第一章　緒　論

第一節　研究動機

一、文學觀念之因襲與變革

　　文學的發展往往操之在文人群體，即所謂的文人雅士、深具文化修養的階層，在歷朝歷代則是館閣之士，他們保有了文化資產、掌握了科舉考試及印刷出版的管道，所以也主導了文學的發展方向。在唐宋時三館正是對文壇有舉足輕重的影響力，這些館閣之士，扮演了文學批評者、文學教育者的角色，他們將過去的文學作品加以甄選淘汰，確定文學作品的經典地位，也樹立了時代的文學權威。他們編輯的《文選》成了文學的資產，他們掌握了科考的勢力，這樣的《文選》往往被學校教育奉為經典，文人對此加以誦習與模仿。文學觀念因此因襲，然而時移代遷，流行文體的生命不免枯竭。王國維《人間詞話》卷上解釋道：

> 文體通行既久，染指遂多，自成習套，豪傑之士亦難於其中自出新意，故
>
> 遁而作他體，以自求解脫，一切文體之所以始盛終衰者，皆由於此。

文體流行久了，不僅在創作上難有新的面貌，也與時代的人心風氣脫節，文體必須有所改變。但文化是長期累積，要求新、求變，不能憑空可得，必須從過去的文學資產中尋求新變的依據。

　　《文心雕龍》二十八風骨曰：

> 若夫熔鑄經典之範，翔集子史之術，洞曉情變，曲昭文體，然後莩甲新意，
>
> 雕畫奇辭。

經典、子史是文化的資產，歷代文學作品是重要的文學資產，有意從時代風氣中尋求變革者，從過去的文學作品中獲得啟發，所以新變也是復古。清・姜宸英〈五七

言詩序〉曰：

> 蔽極而變，變而後復於古。〔註1〕

從過去的文學作品獲得啓發，加以重新詮釋，也從過去的創作理論中，獲致理論的支持，故變革者推舉過去作家作爲新的文學權威，以變文壇文風趨向，提供新的文學走向。

二、宋初文壇之眞實情形有待釐清

北宋初年文壇正處於因襲與轉變之中，文學史稱此時駢儷之風當道、西崑詩風盛行，直到歐陽修提倡古文運動，文風才爲之一變。這樣的論點將此時文壇情形簡化、扭曲了，其中最有問題的論述是將駢儷之風與西崑詩風混爲一談，將石介、柳開皆視爲反對西崑駢儷詩風，始於《宋史·文苑傳》：

> 國初楊億、劉筠，猶襲唐人聲律，柳開志欲變古，而力不逮。盧陵歐陽修
> 出以古文倡，臨川王安石、眉山蘇軾、南山曾鞏起而和之，宋文日趨古矣。
> 〔註2〕

《宋史》的說法，只要檢證楊億開始與劉筠等西崑詩人酬唱是在眞宗景德二年，此時柳開已死五年的論證，〔註3〕即可辯駁其非。且宋太祖開國時，西崑詩人楊億尚未出生，到《西崑酬唱集》編成造成影響，距宋朝開國近五十年，故宋初文壇不是被西崑詩風完全籠罩，有關於此時文風，在羅根澤《中國文學批評史》中提出了說明：

> 百年之間的時文，前期是沿襲五代遺緒，可以稱爲「五代體」，後期是模
> 仿溫（庭筠）李詩文，可以稱爲「晚唐體」。〔註4〕

羅根澤將宋初文風以五代體與晚唐體稱之，指出柳開反對的是五代體，石介反對的是以西崑詩爲首的晚唐體。金中樞〈宋代古文運動之發展研究〉更稱以西崑爲主的晚唐體是對五代體的卑弱進行的變革。〔註5〕這些論述雖有助於了解宋初文壇的眞實情形。然而對於什麼是五代體，羅根澤與金中樞並沒有說清楚。在何寄澎《北宋古文運動》一書則指出所謂的五代體，應是五代文臣入宋所帶來的文學風尙，而且這批五代文臣所編選的《文苑英華》對五代文風延及宋代有著推波助瀾的作用。〔註6〕

〔註1〕錄於《中國歷代文學論著精選》，頁218（華正書局出版）。
〔註2〕見《宋史》卷四三九。
〔註3〕《西崑酬唱集》編選在眞宗景德二年到大中祥符元年（一〇〇五～一〇〇八），而柳開卒年爲宋眞宗咸平三年（一〇〇五），比西崑詩人酬唱早五年。
〔註4〕見羅根澤《中國文學批評史》，586頁。
〔註5〕見金中樞〈宋代古文運動之發展研究〉載於《新亞學報》第五卷第二期。
〔註6〕見何寄澎《北宋古文運動》第四章第一節，頁149。

　　有關宋初文壇情形的解釋中，將西崑與駢儷之風往往混爲一談，把石介與柳開皆視爲西崑與駢儷文風的反對者，牽合在一起，對柳開反對西崑文風的時間上誤植；另一方面，將宋初文風約略分爲五代體與西崑晚唐體的說法，雖然辨析了前者的錯誤，但對於五代體與晚唐體是否能總括當時文風，與他們之間的關係並沒有深入探討。皆使得宋初文壇的情形模糊而未明。究因於當今於文學批評史、文學史研究，大多侷限於研究特定文學批評家、作家，往往將集體的背景視爲陪襯，或留給史學家或社會學者探討。這固然因爲將文壇眞實情形呈現，取材不易，有其困難度存在，但卻可以透過對文學選本的研究，將文壇因襲與轉變的眞實情形，具體而微呈現出來。

　　宋初文壇是從五代入宋到歐陽修知貢舉時古文大興，其間八十年，文壇如何從因襲五代文風到轉變爲重視古文，這一段轉折的歷程可從兩本文學選本的比較，獲致眞實的情形。這兩本文選是《文苑英華》和《唐文粹》。《文苑英華》的編選時間從太平興國七年（982）開始，距離宋開國（960）不過二十二年，編選者多爲五代即已知名的館閣文士，透過他們可以了解宋初文壇因襲五代文學觀念的情形。而《唐文粹》的編選時間從眞宗咸平五年到大中祥符四年（1002～1011），正可代表歐陽修出生（1008）之前的文壇觀念。

　　兩書編選的範圍皆以唐、五代詩文爲主，且編選時間僅相距十五年〔註7〕，因此吉川幸次郎認爲《唐文粹》的編選是對《文苑英華》的反抗，其論說依據於在兩書處理唐代古文運動前後的作品態度不同。〔註8〕這的確可以提供了解宋初文人對唐代古文看法的一個窗口。但是否如同吉川幸次郎所言兩者有如此鮮明的對立色彩？抑或以時間先後來看，太宗朝編選《文苑英華》時，擔任編選工作者多是五代入宋的各國文學精英，文學取向仍是唐、五代的風尚，到了眞宗姚鉉編《唐文粹》時，文學取向慢慢有所轉變，姚鉉編《唐文粹》代表了當時文學觀念的轉變，這樣推論的根據是文學選本編輯有其編選理念與編輯方向，才對能文學作品有深刻的辨識與了解，必定有一

〔註7〕《文苑英華》編選時間見《宋會要輯稿》第五十六冊・崇儒五，爲宋太宗太平興國七年至雍熙三年（西元九八二至九八六），而《唐文粹》編選成書時間，從姚鉉自序推算爲宋眞宗咸平五年至大中祥符四年（西元一〇〇二至一〇一一），兩書成書相距十五年，編選工作相距十年。

〔註8〕吉川幸次郎《宋詩概說》中記載：「北宋初期出現的選集之中，較早的有太宗雍熙年間敕撰的《文苑英華》一千卷，其中所收唐代詩文，多屬詞藻華麗一類，可說是集美文之大成。但較後在眞宗大中祥符四年姚鉉所編的《唐文粹》一百卷，則偏非美文的作品。據其序文，則可知選擇的標準以「古雅」爲主，不取「侈言蔓辭」，所以所收文賦只有古體而無駢偶；至於詩歌，也只取古詩而棄五、七言律詩。由於選擇行爲本身代表一種批評作用或價值觀念，《唐文粹》的編選可能隱含著對《文苑英華》的反抗，並預示了以後宋代文學的新方向。」

定時間對文學觀念的論辨與累積，才能爲之。《文苑英華》到《唐文粹》的編選期間，文壇對於五代以來的文學觀念從因襲走向變革，然而變革之路，不僅是從白體轉爲韓愈古文而已，這一番路程有對「高、梁、柳、范」古文理論的修正，有對西崑詩風的反駁，呈現在歐陽修以前的古文理論，已隱然開啓北宋古文運動。

　　這一篇研究試圖將歐陽修以前宋初文壇的情形，做精微分析與呈現。證明唐宋古文運動不再是從咸通之後一百多年的歷史鴻溝，呂武志《唐末五代散文研究》已證明古文在五代延續的事實。〔註9〕而宋開國到歐陽修這一段歷史研究的斷層，則有待彌補。本文試圖接續唐宋古文運動的鴻溝，也藉由選本了解宋初文壇轉變的歷程。

第二節　研究方法

　　比起文論家見諸文字的理論，選文家的議論是不露痕跡的，他們透過鑑別作品的過程，將他們對於文學的主張寓於選本之中。選文家透過選本對文學思潮的影響深遠，〔註10〕魯訊說：「讀者雖讀了古人書，卻得了選者之意。」〔註11〕即是如此。這種寓於選本看似不著痕跡的議論，如何從選文之中甄理出來，必須對選本的性質與編輯方向有所了解，再選擇適當的研究方式。

　　《文苑英華》與《唐文粹》皆爲編選唐、五代詩文的總集，總集是在別集湧現後大量才出現，〔註12〕故總集的兩大工作是「徵文」和「選文」。《四庫總目提要‧總集類序》曰：

> 文籍日興，散無統紀，於是總籍作焉。一則網羅放佚，使零章殘什，並有
> 所歸。一則刪汰繁蕪，使菁稗咸除，精華畢出，是故文章之衡鑒，著作之
> 淵藪矣。〔註13〕

「網羅放佚」是保存圖書的工作，爲「徵文」，是搜集、保存前代文學作品，「刪

〔註 9〕《唐末五代散文研究》（學生書局出版）。

〔註10〕見楊松年〈詩選的詩論價值——文學評論研究的另一個方向〉（《中外文學》十卷第五期）。近人王瑤指出：「中國一向不太注重詩文評，他們對詩的意見常寓於總集的選彙中。因此一部《文選》之影響中國人，是遠遠超過任何一部詩文評之作。」

〔註11〕見於《魯迅全集》七選本。

〔註12〕據《隋書‧經籍志》總集後敘所載：「總集者，以建安之後，辭賦轉繁，眾家之集，日以滋廣，晉代虞摯苦覽者之勞倦，於是採摘孔翠，芟剪繁蕪。自詩賦以下，各爲條貫，合而編之，謂爲流別。嗣後文集總鈔，作者泊軌，屬辭之士，以爲覃奧而取別焉。」這一段話雖就摯虞《文章流別集》而論，但也指出總集的產生是在別集湧現，爲鑑別文章精華，而有總集的產生。

〔註13〕見《四庫全書總目》卷一百八十六‧集部三十九。

汰繁無」更顯現選文家選擇菁華的用心。經過選文家的選擇之後，作品經典的地位獲得確定，因此得以妥善保存。

　　《文苑英華》與《唐文粹》分別由官方與私人編選，《文苑英華》選文方面偏向「徵文」，網羅唐代佚文，以收全為主，而《唐文粹》則是以「選文」為主，選擇的標準是「止以古雅為命，不以雕篆為工」〔註14〕。兩書由於編選立場與身份不同，選文取向有所不同，《文苑英華》代表官方立場，參與編輯的文人代表當時文學權威，掌握文學編審之大柄，他們選文標準代表當時文學風尚，並對當時文學趣味有絕大影響力。《唐文粹》則代表姚鉉個人獨特眼光，選文賦予選文家自我的文學理念可見。官方文學選本是肯定當時既有文學權威，私人選本則是推舉新的文學權威〔註15〕因此，《文苑英華》反映的是五代入宋文壇的集體概念，《唐文粹》正是有意扭轉這種文學風尚，造成新的文學潮流。

　　本文從以下兩方面進行討論：一將《文苑英華》到《唐文粹》編纂期間，文壇重要的文學作家背景資料及其文學理論，加以甄理討論，以了解兩書編選時文學觀念改變的情形，並尋求兩書編選期間書籍資料增益的情況，以了解兩書編選環境的差異。

　　二、就兩書編選作品的情形做比較，本文以當時文人對唐代古文的看法作切入點，以《文苑英華》「雜文」類與《唐文粹》「古文」類作為研究材料。希望從兩書兩類的編選分類、標目、選入的作家、作品比較，獲知他們寓於選本之中的文學理念。

　　此外收入〈試論《二李唱和集》與白樂天詩之關係〉一文，對於《文苑英華》編輯文人受到白樂天文學理念的影響，有更深入具體的闡述，為顧及本文論述重點，從本文割離，載入附錄。

〔註14〕見姚鉉〈唐文粹序〉

〔註15〕見 R. man Escarpit 著《文藝社會學》第二章〈文學生產〉說明經過篩選，被忽視多
　　　　年的作家被重新評價，這種評價以被假設的，符合新讀者需要的意圖所取代。R. man
　　　　Escarpit 並將這一意圖稱為「創造性的背叛」。

第二章 《文苑英華》到《唐文粹》期間文壇的眞實情形

　　《文苑英華》的編輯文人與姚鉉，他們在文學史或文學批評史看來，雖然只是總籍與選本的編纂者，然而他們在當時文壇有相當程度的影響力，《文苑英華》編輯文人是三館文臣，掌握宋初科舉與文化事業的出版甄選，影響當時文壇走向，而姚鉉與王禹偁等同年登第的文人們，則象徵當時文壇新興的變革勢力。本章將對他們編選的背景、以及文學觀念作深入探討。

　　《文苑英華》與《唐文粹》的編纂，編選工作相距十五年，在這十五年之中，宋初文壇有相當大的變化，如何驅使姚鉉重新編選唐人作品，當時文壇的發展情勢必然是對姚鉉編《唐文粹》有重大的影響，故《文苑英華》到《唐文粹》編選期間文壇發展的眞實情形必須作歷史性的回顧。

　　本章依照時代先後，鉤勒其間文壇發展脈絡，以《文苑英華》編輯文人爲首，次而是與《文苑英華》略微同時，稱「高、梁、柳、范」之高錫、梁周翰、范杲，而後則是王禹偁，姚鉉與同年進士。這樣的章節安排是以呈現從《文苑英華》到《唐文粹》的編纂，宋初文壇如何從沿襲五代之風走向創新。爲使這段曲折歷程清楚呈現，也割捨當時許多文人，西崑詩人們僅列於第四節中討論。

第一節　《文苑英華》的編輯文人及其文學觀念

一、《文苑英華》的組成文人背景

（一）《文苑英華》編輯過程

　　據《宋會要・輯稿》記載，有關《文苑英華》編輯緣起及編輯群是：

> 太平興國七年九月，命翰林學士承旨李昉、學士扈蒙、直學士院徐鉉、中

書舍人宋白、知制誥貫黃中、呂蒙正、李至、司封員外郎李穆、庫部員外郎楊徽之、監察御史李範、祕書丞楊礪、著作佐郎吳淑、呂文仲、胡汀、著作佐郎直史館戰貽慶、國子監丞杜鎬、將作監丞舒雅，閱前代文集、撮其精要，以類分之為千卷，雍熙三年書成，號曰：《文苑英華》。昉、蒙、蒙正、至、穆、範、礪、淑、文仲、汀、貽慶、鎬、雅繼領他任，續命翰林學士蘇易簡、中書舍人王祐、知制誥范杲、宋湜、宋白等共成之。〔註1〕

從《宋會要》的記載，可知參與《文苑英華》編修工作有二十一人，稽諸史傳，王旦亦參與了編修工作，故《文苑英華》之編輯群為二十二人。〔註2〕

在太平興國七年參與編纂《文苑英華》的編輯群，幾乎是太平興國二年開始編修之《太平御覽》、《太平廣記》的編輯班底。試就王應麟《玉海》引《會要》及《實錄》中輯出三書編輯群〔註3〕表列加以對照：

太宗太平興國御修三書作者表

太平御覽	太平廣記	文苑英華
李昉	李昉	○李昉
扈蒙	扈蒙	○扈蒙
李穆	李穆	●李穆
徐鉉	徐鉉	○徐鉉

〔註1〕《文苑英華》流傳至今已無原序，有關該書編輯群《宋會要》、《四庫總目提要》、《續資治通鑒長編》均有記載，以《宋會要》記載最詳。本段文字引自《宋會要輯稿》第五十六冊，崇儒五。

〔註2〕郭伯恭《宋四大書考‧文苑英華》中指出《宋史》卷二八二王旦本傳云：「入為著作佐郎，編《文苑英華》詩類。」據此推論王旦實與其事，故編修《文苑英華》有二十二人。

〔註3〕有關《太平御覽》編選者，見王應麟《玉海》五十四頁三十四前：「太平興國二年三月戊寅，詔翰林學士李昉、扈蒙、左補闕知制誥李穆、太子詹事湯悅、太子率更令徐鉉、太子中允張洎、左補闕李克勤、左拾遺宋白、太子中允張鄂、光錄寺丞徐用賓、太府寺丞吳淑、國子寺丞舒雅、少府寺丞呂文仲、阮思道等十四人；同以前代《修文御覽》、《藝文類聚》、《文思博要》及諸書，分門編為一千卷……惟克勤、用賓、思道改他官，續命太子中允王克貞、董淳、直史館趙鄰幾預焉。」
有關《太平廣記》之編選者，李昉等〈進太平廣記表〉所列有：「將作侍郎少府監丞呂文仲、吳淑、朝請大夫太子左贊善直史館趙鄰幾、朝奉郎太子中允賜紫金魚袋董淳、朝奉大夫太子中允王克貞、張洎、承奉郎左拾遺直史館宋白、通奉大夫行太子率更令上柱國賜紫金魚袋徐鉉、金紫光祿大夫上柱國陳縣男食邑三百戶湯悅、朝散大夫充史館上柱國賜紫金魚袋李穆、翰林院學士中書舍人賜紫金魚袋扈蒙、翰林院學士中順大夫尚書知制誥上柱國隴西縣開國男食邑三百戶賜紫金魚袋李昉。」

宋白	未白	宋白
吳淑	吳淑	○吳淑
呂文仲	呂文仲	○呂文仲
湯悅	湯悅	
張泊	張泊	
陳鄂	陳鄂	
○趙鄰幾	趙鄰幾	
○董淳	董淳	
○王克貞	王克貞	
◆李克勤		
◆徐用賓		
◆阮思道		
舒雅		○舒雅
		○戰貽慶
		○呂蒙正
		○李至
		○杜鎬
		○李範
		○楊礪
		○胡汀
		賈黃中
		楊徽之
		◆王祐
		◆范杲
		◆宋湜
		◆蘇易簡
		（王旦）

符號說明：

1. ○表示中途改他任

2. ◆續修者

3. （ ）宋會要未曾提，而宋史載有參與編修工作

4. ●編書過程中過世者

　　《太平御覽》與《太平廣記》的編纂工作是同時開始。〔註4〕其間李克勤、徐用賓、阮思道改任，而《太平廣記》在太平興國三年八月完成，《太平御覽》繼續修纂，趙鄰幾於太平興國四年卒，張泊、王克貞改外任，陳鄂《宋史》無傳，湯悅在《太平御覽》完成不久可能就因病去世，不及參與《文苑英華》的編選工作，董淳在《宋史》僅有聊聊數語，僅言其直史館，曾編《孟昶紀事》，沒有提到董淳編選《太平廣記》、《太平御覽》及《文苑英華》〔註5〕。

　　而修纂《太平御覽》的班底如李昉、扈蒙、李穆、徐鉉、宋白、吳淑、呂文仲、舒雅、再加上楊徽之、杜鎬、楊礪、賈黃中、呂蒙正、李至、李範、胡汀、戰貽慶即爲《文苑英華》編輯群，後來編輯群大抵外任，而李穆卒於雍熙元年〔註6〕由蘇易簡、范杲、宋湜、王祐、宋白等接續完成。

（二）《文苑英華》編輯文人之背景

　　有關《文苑英華》編輯文人，大部分見於史傳，惟李範、胡汀、戰貽慶不見於

〔註4〕見《玉海》卷五十四頁三十五前。

〔註5〕○趙鄰幾見《宋史》卷四三九本傳曰：「太平興國初，爲左贊善大夫，直史館，改宗正丞。四年、郭贄、宋白授中書舍人，告謝日交薦之，俄而鄰幾獻頌，上覽而嘉之，遷左補闕、知制誥，數月卒，年五十九。」從史傳可知趙鄰幾死於太平興國四年知制誥時，不及參與《文苑英華》的編纂。

○張泊，見《宋史》卷二六七本傳：「太宗即位，以其文雅，選直舍人院，考試諸州進士。未幾，使高麗，復命，改戶部員外郎。太平興國四年，出知相州。明年夏，徙貝州。是冬，又知相州。部內不洽，轉運使田錫言其狀，代還。泊求見廷辯，上以其儒生，不責以吏事，詔不問。令以本官知譯經院，遷兵部員外郎、禮戶二部郎中。雍熙二年，同知貢舉。」從史傳可知張泊在太平興國四年外任，因此沒參與《文苑英華》的編輯工作。

○王克貞，見徐鉉《徐公文集》卷二十九〈大宋故尚書戶部郎中王君墓誌銘〉：「策名天朝，自太子中允歷戶部、兵部二員外郎，禮部、戶部二郎中，典漢、滑、襄、梓四州……端拱二年秋自梓、潼還至京。」可見王克貞因外任漢、滑、襄、梓等州，亦沒有參與《文苑英華》的編輯工作。

○湯悅，殷崇義也，入宋爲避宣祖廟諱，改姓名，事見《十國春秋》卷二十八·南唐十四上，《十國春秋》並沒有詳述湯悅入宋之後的官職，僅言：「宋太宗撰《江南錄》十卷，自言有陳壽史體，當世頗稱之，是時諸降王死，多出非命，其故臣或宣怨言，太祖據錄之館中，俾修《太平御覽》等書，豐其廩餼，諸臣多卒老于中，崇義其一也。」可見湯悅可能在編修《太平御覽》之後不久就過世，史傳並沒有對此有詳細記載，僅以此推論湯悅並沒有參與《文苑英華》的編輯工作。

○董淳，見《宋史》卷四百三十九文苑一「又有穎贄、董淳、劉從義善爲文章，張翼、譚用之善爲詩，張之翰善牋啓，贄拔萃登科，至太子中允。淳爲工部外郎、直史館，奉詔撰《孟昶紀事》。」

〔註6〕李穆見《宋史》卷二六三本傳：「九年（太平興國）正月，晨起將朝，風眩暴卒，年五十七。穆自責授員外郎，復中書舍人，入翰林，參知政事，以至於卒，不及周歲。」

《宋史》，戰雖見於李燾《續資治通鑑長編》，但僅聊聊數語〔註7〕。茲將史傳上有關《文苑英華》編輯文人們仕宦資料分為四階段：五代時、入宋編《文苑英華》前、編書時、編書後，表列出他們仕宦的經歷。另外也將他們的生卒年加以考定，並藉此判斷他們編書時的年歲，並以表列出來。兩表分別見於下頁：

《文苑英華》編者職官一覽

姓　名	五　代	編書前	編書時	編書後
扈　蒙	後晉 　進士 　雩縣主簿 後周 　右拾遺 　直史館 　知制誥	太祖 　中書舍人 　翰林學士 　太子左贊善大夫 　知制誥 　史館修撰 　連知貢舉 太宗 　中書舍人 　翰林學士	翰林學士 戶部侍郎	工部尚書
徐　鉉	仕吳 　校書郎 仕南唐 　知制誥 　泰州司戶椽 　乘傳巡撫 　太子右諭德知制誥 　中書舍人 　禮部侍郎 　尚書左丞 　兵部侍郎 　翰林學士 　御史大夫 　吏部尚書	太祖 　太子率更令	直學士院 給事中 右散騎常侍 左常侍	靜難行軍司馬

〔註7〕見《續資治通鑑長編》卷二十三頁十六：「太宗太平興國七年……戊寅，權知高麗國王治封高麗國王，命監察御史李巨源、著作佐郎戰貽慶奉使。上喜訪求辭學之士，初得須城趙鄰幾，擢掌制誥，才數月卒，上歎其窮薄，因問近臣誰可繼鄰幾者？楊守一與貽慶有舊，力薦之，由主簿召對令中書省試文，稱旨，即命以官，上知貽慶貧，故使副巨源使高麗，貽慶以母老辭，乃留不行，詔國子博士雍邱孔維代之。貽慶萊州人也。」

姓　名	五　代	編書前	編書時	編書後
王　佑	**仕後漢** **後周** 　魏縣令 　南樂令	**太祖** 　監察御史 　殿中侍御史 　知制誥 　集賢殿修撰 　戶部員外郎 　鎮國行軍司馬	左司員外郎 中書舍人 史館修撰 兵部侍郎	
楊徽之	**後周** 　進士 　校書郎 　集賢校理 　著作佐郎 　右拾遺	**太祖** 　天興令 　峨眉令 　著作佐郎 　左拾遺 　右補闕 **太宗** **太平興國** 　侍御史	太宗 太平興國 庫部員外郎	刑部郎中 兵部郎中 左諫議大夫 判史館事 史館修撰 判集賢院 鎮安軍行軍司馬 左諫議大夫 左庶子 給事中 **真宗** 工部侍郎 樞密直學士 兼秘書監 禮部侍郎 兵部侍郎 兵部尚書
李　昉	**後晉** 　蔭補齋郎 　太子校書 **後漢** 　進士 　祕書郎 　直弘文館 　右拾遺 　集賢殿修撰 **後周** 　主客員外郎 　知制誥 　集賢殿直學士 　史館修撰	**太祖** 　中書舍人 　給事中 　中書舍人 　直學士院 **開寶三年** 　知貢舉 **五年** 　知貢舉 　太常少卿 　判國子監 　中書舍人 　翰林學士 **太宗**	太平興國 戶部尚書 知制誥 翰林學士承旨 平章事 監修國史 中書侍郎	**端拱** 　右僕射 **淳化** 　中書侍郎 　平章事 　監修國史 　右僕射 　司空致事 　司徒

姓　名	五　代	編書前	編書時	編書後
	判史館 屯田郎中 翰林學士	戶部侍郎 工部尙書承旨 **太平興國** 　文明殿學士		
楊　礪		**太祖** 　建隆元年進士 　鳳州團練推官 **太宗** 　隴州防禦推官 　光祿寺丞	秘書丞 光祿寺丞	屯田員外郎 水部郎中 太子右諭德 度支郎中 **真宗** 　給事中 　翰林學士 　知貢舉 　工部侍郎 　樞密副使
李　穆	**後周** 　進士 　右拾遺	**太祖** 　通判諸州 　太子中允 　左拾遺 　知制誥 **太宗** **太平興國** 　左補闕 　史館修撰 　中書舍人 　司封員外郎	知貢舉 中書舍人 史館修撰 翰林學士 左諫議大夫 參知政事	
舒　雅	**南唐** 　進士	將作監丞	將作監丞	秘閣校理 職方員外郎 主客郎中 直昭文館
呂蒙正		**太平興國二年** 　進士 　將作監丞 　著作郎 　直史館 　左拾遺 **太平興國五年** 　左補闕 　知制誥	翰林學士 左諫議大夫 參知政事	中書侍郎 兼戶部尙書 平章事 監修國史 右僕射判河南府 兼西京留守 **真宗** 　左僕射 　同平章事

姓　名	五　代	編書前	編書時	編書後
				昭文館大學士 太子太師 萊國公
李　至		將作監丞 著作郎直史館 右補闕知制誥	**太平興國八年** 比部郎中 翰林學士 諫議大夫 參知政事	秘書監 **淳化五年** 　兼判國子監 **真宗** 　工部尚書 　參知政事
呂文仲	**南唐** 　進士 　大理評事	太常太祝 少府監丞	著作佐郎 翰林侍讀 雍熙初 著作佐郎 副使高麗 左諫議大夫	**淳化** 　直秘閣 　侍讀 　起居舍人 **真宗** 　工部郎中 　翰林侍讀學士 　刑部侍郎 　集賢院學士
吳　淑	**南唐** 　進士 　校書郎 　直內史		大理評事 太府寺丞 著作佐郎	秘閣校理 水部員外郎 **至道** 　掌起居舍人事 　預修實錄 　職方員外郎
宋　白		**太祖** **建隆二年** 　進士 　乾德著作佐郎 **太宗** 　左拾遺 　預修實錄 　直史館 　中書舍人 **太平興國五年** 　同知貢舉 　史館修撰	**太平興國八年** 　典貢部 　集賢殿直學士 　翰林學士 **雍熙中** 　纂文苑英華	**端拱** 　知貢舉 **淳化** 　禮部侍郎 　修國史 **至道** 　翰林學士承旨 　戶部侍郎兼 　秘書監 **真宗** 　吏部侍郎 　判召文館 　禮部尚書 　吏部尚書

姓　名	五　代	編書前	編書時	編書後
范　杲		太祖 　太廟齋郎 　國子四門博士 太宗 　著作佐郎 太平興國初 　著作郎直史館	右拾遺 右補闕 雍熙二年 　同知貢舉 　知制誥	工部郎中 史館修撰 右諫議大夫
賈黃中	後周 　進士 　校書郎 　集賢校理 　著作佐郎 　直史館	太祖 　左拾遺 　左補闕 　判太常禮院 太宗 　禮部員外郎 太平興國五年 　駕部員外郎 　知制誥	太平興國八年 　同知貢舉 　司封郎中 　翰林學士 雍熙二年 　知貢舉	端拱初 　中書舍人 　兼史館修撰 淳化二年 　給事中 　參知政事 　禮部侍郎 　兼秘書監 　禮部尚書
蘇易簡		太平興國五年 　進士 　將作監丞 　左贊善大夫	太平興國八年 　右拾遺 　知制誥 雍熙二年 　同知貢舉 　知制誥 雍熙三年 　翰林學士	淳化 　中書舍人 　給事中 　參知政事
杜　鎬	南唐 　集賢校理	太祖 　千乘縣主簿	太宗 　國子監丞 　崇文院檢討	太宗 　殿中丞 　國子博士 　秘閣校理 　直秘閣 真宗 　都官郎中 　司封員外郎 　諫議大夫 　龍圖閣直學士 　右諫議大夫 　樞密直學士下 　給事中 　工部侍郎 　禮部侍郎

姓　名	五　代	編書前	編書時	編書後
王　旦		**太平興國五年** 　進士大理評事 　將作監丞	著作佐郎	殿中丞 轉運使 直史館 右正言 同知貢舉 虞部員外郎 禮部郎中 集賢殿修撰 **真宗** 　中書舍人 　翰林學士 　知貢舉 　給事中 　工部侍郎 　參知政事 　工部尚書 　同中書門下平章事 　集賢殿大學士 　右僕射 　昭文館大學士
宋　湜		**太平興國五年** 　進士 　將作監丞 　右贊善大夫	著作郎直史館 **雍熙三年** 　右補闕 　知制誥 　同知貢舉	**淳化二年** 　禮部員外郎 　直昭文館 **五年** 　職方員外郎 　知制誥 　判集賢院 **至道** 　翰林學士 　監修國史 　判昭文館事 **真宗** 　中書舍人 　給事中 　樞密副使

《文苑英華》編選者之年齡表

編者名	生卒年	編選時年歲
○李昉	925～996	58～62
○扈蒙	915～986	68～72
●李穆	928～984	55～57
○徐鉉	917～992	66～70
○吳淑	947～1002	36～40
○呂文仲	不詳～1007	不詳
○舒雅	？940～1009	約四十許
賈黃中	941～996	42--46
○呂蒙正	946～1002	37～41
○李至	947～1001	36～40
楊徽之	921～1000	62--66
○李範	不詳	不詳
○楊礪	931～999	52-56
○胡汀	不詳	不詳
○戰貽慶	不詳	不詳
○杜鎬	938～1013	43—47
（王旦）	957～1017	26～30
宋白	936～1012	47～51
◆王祐	924--987	59～63
◆范杲	？937～993	約四十許
◆宋湜 950～1000	950-1000	33-37
◆蘇易簡	958～997	25～29

符號說明：

1. ○表示中途改他任

2. ◆續修者

3. （　）宋會要未曾提，宋史載有參與編修工作

4. ●編書過程中過世者

《文苑英華》編輯時間太平興國七年（982）起至雍熙三年（986）關於舒雅、范杲的生卒年之推得見〔註8〕

〔註8〕舒雅的生卒年《宋史》本傳沒有記載，然舒雅曾與楊億等酬唱，並列名《西崑酬唱集》，時為真宗大中祥符元年（一〇〇八），而《宋會要輯稿・職官十八》記載舒雅時

從《文苑英華》的編者背景不難看出，當時文壇的精英的組成情形：有五代入宋之各國文臣、有宋代太祖時登第，執掌文學事務的權者，亦有太宗太平興國登科的新秀。

下表是將《文苑英華》的編者背景作一簡要之歸納整理；

《文苑英華》編選者背景

十國舊臣	徐鉉　（南唐入宋）
	呂文仲（南唐入宋）△
	舒雅　（南唐入宋）△
	吳淑　（南唐入宋）△
	杜鎬　（南唐入宋）△
	扈蒙　（仕晉、後周）
	楊徽之（後周）
	王祐　（仕晉、漢、周）
	賈黃中（後周）△
	李穆　（後周）
	李昉　（仕晉、漢、周）
宋太祖年間登科	宋白　（建隆二年登進士）
	范杲　（以蔭補官）
	楊礪　（建隆中舉進士）
	李至
宋太宗年間登科	呂蒙正　太平興國二年登進士
	宋湜　太平興國五年登進士
	蘇易簡　太平興國五年登進士
	王旦　太平興國五年登進士

符號說明：

△表示為五代舊臣中壯年文士。

由此表中可見：在五代十國的舊臣之中，在年齡的分佈可分為三個世代，年長的舊臣如徐鉉、李昉、李穆、扈蒙、楊徽之、王祐，他們在五代時已頗有文名，如

任昭文館，本傳中記載其在昭文館之後又轉任刑部，可見卒於大中祥符二年之後；又本傳中記與吳淑齊名，年歲應相仿，又本傳言其享年七十餘，故略推得其編書時為四十許。

范杲的生年本傳沒有詳載，然言其獻〈玉堂記〉踰年卒，考太宗於淳化三年書玉堂，可推知其卒年為淳化四年（九九三），又本傳載其享年五十六，據此，推得其生年。

徐鉉「與韓熙載齊名、江東謂之韓、徐」，李昉仕周時以文爲世宗所賞識，扈蒙仕周時「與從弟以文學知名」同掌制誥，王祐「以書見桑維翰，稱其藻麗」，李穆、楊徽之以能文舉官〔註9〕，入宋之後遂爲宋主重用。這一群文人他們在五代時官高位重、文名顯著，又加上他們喜歡獎掖後進，師友門生人脈綿密，在文壇有深厚的影響力。五代十國舊臣中另有一批壯年文臣，如吳淑、舒雅、杜鎬、呂文仲、賈黃中等，大多是南唐入宋的文臣，入宋之後多執文學之職。

　　而太祖建隆時登第的宋白、李至、楊礪、范杲，在太宗太平興國年間位居要津，其中以宋白的影響力最大，曾三次掌貢舉，拔擢了蘇易簡、王禹偁，門下亦有胡宿、田錫等人。在太宗太平興國時登科的呂蒙正、宋湜、蘇易簡、王旦，參與了《文苑英華》後期編纂工作，循李昉等規劃之編輯方向，完成該書編輯工作。在《文苑英華》編輯群的組成，包含了五代舊臣，太祖、太宗時登第文士三個世代中，文學觀念並非隨年齡層不同而有改變，因爲彼此師友關係，文學觀念往往相承襲。

（三）《文苑英華》編輯文人相互間之關係

　　在五代入宋舊臣中，又以徐鉉、李昉代表五代入宋南北文壇精英，他們皆爲白體詩人，史傳稱李昉「爲文慕白居易，尤淺近易曉。」〔註10〕李昉個人官高位顯，「好接賓客，……，士大夫多從之遊。」，遂與南唐入宋徐鉉交往親洽。《徐公文集》李昉著〈徐公墓誌〉曰：

　　　　上即位之元年冬，以學士李昉獨直翰林，詔太子率更令徐鉉分直視草，是
　　　　時昉與公同道相知，論交契之始也。

現存《徐公文集》尚有三首徐鉉送李昉的詩：

〈奉和右僕射西亭高臥作〉：

　　　　院靜蒼苔積，庭幽怪石欹。蟬聲當檻急，虹影向簷垂。
　　　　畫漏槙憐永，叢蘭未覺衰。疏篁巢翡翠，折葦覆鸘鶄。
　　　　對酒襟懷曠，圍棊旨趣遲。景皆隨所尚，物各遂其宜。
　　　　道與時相會，才非世所羈。賦詩貽座客，秋事爾何悲。

〈右省僕射後湖亭閒宴，鉉以宿直先歸，賦詩留獻〉：

〔註 9〕徐鉉見《宋史》卷四四一。李昉見《宋史》卷二六四：「世宗覽軍中章奏，愛其辭理明白，已知爲昉所作，及見相國寺《文英院集》，乃昉與扈蒙、崔頌、劉袞、竇儼、趙逢及昉弟載所題，益善詩而稱之曰：「吾久知有此人矣。」扈蒙見《宋史》卷二六九。楊徽之見《宋史》卷二九六。李穆見《宋史》卷二六三。王祐見《宋史》卷二六九。

〔註10〕見《宋史》卷二六四。

湖上一陽生，盧亭起高宴。楓林煙際出，白鳥波心見。

主人忘貴達，座客容疵賤。獨慚殘照催，歸宿明光殿。（《徐公文集》卷五）

〈右省僕射相公垂覽和詩復貽長句輒次來韻〉：

西院春歸道思深，披衣閒聽名猿吟。鋪陳政事留黃閣，偃息神機在素琴。

玉柄暫時疏末座，瑤華頻復惠清音。開晴便作東山約，共賞煙霞放曠心。

《徐公文集》卷五）

李昉與扈蒙早年相熟，均為後周舊臣，周世宗時有詩列相國寺《文英院集》，後均為館臣，參與編纂群書的工作。李昉與楊徽之相善，《宋史》卷二六九曰：「徽之寡諧於俗，唯李昉、王佑深所推服。」而楊徽「與李穆、賈黃中為文義友。」徐鉉與李穆識於南唐未降宋，《宋史》卷四四一：

李穆使江南，見其兄弟（徐鉉、徐鍇）文章，歎曰：「二陸不能及也。」

〈徐公墓誌銘〉亦曰：

工部尚書李穆有清識，嘗語人曰：「吾觀江表冠蓋，若中立有道之士，惟徐公近之。」

吳淑是徐鉉之婿，參與了三大書編輯工作。徐鉉門下有李至、蘇易簡，〈徐公墓誌銘〉曰：

今吏部侍郎李公至、翰林學士承旨蘇公易簡，皆當世英俊，奉公以師友之禮。

《宋史》卷二六六曰：

至嘗師徐鉉，手寫鉉及其弟徐鍇集，至於几案。又賦〈五君詠〉為鉉及李昉、石熙載、王佑、李穆作也。

徐鉉曾作〈參政李公真贊〉讚美李至：

金玉其相，君子之容。廟堂之器，多士攸宗。（《徐公文集》卷二十四）

李至與李穆、李昉、王佑均有來往，與李昉在端拱元年交往頻繁，成為唱和友，時兩人同值秘閣，李昉罷為右僕射，崇文院中堂秘閣建成，李昉、李至同兼秘書監。二李將端拱元年到淳化二年唱和的作品，編成《二李唱和集》。此事見於吳處厚《青箱雜記》卷一：

昉詩務淺切，效白樂天體，晚年與參政李公至為唱和友，而李公詩格亦相類，今世傳《二李唱和集》是也。

李昉對於後進，提攜不遺餘力，賈黃中、王旦皆為賞識拔擢。《東都事略》卷三十二記載李昉賞識王旦事：

公長期王旦為相，自小官薦進之，公病召旦，勉以自愛，既退，謂其子弟

　　曰：「此人後日必爲太平宰相。」

李昉曾賦詩〈贈賈黃中〉因賈以七歲應童子舉，對其多所稱美：

　　七歲神童古所難，賈家門戶有衣冠。

　　十人科第排頭上，五部經書誦舌端。

　　見榜不知名字貴，登筵未識管絃歡。

　　從今穩上青雲去，萬里誰能測羽翰。（《宋詩紀事》卷二）

　　宋白曾三以掌貢舉，蘇易簡、王旦、宋湜均爲其所取之士，在《文苑英華》編輯群中，儼然爲新生代文壇座主。〔註11〕

（四）《文苑英華》編輯文人皆為飽學之士

　　李昉、宋白爲《文苑英華》前後兩階段編輯工作主掌其事者，加上楊徽之皆是有名的藏書家。

○李　昉

　　晁說之《劉氏藏書記》云：

　　　　李文貞所藏既富，而且闢學館以延學士大夫，不特見主人，而下馬直入讀

　　　　書，供牢饌以給其日力，與眾共利之，如此宜其書永久而不復零落。

　　《史略》卷五亦云：

　　　　李文正所藏亦富，至闢學館，以廩饌以延者。

　　《齊東野語》卷十二云：

　　　　宋室承平時如南都戚氏、盧山李氏、九江陳氏、番陽吳氏、王文康、李文

　　　　正、宋宣獻、晁以道、劉壯興皆號藏書之富。

宋　白

　　《宋史》宋白本傳云：

　　　　聚書數萬卷，圖書亦多奇占者。

楊徽之

　　晁說之《劉氏藏書記》云：

　　　　惟是宋宣獻家四世以名德相，而兼有畢丞相、楊文莊（楊徽之）二家之書。

　　宋晁公武〈郡齋讀書志序〉云：

　　　　逮國朝宋宣獻公（宋綬）亦得畢文簡、楊文莊家書，故所藏之富與秘閣等。

　　元陸友《研北雜志》卷下云：

　　　　宋宣獻公綬、楊徽之外孫，徽之無子，盡付以家所藏書。

〔註11〕宋白分別於太宗太平興國五年、八年、端拱元年掌貢舉，見《宋史》卷四三九。

《文苑英華》編輯群主其事者爲有名藏書家，對於辨識唐人文集品類，有相當的識見，加之藏書豐富正可補三館之不足。而李昉闢學館以延致文人整理圖書，對於圖書編選事務十分熟悉，正足以總領《文苑英華》編輯工作。郭伯恭《宋四大書考》引證李昉主導編輯工作：

> 廣記之編輯，李昉仍爲監修，然時兼司總纂之職，與修諸儒有未決者，往往得李氏一言而定。袁褧《楓窗小牘》云：「太宗命儒臣輯《太平廣記》時，徐鉉實與編纂，《稽神錄》，鉉所著也，每欲採擷，不敢自專。輒示宋白使問李昉，李昉曰：『徐率更以博信天下，乃不信而取信於宋拾遺乎！詎有率更言無稽者，中採無疑也！』」此固以李氏位在諸人之上，遇疑必相請示，可見操有總裁之權。〔註12〕

《文苑英華》編輯群多是飽學之士，對於唐代文人作品與典故十分熟知。如楊徽之《宋史》本傳稱其「善談論，多識典故，唐室以來士族人物，悉能詳記。」賈黃中《宋史》本傳稱其「多識典故」，宋白《宋史》本傳載其「嘗類故事千餘門，號《建章集》。唐賢編集遺落者，白多續綴之。」可見宋白博學如此。其他如吳淑、呂文仲、杜鎬皆以博學爲太宗所稱賞。〔註13〕

杜鎬《宋史》本傳曰：

> 鎬博聞強記，凡所檢閱，必戒書吏曰：「某事，某書在某卷，幾行。」覆之，一無差誤，每得異書，多召問之，鎬必手疏本末以聞，顧遇甚厚。士大夫有所著撰，多訪以古事。

《文苑英華》編輯群皆是嫻熟文學事務館臣，《文苑英華》編輯工作反映了宋初文壇群體的文學取向，其編輯群雖然由三個世代所共同組成，但由於彼此師友關係密切，文學觀念互相影響與承襲，所反映的文學觀念是一致的。

二、《文苑英華》編輯文人的文學觀念

（一）以白體爲主導

《蔡寬夫詩話》曰：「國初沿襲五化之餘，士大夫皆宗樂天。」而主導《文苑英華》編輯昉、徐鉉，皆以白樂天爲尚，他們承襲了樂天平易的創作態度，用語自然，

〔註12〕見郭伯恭《宋四大書考》（台灣商務）二《太平廣記》頁五十三。郭註二：「《楓窗小牘》卷一後（《顏寶堂祕笈》石印本廣集一十八冊）」。

〔註13〕楊徽之見《宋史》卷二六九，宋白見《宋史》卷四三九，賈黃中見《宋史》卷二六五，吳淑見《宋史》卷四四一，呂文仲見《宋史》卷二九六，杜鎬見《宋史》卷二九六。

不加雕飾。也仿效元白唱和，藉彼此詩作的唱和往來，模仿樂天閑適詩，使得白體的影響力擴大，將五代對於白樂天的崇尚風氣帶到宋朝來。

1. 率意為文、淺近易曉

　　方回《瀛奎律髓》卷十六稱徐鉉「詩有白樂天之風。」《宋史》卷四四一本傳曰：「與韓熙載齊名，江東謂之韓徐。」〈徐公行狀〉對此記載更詳：「文書論議與故贈揆相韓公同志齊名，時人稱之韓徐。」徐鉉既與韓熙載齊名，文學創作表現，《十國春秋‧南唐列傳》卷十四稱韓熙載「書命典雅，有元相和之風。」又《宋詩鈔》記載：

> 江南馮延巳曰：凡人為文皆奇事奇語，不爾則不足觀，惟徐公率意而成，
> 自造精極，詩冶衍道麗，具元和風律，而無淟忍纖阿之習。（卷二）

徐鉉不單是書詔有元和之風，詩歌創然。徐鉉創作下筆立就不喜藻飾，由《宋史》亦，見：

> 從征太原，軍中書詔填委，鉉援筆無滯，辭理精當，時論能之。

　　徐鉉創作未嘗沈思，自云：「速則意思壯敏，緩則體勢疏慢。」〔註14〕著意於情感自然真切，情到語流，認為文學創作本質應是如此：

> 其要在乎敷王澤，達下情，不悖聖人之道，以成天下之務，如斯而已矣。
> 至於格高氣逸，詞約義微，音韻調暢，華采繁縟，皆其餘力也。〔註15〕

　　徐鉉承襲了白樂天詩坦易明白的特色《甌北詩話》云：

> 中晚唐以韓孟元白為最，韓孟尚奇警，務言人所不敢言，元白尚坦易，
> 務言人所共欲言。試平心論之，詩本性情，奇警者，尤第在詞句間爭難
> 鬥險，使人蕩心駭目，不敢逼視，而意味或少焉。坦易者，多觸景生情，
> 因事起意，眼前景，口頭語，自能浸人心脾，耐人咀嚼，此元白較勝韓
> 孟者。（卷四）

　　宋初文士承襲白樂天坦易明白的特性，《宋史》言李昉「為文章慕白居易，尤淺近易曉。」〔註16〕可見此為《文苑英華》編輯文人作品共同特色。然而白樂天作品用語流便，則不免有詞衍意盡之病。白樂天〈和答詩十首序〉與元稹曰：

> 頃者在科試間，常與足下同筆硯，每下筆時，輒相顧語，共患其意太切而
> 理太周，故理太周則詞繁，意太切則言激。然與足下為文，所長在於此，
> 所病亦在於此。（《白居易集》卷二）

〔註14〕見晁公武《郡齋讀書志》卷四中。
〔註15〕見《徐公文集》卷二十三〈故兵部侍郎王公集序〉。
〔註16〕見《宋史》卷二六四。

宋初白體文人也難免有此病，故《四庫提要》評徐鉉曰：「其詩流易有餘，而深警不足。」〔註 17〕《宋史》稱宋白曰：「白學問宏博，屬文敏贍，然辭意放蕩，少法度。」《隆平集》卷十三則言：「白之文頗事浮麗，而理致或不工。」楊礪《宋史》本傳評其「爲文尙繁，無師法。」可見他們承襲白樂天文學表現方式，率意爲文，不講求文詞的雕飾，「得語容易」〔註 18〕，流便、平易、詞繁也成了他們創作的普遍特徵。

2. 仿效白樂天的唱和之風

宋初白體唱和之風的盛行，主要是由李昉、徐鉉將元白唱和詩風，從五代帶到宋初來。徐鉉在《騎省集》中，有關寄贈、唱和的詩作佔了四分之三，李昉、李至有《二李唱和集》傳世。關於此集，《青箱雜記》卷一曰：

> 昉詩務淺切，效白樂天體，晚年與參政李公至爲唱和友，而李公詩格亦相類，今世傳《二李唱和集》是也。

李昉與李至唱和原由見於李昉〈二李唱和集序〉：

> 朝謁之暇，頗得自適，而篇章和答，僅無虛日……昨發篋視之，除蠹朽殘缺之外，存者猶得一百三十三首。因編而錄之，他人亦有和者，咸不取焉，目爲《二李唱和集》。昔樂天、夢得有《劉白唱和集》，流布海內，爲不朽之盛事，今之此詩，安知異日不爲人之傳寫乎？

從李昉所言，可見當時唱和情況，此反映當時文人唱和風氣乃是效法白樂天與元稹、劉禹錫唱和。而二李唱和詩作中，屢屢可見他們引用樂天詩作以爲典故：

> 就中此地尤難得，惱殺東都白侍郎。（李至〈新竹〉）

李至於詩中加註曰：

> 白傅和汴州令狐相新竹詩云：「更登樓望尤堪重，十萬人家無一莖。」
> 最喜舉觴吟綠篠，誰能騎馬詠紅裙。（李昉〈和新竹〉）

李昉註曰：

> 白公云：「亦曾騎馬詠紅裙」
> 白公曾詠牡丹芳，一種鮮豔獨異常。（李昉〈牡丹盛開對之感歎寄祕閣侍郎〉）

李昉註曰：

> **白公樂府有〈牡丹芳〉一篇**

〔註 17〕見《四庫提要》卷一五二。
〔註 18〕見歐陽修《六一詩話》。

應同白少傅，時復枕書眠。（李昉〈秘閣清虛地〉）

李昉註曰：

白云：「盡日後廳無一事，白頭老監枕書眠。」

由二李唱和詩中得見白體詩人對樂天其人其詩的熟悉與喜愛，這一股唱和詩風的盛行，使得白樂天詩作成為風尚，影響擴大、加深。李昉、徐鉉、李至帶頭唱和，館閣同事來往密切，唱和活動也十分頻繁，參與文人也不僅一兩位，漸漸地有擴大的趨勢，如淳化二年李昉、賈黃中、王旦、李至、楊徽之、呂文仲、蘇易簡等十七人於禁林讌會彼此唱和，可謂此唱和詩風之極盛。〔註19〕

白樂天詩在這一股唱和之風的推波助瀾下，被文人們奉為權威，整個宋初文壇延續五代以來對樂天詩的喜愛。當時詩人學習樂天，彼此唱和的詩作，其創作體裁與表現，可從《二李唱和集》了解其梗概。陳植鍔評此集曰：

綜觀《二李唱和集》不外是反映官場生活的應酬、逍遙之作。內容上，流連光景吟玩情性，尋求閒適；形式上，依韻相酬、屬對工切，講求聲律；表現手法上，淺近刻露，圓熟流利，追求平易。體現了宋初白體唱和詩的一般特色。〔註20〕

《二李唱和集》亦多是流連光景，緣情遣性之作，與樂天晚年閒適詩類同，在表現手法上則是從元白唱和形式中最簡易者入手，將元白驅駕文字，窮極聲韻的次韻長篇排律，轉換成不求和韻的組詩與沒有擬體的集錦詩。大部分的唱和詩都是「杯酒光景之小碎篇章」，〔註21〕可見宋初文人學習白體詩，多是著意其淺近、平易的表現方式，所喜愛的則是與館閣清雅生活相類的閒適詩。

樂天一生詩風多變，然「諷諭」與「閒適」為其文學創作主要之兩大意識。〔註22〕樂天在〈與元九書〉自道何謂閒適詩：

又或退公獨處，或移病閒居，知足保和，吟翫情性者一百首，謂之閒適詩。

《文苑英華》編輯群之白體詩人唱和作品多與樂天閒適詩類同，關於樂天諷諭詩作則不見有人模仿，即使是李昉，也僅從史傳上得知其曾諷樂天〈七德舞詞〉以諫宋太宗，〔註23〕至於有沒有創作諷諭詩，則不得而知。而白居易諷諭詩從他當時就為人所忽視，〈與元九書〉自道：

〔註19〕見蘇易簡《禁林讌會集》，此集已收入洪遵《翰苑群書》。
〔註20〕見陳植鍔〈試論王禹偁與宋初詩風〉（《中國社會科學》一九八二年第二期）。
〔註21〕參見附錄〈試論《二李唱和集》與樂天詩之關係〉。
〔註22〕見馬銘浩《唐代社會與元白文學集團關係之研究》第三章，頁四十五。
〔註23〕見《宋名臣言行錄》卷一。

今僕之詩，人所愛者，悉不過「雜律詩」與〈長恨歌〉以下耳。時之所重，僕之所輕。至於諷諭者，意激而言質；閒適者，思澹而詞迂。以質合迂，宜人之所不愛也。（《白集》卷四十五）

樂天諷諭詩在五代不被人看重，即使四明胡抱章有〈擬諷諭詩〉，孟昶時楊士達有〈諷諭詩〉，歐陽炯有〈諷諭詩〉，也因其詞甚平，沒有流傳下來〔註24〕五代以來，文人喜樂天之閒適詩，可見宋初文士對於樂天詩，側重在其閒適詩的模仿與欣賞。

（二）《文苑英華》編輯文人中的特例

《文苑英華》編輯群大多是白體文人，其中范杲並非白體文人，其文學趣味與白體文人不同，他參與《文苑英華》編輯工作則饒富意味，舒雅晚年與西崑詩人唱和，他們都算是《文苑英華》編輯文人中特殊的例子，頗值得關切。

舒雅《宋史》稱其：

> 好學，善屬文，與吳淑齊名。（卷四四一）

《新安志》曰：

> 幼好學，才辭敏善，南唐時以貢入金陵，吏部侍郎韓熙載好接誘後進，苟有才藝必延致之，雅以文贄，一見如舊，爲忘年交………會熙載知貢舉，雅以狀元登第，然內外亦無異辭。（卷六）

史傳資料中皆無言舒雅的文學取向，從《宋史》得知與吳淑齊名，而吳淑又是徐鉉之婿，亦爲白體文人。《新安志》稱舒雅備受韓熙載賞識，韓熙載與徐鉉齊名，《十國春秋·南唐列傳》卷十四稱韓：「書命典雅，有元和之風」，綜合以上觀之，可見舒雅早歲文學傾向與白體有密切淵源與關連，然而在宋眞宗大中祥符年間與楊億酬唱，有三首詩編入《西崑酬唱集》中，分別是：

〈答內翰學士〉（內翰學士謂楊億）

> 清貴無過近侍臣，多情猶憶舊交親。金蓮燭下裁詩句，麟角峰前寄隱淪。
> 和氣忽飄燕谷暖，好風徐起謝庭春。緘藏便是山家寶，留與兒孫世不貧。

〈答錢少卿〉（即太常少卿錢惟演）

> 蓬萊閣下舊鄰居，偶別俄驚四歲餘。每見寒葭思倚玉，忽臨秋水得雙魚。
> 人間貴盛君誰及，物外優閒我自知。聞認歸艎向春渚，深知不與道情疏。

〈答劉學士〉（即劉筠）

> 往歲別京畿，棲山與眾違。君心似松柏，雁足寄珠璣。學道情雖篤，燒丹力尚微。雲中雞犬在，祇候主人歸。

〔註24〕見白敦仁〈宋初詩壇及三體〉（《文學遺產》一九八六年第三期）。

　　從以上三首舒雅與西崑詩人唱和作品看來，其表現方式確與西崑詩人之用典、重雕琢之風有所不同，其參與西崑酬唱，應屬官場之間的酬唱往還而已，並非隨文學風尚有所改變，文學創作上仍是白體的淺白平易。

　　范杲的文學觀念與柳開相類，創作表現也相似，《隆平集》柳仲塗（柳開）傳：

　　　　范杲好古學，開與齊名，謂之柳范。

又范杲與梁周翰、高錫、柳開並稱爲「高、梁、柳、范」，其參與《文苑英華》之編輯工作，的確是一異數，有關范杲部分在下一節有詳細說明。

第二節　「高、梁、柳、范」的文學觀念及創作表現

　　五代入宋時，除了統領文壇的白體詩人外，亦有一批值得注意的文士，他們是當時所稱「高、梁、柳、范」。〔註25〕《宋史》卷四三九〈梁周翰傳〉載：

　　　　五代以來，文體卑弱，周翰與高錫、柳開、范杲習尚淳古，齊名友善，當
　　　　時有「高、梁、柳、范」之稱。

　　在此四人之中，高錫與梁周翰年輩較長。高錫曾於太祖建隆三年知制誥，乾德之後被貶外任。〔註26〕王禹偁有〈五哀詩〉並序云：

　　　　〈故尚書虞部員外郎知制誥貶萊州司馬渤海高公錫〉

　　　　文自咸通後，流散不復雅。因仍歷五代，秉筆多艷冶。高公在紫微，
　　　　濫觴誘學者。自此遂彬彬，不蕩亦不野。（《小畜集》卷四）

　　王禹偁稱高錫改變五代以來文風，知制誥時「濫觴誘學者」使宋初文風「不蕩不野」，歸於雅正。而梁周翰雖與高錫、柳開、范杲皆習尚古文，然觀其人爲當時所重者，在其辭學，《宋史》本傳稱其「以辭學爲流輩所喜」，見梁周翰「上〈五鳳樓賦〉，人多傳誦之。」〔註27〕而梁周翰也因此爲李昉、宋白所薦舉。〔註28〕四人之中，范杲與柳開的交情十分密切，《宋史》本傳曰：

〔註25〕另有一說見於《宋事實類編》卷三十四：「杲，魯公質之姪，好學有文，時稱高、梁、柳、范，謂高弁、梁周翰、柳開與杲也。」而高弁見於《宋史》卷四三二：「弱冠，徒步從种放學於終南山，又學古文於柳開，與張景齊名。至道中，以文謁王禹偁，禹偁奇之……所爲文章多祖六經及孟子，喜言仁義……石延年、劉潛皆其門人也。」可見高弁爲柳開等後輩，何以與彼等齊名友善？故《宋事實類編》之說不足採。

〔註26〕見《宋史》卷二六九。

〔註27〕見《宋史》卷四三九。

〔註28〕同註27，見《宋史》卷四三九：「雍熙中，宰相李昉以其名聞，召爲右補闕。周翰以辭學爲流輩所許，頻歷外任，不樂吏事。會翰林學士宋白等列奏其有史才，還回下位，遂命監史館修撰。」

呆性虛誕，與人交，好面譽背非，惟與柳開友善，更相引重，始終無間。
〔註29〕

又柳開〈補亡先生傳〉曰：

> 先生（柳開）所行事，人咸以爲非可與伍，惟范呆有復古之什，以頌其德，
> 以其能敦復古也。（《河東集》卷二）

可見柳開與范呆因個性與文學觀念相近而投契，范呆雖以蔭補官，上表求顯用，
得以知制誥，列《文苑英華》編輯群之一，然其躁進求爲翰林學士，爲李昉等不許。
〔註30〕范呆的文學表現，《宋史》本傳稱其：「爲文深僻難曉，後生多效慕之。」《宋
史》本傳又載其「與姑臧李均、汾陽郭煜齊名。」郭煜其人《宋史》卷二三九〈鄭
起傳〉附載云其：「好爲古文，狹中詭僻。」可見范呆創作風格是承襲古文怪奇、難
澀一路，與白體「淺近易曉」風格不同，故不爲李昉所稱許，其參與《文苑英華》
後續編輯工作，可以說在白體主導之下，編輯方向早已確定，范呆無發揮個人意見
之處。

柳開在四人之中，年歲最淺，在當時不以文顯，與高錫、梁周翰、范呆等不同
的是他從未擔任館職，一生經歷多在治獄、邊事，柳開之名後來皆在三人之上，被
視爲宋初古文的開創者。如范仲淹〈尹師魯河南集序〉：

> 懿僖以降，寖及五代，其體薄弱；皇朝柳仲塗起而麾之，髦俊率從焉，仲
> 塗門人能師經探道，有文於天下者多矣。（《范文正公集》卷六）

韓琦〈歐陽少師墓誌銘〉曰：

> 自唐室之衰，文體靡而不振，陵夷至于五代，氣益卑弱。國初柳公仲塗，
> 一時大儒，以古道興起之，學者卒不從。（《安陽集》卷五十）

柳開提倡古文之功，爲范仲淹、韓琦尊崇，其名顯乃因弟子張景與石介推重，
張景〈柳公行狀〉曰：

> 因爲文章，直以韓爲宗尚，時韓之道獨行於公，遂名肩愈，字紹先，又有
> 意於子厚矣。韓之道大行於今，自公始也。（《河東先生集》卷十六）

石介〈過魏東郊〉詩曰：

> 述作慕仲淹，文章過韓愈，下唐二百年，先生固獨步。（《徂徠集》卷二）

柳開宗韓愈，在「高、梁、柳、范」之中旗幟最爲鮮明，他主張古文，對當時
創作大加撻伐，在〈答臧丙第三書〉曰：「今之所尚者之文也，輕淫侈靡，張皇虛詐」

〔註29〕見《宋史》卷二四九范質附傳。
〔註30〕同註29：「呆連致書相府，求爲學士，且言於宰相李昉曰：『先公嘗授以制誥一編，
謂呆才堪此職。』因出示昉，昉屢開解之。」

〔註31〕其〈上王學士第三書〉稱當時創作:「華而不實,取其刻削爲工,聲律爲能;刻削傷于朴,聲律薄于德,于仁義禮智信也何?」〔註32〕其〈答臧丙第二書〉云:「文取於古,則實而有華,文取於今,則華而無實。實有其華,則曰經緯人之文也,政在其中矣。華無其實,則非經緯人之文也,則亡在其中矣。」〔註33〕柳開如此殷切期望文學作品取法於古,也與韓愈古文的主張一致,認爲文學肩負載道的任務,他將文統與道統分開,曰:「吾之道,孔子、孟軻、揚雄、韓愈之道;吾之文,孔子、孟軻、揚雄、韓愈之文。」〔註34〕提倡古文,強調道統。〔註35〕另一方面,尊崇韓愈古文的創作,偏於學習韓愈怪奇的走向,稱「惟談孔孟荀揚王韓以爲企跡」〔註36〕,《四庫全書總目提要》稱其作品「體近艱澀」〔註37〕,可見柳開與范杲創作趨向皆是如此,他們作品的怪奇、難澀,不僅遠承韓愈,更與韓門中偏向怪奇的皇甫湜、孫樵一派精神有相同之處。柳開載道文學觀念與創作傾向偏向古文之怪奇難澀,與當時流行白體格格不入,不被李昉所喜,李昉在太祖開寶六年知貢舉,黜柳開,此事見於葉夢得《石林燕語》卷八曰:

> 國朝取士,猶用唐故事,禮部放榜。柳開少學古文,有盛名,而不工爲詞賦,屢舉不第。開寶六年,李文正昉知舉,被黜下第,徐士廉擊鼓自列,詔盧多遜即講武殿復試,於是再取宋準而下二十六人………然時開復不預。多遜爲言:「開,英雄之士,不工篆刻,故考較不及。」太祖即召開,大悅,遂特賜及第。〔註38〕

高、梁、柳、范四家「習尚淳古」,與當時崇尚白體的風氣不同,他們四人在當時由於個人的行止缺失,不爲時人稱許,如高錫,王禹偁〈五哀詩〉云:「惜哉傷躁進」,《宋史》曰:「周翰性疏雋卞急,臨事過於嚴暴,固多曠敗。」而《宋史》稱:「杲性虛誕,與人交,好面譽背毀。」《四庫全書》〈河東集提要〉稱柳開「其人實酷暴之流」。而他們的文學創作表現上,梁周翰「以辭學爲流輩所喜」,從他傳頌人口的〈五鳳樓賦〉看來,亦兼作駢麗之文,范杲「爲文深僻難曉」與柳開「體近艱澀」都可看出他們與白體流便、淺近易曉的風格有很大不同。「高、梁、柳、范」在

〔註31〕見《河東先生集》卷六。
〔註32〕同註31卷五。
〔註33〕同註31。
〔註34〕見柳開〈應責〉,《河東先生集》卷一。
〔註35〕何寄澎《北宋的古文運動》中認爲柳開爲北宋古文的儒學性質做了最早的展現。
〔註36〕見柳開〈東郊野夫傳〉,《河東先生集》卷二。
〔註37〕見《四庫全書總目提要》卷一五二《河東集》提要。
〔註38〕引自何寄澎《北宋的古文運動》第四章,頁一五〇。

宋初以白體爲主流的文壇中，他們特異的性格與文學創作傾向，難以在當時有重要的影響力，而文壇對白體的變革，則有待王禹偁等人的努力。

第三節　王禹偁的文學觀念

一、王禹偁與白體詩人之關係

　　王禹偁早年學習白體，與《文苑英華》白體詩人往來，爲宋白拔擢爲進士，與宋白的關係至爲密切，曾有多首詩贈宋白，如〈寄獻鄜州行軍司馬宋侍郎〉、〈東門送郎吏行寄承旨宋侍郎〉、〈寄獻翰林宋舍人〉。〔註39〕推許宋白爲文「歌詩數千首，人口炙與鱠」、「白麻三千尺，意出元白外」。曾營救徐鉉於尼道安事，《宋史》載「廬州妖尼道安誣訟徐鉉，道安當反坐，有詔勿治。禹偁抗疏雪鉉，請論道安罪，坐貶商州團練副使。」〔註40〕又曾有〈獻僕射相公〉詩二首、〈寄獻僕射相公〉二首、〈送僕射相公赴西京〉等詩獻給李昉，尊崇李昉爲「三朝文匠百僚師」，對李昉在文壇的宗主地位多所肯定，並言其「須知文集裡，全似白公詩」〔註41〕

〔註39〕〈寄獻鄜州行軍司馬宋侍郎〉見於《小畜集》卷三。〈東門送郎吏行寄承旨宋侍郎〉
　　　　見於《小畜集》卷五。〈寄獻翰林宋舍人〉見於《小畜集》卷七。

〔註40〕見《宋史》卷二九三。

〔註41〕〈獻僕射相公二首〉：
　　　　罷調金鼎道光輝，聞說閒園自種薇。書院日斜春睡覺，沙堤人靜早朝歸。
　　　　吟穿竹徑僧同步，醉遶花庭蝶上衣。鄰恐優游未終歲，台星依舊照黃扉。
　　　其二：
　　　　五年黃閣掌陶甄，憂國翻成兩鬢斑。初到廟堂溫樹冷，暫收霈雨岳雲閒。
　　　　春園領鶴尋芳草，小閣留僧畫遠山。惟有門生苦求見，竹齋花院一開關。
　　　（《小畜集》卷七）
　　　〈寄獻僕射相公二首〉：
　　　　三朝文匠百僚師，再秉洪鈞七政齊。一道白麻來玉署，兩條紅燭上沙堤。
　　　　池波尚浴當時鳳，省樹猶存舊時雞。鑪冶正開無棄物，應憐折劍在沈泥。
　　　　聖君宵旰念生民，重命甘盤秉國鈞。引馬但傳三刻漏，喘牛休問四時春。
　　　　羹和舊鼎黃金鉉，雪壓新堤白玉塵。應念前年獻詩客，謫官無俸不勝貧。
　　　（《小畜集》卷八）
　　　〈送僕射相公赴西京〉原詩過長，不錄，請見《小畜集》卷十。
　　　〈司空相公輓歌〉三首：
　　　　全德群儒服，清名信史書。何人不調鼎，唯我得懸車。蕭相文無害，于公慶有餘。
　　　　三川歸葬地，松檟自扶疏。
　　　　執禮身雖退，思賢寵未衰。垂行三入命，據逼九原期。本末皆書史，功名別樹碑。
　　　　須知文集裡，全似白公詩。

二、王禹偁詩學白體而有轉變

王禹偁處於白體風行之時，自稱「予爲兒童時，覽元白集」〔註42〕，及長，又受到白體唱和詩風影響，雍熙元年爲成武縣主簿曾與傅翺曰：「仍括縣尹風騷客，應有秋來唱和詩」〔註43〕，移任長洲縣令後，禹偁與知吳縣羅處約多所唱和〔註44〕，兩人唱和詩不僅爲蘇、杭人們傳頌，太宗聞其名，詔王禹偁回京，〔註45〕王禹偁回京參加太宗與館閣文士的唱和，當時有〈詔臣僚和御製賞花詩序〉。而後王禹偁被貶商州，與商州知州同年馮伉也有酬唱，編有《商于唱和集》。

王禹偁與李昉、徐鉉、宋白等宋初重要白體詩人往來，學作白體唱和詩，並因此在當時享有文名，爲白體詩人代表，宋人林逋曾曰：「放達有唐惟白傅，縱橫吾宋是黃州」，後世論宋初詩體者，皆以其爲宋初白體詩人代表，如《蔡寬夫詩話》曰：

國初延五代之餘，士大夫皆宗白樂天詩，故黃州主盟一時。

然而王禹偁雖學白體，與《文苑英華》編輯群的流便、淺切，又有所不同，宋許顗《彥周詩話》曰：

本朝王元之詩可重，大抵語迫切而意雍容。如「身後聲名文集草，眼前衣食簿書堆」，又云：「澤畔騷人正憔悴，道旁山鬼謾揶揄」，大類樂天也。
〔註46〕

清　賀裳《載酒園詩話》曰：

王禹偁秀韻天成，雖學樂天，得其清，不得其俗。

王禹偁學白受李昉、徐鉉、宋白影響，然其詩名又在諸公之上。其學白樂天，又能超越宋初詩風淺切，並能將樂天「閒適詩」的詩境與清雅的語言風格掌握極致。王禹偁較宋初白體詩人學白更勝者，在於學習白樂天「諷諭詩」，王禹偁〈七放言詩

去歲頻宣召，觀燈復賞花。健嫌靈壽杖，輕棄富人車。列座先台席，溫顏逼翠華。而今宅前路，雨破築堤沙。（《小畜集》卷十）

〔註42〕見《小畜集》卷三〈不見陽城驛序〉。

〔註43〕見《小畜集》卷七〈寄魚臺主簿傅翺〉。

〔註44〕見《宋史》卷四四○羅處約傳：「知吳縣，王禹偁知長洲縣，日以詩什唱酬，蘇、杭間多傳頌。」

〔註45〕見《資治通鑑長編》二十九端拱元年：「先是禹偁知長洲縣，處約知吳縣，相與日賦五題，蘇杭間人多傳誦。上聞其名，召赴中書，命試〈詔臣僚和御製雪詩序〉稱旨，故皆擢用爲直史館。」又見《澠水燕談錄》卷二曰：「王元之在翰林，太宗恩遇極厚，嘗侍宴瓊林，獨召至御榻殿閣顧問。帝語宰相曰：『王某文章獨步當代，異日垂名不朽。』」
淳化三年三月作〈詔臣僚和御製賞花詩序〉見於《小畜集》卷二十。

〔註46〕見《百種詩話類編》頁六一《彥周詩話》卷十五。

序〉自道：

> 元白謫官，皆有放言詩於編集，蓋騷人之道味也。予雖不侔于古人，而謫
> 官同矣，因作詩五章八句，題爲放言云。〔註47〕

由於與樂天出處遭遇相同，有意模仿樂天題爲新樂府的「諷諭詩」，在《小畜集》有七言歌行兩卷二十五首，皆模仿白樂天新樂府之作，而其中如〈戰城南〉、〈對酒吟〉、〈鳥啄瘡驢歌〉風貌頗似樂天。〔註48〕

三、推崇韓柳古文

王禹偁爲宋初始言李唐以來文學遞變者，蓋五代入宋之文士，猶在時代風氣之中，無能言之，如柳開者，僅是推尊韓愈，不能體察前代文學流變。王禹偁於此時言文章自李唐以來風氣之衰，則有識見。王禹偁〈五哀詩〉之二曰：

> 文自咸通以來，流散不復雅；因仍歷五代，秉筆多艷冶。〔註49〕

王禹偁這段話是爲高錫所發，高錫在太平興國八年卒，而王禹偁的〈五哀詩〉，創作年代有二說，一說稱作於太宗淳化二年到淳化四年貶謫商州，另一說是在眞宗初年。〔註50〕然不論何者，都較淳化元年〈送孫何序〉爲晚，可見王禹偁早在此時指出宋承襲五代以來的文風，必須有所轉變。其〈送孫何序〉曰：

> 咸通以來斯文不競，革弊復古宜有所聞，國家乘五代之末，接千歲之統，
> 創業守文垂三十載，聖人之化成矣，君子之儒興矣，然而服勤古道，鑽研
> 經旨，造次顚沛，不爲仁義，拳拳然以立言爲己任，蓋亦鮮矣。（《小畜集》
> 卷十九）

王禹偁此說乃是以宋人的眼光，而有的文學自覺，認爲宋初承襲五代以來制度與文風，已經三十餘年，是革除五代文風弊弱的時候。序中推許孫何文章「皆師載六經，排斥百氏，落落然眞韓柳之徒也。」認爲此時必須復韓柳之古文，文章以六經爲依歸。

王禹偁在太宗端拱二年（989）已拜知制誥，爲當時天下士子所仰，其〈送丁謂序〉云：

> 掌誥且二年矣，由是今之舉進士者，以文相售，歲不下數百人。〔註51〕

〔註47〕見《小畜外集》卷七。

〔註48〕見黃啓方《王禹偁研究》頁五十二。

〔註49〕見於《小畜集》卷四。

〔註50〕黃啓方《王禹偁研究》頁四十九，言五哀詩作於眞宗初年；又徐規《王禹偁事跡著作編年》頁三十三言五哀詩在王禹偁貶官商州時所作。

〔註51〕見《小畜集》卷十九。

　　王禹偁於淳化元年（990）此語，正有轉移文學風氣，標舉韓愈爲新的文學權威，回復文章本於六經的用意。當時文士唯盡力於學韓柳古文，受到「高、梁、柳、范」古文深僻難曉的影響下，不少後生以爲怪奇、艱澀才爲古文本色，故王禹偁在至道元年（995）有〈答張扶書〉、〈再答張扶書〉認爲古文應求明白易曉。其〈答張扶書〉針對韓愈〈答李翊書〉中所謂的「陳言務去」加以闡發：

> 夫文傳道明心也，古聖人不得已而爲之也，且人能一乎心，至乎道，修身則無咎，事君則有立；及其無位也，懼乎心之所有不得明乎外，道之畜不得傳乎後，於是乎有言焉，又懼乎言之易泯也，於是乎有文焉，信哉不得已而爲之也，既不得已而爲之，又欲乎句之難道邪？又欲乎義之難曉邪？必不然矣！

　　他以「傳道明心」說明文章不在句之難道、意之難曉，並說明模仿六經中難曉之詞，尤爲文之弊也。指出韓愈陳言務去的眞意：

> 近世爲古文之主者，吾觀吏部之文，未始句之難道也，未始義之難曉也。其間稱樊宗師之文必山于己，不襲蹈前人一言一句；又稱薛公達爲文以不同俗爲主，然樊、薛之文不行于世，吏部之文與六籍共盡，此吏部誨人不倦，進二子以勸學者，故吏部曰：「吾不師今，不師古，不師難，不師易，不師多，不師少，惟師是爾。」（《小畜集》卷十八）

　　其〈再答張扶書〉更力闢揚雄艱奧之說爲非，稱揚雄〈太玄〉爲「空文」，欲掃皇甫湜、孫樵一派對揚雄過分推重。〔註52〕將柳開等人的創作傾向的原始根源拔除，將古文從艱澀怪奇導向平易的道路。王禹偁雖處於白體詩風盛行之時，然其能著眼於當時文人所不爲的「諷諭詩」，立於白體而有所創新；極力扭轉五代以來文風，提出回復韓柳古文，其標舉韓愈，使文壇權威自白居易轉爲韓吏部，王禹偁深受白體影響，卻能有自覺，將白體著重詩教六義一變爲韓愈尊經明道的古文，並能將同時「高、梁、柳、范」的古文路線加以修正，使古文走向平易之路，其扭轉時代風氣之功厥偉。故蘇頌於〈小畜外集序〉對王禹偁有如此評價：

> 竊謂文章末流，由唐季涉五代，氣格摧弱，淪于鄙俚。國初屢有作者，留意變風，而習古難移，未能復雅。至公特起，力振斯文，根源于六經，枝派于百氏，斥浮僞，去陳言，作而述之，一變於道。後之秉筆之士，學聖人之言，由藩牆而踐突奧，翳公之司南也。（《蘇魏公文集》卷六十六）

〔註52〕見黃啓方《王禹偁研究》，頁六十四。認爲此派怪奇之風，實種因於對揚雄的過分推重，舉韓愈〈與馮宿論文書〉云：「子雲死近千載，竟未有楊子雲，可歎也。」其後孫樵承此意，而推重子雲。

第四節　姚鉉的文學觀念

　　《唐文粹》爲姚鉉獨力編選，然其編選該書意念及文學觀念都與同年登第的王禹偁有絕大關係。有關姚鉉同年這一批文人背景，除王禹偁已在上一節詳加論述不在此說明外，其他在本節將略作介紹。有關姚鉉個人的文學觀念，如何從早期精於聲律，到後來編選《唐文粹》時鄙薄聲律，非古體不選，其間文學觀念的轉變，乃是受到王禹偁等人影響，而姚鉉〈唐文粹序〉中所言，與王禹偁讚賞的孫何所著〈文箴〉觀念相似，內容略同，可見他們彼此在文學觀念上相互影響之處。姚鉉編《唐文粹》時，感受當時西崑詩風盛行的勢力，其文學理念與西崑詩人不同，因此遭受西崑詩人薛映的阻撓，其間情形本節將加以探究。

一、太平興國八年登科的進士

　　在《文苑英華》編輯同時，有一批太平興國八年登第文人，他們爲《文苑英華》編輯群中宋白、賈黃中、李至、呂蒙正、李穆、楊礪、李範所舉而登進士，據《宋會要輯稿》選舉一之二引《資治通鑑長編》卷二十四曰：

> 正月，命中書舍人宋白權知貢舉，知制誥賈黃中、呂蒙正、李至、直史館王沔、韓丕、宋準、司封員外郎李穆、監察御史李範、祕書監丞楊礪等九人權同知貢舉，宋白等上所試合格奏名，進士王禹偁以下若干人。

太平興國八年所登第的進士，所錄的進士人數有如下的記載：

《宋會要輯稿》一百一十冊選舉七：

> （太平興國）八年三月十五日，帝御講武殿試禮部奏名進士，内出六合爲家賦，鸚鵡轉上林詩，文武雙興論題，得王世則以下二百二十九人，並賜進士及第出身。

《資治通鑑長編》卷二十四，《續資治通鑑》卷十一，《容齋續筆》卷十三科舉恩數條：

> 三月，覆試禮部貢舉人，擢長沙王世則以下百七十五人，諸科五百一十六人，並賜及第，進士五十四人，諸科百十七人，同出身。賜宴瓊林苑，後遂爲定制，甲科進士十八人，以大理評事知縣，餘皆授判、司、簿、尉。

徐規《王禹偁事跡著作編年》考證太平興國八年登第進士有王禹偁、姚鉉、羅處約、李巽、朱九齡、馮伉、薛昭、翟驤、戚綸、王子輿、高紳、韓見素、李士衡、吳鉉、劉文杲、鄭文保、李虛己、梁鼎、卜袞、劉昌言、盧琰、楊覃、和嶸、崔遵度、曾

致堯、李建中等二十六人〔註53〕

　　王禹偁在該批進士中，曾三為知制誥，一入翰林學士，名聲最著，影響力最大，這一群文人也以王禹偁為中心，《宋史》本傳稱王禹偁「醇文奧學，為世所宗仰」。王禹偁等人是由《文苑英華》編輯群中宋白等人所賞識、舉為進士，所以他們在文學表現上，早期都與白體有密切關係，然而正如同王禹偁在淳化年間開始的文學自覺，他們後來也有如此的文學傾向：

○戚　綸

　　篤於古學，喜談名教……著〈理道評〉十二篇

　　家人於几閣間，得〈遺戒〉一篇，大率皆誘勸為學。（《宋史》卷三○六）

○梁　鼎

　　鼎偉姿貌，磊落尚氣，有介節……著〈隱書〉三卷、〈史論〉二十篇、〈學古詩〉五十篇。（《宋史》卷三○一）

○朱　嚴

　　〈贈朱嚴〉：

　　誰憐所好還同我，韓柳文章李杜詩。（《小畜集》卷十）

　　〈和朱嚴留別〉：

　　之子有文行，常流竊比難。援毫秋露下，開卷古風寒。場屋推盟主，聲師立將壇。論儒輕五霸，議古嫉三桓。師仰唯韓愈，才名壓李觀。（生有韓師說）……（《小畜集》卷十）

　　可惜這些人作品大多散佚，沒有流傳下來，關於他們文學上的表現也僅隻字片語，大多《宋史》無傳，所以無法進一步考證。然而在這一群文人之中，姚鉉則相當值得注意，《四庫全書總目提要》稱：

　　於是歐梅未出以前，毅然矯五代之弊，與穆修、柳開相應者，實自鉉始。

〔註53〕見徐規《王禹偁事跡著作編年》頁二十九、三十。徐規從下列資料考得：

　　《書錄解題》卷十五。

　　《小畜集》卷十九〈東觀集序〉、〈送李巽序〉。卷七〈寄崵山主簿朱九齡〉。卷二十〈商于驛記後序〉、〈送薛昭序〉、〈送翟驤序〉。卷二十五〈存戚綸上翰林學士錢若水序〉。卷二十九〈王府君墓誌銘〉。卷八〈中牟縣旅佁喜同年高紳著作見訪〉。卷十一〈送邢部韓員外同年致仕歸華山〉。

　　《資治通鑒長編》卷四十三。

　　《范文正公集》卷十一〈李公神道碑〉。

　　《太宗實錄》卷二十六。

　　《南澗甲乙稿》卷二十〈劉令君墓誌銘〉。

　　自鄭文寶以下見《宋史》本傳。

可見姚鉉在古文運動的開展上，具有關鍵性地位。姚鉉其人見於《宋史》卷四四一〈文苑傳三〉，本有文集二卷，今已不傳，僅存幾首詩作。他編選的《唐文粹》，後來石介與《昌黎集》並舉，石介〈上趙先生書〉云：

> 介近得姚鉉《唐文粹》及《昌黎集》。觀其述作，有三代制度，兩漢遺風，殊不類今之文。曰詩賦者，曰碑頌者，曰銘贊者，或序記，或書箴，必本於教化，根於禮樂刑政，而後爲之辭。（《徂徠集》卷二十一）

石介視與韓愈作品等量齊觀，可見姚鉉編選此書之功，在宋初古文家眼中的地位了。

二、姚鉉文學觀念轉變的過程

（一）早年精於聲律

《四庫全書總目提要》曰：

> 考阮閱《詩話總龜》載鉉於淳化中侍宴賦〈賞花釣魚〉七言律詩，賜金百兩，時以彼奪袍賜花故事。又江少虞《事實類苑》載鉉詩有「疏鐘天竺曉，一雁海門秋」句，亦頗清遠，則鉉非不究心於聲律者。

姚鉉十六歲就登進士第，在宋初仍以駢文取士時，姚鉉當時「雄揖第三名」〔註54〕，自然在駢文創作聲律的要求精當，姚鉉作〈賞花釣魚詩〉時年二十七，《宋史》卷四四一記載當時情形：

> 淳化五年，直史館，侍宴內苑，應制賦〈賞花釣魚詩〉，特被嘉賞，翌日，命中使就第賜白金以嘉之。

姚鉉在禁林，侍宴作應制詩，該首〈賞花釣魚侍宴應制〉詩，《詩話總龜》前集卷四引《古今詩話》：

> 上苑煙花迥不同，漢皇何必幸回中。花枝冷濺昭陽雨，釣線斜牽太液風。
> 綺蔞惹衣朱欄近，錦鱗隨手玉波空。小臣侍宴驚凡目，知是蓬萊第幾宮。

姚鉉作此詩，因侍宴禁林，自有雍容華美與聲律講求，姚鉉的表現正如同《四庫提要》所云：「則鉉非不究心於聲律者」，證明姚鉉並非不能爲精工典巧、講求聲律修辭的作品。而姚鉉現存的作品除編選《唐文粹》之外，還有一篇〈唐文粹序〉及幾首詩作，《全宋詩》卷一〇三收錄了五首，除了〈賞花釣侍宴應制〉外，還有以下作品：

〈曹娥廟碑〉：

> 簫鼓聲中浪渺瀰，古楓陰砌蘚封碑。行人到此自恭肅，不似巫山雲雨祠。
> （《會稽掇英總集》卷八）

〔註54〕見《宋史》卷四四一。

〈翻經臺〉：

> 康樂悟玄機，寥寥此棲息。經翻貝葉文，臺近蓮華石。（《永樂大典》卷二
> 六〇三）

〈過松江〉：

> 句吳奇勝絕無儔，更見松江八月秋。震澤波光連別派，洞庭山影落中流。
> 汀蘆擁雪藏魚市，岸橘風香趁客舟。清風不窮聊一望，煙空雲霽倚層樓。
> （清雅爾哈善乾隆《蘇州府志》卷五）

〈冷泉亭〉：

> 水石一欄杆，僧歸四山靜。攜琴譜澗泉，月浸夜深冷。（清孫治《靈隱寺
> 志》卷八）

句：

> 疏鐘天竺曉，一雁海門秋。（錢塘郡《詩話總龜》前集卷一二引《楊文公
> 談苑》）

姚鉉的這些詩作都十分清雅，聲律也十分工整，他三十五歲編《唐文粹》，除「文賦
惟收古體，而四六之文不錄」外，且「詩歌亦惟取古體，而五七言近體不錄」〔註55〕
文學觀念已明顯的轉變，是得自於王禹偁等人影響。

（二）受王禹偁文學觀影響編《唐文粹》

姚鉉與王禹偁同年登科，王禹偁曾賦詩贈之，〈送姚著作之任宣城〉：

> 吾君御極初選藝，東樞二卿新擢第。解褐曾縻佐郡官，首得宣城為歷試。
> 紫微田郎次登第，東樞受代傳廳事。第三榜中第二人，今在烏臺為察視。
> 邇來通倅少名流，雲泉竹樹應包羞。今春忽命姚著作，學術縱橫才磊落。
> 當年雄揖第三名，官路迤遭久漂泊。去歲獻文重召試，新恩始上芸香閣。
> （《小畜集》卷十二）

姚鉉與王禹偁交往，受到王禹偁標舉韓柳古文，以六經為依歸的主張影響，文學觀
念從早年偏於聲律，而有轉變，進而與王禹偁等人論辨古文，曾與為古文最受王禹
偁稱揚之孫何同任考官〔註56〕，因年歲相近，與孫何在文學上常有所談論與切磋。
孫何其人「篤學古文，為文必本經義」〔註57〕王禹偁曾有〈送孫何序〉云：

〔註55〕見四庫提要《唐文粹》題解。
〔註56〕見《宋會要輯稿》一百一十冊選舉七之六：「真宗咸平三年三月帝御崇政殿試……又
　　　命直昭文館安德裕、句中正，直史館姚鉉、孫何、曾致堯、祕閣校理舒雅……為考
　　　官，列於殿之西閣。」
〔註57〕見《宋史》卷三〇六。

有以生（孫何）之編集惠余者，凡數十篇，皆師戴六經，排斥百氏，落落
然眞韓柳之徒也。（《小畜集》卷十九）

孫何曾著有〈兩晉名臣贊〉、〈宋詩〉二十篇、〈春秋意〉、〈尊儒教議〉，聞名於時。
〔註58〕而孫何所著〈文箴〉〔註59〕，姚鉉〈唐文粹序〉與其論述的大意相同，可見
姚鉉與王禹偁、孫何文學觀念相合之處。

1. 以六經為文之根本

〈文箴〉曰：

> 堯制舜度，綿今亙古。周作孔述，柄星換日。是曰六經，爲世權衡。萬象
> 森羅，五常混并。

〈唐文粹序〉曰：

> 詩之作，有雅頌之雍容焉，書之興，有典誥之憲度焉。禮備樂舉，則威儀
> 之可觀，鏗鏘之可聽也。大易定天下之業，而兆乎爻象，春秋爲一王之法，
> 而繫於褒貶。若是者，得非文之純粹而已乎！是故志其學者必探其道，探
> 其道者必詣其極。然後隱而誨之，則金渾玉璞，君子之道也。發而明之，
> 大人之文也。

王禹偁提倡古文，主張文章「遠師六經，近師吏部」，故孫何與姚鉉對於文章根
本，皆推原六經，孫何推崇六經「爲世權衡」當爲文章之根本，而姚鉉詳述六經不
但與政治、社會、人生有相當大的關係，存於六經之中的儒家之道更是文學的根本，
文學創作必須載有儒家之道。

2. 論述唐以前文學發展的情形

〈文箴〉曰：

> 游夏之徒，得麗喪精。空傳其道，無所發明。後賢誰嗣，惟軻洎卿。
> 仁門義奧，我有典型。聖人觀之，猶足化成。瀛侯劉帝，屈指西京。
> 仲舒貫誼，名實絕異。相如子長，才智非常。較其工拙，互有否臧。
> 揚雄欻焉，刷翼孤翔。可師數子，擅文之場。東漢以下，寂無雄霸。
> 亹亹建安，格力猶完。當途之後，文失其官。家攘往跡，戶掠陳言。
> 陵夷怠惰，至於江左。輕淺淫麗，迭相唱和。聖心經體，盡墜於地。
> 千詞一語，萬指一意。縫煙綴雲，圖山畫水。駢枝麗葉，顛首倒尾。
> 治亂莫分，興亡不紀。齊頓梁絕，陳傾隋圮。

〔註58〕同註57。
〔註59〕見《宋文鑑》卷七十二。

〈唐文粹序〉曰：

> 自微言絕響，聖道委地。屈平、宋玉之辭，不陷於怨懟，則溺於謟惑。漢
> 興，賈誼始以佐王之道，經世之文，而求用於文帝，絳灌忌才，卒罹讒謫。
> 其後公孫弘、董仲舒、晁錯，咸以文進，或用或升，或黜或誅。至若嚴助、
> 徐樂、吾丘壽王、司馬長卿輩，皆才之雄者也，終不得大用，且侍從優游
> 而已。如劉向、司馬遷、揚子雲、東京二班崔蔡之徒，皆命世之才，垂後
> 代之法，張大德業，浩然無際。
> 至於魏晉，文風下衰。宋齊以降，益以澆薄。然其間鼓曹劉之氣燄，聳潘
> 陸之風格，舒顏謝之清麗，藹何劉之婉約。雖風興或缺，而篇翰可觀。至
> 梁昭明太子統，始自楚騷，終於本朝，盡索歷代才士之文，築臺而選之，
> 得三十卷，號曰：《文選》，亦一家之奇書也。厥後徐庾之輩，淫靡相繼，
> 下逮隋季，咸無取焉。

從孫何及姚鉉論述唐以前文學發展的情形，可見他們都有唐代古文家重兩漢，
輕魏晉南北朝之傾向。唐代古文家如獨孤及、梁肅、柳冕、韓愈因取法周秦兩漢之
文以變魏晉南北朝以來駢儷之文，對於魏晉以下文學評為「齊梁及陳隋，眾作等蟬
噪。搜春摘花卉，沿襲傷剽盜。」〔註60〕又稱魏晉六朝文學：「就其善者，其聲清
以浮，其節數以急，其辭淫以哀，其志馳以肆，其為言也雜亂而無章。」〔註61〕而
對兩漢文人司馬相如、司馬遷、劉向、揚雄文章十分推崇，稱為「最其善鳴者」〔註
62〕。孫何與姚鉉承襲唐代古文家的觀念，對於先秦兩漢文學家十分稱揚，論及魏晉
以下，孫何曰：「清淺淫麗，迭相唱和，聖心經體，盡墜於地。」在姚鉉的論述中，
對於魏晉南朝的文學，並不一概抹煞，以「雖風興或缺，而篇翰可觀。」肯定作家
創作成就，並能論辨作家特色，實屬難得。對《文選》十分推崇，這也是因為選文
家對《文選》有特別情感。

3. 論述唐代文學、標舉韓愈

〈文箴〉曰：

> 奕奕李唐，木鐸再揚。文之紀綱，斷而更張。鉅手魁筆，磊落相望。
> 凌櫪百代，直趨三王。續典紹謨，韓領其徒。還歸雅頌，杜統其眾。

〈唐文粹序〉曰：

> 有唐三百年，用文治天下。陳子昂起於庸蜀，始振風雅。由是沈宋繼興，

〔註60〕見韓愈詩〈薦士〉。
〔註61〕見《韓昌黎文集》卷四〈送孟東野序〉。
〔註62〕見韓愈《韓昌黎文集》卷三〈答劉正夫書〉。

李杜傑出：六義四始，一變至道。泊張燕公以輔相之才，專撰述之任，雄辭逸氣，聲動眾聽。蘇許公繼以宏麗，丕變習俗。而後蕭李以二雅之辭本述作；常楊以三盤之體演絲綸；郁郁之文，於是乎在。惟韓史部超卓群流，獨高遂古，以二帝三王為根本，以六經四教為宗師，憑陵轔轢，首唱古文，遏橫流於昏墊，闢正道於夷坦。於是柳子厚、李元賓、李翱、皇甫湜又從而和之，則我先聖孔子之道，炳然懸諸日月。故論者以退之之文，可繼楊孟，斯得之矣。至於賈常侍至、李補闕翰、元容州結、獨孤常州及、呂衡州溫、梁補闕肅、權文公德輿、劉賓客禹錫、白尚書居易、元江夏稹，皆文之雄傑者歟！世謂貞元元和之間，辭人咳唾，皆成珠玉，豈誣也哉！

孫何與姚鉉將韓愈在唐代文學史的地位標高，唐代的文壇是以古文領軍，這完全是以古文的觀點來看，可見他們欲扭轉文風、以韓愈為文壇新的文學權威，而姚鉉在論辨唐代作家上的認識，都較王、孫等人能擴大層面去了解，因姚鉉為藏書家，涉略唐代作品更多。

4. 五代衰微而宋興，文學觀念宜有新貌

〈文箴〉曰：

士德既衰，文復喧卑。制誥之俗，儕於四六。風什之訛，鄰於謳歌。懷經囊史，孰遏頹波。出入五代，兵革不稱。天佑斯文，起我大君。蒲帛詔聘，鴻碩紛論。邪反而正，漓澄而淳。凡百儒林，宜師帝心。語思其工，意思其深。勿聽淫哇，喪其雅音。勿視彩視，亡其正色。力樹古風，坐臻皇極。無俾唐文，獨稱往昔。賤沈司箴，敢告執策。

孫何獻〈文箴〉，希望藉由皇帝的力量，推行古風、遏止五代以來衰頹之風。而姚鉉〈唐文粹序〉則言明五代以來文風必須改變，並由《唐文粹》的編選開始這個工作。〈唐文粹序〉曰：

五代衰微之弊，極於晉漢，而漸革於周氏。我宋勃興，始以道德仁義根乎政，次以詩書禮樂源乎化；三聖繼作，曄燃文明。霸一變，至於王，王一變，至於帝，風教逮下，將五十年。熙熙蒸黎，久忘干戈戰伐之事；偲偲儒雅，盡識聲明文物之容。堯典曰：「文思安安」，大雅云：「濟濟多士」，盛德大業，英聲茂實，並屆於一代。得非崇文重學之明效歟！況今歷代墳籍，略無亡逸，內則有龍圖閣，中則有秘書監、崇文院之列三館，國子監之印群書，雖漢唐之盛，無以加此。故天下之人，始知文有江而學有海，識於人而際於天，撰述纂錄，悉有依據。

姚鉉論述宋代開國以來朝廷崇文重學，三館設立，以及國子監刊印典籍，在此時歷代書籍搜羅大備，宋代可謂「文思安安」、「濟濟多士」之時，姚鉉又謂：「豈唐賢之文，跡兩漢，肩三代，而反無類次，以嗣於《文選》乎？」姚鉉此語顯然有絃外之意，他並非不知李昉、徐鉉、宋白等這些「濟濟多士」曾編了起於梁末、以李唐文章為主，有意上續《文選》的《文苑英華》，然而在他眼裡《文苑英華》代表的是五代以來的文學觀念，李昉等這些文壇前輩所取擇的這些唐代作品，是無法提供新一代文士為文參考，也不能指引宋代的文學走向。所以他總合了王禹偁以來的文學觀念，藉《唐文粹》的編輯加以落實，姚鉉在〈唐文粹序〉中自道編輯過程、選文標準與編輯方式：

> 鉉不揆昧惛，遍閱群集，耽玩研究，掇菁擷華，十年於茲，始就厥志。得古賦、樂章、歌詩、贊、頌、碑、銘、文、論、箴、表、傳錄書序，凡為一百卷，命之曰《文粹》。以類相從，各分首第目，止以古雅為命，不以雕篆為工，故侈言蔓詞，率皆不取。

姚鉉有意藉《唐文粹》的編纂，改變當時文學取向，塑立韓愈為新的文學權威。吉川幸次郎《宋詩概說》及劉大杰《中國文學批評史》也都肯定姚鉉編選《唐文粹》的用心。〔註63〕

三、姚鉉編選《唐文粹》和《西崑酬唱集》之關係

姚鉉登科時年僅十六，當時王禹偁已經三十歲，王禹偁在咸平四年（1001）卒，姚鉉在天禧四年（1020）卒，姚鉉在世時間比王禹偁晚二十年，此時文壇環境已有了變化，「高、梁、柳、范」相繼殞落，《文苑英華》編輯群也慢慢凋謝，楊億、劉筠、錢惟演的唱和活動從真宗景德二年開始，對於盛行一時的白體文風，各種變革的勢力正在滋長。姚鉉處於此時編選《唐文粹》，除了承接王禹偁文學觀念，對白體有所變革，也對當時正在滋蔓的西崑詩風表達不同意見。

由楊億、劉筠、錢惟演、李宗諤、薛映、陳越、李維、刁衎、任隨、張詠、錢

〔註63〕吉川幸次郎《宋詩概說》第一章北宋初過渡期，頁七十五：「北宋初期出現的選集之中，較早的有太宗雍熙年間敕撰的《文苑英華》一千卷，其中所收唐代詩文，多屬辭藻華麗一類，可說是集美文之大成。但較後在真宗大中祥符四年姚鉉所編的《唐文粹》一百卷，則偏非美文的作品。據其序文，則可知選擇的標準以「古雅」為主，不取「侈言蔓辭」，所以所收文賦只有古體而無駢偶；而於詩歌，也只取古詩而棄五七言律詩。由於選擇行為本身代表一種批評作用或價值觀念，《唐文粹》的編選可能隱含著對《文苑英華》的反抗，並預示了以後宋代文學的新方向。」
劉大杰《中國文學批評史》第四編第一章北宋的詩文評論頁二四：「姚鉉與王禹偁交游，論文旨趣，大體相近。他想通過唐代詩文的編選工作，來矯正當日文風偏弊。」

惟濟、舒雅、晁迥、崔遵度、張秉、王曾、劉騭、丁謂等十八人參與的唱和活動，自眞宗景德二年至大中祥符元年止。〔註64〕此集一出，在當時的確造成相當大的影響。《郡齋讀書志》卷十九曰：

> 自景德以來，劉筠與楊億以文章齊名，號爲楊劉，天下宗之。

〈尹師魯河南集序〉曰：

> 洎楊大年以應用之才獨步當世，學者刻辭鏤意，有希彷彿，未暇及古也。

> （《范文正公集》卷六）

由楊億、劉筠爲主的西崑詩人酬唱是有意變革宋初承襲五代的白體風尚。田況《儒林公議》曰：

> 楊億在兩禁變革文章之體，劉筠、錢惟演輩皆從而效學之，時號楊、劉、三公以新詩更相屬和，極一時之麗……，雖頗傷於雕摘，然五代以來蕪穢之氣，由茲盡矣。〔註65〕

據田況所說因爲西崑詩風盛行，改變五代以來「蕪穢之氣」，又陳亮曰：「楊大年、劉子儀因其格（五代格）而加以瑰奇精巧」〔註66〕，可見楊劉等人在文句修辭上雕琢講究，一變白體不預作、文字淺白的特性。《四庫全書總目提要》曰：

> 其詩宗法李商隱，詞取妍華，而不乏興象。

《四庫全書簡明目錄》曰：

> 所作皆尊李商隱體，大抵音節鏗鏘，詞采華麗。

西崑諸公以李商隱爲他們所仿效對象，除了在修辭上的講求華美，更沿襲李商隱好用典故的創作特性，歐陽修稱西崑詩人「多用故事、至於語僻難曉」〔註67〕西崑詩中，不僅句中用事，而且通首用事，不只五七律通首用事，甚至連排律也通首用事。〔註68〕這樣雕琢文句、好用典故，一改白體講求明白坦易、情到語流的創作方式，此是西崑諸公對白體的改變趨向。

西崑詩人崇尚李商隱，彼此往來酬唱，從眞宗景德二年到大中祥符元年結集，天下文人翕然相從，雖然大中祥符二年眞宗曾因此集，下詔戒爲文浮靡〔註69〕，但

〔註64〕西崑詩人酬唱的時間判定，根據葉慶炳〈西崑酬唱集雜考〉（《書和人》第一九五期）考據，以《續資治通鑑長編》卷六一所載西崑詩人於景德二年修書之誼，開始唱和，又根據〈西崑酬唱集序〉楊億署銜，確定大中祥符元年爲該書結集之時。

〔註65〕見於《四庫提要》卷一八六引《儒林公議》語。

〔註66〕見於《龍川文集》卷十一。

〔註67〕見於《六一詩話》。

〔註68〕見黃金榔《西崑酬唱集》之研究第二章第三節，頁三十四。

〔註69〕見《續資治通鑑長編》卷七十一曰：「御史中丞王嗣宗言：『翰林學士楊億、知制誥

是真宗並沒有真正禁絕該集，〔註70〕使得該集迅速流行。楊億、劉筠、錢惟演等在禁中酬唱，影響所及連王禹偁所稱古文創作類韓柳的丁謂也參與其中，不再爲古文。〔註71〕姚鉉必然也感受到當時西崑之風的勢力，楊億、劉筠等人唱和之時，姚鉉正著手編選《唐文粹》，這兩股對白體變革的潮流，幾乎是同時進行，正面互相衝擊，姚鉉編《唐文粹》的過程也遭西崑詩人薛映的多加阻撓〔註72〕事見《續資治通鑒長編》卷六十四宋真宗景德三年：

> 初右諫議大夫知杭州薛映臨決鋒銳，州無留事，時起居舍人直史館姚鉉爲轉運使，亦雋爽尚氣，檄屬州：「當直司毋得輒斷徒以上罪。」映即奏：「徒、流、笞、杖，自有科條，苟情狀明白，何須繫獄，以累和氣。請詔天下，凡徒流罪人於長吏前對辨，無異，聽遣決之。」朝廷既施用其言，鉉與映滋不協，映遂發鉉納部內女口，驚鈿器多取直，廣市綾羅不輸稅，占留州胥左司，擅增修廨宇。上遣御史臺推勘官儲拱劾鉉，得實，法寺召議，罪當奪一官，特詔除名，爲連州文學。拱亦奏：「映嘗召人取告鉉狀」，坐贖銅九斤，特釋之。

姚鉉與薛映的衝突雖然起於行政理念的不同，但其文學觀念的差異也是其中最重要的原因所在，故「兩浙課吏寫書，亦薛映所掎之一事」〔註73〕姚鉉「兩浙課吏寫書」乃是編纂《唐文粹》。《唐文粹》的編纂開始於真宗咸平五年（1002），在景德三年（1006）

錢惟演、秘閣校理劉筠，唱和宣曲詩，述前代掖庭事，詞涉浮靡。』上曰：『詞臣，學者之宗師也，安可不戒其流宕？』乃下詔風勵學者，自今有屬詞浮靡，不遵典試者，當加嚴譴；其雕印文集，命轉運史擇部內官看詳，以可看錄奏。」

〔註70〕見何寄澎《北宋古文運動》第四章第一節，頁一五八：「何氏認爲真宗無意禁絕該書，並舉陸游《渭南文集》卷三十一〈跋西崑酬唱集〉所言爲證。陸游曰：『祥符中嘗下詔禁文體浮艷………其詩盛傳都下，而楊、劉方丰……賴大子愛才士，皆置而不問，獨下詔諷切而已。』」

〔註71〕王禹偁極稱許丁謂，在〈薦丁謂與薛太保書〉說：「有進士丁謂者，今之巨儒也，其道師於六經，汎于群史，而斥乎諸子，其文類韓、柳。」（《小畜集》卷十）〈送丁謂序〉曰：「其文數十章，皆意不常而語不俗，若雜於韓柳集中，不之辨也。」（《小畜集》卷十九）後來丁謂屈節從俗，王禹偁有〈答丁謂書〉責曰：「今謂之爲第一進士、得一中允而欲與世浮沈，自墮其名節，而竊爲謂之不取也。」（《小畜集》卷十八）丁謂與王禹偁等因而疏遠，在文學的取向，也脫離了古文的路子，丁謂後來參與楊億、劉筠等酬唱活動，可見他文學觀念的轉變。

〔註72〕此事《宋史》卷三〇五薛映本傳與卷四四一姚鉉本傳及《宋會要輯稿》九十七冊職官六十四亦有記載。

〔註73〕見《宋史》卷四四一。此觀念引自衣若芬〈試論《唐文粹》之編纂、體例及「古文」類之作品〉刊於《中國文學研究》第六期。

遭貶處〔註74〕由於遭此難，所以此書「初爲五十卷，後復增廣之」〔註75〕薛映在咸平四年和楊億同知制誥〔註76〕，景德三年入爲起居舍人直史館，參與楊億、劉筠等的唱和活動〔註77〕，《西崑酬唱集》下卷收錄薛映詩六首，分別是〈清風十韻〉、〈戊申年七夕五絕〉五首〔註78〕後者標題可知爲宋眞宗大中祥符元年所作。薛映詩十分精巧華美，對於姚鉉所編《唐文粹》自是不能欣賞與認同，故對《唐文粹》編纂多加阻撓。

姚鉉編選《唐文粹》期間，由於遭受西崑詩人的阻撓，更能感受到《西崑酬唱集》的勢力。當時西崑文風影響的情形，據歐陽修〈記舊本韓文後〉云：

> 是時天下學者楊劉之作，號時文。能者取科第，擅名聲，以誇榮當世。(《歐陽修全集》卷三)

西崑詩風的盛行，使得當時科考以這種「時文」取士，士子對於唐代著重聲律的詩賦選集有興趣，姚鉉在〈唐文粹序〉對此情形加以批評：

> 今世傳古代之類集者，詩則有《唐詩類選》、《英靈》、《間氣》、《極玄》、《又玄》等集，賦則有《甲賦》、《賦選》、《桂香》等集，率多聲律，鮮及古道，蓋資新進後生干名求試之急用爾。

姚鉉藉由批評聲律作品的同時，也間接表達對西崑詩風的不滿，他編《唐文粹》正是反制西崑文風的表現。

〔註74〕按註73衣若芬文中判定爲咸平六年，據《續資治通鑑長編》卷六十四，應爲景德三年。

〔註75〕見於《郡齋讀書志》卷二十《文粹》一百卷條下曰：「……累遷兩浙漕司，課吏寫書，采唐世文章，分門編類，初爲五十卷，後復增廣之。」

〔註76〕見《續資治通鑑長編》卷四十八，頁十。

〔註77〕見《續資治通鑑長編》卷六十四。
眞宗景德三年冬十月，初右諫議大夫薛映，以起居舍人直史館。

〔註78〕薛映兩首詩如下：
〈清風十韻〉
爽氣涼秋至，涼飆蕩暑迴。冷冷含遠籟，戚戚動輕裾。素髮悲郎將，霜紈感婕妤。
窗光流習燿，簾影亂蟾蜍。塵襲青絲騎，香飄甘憲車。故宮青及娑，別館度儲胥。
薄暮來金埒，凌晨上玉除。寧同起陋巷，賸於賦愁予。
〈戊申年七夕五絕〉
月放冰輪傍絳河，相期寶鵲夜經過。嫦娥不惜宮中桂，乞與天香分外多。
碧天如水月如鉤，金露盤高玉殿秋。青鳥潛來報消息，一時西望九花糾。
漢殿初呈楚舞時，月臺風樹鎭相隨。如何牛女佳期夕，又待鑾輿百子池。
月露庭中錦繡筵，神光五色一何鮮。世間工巧如求得，四至卿曹亦偶然。
銀河耿耿露溥溥，綵縷金針玉佩環。天媛貪忙爲靈匹，幾時留巧與人間。

第三章 《文苑英華》與《唐文粹》之比較

　　本章則就《文苑英華》和《唐文粹》選本內容呈現的情形來探討，兩書的編輯任務不同，《文苑英華》是宋初三館文人編選的官方文學選本，《唐文粹》則是姚鉉編選的私人文學選本，兩書在選文的方向基本上有此差異，官方文學選本往往有蒐羅前朝文學作品的任務，自然不如私人選本有鮮明的文學主張，所收作品亦不如私人選本來得精要。

　　兩書以唐人作品為蒐羅對象，《文苑英華》以徵文為目的，選錄的文章較多。《唐文粹》選錄唐人作品，特別是姚鉉重視的古文作品，《文苑英華》也收錄不少，這就是我們在比較兩書文學理念的一個重點。面對古文作品，他們是如何安排這些作品的歸類，以及如何去辨識這些作品。由這個思考理路，有助於了解兩書編輯群對唐代古文認識與重視的情形。針對此研究重點，本文選定《文苑英華》「雜文」類與《唐文粹》「古文」類作為比較範圍，從他們選文分類標目情形，了解他們在文類觀念上的因襲與創新，從他們收錄的作家與作品內容的趨向，解讀他們寓於選本中的文學理念。

第一節 以《文苑英華》「雜文」類與《唐文粹》「古文」類為比較範圍

　　《文苑英華》和《唐文粹》有上續《文選》之志，體例深受《文選》影響，《文苑英華》編輯體例借鑒《文選》，其後的《唐文粹》亦是如此，皆以文體分類的方式來編排。由《四庫總目提要》文苑英華題解及姚鉉〈唐文粹序〉可見。《四庫總目提要》文苑英華題解曰：

　　梁昭明太子撰《文選》三十卷，迄於梁初。此書所錄，則起於梁末，蓋即以上續《文選》。其分類編輯，體例亦略相同，而門目更爲繁碎。則後來文體日增，非舊目所能括也。

姚鉉〈唐文粹序〉曰：

　　鉉不揆昧惛，偏閱群籍，耽玩研究，掇菁擷華，十年于茲，始就厥志。得古賦、樂章、歌詩、贊、頌、碑、銘、文、論、箴、表、傳、錄、書、序，凡爲一百卷，命之曰：《文粹》，以類相從，各分首第門目。

《文苑英華》和《唐文粹》處理唐代作品的分類方式大致與《文選》相同，然而隨著文學世代的轉移，舊文類的勢微與分化，新文類的興起，皆使得《文苑英華》與《唐文粹》在編輯上與《文選》的分類體例不同，從以下三書的體例對照表可以看出《文苑英華》與《唐文粹》在處理唐代作品上的分類方式與《文選》分類的異同，也可見《文苑英華》與《唐文粹》在分類上的差異。

三書體例對照表

昭明文選	文苑英華	唐文粹
賦	賦	古賦
詩、騷	詩	詩
詔、策、令、文、誄、哀、弔文、祭文	策、表、狀、誄、祭文	文
上書、啓	書、啓、牋	書
檄	檄、露布、移文	檄、露布
序	序	序
頌、贊、史述贊	頌、贊	頌、贊
史論、論	論、議	論、議
箴、銘	箴、銘	箴、銘、戒
碑文、墓誌	碑、誌、墓表	碑
行狀	行狀	
對問、設論	策問	言語對答、古文、符命
符命		
	雜文	
連珠	連珠論對	

七		
	歌行	
	記	記
	傳	傳錄記事
	判、彈、疏	
	中書制誥、翰林制誥、諡哀冊、諡議	

　　漢魏到唐文學類別演變，原先盛行於漢魏的七體、騷等文體到唐代已式微，創作不豐富的情形下，《唐文粹》和《文苑英華》並未獨立分類收錄，唐代所增加的新文類在《文苑英華》則有歌行、記、傳、雜文，在《唐文粹》則有記、傳錄記事、古文。

　　《文苑英華》與《唐文粹》在編選唐代作品主旨及態度有不同，《文苑英華》編輯臺將大量官方文書收編於其中，如判、彈、疏、中書制誥、翰林制誥、諡哀冊、諡議等，顯然其編輯取向，並非執著於純文學作品的收集；而《唐文粹》未將連珠、以及唐代歌行收入，也與〈唐文粹序〉中鄙薄聲律、詞藻的文學理念一致。〔註1〕

　　《文苑英華》與《唐文粹》所錄唐以來所增加之新文類，歌行是由樂府演變而來，記、傳、傳錄記事則略同於筆記小說。《文苑英華》之「雜文」與《唐文粹》之「古文」都是歷來選文家未曾別立爲一類，「雜文」一名，見於《文心雕龍》。劉勰意欲將創新的新文體，尚未可獨立爲一類者以「雜文」類總歸之。〔註2〕而《文苑

〔註1〕所謂「連珠」《昭明文選》卷五十五，陸士衡〈演連珠五十首〉下注曰：傅玄敘連珠曰：「所謂連珠者，興於漢章之世，……其文體辭麗而言約，不指說事情，必假喻以達其指，而覽者微悟，合於古詩諷興之義，欲其歷歷如貫珠，易看而可悅，故謂之連珠。」

　　歌行是從詩的大文類分化獨立出來，《唐音審體》卷二曰：「歌行本出於樂府，然指事詠物，凡七言及長短句不用古韻者，通謂之歌行。故《文苑英華》分樂府、歌行爲二。」

　　連珠之重視詞藻、與歌行之重聲律皆非姚鉉所重，姚鉉在〈唐文粹序〉中曰：「今世傳唐代之類集者，詩則有《唐詩類選》、《英靈》、《間氣》、《極玄》、《又玄》等集，賦則有《甲賦》、《賦選》、《桂香》等集，率多聲律，鮮及古道，蓋資新進後生干名求試之急用爾豈唐賢之文……凡爲一百卷，命之曰《文粹》，以類相從，各分首第目，止以古雅爲命，不以雕篆爲工，故侈言蔓辭，率皆不取。」

〔註2〕見於《文心雕龍》雜文第十四：「智術之子，博雅之人，藻溢於辭，辭盈乎氣，苑囿文情，故日新殊致。……凡此三者（對問、七、連珠），文章之支派，暇豫之末造。……詳夫漢來雜文，名號多品，或典誥誓問，或覽略篇章，或曲操弄引，或吟諷謠詠。總括其名，並歸雜文之區。」

英華》編輯群以「雜文」爲一類，蓋效《文心雕龍》之意，所以該書「雜文」類錄文類頗多，收納了「七」體、「騷」體、「符命」，以及該書其他文類如序、記、傳、檄、戒、銘、贊、頌的作品。此外，還有古文雜於其中。

　　姚鉉《唐文粹》別立「古文」一類，更見其用心，收入的多是唐韓柳以下之散文新體，「古文」一名自韓柳提出之後，幾經後來皇甫湜、李翱等人的創作，成爲一種新的創作方式，然而自李漢編《昌黎先生集》起，到姚鉉編《唐文粹》之前，均未有人將「古文」列爲一文類，〔註3〕姚鉉有意將唐代古文的價值重新予以肯定，將「古文」從附屬於文、議論等傳統文類中獨立出來，使「古文」與詩、賦並尊，成爲一重要的文類。此從《文苑英華》「雜文」類與《唐文粹》「古文」類之分類名目可見。《文苑英華》編輯群將唐代古文歸於「雜文」類，顯示《文苑英華》的編輯文人看待古文，只認爲是唐代創新作品，尚未能成爲一獨立之文類，到了姚鉉編《唐文粹》，將這些作品獨立爲「古文」一類。一方面是姚鉉編選《唐文粹》時，三館圖書蒐羅較全，唐代諸家作品的收集、付印、刊行等各種外在條件都較《文苑英華》編選時來得完備；另一方面則是柳開、王禹偁等人之倡導古文，使當時論辨古文的風氣已開，文學觀念已經從獨尊白體中超脫出來，能夠重視這些唐代古文作品。姚鉉於此時觀念轉變之際，以「古文」一名總納這些作品。

　　而柳開、王禹偁等倡導的古文，從概念性的創作理論去說明何謂古文。柳開〈應責〉曰：

> 子責我以好古文，子之言何謂爲古文？古文者，非在辭澀言苦，使人難讀誦之，在于古其理，高其意，隨言短長，應變作制，同古人之行事，是謂古文也。（《河東先生集》卷一）

　　而王禹偁往往藉由評定韓愈古文，間接說明古文的內容與作法。他稱「近世爲古文之主者，韓吏部而已」〔註4〕韓愈之文是「師戴六經，排斥百氏」〔註5〕韓愈之

〔註3〕自李漢到姚鉉，其中編選作品或論辨文類者甚少，僅有李漢、皮日休、牛希濟。唐李漢的〈昌黎先生集序〉首先將韓愈的文章分爲：賦、古詩、聯句、律詩、雜著、書啓序、哀辭祭文、碑誌、筆硯鱷魚文、表狀。（見《唐文粹》卷九十二）

　　皮日休〈文藪序〉分爲賦、離騷、碑、銘、讚、頌、論、議、書、序、古風詩。（見《皮子文藪》卷前）

　　晚唐牛希濟〈文章論〉說明當時文類分爲：詩、賦、策、論、箴、判、贊、頌、碑、銘、書、序、文、檄、表、記等十六種。（見《文苑英華》卷七四二）以上三家均未將古文獨立爲一文類。

〔註4〕見《小畜集》卷十八〈答張扶書〉。

〔註5〕同註4，卷十九〈送孫何序〉中謂孫何文集：「凡數十篇，皆師戴六經，排斥百氏，落落然眞韓、柳之徒。」可見「師戴六經，排斥百氏」即爲王禹偁所認爲的韓柳古

文「未始句之難也，未始義之難曉也」〔註6〕說明他所認定的古文創作應當是出於六經，文句平淺易曉。姚鉉將這些他們概念中的古文，變成實際選本的重要文類，這一點姚鉉不僅比《文苑英華》編輯文人對唐代古文作品重視，在當時的古文家中亦具有開創性。

　　以下從《文苑英華》「雜文」類及《唐文粹》「古文」類的選文標目、選錄作家、選錄作品作進一步探討。

第二節　兩書選文編目分類比較

　　《文苑英華》「雜文」類既綜括各類新文體，《唐文粹》「古文」有意辨識唐代古文，故《文苑英華》「雜文」類與《唐文粹》「古文」類中均別分細目。

◎《文苑英華》「雜文」分爲十六類，分別是：

　　　一、問答　　　　（卷三五一～卷三五三）

　　　二、騷　　　　　（卷三五四～卷三五八）

　　　三、帝道　　　　（卷三五九）

　　　四、明道　　　　（卷三六〇）

　　　五、雜說　　　　（卷三六〇～卷三六二）（卷三六九）

　　　六、辯論　　　　（卷三六三～卷三六七）（卷三七二）

　　　七、贈送　　　　（卷三六七）

　　　八、箴誡　　　　（卷三六八）

　　　九、諫刺　　　　（卷三六九）

　　　十、紀述　　　　（卷三七〇～卷三七二）

　　　十一、諷諭　　　（卷三七三～卷三七四）

　　　十二、論事　　　（卷三七五）

　　　十三、雜製作　　（卷三七六）（卷三七七）（卷三七八）（卷三七九）

　　　十四、征伐　　　（卷三七七）

　　　十五、識行　　　（卷三七八）

　　　十六、紀事　　　（卷三七九）

◎《唐文粹》「古文」分爲十七類，分別是：

　　　一、五原　　　　（卷四十三）

　　　　文特徵。

〔註6〕同註4。

二、三原　　　（卷四十三）

三、五規　　　（卷四十三）

四、二惡　　　（卷四十三）

（不列標目有復性書三篇、平賦書一篇，卷四十四上）

（不列標目有鹿門隱書六十篇、古漁父三篇、時議三篇，卷四十四下）

五、言語對答　（卷四十五）

六、經旨　　　（卷四十五）

七、讀　　　　（卷四十六）

八、辯　　　　（卷四十六）

九、解　　　　（卷四十六）

十、說　　　　（卷四十七）

十一、評　　　（卷四十七）

十二、符命　　（卷四十八）

十三、論兵　　（卷四十八）

十四、析微　　（卷四十八）

十五、毀譽　　（卷四十九）

十六、時事　　（卷四十九）

十七、變化　　（卷四十九）

　　《文苑英華》與《唐文粹》在「雜文」與「古文」之下又加以標目分類，是仿效《文選》在詩之下又別分二十三類，賦之下別分十五類。《文選》在大文類之下的再分類，游志誠〈中國古典文論中文類批評的方法〉指出：「此乃選文家了解大文類之中的個別性。」〔註7〕他認為在《文選》中就有詩、賦類中再分類的情形，所依據的是作品內容的題材體類〔註8〕，選文家對於再分類時的認定，取決於其對作品

〔註7〕見游志誠〈中國古典文論中文類批評的方法〉，《中外文學》第二十卷第七期，頁八十九：「昭明編《文選》，懂得在大體類之下，再別出次文類，這是相對於前代而言在文類學上的一大進步。可惜，昭明只留下分出次文類的資料，痕跡，卻未進一步闡明次文類的性質，分類標準。內容與形式等諸般問題，也就無從知道昭明次文類的意見，大約只能從《文選序》的一句話說：『凡次文之體各以彙聚，詩賦體既不一，又以類分。』，可知他所謂的大體類是形式上可見其共通處彙合聚集於一類，乃是以體類之大別相似之特點為準據。至於詩賦這兩類，他則以為體既不一，承認在共通相似處之下別有更多的不相似處，所以，不得不再分類。」

〔註8〕同註7，頁八十六：「形式層次的體類與風格層次的體類，乃《文心雕龍》與《昭明文選》所共有，至於內容題材內的體類，《昭明文選》比較具體。譬如在形式體類的

閱讀主題的辨識〔註9〕，而《文苑英華》「雜文」與《唐文粹》「古文」再分類的情形，可見《文苑英華》與《唐文粹》的編選者所遭遇的問題較《文選》時複雜。

一、《文苑英華》「雜文」類的分類

　　《文苑英華》既有網羅放佚唐代作品的「徵文」使命，使得《文苑英華》收羅的作品繁多，而「雜文」一類中所收集的作品有：式微文類的零星作品、傳統文類之下的創新作品、以及各種文類交溶的作品、還有尚未可歸爲一類之新文體。從「雜文」類收納的這些作品看來，《文苑英華》編輯文人將這些文選上無法歸於傳統文類的新作，以及傳統文類中勢微的作品，均收於「雜文」類中。

　　但是這樣的安排，使得「雜文」類之下的再分類面臨了難題，因爲無法按照書中其他文類以作品內容的體裁來分類，故《文苑英華》「雜文」類中的再分類，則是游離於體類、風格、內容之間，沒有一定的標準。使得「雜文」類的部分，在編輯上造成若干缺失〔註10〕。

　　而《文苑英華》「雜文」分類的結果可見其編輯方式：

　　　1. 按內容題材分：帝道、明道、征伐、紀述、識行、紀事、論事、諫刺
　　　2. 按形式來分：問答、騷、辯論
　　　3. 無法歸類：雜說、雜製作

　　這樣的分類結果有不少令人質疑之處，如論事、辯論、可歸於大文類「論」、「議」，而紀述、紀事、識行可歸於「記」或「傳」中，何以別列於「雜文」之下？是否《文

　　「詩」「賦」之下，《昭明文選》又分爲：詩：補亡，述德……等共二十三類。賦：京都，郊祀……等共十五類。

　　細審這裡的次文類，或以內容主題分，如籍詠史。或以形式分，如百一、雜擬。最可注意的，則是獨列一篇陸機〈文賦〉，給他一個類叫論文。可見論文這一類完全是根據文章篇題而分的，這種類似的分類手法，暴露了分類的困難，分類標準的不一，而有體無歸類之虞。」

〔註9〕同註7，頁八十九、頁九十一：「然則所謂次文類，豈在內容主題嗎？是又不然，次文類的制約認定有大半因素決定於閱讀主題之辨識。」

　　「次文類即使在共通的形式共裏（各以彙聚）之下以內容題材主題之再分次之，仍然只是一種權宜性。文類必須具有交溶現象，文類必然繫之主題閱讀，還有，文類與作品正處於互爲辯証關係。文類與其說是一種制約，不如認爲文類爲一種閱讀，一種再創作。」

〔註10〕《文苑英華》「雜文」類有許多編輯上的缺失諸如：1. 篇目重複，而另立新類目者如：卷三六三盧碩〈畫諫〉、陳黯〈代河湟父老奏〉重見於卷三六九，本屬「雜說」，又歸於「諫刺」類目中。2. 同類不連卷，分置多處如：「雜說」一類分置於卷三六○、三六一、三六二及卷三六九四處。「辯論」一類置於卷三六三至三六七外，又置於卷三七二。

苑英華》編輯群體認到這些作品已與傳統的「論」、「議」、「記」、「傳」文類在體製、風格上有別呢？

　　且雜說在「雜文」類中佔了四卷，若按其內容性質應可歸於諷諭、諫刺、帝道、明道等次文類之下，若按其形式應可歸於問答、辯論等次文類之下，但《文苑英華》編輯群卻不如此歸類，別立雜說一類。「雜說」一詞，《漢書・藝文志》曰：「論議而兼敘說者，謂之雜說。」說明「雜說」一類作品具有論議和敘述的性質，在錢穆〈雜論唐代古文運動〉指出唐代「雜說」作品乃是出於先秦小說家之言與諸子寓言。〔註11〕，而從《文苑英華》收於此類中之作品看來，是夾雜論述與寓言的性質，雖然其中有不少以「說」字為題，如柳宗元〈天說〉、〈朝日說〉、陸龜蒙〈說鳳尾諾〉、劉蛻〈相孟子說〉等，更有以「雜說」為題者如韓愈〈雜說〉四篇，但似乎不是以篇題有「說」字來歸類的，因為柳宗元的〈說鶻〉、〈羆說〉、楊夔〈蓄狸說〉則是按內容歸於諷諭、辯論類，顯現《文苑英華》編輯群對於這類作品辨識上的模糊，又可從卷三六九標示為「諫刺・雜說」類得到驗證。

　　此書「雜製作」顯現了各種文類交溶、混合的現象，四卷的雜製作作品內容多樣，卷三七六盧照鄰〈中和樂〉九章、皮日休〈補大戴禮祭法文〉、〈補周禮九夏系文〉、劉蛻〈山書〉十八篇。卷三七七沈顏〈時日無吉凶解〉、〈妖祥辯〉、皮日休〈相解〉、劉蛻〈禹書〉上下、〈較農〉、〈疏亡〉、〈刪方策〉、陸龜蒙〈寒泉子對秦惠王〉、皮日休〈讀韓詩外傳〉、〈題叔孫通傳〉、〈題後魏書釋老志〉、〈題韓昌侯傳〉。卷三七八梁肅〈祇園寺淨土院志〉、符載〈植松諭〉、劉禹錫〈觀市〉、〈觀博〉、房千里〈骰子選格序〉、楊夔〈植蘭說〉、〈止妒〉。卷三七九如盧碩〈上洪範圖章〉、周墀〈旱辭〉、陳黯〈答問諫者〉，這些名為雜製作的作品，應是《文苑英華》編輯文人無以名之，姑且稱為雜製作，其中卷三七六歌頌樂章，韻散兼雜，〈山書〉、〈禹書〉的短篇小語，將史傳評論以隨筆的方式寫出，這些創新形式的作品，打破舊有體類、風格的限制，使得《文苑英華》編輯群無法加以歸納。

二、《唐文粹》「古文」類中的分類

　　《唐文粹》「古文」類中的再分類，與該書其他文類分類情況有異，大抵而言，該書的次文類是依據作品的內容題材來分，在「古文」類中則按作品篇題名稱與內

〔註11〕見《中國學術思想史論叢》（四）〈雜論唐代古文運動〉，頁五十一。錢穆於此指出三點：1. 雜說的作品於韓愈集中不多，柳集頗盛。2. 說者，為漢志九流十家之小說家者流，因其書不傳，諸子之書多有，尤以莊子寓言為著。3. 寓言小說之體，後來不獨立為文，轉化於詩中，韓愈作雜說乃是運詩入文。

容題材來分，何沛雄〈略論唐文粹的古文〉認爲一是按文體分，一是按類依從：

1. 以類從：如五原、三原、五規、二惡
2. 以體分：如言語對答、讀、辯、解、說、評
3. 以內容題材分：如符命、論兵、析微、毀譽、時事、變化〔註12〕

　　由《唐文粹》「古文」次文類的分類結果，顯現姚鉉對「古文」辨析的認識，錢穆〈讀姚鉉唐文粹〉謂姚鉉不能細辨古文的歸類，乃是宋初韓柳古文尙未大行所致。〔註13〕在姚鉉當時王禹偁、柳開雖提倡古文，然無分辨古文之體類。而追溯自唐韓柳以下諸家對古文雖然創作豐富，關於辨識古文體類的文字亦不多。

○韓愈〈南陽樊紹述基誌銘〉：

> 從其家求書，得書號《魁紀公》者三十卷，曰《樊子》者又三十卷，《春秋集傳》十五卷。表、牋、狀、策、書、序、傳、記、紀、誌、說、論、今文讚銘，凡二百九十一篇。道路所遇及器物門里雜銘二百二十，賦十，詩七百一十九。曰：多矣哉！古未嘗有也。（《韓昌黎文集》卷七）

○李漢〈唐吏部侍郎昌黎先生文集序〉：

> 長慶四年冬，先生歿，門人隴西李漢辱知最厚，且親收拾遺文，無所失墜，得賦四、古詩二百五、聯句十、律詩一百七十三、雜著六十四、書啓序八十六、哀辭祭文三十八、碑誌七十六、筆硯鱷魚文三、表狀四十七、總七百，並目錄，合爲四十一卷，目爲昌黎先生集。（《唐文粹》卷九十二〔註14〕）

○皮日休〈文藪序〉曰：

> 咸通丙戌中……退歸州東別墅，編次其文……斯文也……希當時作者一知耳。賦者，古詩之流也，傷前王大佚，作憂賦；慮民道難濟，作河橋賦；念下情不達，作霍山賦；憫寒士道壅，作桃花賦。離騷者，文之菁英者，傷於宏奧，今也不顯離騷，作九諷；文貴窮理，理貴原情，作十原；太樂既亡，至音不嗣，作補周禮九夏歌；兩漢庸儒，賤我左氏，作春秋決疑。

〔註12〕見《唐代文學研討會論文集》（文史哲出版）。

〔註13〕見《中國學術思想史論叢》（四）〈讀姚鉉唐文粹〉，頁八十三、八十四：「姚書於此古文一目之下，又別分子目逾十六七以上，仍有僅舉篇名而無適當之子目可標者，其分類之雜亂無義類，此亦一證。若依後代人文體分類新例，則僅論說或論辨或論著之一目，即可括盡。此見文體分類，其事亦經久始定。姚氏尙在宋初，韓柳古文於時尙未大行，故姚氏亦不能細辨其歸類之所宜。」

〔註14〕李漢〈昌黎先生集序〉的另一個版本是四部叢刊本《朱文公校昌黎先生集》其分類爲：古詩、律詩、雜著、書啓、哀辭祭文、碑誌、筆硯鱷魚文、表狀。

其餘碑銘讚頌論議書序，皆上剝遠非，下補近失，非空言也。較其道，可
在古人之後矣。古風詩編之文末，俾視之粗，俊於口也。（《皮子文藪》卷
前）

○牛希濟〈文章論〉曰：

今國朝文士之作，有詩、賦、策、論、箴、判、贊、頌、碑、銘、書、序、
文、檄、表、記，此十有六種，文章之區別也。製作不同，師模各異，然
忘於教化之道，以妖艷為勝，夫子之大章，不可得而見矣。古人之道殆已
中絕，賴韓吏部獨正之於千載之下，使聖人之旨復新。今古之體分而為四：
崇仁義而敦教化者，經體之制也；假彼問對，立意自出者，子體之制也；
屬詞比事，存於褒貶者，史體之制也；又有訓示字義，幽遠文義，觀之者
久而方達，乃訓詁之遺風，即皇甫持正、樊宗師為之，謂之難文。（《文苑
英華》卷七四二）

○柳開〈昌黎集後序〉曰：

先生於時作文章，諷頌、規戒、答論、問說，淳然一歸于夫子之旨。（《河
東先生集》卷十一）

韓愈與李漢就文章體類而言，與文選所列傳統文類的觀念相似，可見當時古文
在創作之初，作者對古文體類還未能有所辯論。韓愈的歸類除將子、史兩書不列於
文章之列，值得注意的是「道路所遇及器物門里雜銘」、「表、牋、狀、策、書、序、
傳、記、紀、誌、說、論」兩部分。以韓愈當時仍承南朝以來的文類觀念，「古文」
創作其實涵蓋這些體類。〔註15〕在傳統文類「表、牋、狀、冊、書、序、誌、論」
之外，韓愈又別分「傳、記、紀、說」、以及「道路所遇及器物雜銘」。關於前者韓
愈顯然已有定見，後者可能因為其內容與體裁尚在創作之初，韓愈尚不能辨其體類。
而韓愈弟子李漢編《韓昌黎文集》的分類，遠較韓愈不識古文體類〔註16〕，將這些
文章新體一以「雜著」概括之。

到了晚唐，古文發展已歷經一段頗長的時間，韓柳以後古文流派都已顯現，古
文體類也發展成熟，從皮日休自道創作始末，與牛希濟論辨古文，都可見此時古文
家對古文體類的辨識，已能擺脫《文選》的傳統文類觀念，就古文內部的創作風格、
內容題材來討論。皮日休作十原，可見是模仿韓愈作五原，「原」似乎已成古文的一

〔註15〕王基倫《韓歐古文比較研究》第二章第二節，認為「道路所遇及器物門里雜銘」不
　　　　應歸為古文作品。本文認為韓愈當時的古文家的創作與傳統文類不同，後來此一隨
　　　　興而記的古文類型，被大量模仿創作，也成為古文中頗為重視的一類。

〔註16〕同註11。

類，牛希濟指出古文發展的體類與風格大分為四：

1. 崇仁義而敦教化者，經體之制。
2. 假彼問對，立意自出者，子體之制。
3. 屬詞比事，存於褒貶者，史體之制。
4. 訓示字義，幽遠文義，觀之者久而方達，乃訓詁之遺風，謂之難文。

宋初柳開對古文的辨識，反倒不如晚唐牛希濟、皮日休來得清楚，僅大體歸為諷頌、規戒、答論、問說。晚唐五代古文家皮日休、牛希濟的分類，提供了姚鉉對於古文分類重要的參考。

姚鉉編《唐文粹》，編選時的原則：「止以古雅為命、不以雕篆為工」，不止收入唐代的古文作品而已，錢穆認為此書自三十四卷論文以前，是韓柳以前的唐文舊風格，三十四卷以下是韓柳以下的新體製。〔註17〕錢穆的看法《唐文粹》三十四卷以下應該都是古文，而姚鉉獨於四十三卷到四十九卷名為「古文」乃是囿於篇題所致。〔註18〕因此姚鉉在「古文」類再分類時，有些僅舉篇名，沒有適當的標目，這是該書分類常被詬病之處。〔註19〕然而從姚鉉於「古文」類所分的次文類也顯現幾項意義：

1. 對於古文的內容大抵是承牛希濟《文章論》的分類，從經、史、子來規範古文書寫的體裁，「經旨」旨於崇仁義教化，出於經之體；「言語對答」，乃是出於子之體；「符命」、「論兵」、「析微」、「毀譽」、「時事」皆是屬詞比事，存寓褒貶，屬於史體之製。值得注意的，關於牛希濟所謂的「難文」一類，姚鉉並沒有收入、歸類。
2. 將自韓愈、李漢以來所謂的雜著有更明確的歸類，將古文發展成的新文類標舉

〔註17〕見錢穆《中國學術思想史論叢》（四）〈讀姚鉉唐文粹〉，頁八十七：「通觀姚書一百卷，當可分為兩大部分。即自三十四卷論文一類之前，大體承襲蕭選，其所收文字，大體可代表韓柳唱為古文以前唐文之舊風格。自三十四卷以下，大體乃代表韓柳以下唐文之新體製。雖其篇題標名，有大體仍襲前傳之舊者，而其為文之風格體製，則已迥然不同。」

〔註18〕同註17出處：「姚氏意未嘗不知其所收古文一類，其文體實與其所編之論議兩類大體相近，特以姚氏拘於本文原題之標名，凡原以論字標題者，即歸入論類，凡原不以論與議字標題者，始為特立古文一目，而即以緊承論議兩類之後。而不知凡其所收論議兩類之文，其文體實以皆是古文，此則姚書分類標目之未當也。」

〔註19〕何沛雄〈略論唐文粹的古文〉與錢穆〈讀姚鉉唐文粹〉對此皆有批評。何沛雄〈略論唐文粹的古文〉稱：「《唐文粹》的「古文」分類可議者尤多，或以類從，或以體分，或以內容為別，體例不一。且卷四十四（分上下卷）又與他卷不同，全無標類。」錢穆〈讀姚鉉唐文粹〉，頁八十三：「姚書於此古文一目之下，又別分子目逾十六七以上，仍有僅舉篇名而無適當之子目標者，其書分類之雜亂無義類，此亦一證。」

出來，如「讀」、「辯」、「解」、「說」、「評」、「原」。〔註20〕

三、小　結

從《文苑英華》「雜文」類到《唐文粹》「古文」類下的再分類得知：

一、《文苑英華》將此部分名爲「雜文」與《唐文粹》名爲「古文」，自始即有認識上的不同，「雜文」一名含有辨識的模糊，內文紛雜的可能性，「古文」一名雖是新創，但也限制了取材的範圍。可見《文苑英華》編輯群陷於傳統的文類觀念，難將創新作品歸類的困境，《唐文粹》則以篇題作爲新舊文類歸類的大原則，並以「古文」將此類創新作品加以標識其意義。

二、《文苑英華》「雜文」類中的次文類雜說，是承襲李漢編《韓昌黎先生集》時以「雜著」爲名，可見《文苑英華》在分類上無法表現古文多元的體貌，可見編輯文人對唐代古文並沒有實際的關注。姚鉉編《唐文粹》「古文」類時，將韓柳以下古文的體類的各種面貌，分類標目清楚，在宋初諸家論辨古文的風氣未開，姚鉉編選時有此定見，實屬難得。

三、《文苑英華》「雜文」類中「雜製作」的收錄情形，突顯了《文苑英華》編輯群代表宋初文壇以晚唐五代的文類觀念，對韓柳以下的作品無法辨識歸類。而《唐文粹》雖然有些篇目沒有歸類，但僅有兩卷如此，他將體類相似的作品歸納於同卷，如李翱之〈復性書〉、〈平賦書〉在同一卷，皮日休〈鹿門隱書〉、劉蛻〈古漁夫〉、元結〈時議〉則因題材與隨筆性質相同列同卷，可見姚鉉在辨析古文作品時，已然構築他對古文的觀念。

第三節　兩書選錄作家比較

姚鉉〈唐文粹序〉表達《唐文粹》的編選，是將唐代古文列於文學的經典地位，並以韓愈爲新的文學權威。這樣的理念落實於實際的編選工作上，與《文苑英華》編選結果有多少異同？以《唐文粹》「古文」與《文苑英華》「雜文」比較，進一步分析之前先將兩書收錄作家作品表列於下。

〔註20〕出處同註12、註19，何沛雄〈略論唐文粹的古文〉，頁一七八。何沛雄指出《唐文粹》另立「談」爲一體之未當，不知究竟其根據何種版本，查該書「古文」類中並無別立「談」爲次文類，殆何氏誤以「評」爲「談」字了。

《文苑英華》「雜文」與《唐文粹》「古文」所選錄的作家作品數量表

選錄作家	文苑英華	唐文粹	選錄作家	文苑英華	唐文粹
元　結		12	羅　隱		8
程　晏		6	盛　均		3
司空圖		2	李商隱		2
袁　皓		2	韋　籌		1
羅　袞		1	王　藹		1
盧　潘		1	段成式		1
朱　閱		1	張　彧		1
盧照鄰	20		劉禹錫	9	
沈亞之	8		姚　崇	5	
韋端符	4		李　觀	3	
權德輿	2		張　琛	2	
符　載	2		周　墀	2	
林簡言	2		歐陽詹	2	
舒元輿	2		昭明太子	1	
梁簡文帝	1		梁元帝	1	
唐太宗	1		何　遜	1	
范　縝	1		岑　參	1	
岑文本	1		謝　偃	1	
駱賓王	1		黃　頗	1	
獨孤及	1		周　愿	1	
梁　肅	1		劉　軻	1	
韓　皋	1		崔　蠡	1	
皮日休	51	64	韓　愈	19	16
柳宗元	30	8	陸龜蒙	13	10
李　翱	5	7	劉　蛻	29	6
陳　黯	6	5	沈　顏	3	4
來　鵠	3	3	李　甘	2	3
牛僧孺	4	3	孫　樵	3	2
楊　夔	7	2	李　華	4	2
白居易	3	1	皇甫湜	1	1
杜　牧	4	3	獨孤郁	1	1
尚　衡	1	1	王　涯	1	1
房千里	1	1			

　　比對兩書共同收入的作家有二十一位：皮日休、韓愈、柳宗元、陸龜蒙、李翱、劉蛻、陳黯、沈顏、來鵠、李甘、牛僧孺、孫樵、楊夔、李華、白居易、皇甫湜、杜牧、獨孤郁、尚衡、王涯、房千里。另有四十三位作家是兩書個別收入的，《文苑英華》有盧照鄰、劉禹錫、沈亞之、姚崇、韋端符、李觀、權德輿、張琛、符載、周墀、林簡言、歐陽詹、舒元輿、昭明太子、梁簡文帝、唐太宗、何遜、范鎮、岑文本、岑參、謝偃、駱賓王、黃頗、獨孤及、周愿、梁肅、劉軻、韓皋、崔蠡等二十九位；《唐文粹》有元結、羅隱、程晏、盛均、司空圖、李商隱、韋籌、羅袞、張彧、王藹、盧潘、段成式、朱閱等十三位。依《全唐文》作家小傳、《新唐書》、《舊唐書》等資料，將這些作家活動的時代，表列於下：

《文苑英華》與《唐文粹》選錄作家年表

西　　元	歷代紀年	《文苑英華》選錄作家大事記	《唐文粹》選錄作家大事記
五〇一	（梁）武帝	昭明太子（五〇一～五三一）生	
五四九	簡文帝	簡文帝（　　　～五五二）	
五五二	梁元帝	梁元帝（　　　～五五四）	
六二六	（唐）高祖武德九	駱賓王（六二六～六八四）生	
六二七	太宗　貞觀一	謝偃（？～六四三）登第	
六三四	八	盧照鄰（六三四～六八六）生	
六四三	十七	謝偃（？～六四三）卒	
六四五	十九	岑文本（五九五～六四五）卒	
六五一	高宗　永徽二	姚崇（六五一～七二一）生	
六八四・	中宗　嗣聖一	駱賓王（六二六～六八四）卒	
六八六	三	盧照鄰（六四三～六八六）卒	
七一五	玄宗　開元三	岑參（七一五～七六九）生	元結（七一五～七七二）生
		李華（七一五～七七四）生	李華（七一五～七七四）生
七二五	十三	獨孤及（七二五～七七七）生	
七四〇	二十八		張彧（七四〇？－？）生
七五三	天寶　十二	梁肅（七五三～七九三）生	
七五六	肅宗　至德一	尚衡（？～？）登第	尚衡（？～？）登第
七五七	二	歐陽詹（七五七～八〇二）生	
七五八	乾元一	權德輿（七五八～八一五）生	
七六〇	上元一	符載（七六〇～八二二）生	
七六三	代宗　廣德一	王涯（七六三～八三五）生	王涯（七六三～八三五）生
七六五	永泰一	韓皋（？～？）登第	

七六六	大歷一	李觀（七六六～十九四）生	
七六八	三	韓愈（七六八～八二四）生	韓愈（七六八～八二四）生
七六九	四	岑參（七一五～七六九）卒	
七七二	代宗大歷七	劉禹錫（七七二～八四二）生	元結（七一五～七七二）卒
		白居易（七七二～八四六）生	白居易（七七二～八四六）生
七七三	八	周愿（？七七三～八二一？）生	
		柳宗元（七七三～八一九）生	柳宗元（七七三～八一九）生
七七四	九	李翱（七七四～八三六）生	李翱（七七四～八三六）生
		李華（七一五～七七四）卒	李華（七一五～七七四）卒
七七七	十二	獨孤及（七二五～七七七）卒	
		皇甫湜（七七七～八三四～）生	皇甫湜（七七七～八三四～）生
七八〇	德宗　建中元	牛僧孺（七八〇～八四八）生	牛僧孺（七八〇～八四八）生
七八九	貞元五	舒元輿（七八九～八三五）生	
七九三	九	周墀（七九三～八五一）生	
		梁肅（七五三～七九三）卒	
七九四	十	李觀（七六六～七九四）卒	
七九八	十四	獨孤郁（？～八一四）登第	獨孤郁登第
八〇二	十八	歐陽詹（七五七～八〇二）卒	
八〇三	十九	杜牧（八〇三～八五二）生	杜牧（八〇三～八五二）生
八〇五	順宗　永貞元	陳黯（八〇五～八七六）生	陳黯（八〇五～八七六）生
八一〇	憲宗、元和五	崔蠡（？～？）登第	
八一二	七		李商隱（八一二～八五八）生
八一四	九	獨孤郁（？～八一四）卒	
八一五	十	沈亞之（？～八三一～）登第	
		權德輿（七五八～八一五）卒	
八一七	十二		盧潘（？～？）登第
八一八	十三	劉軻（？～八六七～）登第	
八一九	十四	柳宗元（七七三～八一九）卒	柳宗元（七七三～八一九）卒
八二一	穆宗　長慶元	劉蛻（八二一～八七四）生	劉蛻（八二一～八七四）生
八二二	二	符載（七六〇～八二二）卒	
		韋端符（八二二？～？）	
八二三	三	李甘（？～八三五）登第	李甘（？～八三五）登第
八二四	四	韓愈（七六八～八二四）卒	韓愈（七六八～八二四）卒
八二八	文宗　太和二	房千里（？～？）登第	房千里（？～？）登第

八三三	七		羅隱（八三三～九〇九）生
八三四	八	皮日休（八三四～八八三）生	皮日休（八三四～八八三）生
八三五	九	王涯（？～八三五）卒	王涯（？～八三五）卒
		舒元輿（七八九～八三五）卒	
八三七	開成二		盛均（？～？）登第
八三八	三		司空圖（八三七～九〇八）生
八四三	武宗會昌三	黃頗（？～？）登第	
八四六	六	白居易（七七二～八四六）卒	白居易（七七二～八四六）卒
八四七·	宣宗　大中元	林簡言（？～？）登第	
八四八	二	牛僧孺（七八〇～八四八）卒	牛僧孺（七八〇～八四八）卒
八五〇	四	孫樵（？～八八四～）登第	孫樵（？～八八四～）登第
八五二	六	杜牧（八〇三～八五二）卒	杜牧（八〇三～八五二）卒
八五三	七		韋籌（？～？）官博士
八五八	十二		李商隱（八一二～八五八）卒
八六〇·	懿宗　咸通元	來鵠（？～八八三）登第	來鵠（？～八八三）登第
八六三	四		段成式（？～八六三）卒
八六八	九		袁皓（？～八八九～）登第
八七四·	僖宗　乾符元	劉蛻（八二一～八七四）卒	劉蛻（八二一～八七四）卒
八七五	二	陳黯（八〇五～八七五）卒	陳黯（八〇五～八七五）卒
八八一	中和元	陸龜蒙（？～八八一）卒	陸龜蒙（？～八八一）卒
八八三	三	來鵠（？～八八三）卒	來鵠（？～八八三）卒
八八九	昭宗　龍紀元		羅袞（？～？）登第
八九五	乾寧二		程晏（？～？）登第
八九六	三	楊夔（？～？）作烏程縣修建廨宇記	楊夔（？～？）作烏程縣修建廨宇記
九〇一	天復元	沈顏（？～九二四）登第	沈顏（？～九二四）登第
九〇五	哀帝　天祐二	楊夔（？～？）作溺賦	楊夔（？～？）作溺賦
九〇七	（後梁）太祖開平元	楊夔（？～？）作歙州重築新城記	楊夔（？～？）作歙州重築新城記
九〇八	二		司空圖（八三七～九〇八）卒
九〇九	三		羅隱（八三三～九〇九）卒
九二四	（後唐）莊宗同光二	沈顏（？～九二四）卒	沈顏（？～九二四）卒

　　《文苑英華》「雜文」類中所收入的既是包含了唐代文章的新體，其間必然有許多與《唐文粹》「古文」類相同的作家作品，且《文苑英華》是官方的選本，《文苑英華》在唐文集散佚之際，網羅放佚爲其編輯任務。《四庫全書總目提要》文苑英華解題曰：

> 所輯止唐文章，如南北朝間存一二，是時印本絕少，雖韓柳元白之文尚未甚傳，其他如陳子昂、張說、張九齡、李翱諸名士文籍，世尤罕見。故修書官於柳宗元、白居易、權德輿、李商隱、顧雲、羅隱或全卷收入。

　　在網羅放佚的編輯方針下，《文苑英華》所收入的作家，在時代的分佈上，從南北朝到唐末五代皆有，在「雜文」類中因爲收入的作品有唐代的新文類、以及傳統文類的創新作品，以及一些文體的零星作品。

　　《唐文粹》高舉古文標竿，「古文」類甄選的唐代古文作家，收入了《文苑英華》「雜文」類沒有收入的作家，如元結、張彧、李商隱、盧潘、羅隱、盛鈞、司空圖、段成式、朱閱、袁皓、韋籌、羅袞、程晏、王藹等，可以證明《唐文粹》的編纂並非是從《文苑英華》「銓擇十一」精簡濃縮而來。〔註 21〕而姚鉉在《文苑英華》編輯完成十五年之後，收集唐人的作品也多，加上他個人藏書頗多異本，取材自有《文苑英華》所未有者。

一、《文苑英華》尊白樂天等元和文人

　　《文苑英華》編輯方向由李昉等白體文人所主導，他們以白居易爲文學權威，在創作上多承襲白體淺近、閒適的風格，文學觀念也受白居易影響，白居易自道創作以諷諭和閒適。〔註 22〕白居易〈與元九書〉曰：

> 大丈夫所守者道，所待者時；時之來也，爲雲龍，爲鳳鵬，勃然突來，陳力以出；時之不來也，爲霧豹，爲冥鴻，寂兮寥兮，奉身而退，進退出處，何往而不目得哉。故僕志在兼濟，行在獨善，奉而始終之則爲道，言而發明之則爲詩。謂之諷諭詩，兼濟之志也，謂之閒適詩，獨善之義也。（《白居易集》卷二十八）

〔註21〕見《四庫全書總目提要》文苑英華解題。

〔註22〕見馬銘浩《唐代社會與元白文學集團關係之研究》第三章，頁四十四曰：「諷諭和閒適作品實爲白居易文學創作的二大意識，當然一般習慣上稱其爲「諷諭詩人」，並沒有什麼大錯，但就其量而言：白居易現存詩作二八八八首，諷諭詩只有一七二首，且多集中在元和初。就質而言：白居易在中唐被人所稱道，甚至奠定其文學地位的並不是諷諭作品。相反地，閒適意識一直貫穿在白居易的詩作上，只是何謂閒適詩？白居易並沒有像新樂府文學一般，有理論上的積極建設和刻意推展，界定上並不容易。」

　　《文苑英華》編輯文人受到白居易「詩教」文學觀影響，強調文學要有補察時政與洩導情志的功能，與《唐文粹》以「六經」為根本，強調文學載道的功能有所不同。《文苑英華》「雜文」類選錄的作家，如昭明太子、梁簡文帝、盧照鄰、韓愈、柳宗元、白居易、劉禹錫，因兼有個人情志與社會功能，與白居易閑適與諷諭的觀念相合。

　　而《文苑英華》在「雜文」類中收羅韓、柳等古文大家的作品，意味著《文苑英華》編輯群視韓、柳等古文作品為當時創新風格的作品。且除皮日休之外〔註23〕柳宗元作品又較韓愈為多，對柳宗元諷諭作品的喜好，可能是得自於對樂天諷諭作品的理解。

　　此外，該書也收入不少古文作家，如獨孤及、歐陽詹、李觀、梁肅、林簡言、劉軻等〔註24〕為《唐文粹》全力在推舉韓、柳古文所忽略的。

　　《文苑英華》「雜文」類仍以貞元、元和時期收入的作家最多，其中由白居易、劉禹錫、牛僧孺、王涯的被收入，可見《文苑英華》對白居易等元和時期文人的重視。

二、《唐文粹》推崇韓愈等古文作家

　　姚鉉在編選《唐文粹》時受之於同時代王禹偁、孫何等人推舉韓愈、肯定韓愈提倡古文觀念的影響。王禹偁〈答張扶書〉曰：

〔註23〕兩書選錄作家作品數量統計，均以皮日休作品最多，在《唐文粹》中有六十四篇，係因《唐文粹》收入〈鹿門隱書〉有六十篇，篇幅十分短；又《文苑英華》中雜入屬於騷體之〈九諷系述〉、〈反招魂〉、〈悼賈〉，以及補大戴禮的九篇祭文〈補周禮九夏系祭文〉，可歸於頌體的〈中和樂九章〉。以此看來，皮日休作品在兩書的數量並非最多。

〔註24〕有關這些古文家的生平與文學表現，分述於下：
　　○獨孤及：獨孤及為繼元結之後的古文家，出於李華之門，較李華，在重道之外，復重視文詞。唐實錄言韓愈師其文。生平見《新唐書》卷一六二
　　○梁肅：為獨孤及門人，韓愈嘗遊於其門下，對韓愈的文學思想有直接影響。
　　○歐陽詹：韓愈有〈歐陽生哀辭〉，其生平可見《新唐書》卷二○三歐陽詹傳曰：「與韓愈、李觀、李絳、崔群、王涯、馮宿、虞承先聯第，皆天下選，時稱龍虎榜。……其文章切深回復明辨，與愈友善。」
　　○李觀：陸希聲〈唐太子李觀文集序〉曰：「貞元中，天子以文化天下，天下翕然興於文。文之尤高者李元賓觀、韓退之愈。始元賓舉進士，其文稱居退之之右。及元賓死，退之之文益高。今之言文章，元賓反出退之之下。論者以元賓早世，其文為極，退之窮老不休，故能卒擅其名。」（《唐文粹》卷九十三。）
　　○劉軻：劉軻，慕孟軻為文，故以名焉。少為僧，止於豫章高安縣南果園；復求黃老之術，隱於廬山，既而登進士第。文章與韓、柳齊名。（《唐摭言》卷十一）
　　○林簡言：有〈上韓吏部書〉曰：「令得聖人之旨，能傳說聖人之道，閣下耳，……小子幸儒其業，與閣下同代而生。」

近世爲古文之主者，韓吏部而已。（《小畜集》卷十八）

王禹偁〈再答張扶書〉曰：

子謂韓吏部曰：「僕之爲文，意中以爲好者，人必以爲惡焉，或時應事作俗，下筆令人慚，即示人，人即以爲好」者，此蓋唐初之文，有六朝淫風，有四子艷格，至貞元元和間，吏部唱古道，人未之從，故吏部意中自是，而人能是之者百不一二，下筆自慚而人是之者十有八九，故吏部有是歎。（《小畜集》卷十八）

孫何〈文箴〉曰：

奕奕李唐，木鐸再揚。文之紀綱，斷而更張。巨手魁筆，磊落相望。凌櫟百代，直趨三王。續典紹謨，韓領其徒。還雅歸頌，杜統其眾。（《宋文鑑》卷七十二）

陳彭年〈故散騎常侍東海徐公墓誌銘〉曰：

魏晉名士，咸重玄言，梁隋諸公，始興宮體，茲風一扇餘數百年。唐氏俊乂爲多，比百王而雖盛，文章所尚，方三古而中殊，於是韓吏部獨正其非，柳柳州輔成其事。（《徐公文集》卷首）

姚鉉編《唐文粹》將這些論點綜合吸收，論述唐代文學發展的演變，肯定唐代古文運動在唐代文學史上的重要性，以及唐代古文運動作家的成就，更標舉韓愈推動古文之功。在〈唐文粹序〉中可見姚鉉對唐代作家品第之高下。〈唐文粹序〉曰：

有唐三百年，用文治天下。陳子昂起於庸蜀，始振風雅。由是沈宋繼興，李杜傑出；六義四始，一變至道。洎張燕公以輔相之才，專撰述之任，雄辭逸氣，聳動眾聽。蘇許公繼以宏麗，丕變習俗。而後蕭李以二雅之辭本述作；常楊以三盤之體演絲綸；郁郁之文，於是乎在。惟韓吏部超卓群流，獨高遂古，以二帝三王爲根本，以六經四教爲宗師，憑陵轥轢，首唱古文，遏橫流於昏墊，闢正道於夷坦。於是柳子厚、李元賓、李翱、皇甫湜又從而和之，則我先聖孔子之道，炳然懸諸日月。故論者以退之之文，可繼楊孟，斯得之矣。至於賈常侍至、李補闕翰、元容州結、獨孤常州及、呂衡州溫、梁補闕肅、權文公德輿、劉賓客禹錫、白尚書居易、元江夏積，皆文之雄傑者歟！世謂貞元元和之間，辭人咳唾，皆成珠玉，豈誣也哉！

姚鉉評論唐代作家，是以古文運動諸家爲上，推崇韓愈領導古文運動的成就，將韓愈視爲唐代作家之首，而佐翼韓愈的柳宗元、李觀、李翱、皇甫湜又次之。另外賈至、李翰、元結、獨孤及、呂溫、梁肅、權德輿、劉禹錫、白居易、元稹等諸家姚鉉譽爲「文之雄傑者」之中又可分高低。其中賈至、元結、獨孤及、梁肅、權

德輿皆早於韓愈，爲古文運動前輩，姚鉉有意將這些作家位於蕭李、常楊之上，肯定其文章風格。而「貞元、元和之間，辭人咳唾，皆成珠玉」乃謂白居易、劉禹錫、元稹、李翰、呂溫等人，顯然較獨孤及等又次之。

　　將《唐文粹》「古文」類作家作品數量統計結果與之對照，發現韓愈、柳宗元、李翱等古文運動核心作家作品數量皆在排名前幾位，符合〈唐文粹序〉中對古文作家的推崇，將這些作家作品大量收入。而皇甫湜作品僅選錄一篇，似乎隱含了姚鉉對皇甫湜主張怪奇、難澀的古文路子有所保留。古文運動前輩作家也以元結作品收入十二篇爲最多，其他作家也僅有李華、獨孤郁。元和諸家在其中也頗爲寥落，僅白居易一篇文章而已。這些也說明了姚鉉所謂的「古文」，以韓愈等人作品最符合其標準，他有意將貞元、元和之間文人作品的權威地位擺落。

三、唐末五代作家備受兩書重視

　　此外《唐文粹》與《文苑英華》皆收入了許多唐末五代作家作品，固然因爲年代距離較近，這些作家作品保存下來較多，編輯者對這些作家較爲熟悉的緣故，且五代入宋的李昉、徐鉉、楊徽之、扈蒙、舒雅等人與這些作家的年代相差不過數十年時間。《唐文粹》也收入相當多五代作家作品，顯示了唐末、五代時古文作家有相當多的創作，雖然〈唐文粹序〉沒有提到此時作家在唐代文壇中的地位，但就《唐文粹》「古文」所選錄的唐末五代作家卻有皮日休、陸龜蒙、劉蛻、陳黯、羅隱、程晏、沈顏、來鵠、孫樵、司空圖、袁皓、楊夔、韋籌、羅袞等十四家，收入作品數量有百餘篇之多，顯示唐末五代作家古文創作上的可觀。〔註25〕

　　《唐文粹》收入了許多唐末五代古文作家的作品，資料上取得容易，也使得姚鉉等宋初文人在認識唐代古文多取徑於唐末五代古文作家作品，可從本章第一節姚鉉論辨古文體類多取法自皮日休與牛希濟得知。

　　從《文苑英華》到《唐文粹》，宋初對文學權威的認定，已逐漸由白居易轉爲韓愈，《文苑英華》以李昉、徐鉉、宋白等白體作家爲主導，對以白居易爲主的元和文壇關注。姚鉉延續柳開與王禹偁及孫何等對韓愈古文成就的推崇，重新肯定唐代古

〔註25〕呂武志《唐末五代散文研究》第一章，頁四曰：「衡之姚氏選皮日休六十四篇、陸龜蒙十篇、羅隱八篇、劉蛻六篇、程晏六篇、陳黯五篇、沈顏四篇、來鵠三篇，且上幾於韓、柳、元結、李翱之間，豈無深意存焉？此其一也；姚鉉提倡古文，欲持《唐文粹》爲導正聯風之利器，而當中復多以本期作品爲先鋒，顯見姚氏對唐末五代「古文」成就之肯定，此其二也；上述皮、陸、羅、劉、程、陳、沈、來「古文」篇數既多，則必爲姚氏推崇之「古文家」矣！此其三；本期散文收入《唐文粹》者不足兩百篇，而當中有一一六篇，超過三分之一，納入百卷中所佔比例甚微之七卷「古文」裡，可知本期散文當中，正多思想、內容、形式較爲嚴謹之「古文」作品也。」

文的成就，且遠承李翱一脈，了解古文非在「句之難道，義之難曉」，扭轉自皇甫湜、孫樵以來，重視怪奇、難澀的風氣，更是超越柳開等人識見，拓展古文在宋代重生的契機。

第四節　兩書選錄的作品

　　《文苑英華》「雜文」類《唐文粹》「古文」類所共同收入的二十一位作家作品，有皮日休、韓愈、柳宗元、陸龜蒙、李翱、劉蛻、陳黯、沈顏、來鵠、李甘、牛僧孺、孫樵、楊夔、李華、白居易、皇甫湜、杜牧、獨孤郁、尚衡、王涯、房千里等二十一位。作品的情形表列如下：

作者	《唐文粹》選錄作品		《文苑英華》選錄作品	
韓愈	進學解	卷四六解	進學解	卷三六三問答
	讀荀	卷四六讀	讀荀卿子	卷三六〇讀
	雜說四首	卷四七說	雜說四首	卷三六一雜說
	原道	卷四三原	原道	卷三六三辯論
	原性	卷四三原	原性	卷三六三辯論
	原毀	卷四三原	原毀	卷三六三辯論
	原鬼	卷四三原	原鬼	卷三六三辯論
	原人	卷四三原	原人	卷三六六辯論
	對禹問	卷四五言語對答	對禹問	卷三六七辯論
	讀墨子	卷四六讀		
	諱辯	卷四六辯		
	獲麟解	卷四六解		
	師說	卷四七	釋言	卷三五三問答
			譏風伯	卷三五七騷
			本政	卷三六一雜說
			愛直贈李君房別	卷三六一雜說
			守誡	卷三六八箴誡
			張中丞傳後敘	卷三七〇紀述
			行難	卷三七八識行

柳宗元	貞符	卷四八符命	唐貞符解	卷三五九帝道
	天說	卷四七說	天說	卷三六二雜說
	蜡說	卷四七說	蜡說	卷三六二雜說
	朝日說	卷四七說	朝日說	卷三六二雜說
	說鶻	卷四七說	說鶻	卷三七三諷諭
	捕蛇說	卷四七說	捕蛇說	卷三七三諷諭
	鞭賈	卷四九說	鞭賈	卷三七四諷諭
	愚谿對	卷四五言語對答		
			答問	卷三五三問答
			弔屈原	卷三五六騷
			愬螭	卷三五七騷
			哀溺	卷三五七騷
			憎王孫	卷三五七騷
			逐畢方	卷三五七騷
			罵尸蟲	卷三五七騷
			招海賈	卷三五七騷
			乘桴說	卷三六二雜說
			讀韓愈所著毛穎傳	卷三六二雜說後題
			設愚者對智伯瑤	卷三六四辯論
			復吳子松說	卷三六四辯論
			桐葉封弟辯	卷三六七辯論
			說車贈楊誨之	卷三六七贈送
			三戒	
			臨江之麋	卷三六八箴誡
			黔之驢	卷三六八箴誡
			永某氏之鼠	卷三六八箴誡
			敵戒	卷三六八箴誡
			觀八駿圖說	卷三七二辯論
			羆說	卷三七三諷諭
			鐵鑪步志	卷三七四諷諭
			吏商	卷三七四諷諭
			蝜蝂傳	卷三七四諷諭

陸龜蒙	象耕鳥耘辯	卷四六辯	象耕鳥耘辯	卷三七二辯論
	寒泉子對秦惠王	卷四五言語對答	寒泉子對秦惠王	卷三七七雜製作
	蟹志	卷四九變化	蟹志	卷三七三諷論
	蟲化	卷四九變化	蟲化	卷三七四諷論
	治家子言	卷四五言語對答		
	雜說五首	卷四七說		
			迎潮送潮解	卷三五八騷
			迎潮	
			送潮	
			大儒評	卷三六○雜說
			說鳳尾諾	卷三六二雜說
			祀灶解	卷三六四辯論
			祝牛宮辭	卷三七二辯論
			告白蛇文	卷三七二辯論
			紀稻鼠	卷三七三諷論
			禽暴	卷三七三諷論
			紀錦裙	卷三七九紀事
皮日休	原化	卷四三原	原化	卷三六六辯論
	原親	卷四三原	原親	卷三六六辯論
	鹿門隱書六十篇	卷四四下		
	正尸祭	卷四五經旨		
	讀司馬法	卷四六讀		
			祝癧癘文	卷三五五騷
			九諷系述	卷三五六騷
			反招魂	卷三六五騷
			悼賈	卷三六五騷
			春秋決疑	卷三六四辯論
			十原系述	卷三六六辯論
			補泓戰語	卷三六六辯論
			補大戴禮祭法文	卷三七六雜製作
			補周禮九夏系文	卷三七六雜製作

			讀司馬法	卷三七七征伐
			相解	卷三七七雜製作
			讀韓詩外傳	卷三七七雜製作
			題叔孫通解	卷三七七雜製作
			題後魏釋老志	卷三七七雜製作
			題安昌侯傳	卷三七七雜製作
杜 牧	三子言性辯	卷四六辯	三子言性辯	卷三六七辯論
	原十六衛	卷四八論兵	原十六衛	卷三七五論事
	罪言	卷四八論兵	罪言	卷三七五論事
			塞廢井文	卷三六四辯論
陳 黯	答問諫者	卷四五言語對答	答問諫者	卷三七九雜製作
	詰鳳	卷四八析微	詰鳳	卷三六〇雜說
	拜嶽言	卷四五言語對答		
	禹誥	卷四五經旨		
	辯謀	卷四六辯		
			代河湟父老說	卷三六二雜說
			華心	卷三六四辯論
			禦暴說	卷三六九諫刺·雜說
			本貓說	卷三六九諫刺·雜說
白居易	補逸書	卷四五經旨	補逸書	卷三七七征伐
			箴言	卷三六八箴誡
			記異	卷三七九紀事
李 甘	叛解	卷四六解	叛解	卷三七五論事
	濟爲瀆問	卷四五言語對答		
	竄利說	卷四七說		
			寓衛人說	卷三六〇雜說
李 華	國之興亡解	卷四六解	國之興亡解	卷三六三辯論
	言醫	卷四五言語對答		
			賢之用捨	卷三六三辯論
			君之牧人	卷三六三辯論
			材之小大	卷三六三辯論

李 翱	復性書三篇	卷四四上	復性書三篇	卷三六五辯論
	平賦書	卷四四上		
	拜禹言	卷四五言語對答		
	命解	卷四六解		
	帝王所尚問	卷四八析微		
			陸歙州述	卷三七一紀述
			截冠雄雞志	卷三七三諷諭
房千里	知道	卷四八析微	知道	卷三六五辯論
尚 衡	文道元龜	卷四五經旨	文道元龜	卷三六九雜說
孫 樵	書褒城驛	卷四九時事	書褒城驛屋壁	卷三七四諷諭
	讀開元雜報	卷四九時事		
			書何易于	卷三七一紀述
			書田將軍邊事	卷三七五論事
楊 夔	原晉亂說	卷四七說	原晉亂說	卷三六二雜說
	紀梁公對	卷四五言語對答		
			公獄辯	卷三六一雜說
			善惡鑒	卷三六一雜說
			蓄貍說	卷三七二辯論
			較貪	卷三七四諷諭
			植蘭說	卷三七八雜製作
			止妒	卷三七八雜製作
劉 蛻	禹書上下	卷四八析微	禹書上下	卷三七七雜製作
	古漁父四篇	卷四四下		
	弔屈原辭三章	卷三五四騷		
			憫禱辭	卷三五八騷
			相孟子說	卷三六〇雜說
			朱氏夢龍解	卷三七二辯論
			山書一十八篇	卷三七六雜製作
			較農	卷三七七雜製作
			疏亡	卷三七七雜製作
			刪方策	卷三七七雜製作
獨孤郁	辯文	卷四六辯	辯文	卷三六七辯論

王　涯	太華仙掌辯	卷四六辯	太華仙掌辯	卷三六七辯論
沈　顏	時辯	卷四六辯		
	象刑解	卷四六解		
	登華旨	卷四八析微		
	讒國	卷四九毀譽		
			祭祀不祈說	卷三六二雜說
			時日無凶吉解	卷三七七雜製作
			妖祥辯	卷三七七雜製作
牛僧孺	原仁	卷四三原		
	齊誅阿大夫語	卷四五言語對答		
	象化	卷四九變化		
			訟忠	卷三六〇明道
			私辯	卷三六四辯論
			譴貓	卷三七二辯論
			雞觸人述	卷三七二辯論
來　鵠	讀鬼谷子	卷四六讀		
	貓虎說	卷四七說		
	儉不至說	卷四七說		
			儒義說	卷三六〇雜說
			仲由不得配祀說	卷三六〇雜說
			鍼子雲時說	卷三六〇雜說
皇甫湜	明分	卷四九毀譽		
			壽顏子辯	卷三六四辯論

　　從上表可看出《文苑英華》「雜文」與《唐文粹》「古文」，兩書取決作家作品時態度不同，只有十七家有相同的作品被選錄，有四家兩書選錄他們的作品完全沒有一樣；在有相同作品被選錄的十七家，他們常是不一樣的作品被兩書所分別選錄。這就提供了三個值得思考的方向：

1. 被兩書所共同選錄的作品，代表了什麼樣的價值？
2. 兩書所屬意的作家，除了有一部分的作品被選錄，分別被選入的作品，是否可看出兩書觀點的差異？
3. 兩書共同屬意的作家，何以選錄作品完全不同？

一、兩書所共同選入的作家作品

兩書所共同選錄的十七家的作品表列如下：

作　者		《唐文粹》	《文苑英華》
韓　愈	進學解	卷四六解	卷三六三問答
	讀荀	卷四六讀	卷三六〇讀
	雜說四首	卷四七說	卷三六一雜說
	原道	卷四三原	卷三六三辯論
	原性	卷四三原	卷三六三辯論
	原毀	卷四三原	卷三六三辯論
	原鬼	卷四三原	卷三六三辯論
	原人	卷四三原	卷三六六辯論
	對禹問	卷四五言語對答	卷三六七辯論
柳宗元	貞符	卷四八符命	卷三五九帝道
	天說	卷四七說	卷三六二雜說
	蜡說	卷四七說	卷三六二雜說
	朝日說	卷四七說	卷三六二雜說
	說鶻	卷四七說	卷三七三諷論
	捕蛇說	卷四七說	卷三七三諷論
	鞭賈	卷四九說	卷三七四諷論
陸龜蒙	象耕鳥耘辯	卷四六辯	卷三七二辯論
	寒泉子對秦惠王	卷四五言語對答	卷三七七雜製作
	蟹志	卷四九變化	卷三七三諷論
	蠹化	卷四九變化	卷三七四諷論
皮日休	原化	卷四三原	卷三六六辯論
	原親	卷四三原	卷三六六辯論
杜　牧	三子言性辯	卷四六辯	卷三六七辯論
	原十六衛	卷四八論兵	卷三七五論事
	罪言	卷四八論兵	卷三七五論事
陳　黯	答問諫者	卷四五言語對答	卷三七九雜製作
	詰鳳	卷四八析微	卷三六〇雜說

白居易	補逸書	卷四五經旨	卷三七七征伐
李　甘	叛解	卷四六解	卷三七五論事
李　華	國之興亡解	卷四六解	卷三六三辯論
李　翱	復性書三篇	卷四四上	卷三六五辯論
房千里	知道	卷四八析微	卷三六五辯論
尚　衡	文道元龜	卷四五經旨	卷三六九雜說
孫　樵	書襃城驛	卷四九時事	卷三七四諷諭
楊　夔	原晉亂說	卷四七說	卷三六二雜說
劉　蛻	禹書上下	卷四八析微	卷三七七雜製作
獨孤郁	辯文	卷四六辯	卷三六七辯論
王　涯	太華仙掌辯	卷四六辯	卷三六七辯論

　　被兩書所共同選入的作品，在當時可能已是極有名的作品，或是已成為作家的代表作。這些兩書所共同認同的經典作品，其中亦發現有文名不著，卻以一篇文章傳世的作家，如尚衡、房千里。〔註26〕

　　兩書選錄這些作品，分別歸類的情形值得注意。譬如有些在《文苑英華》中被列入「辯論」類目的作品，在《唐文粹》中則分別分入「解」、「辯」、「原」、「經旨」；在《文苑英華》列入「雜說」類目的作品，在《唐文粹》中則分入「析微」、「說」；在《文苑英華》列入「諷諭」類目的作品，在《唐文粹》中則分入「變化」、「時事」。從兩書對這些相同作品不同的歸類，可見《唐文粹》有更細目的分類，從這些分類的情形，應證本章第一節所言，姚鉉的分類概念完全是從古文家的角度，在《文苑英華》中的「諷諭」、「雜說」、「論辯」的文類概念在《唐文粹》中不存在，姚鉉由古文的創作特色加以分體，所謂「解」、「說」、「辯」、「原」皆是。自韓愈作〈獲麟解〉、〈進學解〉、〈師說〉、〈五原〉、〈諱辯〉以來，古文家以此為仿效，凡辨別是非真偽的駁論文章屬「辯」，凡解釋義理陳述己意者謂「說」，凡對解說事物並闡示其中道理者謂「解」，而推論事理本原者謂「原」〔註27〕姚鉉因此而得以分類；從「經旨」、「原」以及李翱的〈復性書三篇〉，可見姚鉉得自韓愈推原論性，重視六經之道的文學觀念。

〔註26〕參見羅聯添〈隋唐文學理論之發展與演變〉，頁十一。
〔註27〕參見呂武志《唐末五代散文研究》，頁二七五。

二、兩書所選入共同作家的其他作品

本文又從以下兩書中對於這十七位作家，所收錄的不同作品，作進一步探討。

《文苑英華》所獨收的作品

韓　愈	釋言	卷三五三問答
	讒風伯	卷三五七騷
	本政	卷三六一雜說
	愛直贈李君房別	卷三六一雜說
	守誡	卷三六八箴誡
	張中丞傳後敘	卷三七〇紀述
	行難	卷三七八識行
柳宗元	答問	卷三五三問答
	弔屈原	卷三五六騷
	愬螭	卷三五七騷
	哀溺	卷三五七騷
	憎王孫	卷三五七騷
	逐畢方	卷三五七騷
	罵尸蟲	卷三五七騷
	招海賈	卷三五七騷
	乘桴說	卷三六二雜說
	讀韓愈所著毛穎傳後題	卷三六二雜說
	設愚者對智伯瑤	卷三六四辯論
	復吳子松說	卷三六四辯論
	桐葉封弟辯	卷三六七辯論
	說車贈楊誨之	卷三六七贈送
	三戒	
	臨江之麋	卷三六八箴誡
	黔之驢	卷三六八箴誡
	永某氏之鼠	卷三六八箴誡
	敵戒	卷三六八箴誡
	觀八駿圖說	卷三七二辯論
	羆說	卷三七三諷諭
	鐵鑪步志	卷三七四諷諭
	吏商	卷三七四諷諭
	蝜蝂傳	卷三七四諷諭

陸龜蒙	迎潮送潮解	卷三五八騷
	大儒評	卷三六〇雜說
	說鳳尾諾	卷三六二雜說
	祀灶解	卷三六四辯論
	祝牛宮辭	卷三七二辯論
	告白蛇文	卷三七二辯論
	紀稻鼠	卷三七三諷諭
	禽暴	卷三七三諷諭
	紀錦裙	卷三七九紀事
皮日休	祝瘧癘文	卷三五五騷
	九諷系述	卷三五六騷
	反招魂	卷三六五騷
	悼賈	卷三六五騷
	春秋決疑	卷三六四辯論
	十原系述	卷三六六辯論
	補泓戰語	卷三六六辯論
	補大戴禮祭法文	卷三七六雜製作
	補周禮九夏系文	卷三七六雜製作
	讀司馬法	卷三七七征伐
	相解	卷三七七雜製作
	讀韓詩外傳	卷三七七雜製作
	題叔孫通解	卷三七七雜製作
	題後魏釋老志	卷三七七雜製作
	題安昌侯傳	卷三七七雜製作
杜　牧	塞廢井文	卷三六四辯論
陳　黯	代河湟父老說	卷三六二雜說
	華心	卷三六四辯論
	禦暴說	卷三六九諫刺‧雜說
	本貓說	卷三六九諫刺‧雜說
白居易	箴言	卷三六八箴誡
	記異	卷三七九紀事
李　甘	寓衛人說	卷三六〇雜說

李　華	賢之用捨	卷三六三辯論
	君之牧人	卷三六三辯論
	材之小大	卷三六三辯論
李　翱	陸歙州述	卷三七一紀述
	截冠雄雞志	卷三七三諷論
孫　樵	書何易于	卷三七一紀述
	書田將軍邊事	卷三七五論事
楊　夔	公獄辯	卷三六一雜說
	善惡鑒	卷三六一雜說
	蓄狸說	卷三七二辯論
	較貪	卷三七四諷論
	植蘭說	卷三七八雜製作
	止妒	卷三七八雜製作
劉　蛻	弔屈原辭三章	卷三五四騷
	憫禱辭	卷三五八騷
	相孟子說	卷三六〇雜說
	朱氏夢龍解	卷三七二辯論
	山書一十八篇	卷三七六雜製作
	較農	卷三七七雜製作
	疏亡	卷三七七雜製作
	刪方策	卷三七七雜製作

《唐文粹》所獨收的作品

韓　愈	讀墨子	卷四六讀
	諱辯	卷四六辯
	獲麟解	卷四六解
	師說	卷四七說
柳宗元	愚谿對	卷四五言語對答
陸龜蒙	治家子言	卷四五言語對答
	雜說五首	卷四七說
皮日休	鹿門隱書六十篇	卷四四下
	正尸祭	卷四五經旨
	讀司馬法	卷四六讀

陳　黯	拜嶽言	卷四五言語對答
	禹誥	卷四五經旨
	辯謀	卷四六辯
李　甘	濟爲瀆問	卷四五言語對答
	竊利說	卷四七說
李　華	言毉	卷四五言語對答
李　翱	平賦書	卷四四上
	拜禹言	卷四五言語對答
	命解	卷四六解
	帝王所尙問	卷四八析微
孫　樵	讀開元雜報	卷四九時事
楊　夔	紀梁公對	卷四五言語對答
劉　蛻	古漁父四篇	卷四四下

　　從兩書個別收入作品看來，兩書對於這些作家作品的喜好有不同的趨向。《文苑英華》收入柳宗元〈弔屈原〉、〈愬螭〉、〈哀溺〉、〈憎王孫〉、〈逐畢方〉、〈罵尸蟲〉、〈招海賈〉，皮日休〈祝瘧癘文〉、〈九諷系述〉、〈反招魂〉、〈悼賈〉，陸龜蒙〈迎潮送潮解〉以及劉蛻〈弔屈原三章〉、〈憫禱辭〉等騷體，雖是《文苑英華》沒有別立騷體的緣故，但也意味著該書編輯群對這類文辭典麗、抒發個人情志作品的不能割捨。《唐文粹》對這些「率多聲律，鮮及古道」的作品並沒有收入，而收入了說明聖王之道的李翱〈拜禹言〉、陳黯〈拜嶽言〉、〈禹誥〉、韓愈〈獲麟解〉、李甘〈濟爲瀆問〉，收入崇經重道的韓愈〈五原〉、〈談鬼谷子〉，也收入闡明君子修身之道的李翱〈命解〉。

　　《文苑英華》收錄的重點是諷諭、雜說的短篇作品，柳宗元、陸龜蒙、楊夔、陳黯的諷諭寓言，以及韓愈、皮日休、劉蛻、李翱、孫樵的短篇雜記被收入，可見《文苑英華》編輯群對中晚唐以來流衍元白風格的諷諭作品，以及韓柳以下雜記短篇小品有相當的關切；而重視人君治道與譏評時弊的作品在《唐文粹》中也收了不少，似乎是因爲韓柳古文與元白諷諭作品在題材上的相似性有關。

三、兩書選入共同作家之完全不同作品

　　《文苑英華》「雜文」類與《唐文粹》「古文」類所共同選入的二十一位作家之中有四位作家，兩書在選錄他們的作品完全沒有交集，這四位作家及其分別被選入的作品表列如下：

兩書所收相同作家完全收入不同的作品

作　者	《唐文粹》選錄作品	《文苑英華》選錄作品
沈　顏	時辯　（卷四六辯） 象刑解　（卷四六解） 登華旨　（卷四八析微） 讒國　（卷四九毀譽）	祭祀不祈說　（卷三六二雜說） 時日無凶吉解　（卷三七七雜製作） 妖祥辯　（卷三七七雜製作）
牛僧孺	原仁　（卷四三原） 齊誅阿大夫語　（卷四五言語對答） 象化　（卷四九變化）	訟忠　（卷三六〇明道） 私辯　（卷三六四辯論） 讒貓　（卷三七二辯論） 雞觸人述　（卷三七二辯論）
來　鵠	讀鬼谷子　（卷四六讀） 貓虎說　（卷四七說） 儉不至說　（卷四七說）	儒義說　（卷三六〇雜說） 仲由不得配祀說　（卷三六〇雜說） 鍼子雲時說　（卷三六〇雜說）
皇甫湜	明分　（卷四九毀譽）	壽顏子辯　（卷三六四辯論）

　　《文苑英華》「雜文」類與《唐文粹》「古文」類選入沈顏、牛僧孺、來鵠、皇甫湜的作品完全不同，雖然《文苑英華》將這些作品視為「雜文」，顯示這些作品無法含括於舊有文類之中，但是這些作品又不被姚鉉收入《唐文粹》「古文」類中，姚鉉另收入這些作家其他作品目為「古文」，證明姚鉉與《文苑英華》編輯文人認定這些作家文學地位的觀點是有差異。

　　從兩書收入這些作家作品的歧異，更突顯出兩書文學取向不同，《唐文粹》收皇甫湜的〈明分〉，《文苑英華》收其〈壽顏子辯〉，前者在明君子與小人之分際，後者則言五行變化，姚鉉顯然捨皇甫湜〈壽顏子辯〉偏向模仿揚雄〈太玄〉的奧文奇字，而就昌明重君子之道的論說。又《文苑英華》收沈顏〈祭祀不祈說〉、〈時日無吉凶解〉、〈妖祥辯〉，皆與國家祭祀大事有關。〈祭祀不祈說〉說明祭祀在於表彰祖宗功勞，並非向神明祈求福佑，〈時日無吉凶解〉則辯明時日無吉凶，〈妖祥辯〉說明政治興廢在於人，無關於自然現象。姚鉉不選沈顏談論國家祭祀的作品，選擇沈顏規勸人君的作品，如〈時辯〉、〈讒國〉、〈象刑解〉。〈時辯〉說明統治的君王必須善體時變，修德愛民，否則政權有被顛覆的可能，此文持論創新又激進，姚鉉也突破官方選本的尺度選錄。而姚鉉選沈顏〈登華旨〉，此文在評論韓愈登華山絕頂痛哭，乃

是賢人託事諷時，表現他對韓愈文行的推崇。

《文苑英華》收來鵠〈儒義說〉、〈仲由不得配祀說〉、〈鍼子雲時說〉皆是針砭前賢舊說，而姚鉉捨此獨選〈貓虎說〉、〈儉不至說〉以諷諭當政權貴之奢迷及貪官汙吏之剝削，其選〈讀鬼谷子〉亦見關懷儒道教化。《文苑英華》收牛僧孺〈訟忠〉、〈私辯〉以明君臣之分際，收〈譴貓〉以警惕君王防盜亂，收〈雞觸人述〉戒君子言行過於剛烈者。姚鉉《唐文粹》則收〈原仁〉、〈齊誅阿大夫語〉、〈象化〉推言仁義以明古道之作。

小　結

總之，《唐文粹》與《文苑英華》最大的差異，在於《文苑英華》收錄作品較偏於「詩教」，以抒發個人情志，諷諭時弊為主。而《唐文粹》則出於「六經」，申揚儒家之道，重視文章教化點。比較兩書選錄的作家作品，可見姚鉉《唐文粹》的編選成就有三：

一、姚鉉將傳統的文類觀念解離，從兩書選錄的作品歸類比較，可見其以古文家的立場，架構屬於古文的分類方式，這一點對於當時文人辨識古文作品有極大的幫助。

二、姚鉉將《文苑英華》對於唐代新興的古文作品的辨識不明處，除了在分類上用心辨析，更收納韓柳以下平易載道的古文作品，使宋初文人對古文的認識能擺脫來自「高、梁、柳、范」主張艱澀古文的印象。

三、姚鉉編《唐文粹》重新肯定韓愈古文作品的價值，將韓愈主張重視六經的文學理念，具體落實於作品的取擇。韓愈當時參與古文運動的重要作家也備受重視，姚鉉重新肯定的不只是韓愈個人的成就而已，而是以韓愈為權威，對唐代古文運動全面的肯定，這種識見超越了柳開、穆修獨尊韓愈的格局。

第四章　從《文苑英華》因襲五代文學觀念到《唐文粹》的轉變

　　從《文苑英華》到《唐文粹》的編纂，文學環境已經發生很大的改變，就選文材料而言，姚鉉編《唐文粹》時三館藏書已經相當豐富，唐代別集被大量搜集、刊刻，皆使《唐文粹》在選文上的資料較《文苑英華》爲多，取擇唐代作品的觀念也與《文苑英華》不同。而白體文人慢慢凋謝，各種變革白體的文學勢力正在滋蔓，文學風氣一開，白體權威的地位鬆動，《唐文粹》正值此文學觀念轉變之時。

　　三館藏書豐富、刊刻唐代別集與變革勢力之間互相影響，都是造成《唐文粹》編選觀念轉變的重要因素。本文分三個小節進行探討，首先就兩書編選時三館藏書與刊刻唐代文集的情形，以了解兩書編輯時選文材料的差異。另外就第二章與第三章研究的結果，進一步分析從《文苑英華》到《唐文粹》的編纂，反映宋初沿襲五代文學觀念的情形，以及《唐文粹》所代表的轉變。

第一節　書籍的增加，有助文人論辨唐代作品

　　從《文苑英華》到《唐文粹》的編纂，其間文學環境已有所改變，至此，宋立國已五十年，三館藏書增加，文人紛紛甄理唐代文集。

一、三館藏書增加

（一）《文苑英華》編輯時三館藏書的情形

　　《文苑英華》編輯時爲宋立國之初，宋初承五代之後，書多蕩焚，三館藏書不多，《續資治通鑑長編》卷十九記載當時三館藏書的情形：

> 建隆初，三館所藏書僅一萬二千餘卷，及平諸國，盡收其圖籍，惟蜀、江

南最多，凡得蜀書一萬三千卷，江南書二萬餘卷，又下召開獻書之路，於是天下書復集三館，篇秩稍備。

太祖建隆初，三館藏書僅萬二千餘，後乾德元年（963）平荊南，三年（965）平蜀，開寶八年（975）平南唐，均收其圖籍，又開獻書之路，《續資治通鑑長編》卷七曰：

> 乾德四年閏八，詔求亡書，凡吏民有以書籍來獻者，令史館視其篇目，館中無則索之，獻書人送學士院試問吏理，堪任職官，具以名聞。是歲三禮涉弼，三傳彭干，學究朱載皆應詔獻書，總千二百二十八卷。

及太宗于太平興國二年因《太平御覽》的編輯，而臨幸三館〔註1〕，始建崇文院，《續資治通鑑長編》卷十九，太宗太平興國三年曰：

> 自梁氏都汴，貞明中，始以今右長慶門東北小屋數十間為三館，湫隘繞避風雨，周廬徼道出於其側，衛士騶卒朝夕喧雜，每諸儒受詔，有所論譔，即移於它所，始能成之。上（太宗）初即位，因臨幸周覽，顧左右曰：「若此之陋，豈可蓄天下圖書、延四方賢俊耶？」即詔有司度左升龍門東北舊車輅院，別建三館，命中使督工徒，晨夜兼作，其棟宇之制皆親手規劃，自經始至畢功，臨幸者再，輪奐壯麗甲於內庭。二月丙辰朔詔賜名為崇文院。西序啟便門以備臨幸，盡遷舊館之書以實之，院之東廊為昭文館書，南廊為集賢書，西廊有四庫分經史子集四部為史館書，六庫書籍正副本凡八萬卷，策府之文煥然一變矣。

崇文院于太平興國三年二月完成，三館藏書稍具規模，太宗也陸續開編《太平御覽》、《太平廣記》、《文苑英華》，此三大書編輯館臣中多位均為有名的藏書家，因為當時書籍多散在民間，五代以來雕板流行〔註2〕，士大夫多以藏書相誇，當時參與編書工作者，多為五代高官顯臣，藏書尤為豐富如：

張洎，《宋史》卷二六七云：「煜寵洎，為建大第宮城東北隅，及賜書萬餘卷。」李昉，晁說之《劉氏藏書記》云：「李文貞所藏既富，而且闢學館以延學士大夫，不特見主人，而下馬直入讀書，供牢饋以給其日力，與眾共利之，如此宜其書永久而不復零落。」《史略》卷五亦云：「李文正所藏亦富，至闢學館，以廩饋以延者。」《齊東野語》卷十二云：「宋室承平時如南都戚氏、廬山李氏、九江陳氏、番陽吳氏、

〔註1〕根據王應麟《玉海》卷五十四引《實錄》知太平御覽開編在太平興國二年三月，又根據《宋史》卷四太宗本紀載，太平興國二年九月太宗幸新修三館。

〔註2〕雕板印書自五代始盛行，一是後唐明宗刻印九經，見於《五代會要》卷八經籍，另一是後蜀毋昭裔刻書，見於《焦氏筆乘》，刻書事業因而大為流行。

王文康、李文正、宋宣獻、晁以道、劉壯輿皆號藏書之富。」楊徽之，晁說之《劉氏藏書記》云：「惟是宋宣獻家四世以名德相，而兼有畢丞相楊文莊二家之書。」晁公武〈郡齋讀書志序〉云：「逮國朝宋宣獻公亦得畢文簡楊文莊家書，故所藏之富與秘閣等。」陸友《研北雜志》卷下云：「宋宣獻公緩、楊徽之外孫，徽之無子，盡付以家所藏書。」卷上亦云：「次道家書數萬卷，多文莊宣獻手澤。」宋白，《宋史》宋白本傳云：「聚書數萬卷，圖書亦多奇古者。」可見這些編輯文人藏書頗富。張洎曾受李後主賜書萬卷，楊徽之藏書甚多，後來傳給外孫宋綬，宋綬傳子宋敏求，宋敏求因此成為宋代十分有名的藏書家。而宋白據稱藏書萬卷，多古書，李昉除了藏書豐富之外，還供給文人加以編輯校理。宋初館閣藏書有限，太平興國年間的編輯工作，仰賴這些文人豐富的藏書，才能編纂完成。

（二）太平興國七年之後三館藏書增加的情形

從太平興國七年《文苑英華》開始編輯之後，有一連串的文化措施進行，如收集書籍、增設圖書藏所的工作。以下按時間先後，將這些文化措施一一臚列於下：

○太平興國九年正月公佈闕書目錄詔求亡書：

> 令三館所有書籍，及開元四部書目比較，據所闕者，特行搜訪。仍具錄所少書于待漏院，榜示中外。

> 若臣僚之家，有三館闕書，許上之，及三百卷以上者，其進書人送學士院引驗人才書判，試問公理，如堪任職官者，與一子出身；或不親儒墨者，即與安排，如不及三百卷者，據卷秩多少，優給金帛，如不願納官者，借本繕書畢，卻以付之。

○端拱元年秘閣新成，圖書更加完備。《續資治通鑑長編》卷二十九：

> 五月辛酉，置秘閣於崇文院，分三館之書萬餘卷以實其中。

《宋會要輯稿·職官》一八之四七：

> 太宗端拱元年五月，詔就崇文院中堂建秘閣，擇三館真本書籍萬余卷及內出古畫，墨跡藏其中。凡史館先貯天文、占候、讖緯、方術書五千一十二卷，圖畫百四十軸，盡付秘閣。

《續資治通鑑長編》卷三十一曰：

> 先是遣使詣諸道購募古書、奇畫、及先賢墨跡，小則償以金帛，大則授之以官，數歲之間，獻圖籍於闕下者不可勝計。諸道購得者又數倍，乃詔史館盡取天文、占候、讖煒方術等書五千一十卷，并內出古畫墨跡一百一十四軸，悉令藏於祕閣，圖籍之盛，近代所未有也。

○端拱二年八月李至奏請秘閣並列三館，見於宋程俱《麟臺故事》卷一：

> 自唐世陵夷，中原多故，經籍文物，蕩然流離，近及百年，斯道幾廢，國
> 家承弊之末，復興經籍，三館之書，訪求漸備。館下復建秘閣，以藏其書，
> 總群經之博要，資乙夜之觀覽。

○淳化五年李至奏請以國子學爲國子監，又設國子監書庫官，專掌雕印經史群書，
促進經籍的流通。〔註3〕

○至道元年太宗特派專使搜求古籍，見宋程俱《麟臺故事》卷一：

> 太宗至道元年六月，派內品監秘閣，三館書籍裴愈使江南、兩浙諸州，尋
> 訪圖書。

○眞宗景德元年將太宗御製文集及圖書寶瑞藏在龍圖閣，眞宗屢次召近臣前往龍圖
閣觀書，眞宗嘗謂：「龍圖閣書屢經讎校，最爲精詳。」〔註4〕

因此到了姚鉉編《唐文粹》時，宋三館書籍始備，以崇文院內蓄三館圖書，以
秘閣特藏三館之精粹，宮禁中有龍圖閣。李至於淳化五年奏請以國子學爲國子監，
又設國子監書庫官，專掌雕印經史群書，促進經籍的流通。可見從太平興國七年《文
苑英華》編輯工作展開之後，三館藏書陸續增加，在三館之外，建秘閣作爲三館藏
書之外的特藏室，眞宗時另設龍圖閣爲皇帝個人圖書藏所。隨著這些國家圖書館的
設立，詔求藏書也愈繁，所得書籍愈多，故也成立國子監作爲國家出版處，促進書
籍流通，此時宋代文化事業欣欣向榮，姚鉉〈唐文粹序〉：

> 況今歷代墳籍，略無亡逸，內則有龍圖閣，中則有秘書監、崇文院之列三
> 館，國子監之印群書，雖漢唐之盛，無以加此。故天下之人，始知文有江
> 而學有海，識於人而際於天，撰述纂錄，悉有依據。

二、唐人作品被重視與搜集

（一）孫僅、孫儀輯錄杜甫詩

王禹偁云：「誰憐所好還同我，韓柳文章李杜詩」〔註5〕，又說「子美集開新世
界」〔註6〕對於杜詩的喜愛與學習，與之遊者孫何、孫僅亦受此影響，孫何〈讀子
美集〉云：

> 逸氣應天與，厚風自我還。鋒芒堪定霸，微墨可繩姦。進退軍三令，回旋

〔註3〕見《續資治通鑑長編》卷三十五。
〔註4〕見《玉海》卷五十二。
〔註5〕見《小畜集》卷十〈贈朱嚴〉。
〔註6〕同註5卷九〈日長簡仲咸〉。

馬六間。楚辭休獨步，周雅合重刪。李白從先達，王維亦厚顏。〔註7〕

孫僅有〈杜工部詩集序〉亟稱杜甫作品成就，而王禹偁有〈書孫僅甘棠集〉稱孫僅作品：「新集棠盡雅言，獨疑陳杜舉根源。」〔註8〕孫僅因喜愛杜詩，進而輯錄杜詩一卷，孫儀於咸平二年（997）亦輯錄了杜詩。〔註9〕

（二）楊億蒐集李商隱詩集

李商隱詩集自晚唐之後，沒有受到重視，詩篇散佚不全，楊億加以蒐集，使能流傳。〔註10〕楊億於其時，確能重視李商隱作品，《韻語陽秋》卷二：

> 楊文公在至道中得李義山詩以謂：「包蘊密致，演繹平暢，味無窮而炙愈出，鑽彌堅而酌不竭，使學者少窺其一斑，若滌腸而洗骨。」是知文公之詩，有得出於義山者多矣。

（三）柳開得韓愈文

張景〈柳公行狀〉記載柳開得韓文自天水趙生：

> 天水趙生，老儒也，持韓愈文數十篇授公曰：「質而不麗，意若難曉，子詳之何如？」公一覽不能捨，歎曰：「唐有斯文哉？」因為文章直以韓為宗尚，時韓之道獨行於公……，韓之道大行於今，自公始。（《河東集》卷十六）

而洪邁《容齋隨筆》記載略同，然天水趙生授與柳開韓文者為百篇。柳開得自天水趙生韓文一事，柳開頗引為重，在其〈東郊野夫傳〉（卷二）中亦提及，言當時「天下無言古文者」，以得韓文為樂。

（四）穆修蒐刻韓柳文

《四庫提要》云：

> 洙（尹師魯）學古文於修（穆修），而邵博溫辨惑稱修家有唐本韓柳集，募工刻鏤板，今本柳宗元集尚有修後序。

穆修生於太宗太平興國四年（979），較姚鉉晚了九年，於真宗大中祥符二年（1009）賜進士出身，於宋仁宗明道元年（1032）卒，比姚鉉晚了十二年。穆修搜集到韓、柳文集已是晚年之事，其間已有二十多年的時間，見穆修〈唐柳先生集後序〉云：

〔註7〕見《杜少陵集詳註》附錄。
〔註8〕同註5卷十。
〔註9〕見羅根澤《中國文學批評史》兩宋文學批評史第二章頁六二八。
〔註10〕見黃金榔《西崑酬唱集之研究》第六章頁一二四。

予少嗜觀二家（韓柳）之文，常病柳不全見於世，出人間者殘落才百餘篇。韓則雖目其全，至所缺墜亡字失句讀，於集家爲甚。志欲補其正而傳之，多從好事訪善本，前後累數十，得所長輒加注竄，遇行四方遠道，或他書不暇持，獨齎韓以自隨，幸會人所寶者，就假取正，凡用力於斯，已踰二紀外，文始幾定。

久惟柳之道，疑其未克光明於時，何故伏眞文而不大耀也，求索之莫獲，則既已矣於懷。不圖晚節遂見其書，聯爲八九大編。夔州前序其首。以卷別者凡四十有五，眞配韓之鉅文與！書字甚朴，不類今跡，蓋往昔之藏書也。從考覽之，或卒卷莫迎其誤脫，有一二廢字，由其陳故劃滅，讀無甚害，更資研證就眞耳。因按其舊，錄爲別本，與隴西李之才參讀累月，詳而後止。（《河南穆公集》卷二）

而穆修完成韓、柳文集之後，即刻印付售，此事見蘇子美〈哀穆先生文〉曰：「或妻子卒後，得柳子厚文，刻之，售者極少。」（《河南穆公集》附錄）又〈穆參軍遺事〉記載：「（伯長）老益貧，家有唐本韓柳集，乃丐於親厚者，得金募工鏤板、印數百集，攜入京師相國寺，設肆鬻之。」（《河南穆公集》附錄）據蒲忠成《穆伯長及其作品研究》附錄穆修事跡編年，將穆修迄售韓柳文集，判定爲仁宗天聖八年（1030）。又據穆修搜集韓柳集有二十四年之久，推知穆修開始搜集韓柳集時，相當於姚鉉編纂《唐文粹》時。可見姚鉉編唐人文集，論辨古文，穆修致力搜刻韓愈、柳宗元的文集，幾乎爲同時。

《宋史》本傳記載姚鉉於淳化五年直史館，姚鉉任直史館時必然有機會接觸到三館及秘閣藏書，[註11] 所見已較《文苑英華》編輯時來得豐富。且必定看過《文苑英華》，對於該書的編輯方向、取材，有不同意見，故萌生編輯《唐文粹》之志。而姚鉉本身是有名的藏書家，《宋史》本傳稱他「藏書至多，頗有異本」，在取材上自是較穆修等人來得容易，姚鉉在年輩與聲名在穆修之上，《唐文粹》的成書又較穆修完成韓柳文的搜刻爲早，所以《四庫提要》唐文粹解題曰：

於歐梅未出之前，毅然矯五代之弊，與穆修柳開相應者，實是鉉始。

從《文苑英華》到《唐文粹》的編纂，其間文學環境的改變，三館藏書漸豐，唐人文集被助印、勘刻，使得文人在閱讀唐人文集時，對唐代作品有新的認識，以白體爲文學權威的觀念也有所改變與鬆動。

〔註11〕見潘天佑〈北宋崇文院的建院目的和藏書利用〉（《圖書館》一九六三年第一期）頁五十九，潘氏考定當時崇文院藏書可出借，館臣因職務之便可利用三館藏書。

第二節 《文苑英華》承襲五代以來的文學觀念

　　《文苑英華》編輯成果，因入宋未久，文臣及文化資產必須依靠五代之舊，在文學觀念仍因襲五代的文學觀念。由《文苑英華》與《唐文粹》「雜文」類與「古文」類比較結果，可看出《文苑英華》在辨識唐代作品與五代文學觀念黏密的關係。

一、白體在中晚唐、五代流行的情形

　　元、白作品當時已流傳甚廣，元稹為《白氏長慶集》作序中形容當時流傳的情形：

> 予始與樂天同校祕書之名，多以詩章相贈答，會予遣象江陵，樂天猶在翰林，寄予百韻詩及雜體前後數十章。是後各佐江、通，復相酬寄。巴、蜀、江、楚間，泊長安中少年，遞相倣傚，競作新詞，自謂「元和詩」。而樂天〈秦中吟〉、〈賀雨〉、〈諷諭〉等篇，時人罕能知者。然而二十年間，禁省、觀寺、郵候牆壁之上無不書，王公妾婦、牛童馬走之口無不道。至於繕寫模勒衒賣於市井，或持之以交酒茗者，處處皆是……自有文章以來，未有如是流傳之廣者。（《元氏長慶集》卷五一）

又白樂天〈與元九書〉亦云：

> 自長安抵江西，三四千里，凡鄉校、佛寺、逆旅、行舟之中，往往有題僕詩者，士庶、僧徒、孀婦、處女之口，每每有詠僕詩者。（《白氏長慶集》七卷四五）

　　到了晚唐、五代，元、白作品流傳甚廣，杜牧〈唐故平盧軍節度巡官李府君墓誌銘〉引李府君戡云：

> 嘗痛自元和以來，有元白詩者，纖艷不逞，非莊士雅人多為其所破壞，流於民間，疏於屏壁，子父女母交口教授，淫言媟語，冬寒夏熱，入人肌骨，不可除去。（《樊川文集》卷九）

皮日休〈論白居易薦徐凝屈張祜〉曰：

> 元白之心，本乎立教，乃寓意於樂府雍容宛轉之詞，謂之諷諭，謂之閒適。既持是得大名，時士翕然從之，師其詞，失其旨。凡言之浮靡艷麗者，謂之元、白體。（《全唐文》卷七九七）

　　杜牧雖引李戡之言鄙薄元、白詩，但不得不承認元、白作品影響之大，而元、白詩影響最大的在於其唱和詩，晚唐、五代以來詩歌唱和的盛行，是由元、白所引起；皮日休指出元白詩中最主要以「閒適」、「諷諭」為主要的創作意識，這也是五代文人對白居易作品的認識。

二、承襲《舊唐書》尊元、白的觀念

《文苑英華》編輯群對白體的肯定，可謂承襲《舊唐書》推崇元、白的主張，該書卷一六六〈白居易傳〉曰：

> 國初開文館，高宗禮茂才，虞、許擅價於前，蘇、李馳聲於後。或位升台鼎，學際天人，潤色之文，咸布編集。然而向古者傷於太僻，徇華者或至不經，齪齪者局於宮商，放縱者流於鄭、衛。若品調律度，揚搉古今，賢不肖皆賞其文，未如元、白之盛也。昔建安始定霸於曹、劉；永明辭宗，先讓功於沈、謝。元和主盟，微之、樂天而已。臣觀元之制策，白之奏議，極文章之壺底，盡治亂之根荄，非徒謠頌之片言，盤盂之小說。就文觀行，居易爲優，放心於自得之場，置器於必安之地，優游卒歲，不亦賢乎。贊曰：文章新體，建安，永明。沈、謝既往，元白挺生。

《舊唐書》之推崇元、白，因五代文壇發展處於中唐及晚唐的因襲與論辨中，承襲自晚唐者重於艷情麗辭，如韓偓有《香奩集》、歐陽炯《花間集》等，承襲自中唐者爲重道反艷情，如牛希濟〈文章論〉、吳融〈禪月表序〉、黃滔〈答陳磻隱論詩書〉等，兩派論辨激烈，《舊唐書》有意折中兩派看法〔註 12〕，故推舉元、白，特別推崇白樂天。《舊唐書》認爲「向古者傷於太僻」反對是古非今，《舊唐書》〈文苑傳〉序曰：

> 昔仲尼演三代之易，刪諸國之詩，非求勝於昔賢，要取名於今代。實以純朴之時傷質，民俗之語不經，故飾以文言。考之絃誦，然後致遠不泥，擁代作程，即知是古非今，未爲通論。

對韓愈古文並不稱賞，《舊唐書》卷一六〇〈韓愈傳〉曰：

> 常以爲自魏、晉以還，爲文者多拘偶對，而經誥之指歸，遷、雄之氣格，不復振起矣。故愈所爲文，務反近體，抒意立言自成一家。新語後學之士，取爲師法。當時作者甚眾，無以過之，故世稱韓文焉。然時有恃才肆意，亦有戾孔、孟之旨。若南人妄以柳宗元爲羅池神，而愈撰碑以實之；李賀父名晉，不應進士，而愈爲賀作諱辨，令舉進士；又爲毛穎傳，譏戲不近人情；此文章之甚謬者。時謂愈有史筆，及撰順宗實錄，繁簡不當，敘事拙予取捨，頗爲當代所非。穆宗、文宗嘗詔史臣添改。

不滿韓愈「志乎古必遺乎今」〔註 13〕假推行古文以復先秦兩漢之文，「務反近體」

〔註 12〕見於羅根澤《中國文學批評史》晚唐五代文學批評史第一章第九節，頁五一二與劉大杰《中國文學批評史》第三編隋唐五代之文學批評第四章，頁三三四。

〔註 13〕見韓愈〈答李翊書〉《韓昌黎集》卷三。

對當時作品鄙薄的態度，對韓愈以文爲戲，撰寫〈羅池廟碑〉、〈諱辨〉、〈毛穎傳〉及修順宗實錄的不允當都有訾議，與中唐人所見相同。〔註14〕觀裴度〈寄李翊書〉曰：

> 昌黎韓愈，僕識之舊矣，中心愛之，不覺驚賞，然其人信材美也。近或聞諸儕類云：恃其絕足，往往奔放，不以文立制，而以文爲戲，可矣乎！可矣乎！（《全唐文》卷五三八）

而裴度書中亦對李翱爲古文，標新之舉有不同意見：

> 觀弟今日製作，大旨常以時世之文多偶對麗句，屬綴風雲，羈束聲韻，爲文之病甚矣。故以雄詞遠志，一以矯之，則是以文字爲意也。且文者，聖人假之以達其心，心達則已，理窮則已。非故高之下之，詳之略之也。……故文之異，在氣格之高下，思致之淺深，不在礰裂章句，隳廢聲韻也。（同上）

裴度立福先寺碑遠徵白居易文，而捨韓愈、李翱，可見自中唐時白居易的作品評價較韓愈爲高。史學家體察中唐文壇情形，對韓愈作品評爲「一家之言」，認爲影響遠不及元白。對於韓愈提倡古文運動，《舊唐書》卷一六〇曰：

> 韓（韓愈）李（李翱）二文公，於陵遲之末，遑遑仁義，有志於持世範，欲以人文化成，而道未果也。至若抑楊、墨，排釋、老，雖於道未弘，亦端士之用心也。

肯定韓愈、李翱提倡古文，欲扭轉時弊乃「端士之用心」，但認爲古文運動並沒有成功，稱韓、李提倡之道「未果」、「未弘」，對於韓愈、李翱同時爲古文的柳宗元、劉禹錫的作品則給予較高評價：

> 貞元、太和之間，以文學聳動搢紳之士者，宗元、禹錫而已。其巧麗淵博，屬詞比事，誠一代之宏才。（同上）

對於柳、劉古文只稱「巧麗淵博、屬詞比事」，完全是從白樂天的文學觀點來審視，因爲柳宗元、劉禹錫作品沒有韓愈濃烈的載道色彩，且在遊記、短篇的寓言小品與白樂天樂府詩、小品雜記相似，故獲得稱賞，這也是古文家某些諷諭作品特別受到重視的道理，因其創作形貌類似白樂天寓言作品，在內容上亦有諷諫時弊的社會功用。

三、《文苑英華》編輯群體現白樂天文學觀念

《文苑英華》編輯群主要承襲《舊唐書》對白體的推崇，他們身處五代，多能感

〔註14〕見葉慶炳《中國文學史》第十九講唐代散文，頁四五六。

受到當時白體唱和詩風的流行，並深受白樂天文學觀念影響，在創作上多承襲白體淺近、閒適的風格。雖然當時諷諭詩並非時尚，《文苑英華》編輯群也未聞有作諷諭詩，然從《文苑英華》「雜文」類收入大量諷諭、雜說的短篇作品，如柳宗元、陸龜蒙、楊夔、陳黯的諷諭寓言，以及韓愈、皮日休、劉蛻、李翱、孫樵的短篇雜記，可見《文苑英華》編輯群對中晚唐以來流衍的元白風格的諷諭作品，以及韓柳以下雜記短篇小品有相當的關切。這也說明了《文苑英華》編輯群雖然沒有創作諷諭詩，但對於樂天作品中主要的諷諭詩也有一定了解，如《宋名臣言行錄》記載李昉曾誦白樂天〈七德舞詩〉以諫太宗，可見《文苑英華》編輯文人對樂天文諷諭詩的嫻熟與喜愛，而《文苑英華》編輯時亦不限於樂天閑適文學，而是全面吸收樂天的文學理念。

　　白居易的文學觀念是從「詩教」出發，強調文學的諷諭與情志功能，《文苑英華》編輯文人吸收了白居易的文學觀念與明白曉暢的作品風格。

（一）文學緣情而發

　　白居易〈與元九書〉曰：

> 夫文尚矣，三才各有文……人之文，六經首之。就六經言，詩又首之。何者？聖人感人心，而天下和平。感人者莫先乎情，莫始乎言，莫切乎聲，莫深乎義。詩者，根情、苗言、華聲、實義。上自賢聖，下至愚騃，微及豚魚，幽及鬼神，群分而氣同，形異而情一。未有聲入而不應，情不交感者。聖人知其然，因其言，經之以六義；緣其聲，緯之以五音，音有韻，義有類，韻諧則言順，言順則聲易入，類舉則情見，情見則感易交。（《白居易集》卷四五）

樂天強調《詩經》是六經中最能感動人心，因為詩歌「以情為根，以言為苗，以聲為華，以義為實」，故可以與人心交感。強調詩歌創作是緣情而發，詩歌要具備藝術上的特點，才能打動人心。徐鉉對文學的看法，也認為詩是緣情而發其〈翰林學士江簡公集序〉曰：

> 通萬物之情者，在乎文辭。（《徐公文集》卷十八）

〈蕭庶子詩序〉曰：

> 人之所以靈者，情也，情之所以通者，言也。其或情之深，思之遠，鬱鬱乎中，不可以言盡者，則發為詩。（同上）

徐鉉推衍樂天重視詩歌的情感功能，強調文學在通「萬物之情」，文學的創作是出於人情、物情，緣情而發。

（二）文學的社會功用說

　　白居易作諷諭詩，認為文學應負起社會功能：「文章合為時而著，歌詩合為事而作」〔註15〕他推崇「詩經」具有美刺的諷諭功能，主張恢復先秦時的採詩制度，在策林第六十九道〈採詩以補察時政〉曰：

　　　　聖王酌人之言，補己之過，所以立理本，導化源也。將在乎選觀風之使，建採詩之官。俾乎歌詠之聲，諷刺之興，日採於下，歲獻於上者也。所謂言之者無罪，聞之者足以自誡。（《白居易集》卷六十五）

又策林第六十八道〈議文章〉曰：

　　　　古之為文者，上以紉王政，繫國風；下以存炯戒，通諷諭。故懲勸善惡之病，執於文士褒貶之際焉；補察得失之端，操於詩人之美刺之間焉。

　　　　（《白居易集》卷六十五）

　　徐鉉亦強調文學有補察時政，反應現實社會的諷諭功能。徐鉉〈蕭庶子詩序〉曰：

　　　　詩之貴於時久矣，雖復觀風之政缺，遒人之職廢，文質異體，正變殊途，然而精誠中感，靡由外獎；英華挺發，必自於天成，以此觀其人，察其俗，思過半矣！（《徐公文集》卷十八）

徐鉉〈成氏詩集序〉曰：

　　　　詩之旨遠矣，詩之用大矣，先王所以通政教、察風俗，固有採詩之官，陳詩之職；物情上達，王澤下流，及斯道之不行也，猶足以吟詠情性，黻藻其身。（同上）

徐鉉〈故兵部侍郎王公集序〉曰：

　　　　然則文之貴於世也尚矣，雖復古今異體，南北殊風，其要在乎敷王澤達下情，不悖聖人之道，以成天下之務，如斯而已！至於格高氣逸，詞約義微，音韻調暢，華采繁縟，皆其餘力也。（《徐公文集》卷二十三）

徐鉉雖沒有像樂天主張恢復古代採詩之制，他肯定文學的社會功能，認為文學創作應該有「敷王澤達下情」的使命，且可藉以觀人、觀風俗，並且吟詠情性。

（三）明白曉暢的文學風格

　　由於白樂天強調文學的社會功能，所以諷諭詩的創作「意激而言質」〔註16〕，「非求宮律高、不務文字奇」〔註17〕。〈新樂府詩序〉曰：

〔註15〕見白樂天〈與元九書〉《白居易集》卷四十五。
〔註16〕同註15。
〔註17〕見白樂天〈寄唐生詩〉《白居易集》卷一。

> 凡九千二百五十二言，斷爲五十篇。篇無定句，句無定字，繫於意不繫於
> 文。首句標目，卒章顯其志，詩三百之義也。其辭質而徑，欲見之者易諭
> 也。其言直而切，欲聞之者深誡也。其事覈而實，使采之者傳信也。其體
> 順而肆，可以播於樂章歌曲也。（《白居易集》卷三）

樂天創作基於「播於樂章歌曲」，所以流暢順口，爲使讀者容易了解所以用語淺近明
白，《文苑英華》編輯群承襲了樂天創作坦易明白的特性，如李昉「爲文慕白居易，
尤淺近易曉」，而徐鉉率易爲文，不喜藻飾。他自道：

> 然則文………其要在乎敷王澤達下情，不悖聖人之道，以成天下之務，
> 如斯而已！至於格高氣逸，詞約義微，音韻調暢，華采繁縟，皆其餘力
> 也。〔註18〕

徐鉉認爲文章不應太過於注重修辭上的功夫，這一點是《文苑英華》白體文人在創
作上共同的理念，他們的作品也表現了明白曉暢的風格，即便是仿效樂天作唱和詩，
也是從最簡易絕句入手，並沒有類似元白驅駕文字、窮極聲韻的長篇排律。

第三節　《唐文粹》呈現文學的新觀念

　　姚鉉編選的《唐文粹》在時間上與《文苑英華》雖相隔不到二十年，然呈現的
卻是宋代文學觀念，已非《文苑英華》諸君沿五代之舊。此時宋朝開國規模已備，
文學教化展現新氣象，文壇也從白體主導的基礎上有了改變。王禹偁及其同時登科
的進士出於白居易，而轉變到韓愈，由「詩教」六義一變爲「尊經」明道，他們從
樂天諷諭作品尋求改變，與宋初重視白體閒適詩的趣味已有不同，文學脫離了個人
吟情翫性，成爲反映社會現實的功能。文學具有社會作用，在消極面是反映社會生
民病痛與施政的缺失，積極面則是教化社會，故從樂天諷諭詩轉爲韓愈「載道」的
古文書寫。

　　王禹偁之前已有高錫、梁周翰、范杲「習尚淳古」，王禹偁同時有尊崇韓愈的柳
開，尊崇韓愈的用心一致，然創作上路徑並不相同，「高、梁、柳、范」從學習皇甫
湜的「奇文」入手，作品「體近艱澀」、「深僻難曉」；王禹偁出身於白體，文字習於
淺近，看到「高、梁、柳、范」的弊病，學習李翱重道、平實的路子，將文學的功
能推向「明道」的積極意義，對韓愈創作特色有新的詮釋與認識。

　　《唐文粹》的編選，就是反映王禹偁等對白體因襲五代文風的變革，「高、梁、

〔註18〕見徐鉉〈故兵部侍郎王公集序〉《徐公文集》卷二十三。

柳、范」偏於怪奇的路子導正過來，姚鉉選文時正依循王禹偁這樣的方向。

一、將古文導向平易載道

（一）重視六經

王禹偁稱爲文要「遠師六經，近師吏部」〔註 19〕，認爲「文學根乎六經」〔註 20〕，從六經著手，用以明道，柳開在〈東郊野夫傳〉曰：

> 乾德戊辰中，遂著東郊書百篇，大以機誧爲尚；功將餘半，一旦悉出焚之曰：「先師所不許者，吾本習經也，反乎雜家之流。」

可見雖然柳開曾說「吾本習經」，隱約有以六經爲文章正宗，然不若王禹偁如此明確。

（二）闢柳開所重揚雄艱奧之文

王禹偁與柳開雖皆標舉韓愈古文，然學習古文作法有不同的路徑。王禹偁言學文「遠師六經、近師吏部」，在古文的學習上是按此路徑。此外，也以柳宗元與韓愈並稱。見其〈答鄭褒書〉曰：「今攜文而來者，吾悉曰韓、柳。」〔註 21〕〈薦丁謂與薛太保書〉稱讚丁謂「其文類韓、柳」〔註 22〕〈送孫何序〉稱孫何文章「皆師戴六經，排斥百氏，落落然眞韓、柳之徒。」〔註 23〕都是韓、柳並稱。另外在〈送譚堯叟序〉曰：「吾友殿丞譚公，讀堯、舜、周孔之書，師軻、雄、韓、柳之作。」重述韓愈的文統論，韓愈〈原道〉曰：

> 吾所謂道也，非向所謂老與佛之道也，堯以是傳之舜，舜以是傳之禹，禹以是傳之湯，湯以是傳之文武周公、文武周公傳之孔子，孔子傳之孟軻，孟軻之死，不得其傳焉。荀與揚也，擇焉而不精，語焉而不詳。
>
> （《韓昌黎文集》卷一）

王禹偁論譚堯叟讀堯舜周孔之書，爲文師「孟子、揚雄、韓愈、柳宗元」，將韓、柳接續在此文統之下，他將揚雄亦納入文統之中，是針對譚堯叟個人爲文的特色而說，在〈再答張扶書〉將揚雄〈太玄〉稱爲「空文」〔註 24〕特別闢揚雄艱奧之文。與王禹偁同時的柳開在〈應責〉曰：

〔註 19〕見《小畜集》卷十八〈答張扶書〉。
〔註 20〕同上卷十九〈送李蕤學士序〉。
〔註 21〕同註 19。
〔註 22〕同註 19 卷十八。
〔註 23〕同註 22。
〔註 24〕同註 19 卷十八。

　　　　吾之道，孔子、孟軻、揚雄、韓愈之道，吾之文，孔子、孟軻、揚雄、韓
　　　　愈之文也。（《柳河東先生集》卷一）

又〈東郊野夫傳〉曰：

　　　　迨年弱冠，野夫深得其韓文之要妙，下筆將學其爲文。……諸父兄聞之，
　　　　懼其實不譽于時也，誠以從俗爲急務，野夫略不動意，益堅古心，惟談孔
　　　　孟荀揚王韓以爲企跡。（《柳河東先生集》卷二）

　　柳開將文統與道統分開，在韓愈的文統之外，又增加了荀子、揚雄、王通。柳
開尊王通爲受到皮日休的影響〔註25〕而柳開重視韓愈認爲「大醇而小疵」的荀子、
揚雄，〔註26〕這是王禹偁與柳開看法岐異之處。揚雄雖未被韓愈列入文統，然韓愈
文章的怪奇風格卻深受揚雄影響，由韓愈〈與馮宿論文書〉可見：

　　　　昔揚子雲著〈太玄〉，人皆笑之。子雲之言曰：「世不我知，無害也，後世
　　　　復有揚子雲，必好之矣。」子雲死近千載，竟未有揚子雲，可歎也。（《昌
　　　　黎先生集》卷三）

柳開尊揚雄也因他的古文創作趨向亦是如此，「高、梁、柳、范」對韓愈古文的學習
是重視韓愈學習揚雄的怪奇，王禹偁目睹了這派古文家的創作成果，故極力駁斥揚
雄艱奧之論，力圖將柳開等怪奇艱澀的古文路線扭轉過來。

（三）力主平易之古文

　　王禹偁在〈答張扶書〉、〈再答張扶書〉說明古文應求明白易曉。其〈答張扶
書〉云：

　　　　夫文傳道明心也，古聖人不得已而爲之也，且人能一乎心，至乎道，修身
　　　　則無咎，事君則有立；及其無位也，懼乎心之所有不得明乎外，道之所畜
　　　　不得傳乎後，於是乎有言焉，又懼乎言之易泯也，於是乎有文焉。信哉不
　　　　得已而爲之也，既不得已而爲之，又欲乎句之難道邪？又欲乎義之難曉
　　　　邪？必不然矣！

他以「傳道明心」說明文章不在句之難道、意之難曉，並說明模仿六經中難曉之詞，
尤爲文之弊也。指出韓愈陳言務去的眞意。他說：

　　　　近世爲古文之主者，吾觀吏部之文，未始句之難道也，未始義之難曉也。
　　　　其間稱樊宗師之文必出于己，不襲蹈前人一言一句；又稱薛逢爲文以不同
　　　　俗爲主，然樊、薛之文不行于世，吏部之文與六籍共盡，此蓋吏部誨人不

〔註25〕見何寄澎《北宋古文運動》第三章古文運動的理論基礎下，頁119。
〔註26〕見《韓昌黎集》卷一〈讀荀〉。

倦，進二了以勸學者，故吏部曰：「吾不師今，不師古，不師難，不師易，

不師多，不師少，惟師是爾。」

王禹偁認爲韓愈之文未曾句難道，意難曉，所以學韓愈古文要使「句之易道，義之易曉」。王禹偁刻意不取韓愈偏向怪奇的傾向學習，並透過此番解釋，將古文的學習導向平易的道路。

（四）姚鉉《唐文粹》選取平易之古文

姚鉉在這一方面承棳王禹偁的觀念，透過選文的工作，將古文平易一派的作品，多加選錄，忽視難澀怪奇的作品。如姚鉉在《唐文粹》「古文」類中取李翱七篇，孫樵兩篇，而皇甫湜的作品僅選錄一篇。因在古文的發展上，韓愈古文後來分爲李翱、皇甫湜兩派，《四庫提要》卷一五〇皇甫持正集題解曰：

其（皇甫湜）文與李翱同出韓愈，翱得愈之醇，湜得愈之奇崛。

皇甫湜承襲韓愈「奇崛」的創作傾向，其〈韓文公墓銘〉稱贊韓愈文章中尙奇的一面：「豪曲怪字，凌紙怪發，鯨鏗春麗，驚耀天下」〔註27〕皇甫湜尙奇的傾向更甚於韓愈，其〈答李生第一書〉曰：

所謂「今之工文，或先於怪奇」，顧其文工與否耳。夫意新則異於常，異於常則怪，詞高則出眾，出眾則奇矣。（《皇甫持正集》卷四）

〈答李生第二書〉曰：

夫文者非他，言之華者也，其用在通理而已，固不務奇，使文奇而理正，是尤難也生意便其易者乎？其言亦可通理矣。而文貴者，非他，文則遠，無文即不遠也。以非常之文通至正之理，是所以不朽也。

夫繪事後素，既謂之文，豈苟簡而已哉？聖人之文其難及也，作春秋，游夏之徒不能措一辭，無何，敢擬議之哉？秦漢以來，至今文學之盛，莫如屈原、宋玉、司馬遷、相如，揚雄之徒，其文皆奇，其傳皆遠。

（同上）

皇甫湜認爲「非常之文，通至正之理」才能行之久遠，以此衡度六經，並推崇揚雄。而皇甫湜之下，傳來無擇，再傳孫樵。〔註28〕《四庫提要》稱「皇甫湜稍有意爲奇，樵則視湜益有努力爲奇之態」，皇甫湜論怪奇，主「意新辭高，異常出眾」而已，而

〔註27〕見《皇甫持正集》卷六。

〔註28〕《孫樵集》卷二〈與秀才王霖書〉曰：「樵嘗得爲文眞訣於來無擇，來無擇得之於皇甫持正，皇甫持正得之於韓吏部退之。又〈與友人論文書〉則稱得「爲文之道」而所言皆同。」

孫樵進一步要求「道人所不道」，文辭上「趨怪走奇」〔註29〕而且特別推重揚雄，〈與賈希逸書〉曰：「揚雄以〈法言〉、〈太玄窮〉」〔註30〕對揚雄怪奇作品的肯定。在〈與高錫望書〉曰：

> 文章如面，史才最難。到司馬子長之地，千載獨聞得揚子雲。……吏部修
> 《順宗實錄》，尚不能當班堅，其能與子長、子雲相上下乎？〔註31〕

雖就史才論揚雄在韓愈之上，但可見因好怪尚奇的傾向，推崇揚雄如此。而這一派的偏向，延續到五代，洪邁〈唐黃御史公集序〉曰：

> 故文聖於韓、柳、皇甫；而其衰也，為孫樵、為劉蛻、為沈顏。〔註32〕

姚鉉選擇這一派作家的作品，為數不多，「古文」類中選皇甫湜一篇，孫樵兩篇，劉蛻六篇、沈顏四篇，且未取他們文詞艱澀怪奇的作品，收入的作品如皇甫湜〈明分〉以界定君子與小人之分際；孫樵〈書褒城驛〉、〈讀開元雜報〉寫州縣殘破、國力衰頹，感歎今不如昔；劉蛻〈古漁父〉四篇託古勸今，〈禹書〉上下歌古聖先王之功；沈顏〈登華旨〉、〈象刑解〉皆為推崇先聖之行，〈時辯〉勸君王為政在得民心，〈讒國〉批判讒佞誤國。多是著重政治教化、批評時弊，析論精當，文字平易的作品。

姚鉉將怪奇的作品擺落一旁，摒除於「古文」之外。對於李翱一脈重道、主平易之文的喜好，應是承襲王禹偁「古文尚易」的觀念。李翱以重道著稱，其〈答朱載言書〉曰：

> 吾所以不拋於時而學古文者，悅古人之行也。悅古人之行者，愛古人之道
> 也。故學其言不可以不行其行，行其行不可以不重其道，重其道不可以不
> 循其禮。（《李文公集》卷六）

李翱認為文章根於仁義，〈寄從弟正辭書〉曰：「夫性於仁義者，未見其無文也；有文而能到者，吾未見其不力於仁義也。」〔註33〕以教化為根本〈雜說〉曰：「言語不能根教化，是人之文紕謬也」〔註34〕所言與韓愈「文以載道」幾同。李翱出於韓門，承韓愈「陳言務去」，卻不落於怪奇。批評當時為文的六種說法，其〈答朱載言書〉曰：

> 天下之語文章有六說焉：其尚異者，則曰文章辭句奇顯而已；其好理者，
> 則曰文章敘意苟通而已；其溺於時者，則曰文章必當對；其病於時者，則

〔註29〕同註28。
〔註30〕同註28，卷二。
〔註31〕同註28，卷二。
〔註32〕見唐黃滔《黃御史公集》卷首，取自《韓愈資料彙編》，頁370。
〔註33〕見《李文公集》卷八。
〔註34〕同上卷五。

> 曰文章不當判；其愛難者，則曰文章宜深，不當易；其愛易者，則曰文章
> 宜通，不當難。此皆情有所偏，未識文章之主也。

李翱對尚異、愛難文風的非難從此可看出。他並指出爲文造言之外，必求創意，創意爲求義深：「故義深則意遠，意遠則理辯，理辯則氣直，氣直則辭盛，辭盛則文工。」義深既然能文工，即不必用力於造語，求文字之怪。李翱這派的傳人爲皮日休。皮氏〈請韓文公配饗太學書〉曰：

> 夫孟子、荀卿翼傳孔道，以至於文中子………文中子之道曠百祀而得室授
> 者，唯昌黎文公之文。（《皮子文藪》卷九）

皮日休重在傳道，重視文章教化功能，其〈原化〉曰：「（聖人）其道則存乎言，其教在乎文。」〔註35〕姚鉉在「古文」類選錄李翱作品七篇，皮日休作品六十四篇，其中皮日休〈復性書〉三篇、皮日休〈原化〉、〈原親〉皆爲仿韓愈〈原道〉而作，偏著重李翱、皮日休載道、平易的古文。李翱之文透過姚鉉的編選整理，下啓歐陽修的古文。蘇洵〈上歐陽內翰書〉曰：

> 執事之文，紆餘委備，往復百折，而條達疏暢，無所間斷，氣盡語極，急
> 言竭論，而容與閒易，無艱難勞苦之態。……惟李翱之文，其味黯然而長，
> 其光油然而幽，俯仰揖讓，有執事之態。（《嘉祐集》卷十一）

認爲李翱之文有歐陽修文章的姿態，其實正是歐陽修學李翱醇厚平易的古文風格。〔註36〕也正說明了李翱對歐陽修古文的影響。

王禹偁主張「文以明道」認爲古文宜走易道、易曉的路子，透過力闢揚雄艱奧之文，排除宋初古文學習韓愈怪奇的傾向。姚鉉將這種論點透過選文的途徑，選擇李翱的作品，使王禹偁「文以明道」而已，不求文句、內容之難道、難曉的主張，在韓文流派中尋求到契合的作品。此外也透過選錄皇甫湜一派平易的作品，將原本「高、梁、柳、范」、艱澀文風加以導正過來。

二、建立新的文學觀念

姚鉉在文學理論上是沿襲王禹偁，但在論辨唐代古文運動作品，則爲最有識見者，其論辨唐代古文體類、古文作家高下，都較同輩深入。他在編《唐文粹》時也感受到西崑之風的勢力，故編此書也有廓清當時文風的使命。

（一）標舉韓愈爲新的文學權威

從《文苑英華》到《唐文粹》，宋初對文學權威的認定，已逐漸由白居易轉爲韓

〔註35〕見《皮子文藪》卷三。
〔註36〕見羅聯添《韓愈研究》四，韓文評論頁二一四。

愈，姚鉉透過選取唐代之文將《文苑英華》元和文壇以白居易為主的論述，轉變到韓愈為主的古文運動集團。姚鉉〈唐文粹序〉對唐代作家品第高下：

> 有唐三百年，用文治天下。陳子昂起於庸蜀，始振風雅。由是沈宋繼興，李杜傑出；六義四始，一變至道。泊張燕公以輔相之才，專撰述之任，雄辭逸氣，聳動眾聽。蘇許公繼以宏麗，丕變習俗。而後蕭李以二雅之辭本述作；常楊以三盤之體演綸綍；郁郁之文，於是乎在。惟韓史部超卓群流，獨高遂古，以二帝三王為根本，以六經四教為宗師，憑陵轥轢，首唱古文，遏橫流於昏墊，闢正道於夷坦。於是柳子厚李元賓李翱皇甫湜又從而和之，則我先聖孔子之道，炳然懸諸日月。故論者以退之之文，可繼楊孟，斯得之矣。至於賈常侍至、李補闕翰、元容州結、獨孤常州及、呂衡州溫、梁補闕肅、權文公德輿、劉賓客禹錫、白尚書居易、元江夏稹，皆文之雄傑者歟！世謂貞元元和之間，辭人咳唾，皆成珠玉，豈誣也哉！

姚鉉將韓愈在唐代的文學史的地位抬高，唐代文壇幾乎是以古文來領軍，這完全是以古文的觀點來看，而這也是姚鉉欲扭轉文風、以韓愈為文壇新的文學權威。他推崇韓愈領導古文運動的成就，將韓愈視為唐代作家之首，而佐翼韓愈的柳宗元、李觀、李翱、皇甫湜又次之，將古文集團的核心人物一一舉列出來，且於《唐文粹》「古文」中大量收入了他們的作品。賈至、李翰、元結、獨孤及、呂溫、梁肅、權德輿、劉禹錫、白居易、元稹等諸家姚鉉所譽為「文之雄傑者」，之中又可分高低。其中賈至、元結、獨孤及、梁肅、權德輿皆早於韓愈，為古文運動之前輩，姚鉉有意將這些作家位於蕭李、常楊之上，肯定其文章的風格。而「貞元、元和之間，辭人咳唾，皆成珠玉」乃是謂白居易、劉禹錫、元稹、李翰、呂溫，顯然又古文運動的前輩們地位又更低了。而元和諸家在作品僅有白居易一篇文章被選入而已，將元和時元白作品的權威地位擺落了。

姚鉉選文時將元白地位擺落，有意提高韓柳古文諸家，已從《文苑英華》尊白體而有變化，韓白權威地位易位。《新唐書》在白居易傳曰：

> 居易在元和、長慶時，與元稹具有名。最長於詩，它文未能稱是也。

將白居易的成就限於詩歌，以「文未能稱是」將樂天的散文作品成績抹去，歐陽修學習韓愈古文，同姚鉉〈唐文粹序〉崇韓抑白，在《新唐書》韓愈傳曰：

> 贊曰……至貞元、元和間，愈遂以六經之文為諸儒倡。障隄末流，反刓以樸，剗偽以真。然愈之才，自視司馬遷、揚雄，至班固以下不論也。當其所得，粹然一出於正，刊落陳言，橫騖別驅，汪洋大肆，要之無牴牾聖人者。

《新唐書》所言正是承〈唐文粹序〉中對韓愈的標舉：

> 惟韓吏部超卓群流，獨高遂古，以二帝三王爲根本，以六經四教爲宗師，憑陵轢轢，首唱古文，過棋流於昏墊，闢正道於夷坦。於是柳子厚李元賓李翱皇甫湜又從而和之，則我先聖孔子之道，炳然懸諸日月。故論者以退之之文，可繼楊孟，斯得之矣。

　　姚鉉推崇韓愈的古文運動，正是因爲韓愈文章載儒家之道，以六經爲根本，所以姚鉉主張爲文宗六經，〈唐文粹序〉曰：

> 詩之作，有雅頌之雍容焉，書之興，有典誥之憲度焉。禮備樂舉，則威儀之可觀，鏗鏘之可聽也。大易定天下之業，而兆乎爻象，春秋爲一王之法，而繫於褒貶。若是者，得非文之純粹而已乎！是故志其學者必探其道，探其道者必詣其極。然後隱而誨之，則金渾玉璞，君子之道也。發而明之，大人之文也。

　　《唐文粹》申揚儒家之道，重視文章的教化爲其編輯重點，一改《文苑英華》觀點。

（二）對古文作家、古文體類辨識深入

　　姚鉉論辨唐代古文作家上的認識，都較王、孫等，能擴大層面去了解，這也是因爲姚鉉是藏書家的關係，在唐代的作品涉略更多的緣故。《唐文粹》也收入相當多的五代作家作品，也顯示了唐末、五代時古文作家也有相當多的創作。《唐文粹》「古文」所選錄的唐末五代作家卻有皮日休、陸龜蒙、劉蛻、陳黯、羅隱、程晏、沈顏、來鵠、孫樵、司空圖、袁皓、楊夔、韋籌、羅袞等十四家，收入的作品數量有百餘篇之多，可見唐末五代作家古文創作上的可觀。

　　《唐文粹》收入了許多唐末五代古文作家的作品，資料上的取得容易，也使得姚鉉在認識唐代古文多取徑於唐末五代古文作家作品，且姚鉉論辨古文體類多取法自皮日休與牛希濟，對古文體類的辨識有助於宋初文士對唐代古文作品有所辨識，並進而認識、學習。

　　而姚鉉《唐文粹》別立「古文」一類，更見其用心，所收入的是唐韓柳以下之散文新體，「古文」一名自韓柳提出之後，幾經後來皇甫湜、李翱等人的創作，成爲一種新的創作方式，然自李漢編《昌黎先生集》起，到姚鉉編《唐文粹》之前，均未有人將「古文」列爲一文類，姚鉉有意將唐代古文的價值重新給予肯定，所以將「古文」的地位，從附屬於文、議論……等傳統文類中獨立出來，並對古文作進一步地分析。

　　對於古文的內容大抵是承牛希濟《文章論》的分類來分，從經、史、子三項來規範古文書寫的體裁，「經旨」旨於崇仁義教化，出於經之體；「言語對答」，乃是出於子之體；「符命」、「論兵」、「析微」、「毀譽」、「時事」皆是屬詞比事，存喻褒貶，屬於史體之製。

　　姚鉉將自韓愈、李漢以來所謂的雜著有更明確的歸類，也是將古文發展成的新文類標舉出來，如「讀」、「辯」、「解」、「說」、「評」、「原」。姚鉉從古文的創作特色加以分體，所謂「解」、「說」、「辯」、「原」皆是。自韓愈有〈獲麟解〉、〈進學解〉、〈師說〉、〈五原〉、〈諱辯〉以來，古文作家以此為仿效的對象，凡有辨別是非真偽的駁論文章屬「辯」，凡解釋義理陳述己意者謂「說」，凡對事物解說並闡示其中道理者謂「解」，而推論事理本原者謂「原」姚鉉體察於此而有所分類；另外從「經旨」、「原」以及李翱的〈復性書三篇〉，可見姚鉉得自韓愈推原論性，重視六經之道。

（三）反制西崑詩風

　　姚鉉必然也感受到當時西崑之風的勢力，楊、劉等人唱和之時，姚鉉正著手編選《唐文粹》，這兩股對白體的變革的潮流，幾乎是同時進行。姚鉉編《唐文粹》的過程也遭西崑詩人薛映的多加阻撓，可見《唐文粹》的編纂，是與西崑詩風對立的。

　　姚鉉尊韓愈古文與西崑尊李商隱的詩歌，風格迥異，而《四庫全書總目提要》稱《西崑酬唱集》「其詩宗法李商隱，詞取妍華，而不乏興象」，又《四庫全書簡明目錄》稱「所作皆尊李商隱體，大抵音節鏗鏘，詞采華麗」所以姚鉉在〈唐文粹序〉中說：

> 今世傳古代之類集者，詩則有《唐詩類選》、《英靈》、《間氣》、《極玄又玄》
> 等集，賦則有《甲賦》、《賦選》、《桂香》等集，率多聲律，鮮及古道，蓋
> 資新進後生干名求試之急用爾。

　　姚鉉將重視聲律、少言古道的詩賦選，稱為「蓋資新進學士干名求試之急用爾」，表達對重視聲律、修辭《西崑酬唱集》的不滿。當西崑盛行之時，姚鉉更在〈唐文粹序〉鮮明標舉其與西崑詩風不同之處。申明選文的標準是「止以古雅為命，不以雕篆為工，故侈言蔓詞，率皆不取」與西崑崇尚雕琢文句、鋪排典故的作風有別。

第五章 結 論

　　從《文苑英華》到《唐文粹》的編纂，其間的文壇眞實情形，從《文苑英華》的編輯文人與「高、梁、柳、范」、王禹偁等太平興國八年登第的進士、姚鉉、西崑詩人、穆修等人的活動時間列成下表來看，更能清楚了解其情形。

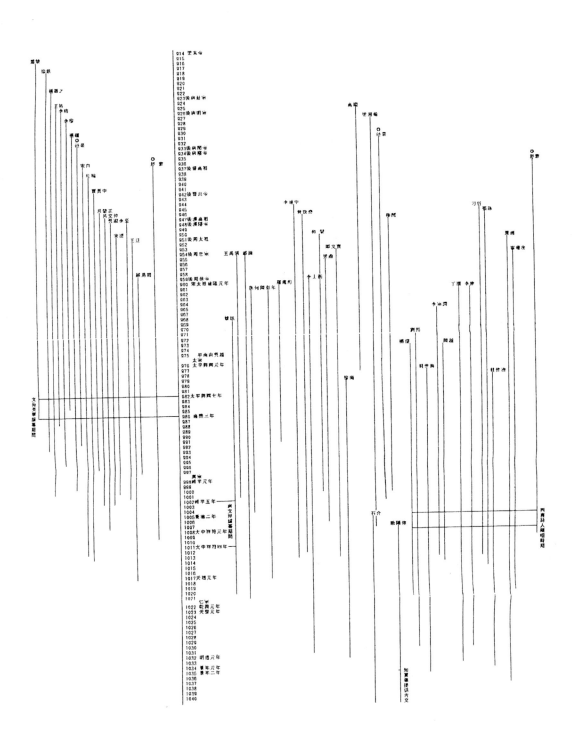

　　從時代先後來看，《文苑英華》編輯文人包含了三個世代，由五代入宋的舊臣中年輩較長者如李昉、徐鉉等人，「高、梁、柳、范」的高錫、梁周翰與之同時，其青壯文士如宋白、吳淑等人，則與「高、梁、柳、范」中的范杲、柳開同時，可見從五代入宋時，《文苑英華》的文人與「高、梁、柳、范」的活動略同時，而《文苑英華》因襲自五代《舊唐書》劉昫以白居易爲文學權威，主張平易、淺近、閒適的創作趨向，「高、梁、柳、范」的尊崇古學、艱澀的創作路線並不能在當時取代白體的地位。

　　而與《文苑英華》中年輕一輩編輯文人王旦、蘇易簡、宋湜同時的王禹偁等太平興國八年登第的文人，早年創作深受白體的影響，後來轉變到尊韓愈之文，從「詩教」六義一變爲「尊經」明道，他們從《文苑英華》編輯群所未能創作的樂天諷諭作品尋求改變，與宋初重視白體閒適詩的趣味已有不同，文學已經脫離了個人吟情酖性，成爲有反映社會現實的功能，且更積極的著重文學的教化功能，從樂天諷諭詩、杜甫的寫實詩一轉而爲韓愈「載道」的古文。王禹偁等一方面由於出身於白體，文字習於淺近，另一方面也看到「高、梁、柳、范」的弊病，學習李翱重道、平實的路子。將文學的功能推向「明道」的積極意義。

　　姚鉉與王禹偁爲同年，年歲略晚於王禹偁等人，故總結王禹偁等人的文學觀念，而楊億等西崑詩人的勢力在同時滋長，姚鉉編選《唐文粹》期間，受到西崑詩人的阻撓，所以《唐文粹》的編輯在變革《文苑英華》以來文壇觀念外，更有廓清西崑文風的用心。

　　從《文苑英華》到《唐文粹》轉變的歷程有所了解之後，僅將本文研究結論歸納於下：

（一）

　　姚鉉編選的《唐文粹》在時間上與《文苑英華》雖然相隔不到二十年，但其呈現的卻是宋代的文學觀念，已非《文苑英華》諸君沿五代之舊；《文苑英華》編選者深處於五代受到樂天唱和詩風的影響之中，所以文學觀念沿襲五代對樂天的尊崇，從樂天創作上的閒適與諷諭的兩大意識出發，主張文學緣情而發與具有反應社會民病的功用，而創作路徑則習尚明白、淺近。而姚鉉編《唐文粹》改變因襲白體之風，做了以下種種努力。

一、推舉韓愈爲新的文學權威，全面肯定唐代古文運動的成就，扭轉《舊唐書》崇白抑韓之說，使得韓愈重新獲得重視，擺落白樂天的文學地位，而後有歐陽修《新唐書》之崇韓抑白。

二、姚鉉申揚韓愈主張文章應出於六經，要申揚儒家之道與教化民心，替代《文苑英華》得自於樂天的重視作者個人情志與社會功用的理念，並從選文中將此落實。

三、姚鉉編《唐文粹》將「古文」列爲一類，將古文從附屬於文、議論等傳統文類中獨立出來，使得古文的地位提升。姚鉉並將傳統的文類觀念解離，架構屬於古文的分類方式，這一點對於當時文人辨識古文作品有極大的幫助。

四、姚鉉在《唐文粹》中更收納了許多韓柳以下平易載道的古文作品，使宋初文人對古文的認識能擺脫來自高、梁、柳、范主張艱澀古文的印象。

（二）

　　文學觀念並不隨著政治上的改朝換代，而遽有變革，因爲掌握文壇的文人群體，乃是深受前代文學的觀念所影響，所以文學觀念仍舊沿襲前代之舊，而後由於這些文人的老成凋零，新的變革言論才慢慢滋長。其間文學觀念的改變須要時代風氣與文學資產的支持，所以從《文苑英華》到《唐文粹》，外在環境如唐代作品的增加，及文人們的搜集刊刻，文人們論辨唐代作品，均使得文學觀念慢慢改變。當然文學觀念的創新必須從過去的文學作品中去尋找啓發，從過去作家的創作理論中獲得理論的支持。而《唐文粹》的編選，從唐代韓愈及其古文運動的理論中尋求變革白體文風的基礎，正是假韓愈爲新的文學權威，將王禹偁以來對古文明道、平易的理念，爲韓愈的作品做新的詮釋，這樣的工作表面是復古的，其實也正是創新。

（三）

　　從《文苑英華》與《唐文粹》兩個文學選本的比較，可見《文苑英華》代表宋初官方選本蒐羅亡佚的立場，文學觀念是保守因襲的，而《唐文粹》有私人選本的活潑性，可以賦與個人創新的文學觀念，姚鉉編選《唐文粹》推舉韓愈，重視古文，將對文學的意見寓於選文之中，文人得以誦習，散布日後北宋古文運動的種子。

附錄：試論《二李唱和集》與白樂天詩之關係

壹、前　言

　　方回在〈送羅壽可詩序〉中將宋初詩壇分爲白體、崑體、晚唐體。並以李昉、徐鉉、王禹偁爲白體詩人的代表。〔註1〕徐鉉有《徐騎省集》〔註2〕、王禹偁有《小畜集》傳世，宋史本傳載李昉有文集五十卷〔註3〕今已不傳。今所見李昉零星詩作則是《宋詩記事》所輯錄的六首詩及散句四句，這六首詩分別是〈贈賈黃中〉、〈寄孟賓于〉、〈仙客〉、〈御書飛白玉堂之署四字頒禁苑，今懸掛已畢，輒述惡詩一章用歌盛事〉、〈贈襄陽妓〉、〈禁林春直〉，因爲詩作存錄數量不多，所以學者論及宋初白體詩人時，往往僅舉徐鉉、王禹偁，較少言及李昉。

　　吳處厚《青箱雜記》提到李昉晚年與李至爲唱和友，兩人的詩格俱是白樂天體〔註4〕。李至是徐鉉的得意門生，徐鉉曾作〈參政李公眞贊〉讚美他〔註5〕，李至在文學風格上受到徐鉉的影響，亦傾向樂天體，並透過徐鉉的關係與李昉交往；徐鉉自入宋之後，與同在翰林學士院的北方文學巨擘的李昉交往親洽〔註6〕，現存《徐

〔註1〕方回〈送羅壽可詩序〉曰：「詩學晚唐，不自四靈始，宋劘五代舊習，詩有白體、崑體、晚唐體。白體如李文正公正（昉）、徐常侍昆仲（鉉及弟鍇）、王元之、王漢謀。」（見《桐江續集》卷三十二）

〔註2〕今徐鉉作品分別有《徐騎省集》、《徐公文集》，兩本是同文異名。

〔註3〕宋史卷二百六十五，列傳第二十四。

〔註4〕見吳處厚《青箱雜記》卷一曰：「昉詩務淺切效白樂天體，晚年與參政李公至爲唱和友，而李公詩格亦相類，今世傳《二李唱和集》是也。」

〔註5〕又名〈參政李公字言幾，年三十八歲眞贊〉：「金玉其相，君子之容。廟堂之器，多士攸宗。謀光帷幄，道合雲龍。絕景橫鶩，千霄直上。黑頭三公，風流宰相。人具爾瞻，惟肖之像。」

〔註6〕見《徐公文集》，李昉著〈徐公墓誌〉曰：「上即位之二年冬，以學士李昉獨直翰林，詔太子率更令徐鉉分直視草，是時昉與公同道相知，論交契之始也。」

公文集》尚有兩首徐鉉送李昉的詩〔註7〕但二李眞正交往頻繁，成爲唱和友，則要等到端拱元年，兩人同值秘閣時才開始。當時李昉罷爲右僕射〔註8〕，崇文院中堂秘閣建成，李昉、李至同兼秘書監。後來二李遂將端拱元年到淳化二年（988～991）彼此唱和的作品，編成了《二李唱和集》。只是此書中土久佚，清末才分別由陳矩、羅振玉從日本購得兩種北宋殘本，加以合刊行世。〔註9〕所以《二李唱和集》爲現今研究李昉詩作的重要材料。

　　對於《二李唱和集》的探討，陳植鍔〈試論王禹偁與宋初詩風〉與吉川幸次郎《宋詩概說》有不同的看法。陳植鍔的意見是：「綜觀《二李唱和集》不外是反映官場生活的應酬、逍遙之作。內容上，留連光景吟玩情性，尋求閑適；形式上，依韻相酬、屬對工切，講求聲律；表現手法上，淺近刻露，圓熟流利，追求平易。體現了宋初白體唱和詩的一般特色。」吉川幸次郎稱該集裡的贈答詩「都極爲纖豔，頗類《西崑酬唱集》的作品。」陳植鍔與吉川幸次郎最大的歧異在於對《二李唱和集》內容風格的認定，吉川幸次郎將《二李唱和集》歸於崑體，是因爲《二李唱和集》與《西崑酬唱集》俱是宋初的唱和詩集。吉川幸次郎的說法是認爲《二李唱和集》在文學的情調上，與白體的諷諭詩是不同的。陳植鍔也說明《二李唱和集》是宋初白體唱和詩的典型作品，並進一步說明：「宋初文人所欣賞的，大率是白居易的『雜律詩』和『唱酬詩』。」白敦仁〈宋初詩壇及三體〉認爲：「大抵宋初詩人學習白居易的，不僅繼承了他那『非求宮律高，不務文字奇』的清淺、平易的特點，同時也

〔註7〕徐鉉送李昉的兩首詩分別是：
　　〈奉和右僕私西亭高臥作〉
　　　　院靜蒼苔積，庭幽怪石欹。蟬聲當檻急，虹影向簷垂。
　　　　畫漏猶憐永，叢蘭未覺衰。疏篁巢翡翠，折葦覆鸕鷀。
　　　　對酒襟懷曠，圍碁旨趣遲。景皆隨所尚，物各遂其宜。
　　　　道與時相會，才非民所羈。賦詩貽座客，秋事爾何悲。
　　〈右省僕射後湖亭開宴，鉉以宿直先歸，賦詩留獻〉
　　　　湖上一陽生，盧亭起高宴。楓林煙際出，白鳥波心見。
　　　　主人忘貴達，座客容疲賤。獨慚殘照催，歸宿明光殿。（見《徐公文集》卷五）
〔註8〕見《續資治通鑑長編》載：「二月，李昉罷相，先是翟馬周擊發聞鼓訟昉，身任元宰，值北戎入寇，不憂邊事，但賦詩飲宴，并置女樂，上由是不悅，會連早蝗，太宗以水早失度，陰陽乖戾，咎在宰相，遂罷爲右僕射。」
〔註9〕關於《二李唱和集》的版本，現存一些爭議。合陳矩、羅振玉所得之富岡氏桃華盦藏本，仍脫落第十三葉，已有詩一百五十六首，與李昉序所言得詩一百二十三首的數目不同。又吉川幸次郎在《宋詩概說》中提到《二李唱和集》詩有一百二十三首，與李昉序所言吻合，故陳植鍔〈詩論王禹偁與宋初詩風〉推論或許吉川幸次郎所見爲日本另存之殘本，而富岡桃華盦本爲集成之後續有增補。

繼承了元白次韻唱酬的習氣。」〔註10〕

　　李昉、李至唱和時，在唱和詩的形式與內容風格上究竟受到樂天詩怎樣的影響？這是本文最主要想探討的問題。本文由兩個研究路徑開展：首先就《二李唱和集》作品的唱和方式與元白唱和方式作比較，進而就《二李唱和集》的內容風格與樂天詩的關係作探討，藉此勾勒出《二李唱和集》的大體面貌。

貳、二李唱和詩與白樂天的關係

　　李昉在〈二李唱和集序〉中云：

　　　　昔樂天夢得有《劉白唱和集》流布海內，爲不朽之盛事，今之此詩，安知
　　　　異日不爲人之傳寫乎？

李昉言語之間頗能看出他對此集的重視，從動機上看，可以得知二李唱和是效法樂天與夢得唱和的遺風；但從二李唱和詩的形式上，則與元白唱和詩較有關係。李昉唱和詩前語有「昨晚又捧五章，盡含六義，意轉新而韻皆緊，才益贍而調彌高，始知元白之前賢虛擅車斜之美譽。」可見二李唱和的形式，一直是以元白爲法式。

　　《二李唱和集》中有不少歌詠樂天典故的詩句，提供了解二李學習樂天詩歌的線索。茲分別就二李與元白唱和在形式上的傳承關係，與白樂天對二李詩歌的影響加以探討。

一、二李與元白唱和形式的關係

（一）元白唱和形式

　　關於唱和詩的形式，諸多詩話都提到次韻唱酬起於元白〔註11〕如張表臣《珊瑚鉤詩話》卷一云：

　　　　前人作詩未始和韻，自唐白樂天爲杭州刺史，元微之爲浙東觀察，往來置
　　　　郵筒，倡和始依韻，而多至千言，少或百數十言，篇章甚富。

元積〈上令狐相公詩啓〉自道次韻唱酬之始末：

　　　　積與同門生白居易友善，居易雅能詩，就中愛驅駕文字，窮極聲韻，或爲
　　　　千言，或五百言律詩，以相投寄，小生自審不能過之，往往戲排舊韻，別

〔註10〕陳植鍔〈試論王禹偁與宋初詩風〉（《中國社會科學》一九八二年第二期）。
　　　　白敦仁〈宋初詩壇及三體〉（《文學遺產》一九八六年第三期）。
　　　　吉川幸次郎《宋詩概說》第一章第二節。
〔註11〕《滄浪詩話》、《困學紀聞》、《甌北詩話》均有類似的記載。

創新辭，名爲次韻相酬，蓋欲以難相挑耳。〔註12〕

可見元白以次韻唱酬的動機是爲了「鬥工」，次韻唱酬成了元白唱和詩中最特出的形式。元白次韻唱和詩，其中主要的唱和方式則有長篇排律、押險韻的長篇組詩及杯酒光景間之小碎篇章。

1. 長篇排律

元微之〈酬樂天餘思不盡如爲六韻之作〉詩：「次韻千言曾報答」句自注云：

樂天曾寄予千字律詩數首，予皆次用本韻酬和，後來遂以成風耳。〔註13〕

這樣次韻的長篇排律詩，樂天有〈代書一百韻寄微之〉（《白居易集》卷十三），微之有〈酬翰林白學士代書一百韻〉（《元氏長慶集》卷十）；樂天有〈東南行一百韻〉（《白居易集》卷十六），而微之有〈酬樂天東南行詩一百韻〉（《元氏長慶集》卷十二）。

2. 押險韻的長篇組詩

白樂天〈和微之詩二十三首序〉云：

微之又以近作四十三首寄來，命僕繼和，其間瘵絮四百字，車斜二十篇者流，皆韻劇辭殫，瓌奇怪譎，又題云奉煩只此一度，乞不見辭，意欲定霸取威，置僕於窮地耳。大凡依次用韻，韻同而意殊，約體爲文，文成而理勝，此足下素所長者，僕何有焉？〔註14〕

詩序所云「韻劇辭殫，瓌奇怪譎」的「車斜二十篇」，據朱金城〈白居易年譜簡編〉考證，即元微之〈春深二十首〉〔註15〕，今元氏集中已佚，而白樂天與劉夢得俱有和元微之〈春深詩二十首〉，韻腳上都押「家」、「花」、「車」、「斜」四韻，而組詩中每一首詩的首句皆同。如：樂天〈和春深二十首〉首句是「何處春深好」（《白居易集》卷二十六）和夢得〈同樂天和微之深春二十首〉首句是「何處深春好」（《劉夢得外集》卷二）。

3. 杯酒光景間之小碎篇章

元微之在〈上令狐公詩啓〉又云：

稹自御史謫官，於今十餘年矣。閒誕無事，遂專力於詩章。………唯杯酒光景間，屢爲小碎篇章，以自吟暢。然以爲律體卑痺，格力不揚，苟無姿態，則陷流俗。常欲得思深語近，韻律調新，屬對無差，而風情宛然，然而病未能也。

〔註12〕見《舊唐書》列傳十六，元稹本傳。
〔註13〕見《元氏長慶集》卷二十二。
〔註14〕見《白居易集》卷二十二。
〔註15〕見朱金城《白居易集箋校》附錄三。

元白次韻唱和詩中有不少這類杯酒光景間的小碎篇章，講求「韻律調新、屬對無差」。在樂天〈與元九書〉曾紀錄兩人唱和此類詩的情形：

如今年春，遊城南時，與足下馬上相戲，因各誦新豔小律，不雜他篇，自皇子陂歸昭國里，迭吟遞唱，不絕聲者，二十里餘。〔註16〕

元白此類依韻的唱和小碎篇章非常多，僅舉幾首爲例，如樂天有〈元微之除浙東觀察使喜得杭越鄰州先贈長句〉（《白居易集》卷二十三），而微之有〈酬樂天喜鄰郡〉（《元氏長慶集》卷二十二）；樂天有〈早春憶微之〉（《白居易集》卷二十三），而微之有〈和樂天早春見寄〉（《元氏長慶集》卷二十二）。

根據上述，我們可將元白次韻和詩的形式歸納爲三類：一是次韻的長篇排律詩，二是押險韻的次韻長篇組詩，三是杯酒光景間之小碎篇章。

此外在元白不次韻的唱和作品中，頗值得注意的是，元白以五言古調唱和的二十首詩，樂天謂之〈和答詩十首〉。樂天稱此十首詩與微之詩「同者謂之和，異者謂之答」〔註17〕此二十首詩分別是：

元　稹	白居易
〈思歸樂〉	〈和思歸樂〉
〈陽城驛〉	〈和陽城驛〉
〈桐花〉	〈答桐花〉
〈大嘴烏〉	〈和大嘴烏〉
〈四皓廟〉	〈答四皓廟〉
〈雉媒〉	〈和稚媒〉
〈松樹〉	〈和松樹〉
〈箭鏃〉	〈答前鏃〉
〈古社〉	〈和古社〉
〈分水嶺〉	〈和分水嶺〉

這二十首唱和古調，都是有美刺興比，因事立題的新樂府，亦即白樂天所謂的諷諭詩。

（二）元白對二李唱和形式之影響

宋初文人唱和，皆受到元白次韻唱酬的影響。嚴羽在《滄浪詩話》云：

古人酬唱不次韻，此風始盛於元白皮陸。本朝諸賢，乃以此而鬥工，遂至

〔註16〕見《白居易集》卷四十五。
〔註17〕見〈和答詩十首序〉（白集卷二）。

往復有八九和者。

嚴滄浪認為和韻會束縛詩人的情感，所以有和韻害人詩語。但換一個角度來看，這樣的唱和方式是對詩人作詩技巧上的訓練，透過這種嚴格的形式要求，詩作會愈臻工善。

今日所見《二李唱和集》的詩作幾乎都是次韻唱和（又名依韻）〔註18〕，深受元白唱和的影響，但長篇排律只〈賦千葉玫瑰〉〔註19〕一首，且僅十四韻，與元白動輒數十韻、上百韻的排律，相較遠矣。其所受元白唱和詩的影響，以杯酒光景之小碎篇章與幾篇組詩為主要的唱和方式。

1. 杯酒光景之小碎篇章

二李唱和的小碎篇章，只有七律，沒有絕句與五律，這一點是不同於元白唱和的體製，例如：

> 昉唱：仍聞中使傳中旨，須盡懽娛酩酊歸。
>
> 至和：蘭臺老監雖多病，為感君恩亦醉歸。（——〈聞館中宣賜賞雪賦詩之會，書五十六字呈秘閣郎〉）

又如：

> 至唱：借問曹樽殘幾許，且須留取待花開。
>
> 昉和：春且兩壺宣賜酒，一壺留著待君開。（——〈早春寄獻僕射相公〉）

再如：

> 昉唱：何事情懷鬱不開，為思蓬閣謫仙才。通宵空有夢魂去，隔月更無篇詠來。
>
> 至和：句無騷雅口難開，豈稱明公唱和才。多病正憐拈筆懶，相思還喜送詩來。（——〈偶述所懷寄秘閣侍郎〉）

二李這類的唱和詩，往往即物比興，互讚高情，近似答問。

2. 長篇組詩

二李長篇的唱和組詩與元白「車斜二十首」不全然相同，其表現形式有三類：一、擬題依韻的組詩，每一首詩押韻不同。二、沒有擬題，步「如」、「餘」、「書」、「疏」、「居」五個韻腳。三、每一首詩的第一句相同，而且正是該組詩的主題，每一首詩押韻不同。

〔註18〕元白言為次韻，二李則言為依韻。

〔註19〕《二李唱和集》中第二十一頁有李至〈庭中千葉玫瑰今春盛發爛然可愛，因賦一章寄上僕射相公〉。

　　第一類詩似是從元白長篇排律變化而來，因爲擬題扣住這個主題極盡摹寫之能事，此本是元白次韻長篇排律所擅，然元白次韻排律非一般人所能，二李揀其易者入手，將長篇的排律轉換成好幾首律詩所組成的組詩，其中每一首詩押韻不同，次韻唱酬。這類詩〈有詠新栽竹〉、〈新竹〉兩組，由於詩作篇幅甚長，僅錄〈詠新栽竹〉於後。〔註20〕

　　對於第二類詩李昉曾有序云：

　　　昨晚又捧五章，盡含六義，意轉新而韻皆緊，才益贍而調彌高，始知元白
　　　之前賢盧擅車斜之美譽。

可知這類詩是摹仿樂天〈和春深二十首〉，用固定的險韻作韻腳，但是這類詩與〈和春深〉不同的是，它並沒有擬題，所以這一類組詩，頗似歌詠與述志的詩歌集錦。例如：

　　　忽厭菱花太皎如，鬖鬖新白十莖餘。主恩空在丹心感，勳籍總無一字書。
　　　出塞鼓旗猶轉戰，近胡桑柘頗稀疏。何因別奮陳湯策，北逐天驕瀚每居。

〔註20〕兹引其中〈新栽竹〉一組詩於后：
　　李至唱

　　　園中比比是花欄，只欠修篁十數竿。時見此君憐淅瀝，春來何處得檀欒。
　　　黃初換葉應深惜，綠未成陰已好看。看取北窗風更冷，不須炎月用冰盤。（其一）
　　　子猷曾有風流語，一日不能無此君。相國近添蕭灑興，數莖應怪乍離群。
　　　寬圍朱檻朱猶濕，密占青苔青白分。若見仙翁莫輕許，攜將飛入葛陂雲。（其二）
　　　疏蘿簇簇湘江畔，翠美深深淇水邊。爭似移歸深院裏，眞同畫向後堂前。
　　　粉筠應惜裁龍笛，霜錫還驚斷馬鞭。不是多情誰解愛，手栽吟遶溉新泉。（其三）
　　　節節皆勻葉葉疏，相門翻似子猷居。狂根或帶移時土，細草應勞種後鋤。
　　　醒酒韻寒初愜意，出牆梢健已凌虛。不須更用他泉溉，霖雨纔收必有餘。（其四）
　　　欲取琅玕斸翠苔，此扉特爲爾新開。手題詩句從僧覓，親卓筇枝揀地栽。
　　　紅粉遠叢遺鈿朵，綠醪偷影入金盃。莫憂裁作漁竿用，已向磻溪下釣來。（其五）
　　李昉和

　　　謾栽花卉滿朱欄，爭似疏篁種百竿。長愛枕前聞淅瀝，乍欣窗外見檀欒。
　　　春來莫重和煙翠，歲晚應須帶雪看。我得此君添一友，時時相對列盃盤。（其一）
　　　北軒留此無多地，不種閒花種此君。寒檜老杉堪接影，綠楊紅杏莫同群。
　　　要添迂叟窗前景，特就山僧院裏分。更待明年新笋出，亭亭必見勢凌雲。（其二）
　　　久聞山僧寄書覓，今來□下白雲邊。不教凡草生叢畔，長喜清陰在眼前。
　　　忍把翠筠裁作簟，爭將迸笋截爲鞭。行吟坐對情無盡，只欠潺潺一道泉。（其三）
　　　青青鬱鬱影疏疏，碧嶂移根到我居。爲愛綠陰時遣掃，恐傷新笋不教鋤。
　　　勾牽好鳥啼幽檻，搖擺清風上碧虛。栽得此君知有幸，入他仙客詠吟餘。（其四）
　　　移得脩篁帶嫩苔，欲教相夾小桃開。何須一一依行種，但要疏疏滿檻栽。
　　　枝上掛衣閒就枕，影中鋪簟好持盃。蓬丘仙客偏憐爾，應爲幽叢數數來。（其五）

（——李至）

清靜僧家亦未如，綠葵紅稻飽餐餘。逢人不喜談時事，養生惟便讀道書。
來往自行三逕熟，過從每共四鄰疏。洛安郡裏東城下，一簇芳林是我居。

（——李昉）

夏口曾遊意豁如，看山尋水二年餘。頭陀碑字殘須補，崔顥詩牌暗又書。
鸚鵡洲中芳草遍，鷺鷥亭畔野煙疏。可憐陶侃當時柳，猶有孫枝遶舊居。

（——李至）

第三類詩組是二李避開元白「東斜二十首」依險韻的唱和方式，直接摹仿樂天〈何處難忘酒〉詩的形式，用以唱和。李至〈蓬閣多餘暇〉前序曰：

居常事簡，得以狂吟，因成惡詩十章，以蓬閣多餘暇冠其篇而爲之目，亦樂天〈何處難忘酒〉之類也。

檢視樂天詩集中有〈何處難忘酒〉和〈不如來飲酒〉各七首，合爲勸酒詩十四首〔註21〕有序云：

予分秩東都，居多暇日，閒來輒吟，苦無詞意，不成謠詠。每發一意，別成一篇，凡成十四篇。皆主於酒，聊以自勸，故以〈何處難忘酒〉、〈不如來飲酒〉命篇。

以樂天〈何處難忘酒〉的詩篇形式來唱和，使唱和詩不限於音韻的要求，可以更隨意來抒發心志，和詩方式主要是和詩意爲主。這類詩有四組，分別是：
（1）吟詠禁林秘閣清貢之職的閑趣
　　　至唱：蓬閣多餘暇
　　　昉和：秘閣清虛地
（2）抒發恬淡平居的心志
　　　至唱：吾家何所有
　　　昉和：地僻塵埃少
（3）吟詠林園之美與養生之樂
　　　至唱：朱門多好景
　　　昉和：老去心何用
（4）記閑遊之適意
　　　至唱：出門何所適
　　　昉和：自喜身無事

〔註21〕見《白居易集》卷二十七。

抄錄第三組李至〈朱門多好景〉與李昉〈老去心何用〉於後，以爲參考。〔註22〕

　　總之，二李學習元白的唱和形式，除了保留杯酒光景間之小碎篇章外，將元白長篇排律及押險韻的長篇組詩的唱和形式作了一些轉換，其方式有三：一、擬題依韻的組詩，每一首詩押韻不同。二、不擬題，步如、餘、書、疏、居五個韻腳。三、每一首詩的首句相同，且是該組詩的主題，每一首詩押韻不同。透過這些轉換，選擇較易爲之的形式唱和。

二、白樂天詩對二李唱和的影響

　　二李於淳化、端拱年間「緣情遣興」的唱和篇章，屢屢引樂天詩作的典故，以爲雅事。如：

　　　　就中此地尤難得，惱殺東都白侍郎。（李至〈新竹〉）

（李至注：白傅和汴州令狐相新竹詩云：「更登樓望尤堪重，十萬人家無一莖。」〔註23〕）

　　　　最喜舉觴吟綠篠，誰能騎馬詠紅裙。（李昉〈和新竹〉）

〔註22〕李至〈朱門多好景〉五首：

　　朱門多好景，清共佛鄰牆。風遞何僧磬，煙聞那院香。水聲流靜夜，塔影臥斜陽。祇是宮城遠，趨朝較數坊。（其一）

　　朱門多好景，全宅在園林。席上攀紅艷，階前躡綠陰。牡丹疑國色，孔雀是家禽。珍重主人意，開樽日易沈。（其二）

　　朱門多好景，五月亦清涼。地勝長膏潤，泉甘劇蔗漿。樹深無日到，逕僻有莎荒。但恐裴中令，虛誇綠野堂。（其三）

　　朱門多好景，況復九秋中。積雨涼生簟，凝霜夜著桐。槐陰堆敗葉，菊蕊被幽叢。閒對藍輿客，翛然此興同。（其四）

　　朱門多好景，寒月動情懆。爐炭蹲紅獸，裘花鬥紫貂。管絃金盞困，風雪玉銜驕。誰似天人福，皆從積善招。（其五）

李昉〈老去心何用〉五首

　　老去心何用，題詩滿粉牆。空庭夜待月，靜室晝焚香。策杖閒尋水，移床臥向陽。自憐衰病者，雅稱住閒坊。（其一）

　　老去心何用，幽居似故林。移花初得地，種柳已成陰。減食餵飢犬，汲犬防渴禽。除營閒事外，兀兀任浮沈。（其二）

　　老去心何用，虛窗夏景涼。麥光鋪作簟，雪粉煮爲漿。竹徑時教掃，蔬畦不使荒。子孫何所遺，經史在南堂。（其三）

　　老去心何用，閒吟月正中。細香紅菡萏，疏影碧梧桐。鶴立莓苔逕，犬眠蘭菊叢。吾宗不我顧，幽興與誰同。（其四）

　　老去心何用，恬然守寂寥。有時思綠蟻，幾度換金貂。歲稔人情樂，天寒馬力驕。望君頻訪我，不必待書招。（其五）

〔註23〕〈酬裴相公題興化小池見招長句〉（白集卷二十五）。

（李昉注：白公云：「亦曾騎馬詠紅裙」）

　白公曾詠牡丹芳，一種鮮豔獨異常。（李昉〈牡丹盛開對之感歎寄秘閣侍郎〉）

（李昉注：白公樂府有〈牡丹芳〉一篇）

　應同白少傅，時復枕書眠。（李昉〈秘閣清虛地〉）

（李昉注：白云：「盡日後廳無一事，白頭老監枕書眠。」）〔註24〕

　避寵怕聞調鼎鼐，愛閑專喜掌圖書。（李昉〈輒歌盛美寄秘閣侍郎〉）

（李昉注：白公在秘書監詩云：「專掌圖書無過地，遍尋山水自由身。」）〔註25〕

二李歌詠樂天任秘書監〔註26〕時詩，或許因為二李此時亦在秘閣典掌圖書，與樂天在生活、心境相近。

　　樂天一生詩風多變，到了晚年其詩風為何？趙翼在《甌北詩話》卷四云：

　　香山詩，凡數次訂輯，其長慶集，經元微之編次者，分諷諭、閒適、感傷三類。蓋其少年欲有所濟於天下而托之諷諭，冀以流聞宮禁，裨益時政。閒適，感傷則隨時寫景、述懷、贈答之作，故次之。……至後集則長慶以後，無復當世之志，惟以安分知足，翫景適情為事。

趙翼提到樂天晚年心境改變，詩作都是閒適詩。樂天在〈與元九書〉中說明何謂閒適詩：「又或退公獨處，或移病閒居，知足保和，吟翫情性者一百首，謂之閒適詩。」白居易更進一步釐清閒適詩與諷諭詩在語言風格上的不同。他說：

　　諷諭者，意激而言質。閒適者，思澹而詞迂。

閒適詩的「思澹而詞迂」自不同於諷諭詩的「意激而言質」，亦與樂天老嫗皆解的詩句不同，是回復到文人作詩恬淡、清雅的本色。

　　二李唱和時是否因為與樂天晚年恬淡心境相似，進而摹仿樂天的閒適詩呢？這個問題可從二李唱和詩的內容，去尋求解答。

參、《二李唱和集》之內容與風格

　　李昉〈二李唱和集〉序云：

　　端拱戊子歲，春二月，予罷知政事，蒙恩授尚書右僕射，宗人天官侍郎，

〔註24〕〈秘省後廳〉（白集卷二十五）。
〔註25〕〈閒行〉（白集卷二十五）。
〔註26〕白居易於唐文宗大和元年任秘書監，見〈白居易年譜〉朱金城《白居易集箋校》上海古籍。

> 頃歲自給事中，參知政事，上章謝病，拜尚書禮部侍郎，旋改吏部侍郎兼
> 祕書監。而南宮師長之任，官重而身閒，內府圖書之司，地清而務簡，朝
> 謁之暇，頗得自適。而篇章和答僅無虛日，緣情遣興，何樂如之？貳卿好
> 古，博雅之君子也。六章大手，名擅一時，睠我之情，於斯為厚。凡得一
> 篇一詠，未嘗不走家僮以示我。憊病之叟，頗蒙牽率，若抽之思，強以應
> 命，所謂策疲兵而當大敵也。日往月來，遂盈篋笥。

二李任職祕閣，因為職務之清閒，遂結為唱和友，他們唱和詩的內容，是他們生活
和心境的反映：有吟詠祕閣清貢之樂，描寫別墅亭林之美，記游豫之適，也有吐露
衰老心情，流連光景貽養情性之作。

一、吟詠祕閣清貢之樂

　　祕閣是端拱元年始建於崇文院中堂，典藏了三館眞本、書籍及書畫。二李為祕
閣祕書監，對祕閣環境的清幽歌詠道：

> 祕閣清虛地，深居好養賢。不聞塵外事，如在洞中天。（李昉〈祕閣清虛
> 地〉）
> 出門何所適，祕閣倚宮牆。風遞禁中樂，日聞天外香。（李至〈出門何所
> 適〉其二）

祕閣環境清雅，每被詩人喚為蓬山仙境，而且祕閣緊依禁中宮牆，內府的管絃絲竹
從遠方隱隱傳來，更添一份雅興。任職祕閣，作些訪書、補書、校正舊籍的工作。
李至總理其事，故知之甚詳：

> 而今祕閣古難如，何啻梁元十萬餘。無本盡從三館借，有籤重遣八分書。
> 芸香欲辟魚心盡，汗簡猶嫌吏手疏。（李至〈再獻五章奉資一笑〉）
> 廣抄青史藏新閣，多著黃金訪舊書。（李至〈押「如、餘、書、疏、居」
> 五韻〉）
> 頭陀碑字殘須補，崔顥詩牌暗又書。（同前）
> 蓬閣多餘暇，群編得縱觀。書精新篆籀，畫古舊衣冠。（李至〈蓬閣多餘
> 暇〉其六）

由詩的內容可知，祕閣新成，本無藏書，一方面是「分三館之書萬餘卷」，另外就是
向民間尋訪舊籍。《續資治通鑑長編》提到當時訪書的情形：「小則償以金帛，大則
授以官，數歲之間獻圖籍於閣下者，不可數計。」〔註27〕

〔註27〕見李燾《續資治通鑑長編》卷三十一曰：「先是遣使詣諸道購募古書奇畫及先賢墨蹟，
　　　　小則償以金帛，大則授以官，數歲之間獻圖籍於闕下者，不可勝計，諸道購得者又

秘閣的工作是圍繞圖書的採訪、典藏、校勘整理。端拱元年，秘閣新成，仍附屬於崇文院，直到淳化元年，因李至所請，才升格與三館同列〔註28〕。這一段時間由李至總理其事，李昉雖亦兼秘書監，並不操心庶務〔註29〕。秘閣的職司十分清閒，二李描述值秘閣的情形：

逢丘深靜養疏慵，角枕斜欹數過鴻。（李昉〈依韻奉和見貽之什〉）

日轉遲遲影，爐焚裊裊煙。應同白少傅，時復枕書眠。（李昉〈秘閣清虛地〉其一）

蓬閣清虛稱野情，華陽中穩葛衣輕。垂簾不見喧囂事，盡日惟聞禽鳥聲。小檜影中鋪硯席，矮槐陰下著茶鐺。（李至〈夏日值秘閣〉）

秘閣當值不像其他官職事務繁重，可以在清陰下煮茶磨硯，校刊舊籍，或是在疏懶的午后，睏了就枕書而眠。

秘閣新成，頗受宋太宗重視，《宋史》載「至每與李昉、王化基等觀書閣下，上必遣使賜宴，且命三館學士皆與焉。」〔註30〕，二李唱和詩亦記載了當時秘閣讌會的盛況：

聖主憐才古所稀，轉知吾道有光輝。特宣秘府群仙會，教看遙空六出飛。痛飲不容停盞斝，冥搜各要鬥珠璣。仍聞中使傳中旨，須盡懽娛酩酊歸。（李昉〈閒館中宣賜賞雪賦詩之會〉）

秘閣讌會中，詩人酣暢歡飲時，亦賦詩歌詠的盛況可見。淳化二年的《禁林讌會集》即爲讌會時唱和的結集，可爲當時秘閣讌會的情景記實。〔註31〕

二、記別墅亭林之美、游豫之適

秘閣李昉、李至公職所在，退公之後，二李常悠游於別墅，過著閒適的生活。

數倍，乃詔史館盡取天文占侯讖緯方術等書五千一十卷，並內出古畫墨跡一百一十四軸，悉令藏於秘閣，圖籍之盛，近代所未有也。」

〔註28〕見《宋史》卷二百六十六。
亦見《續資治通鑑長編》卷三十一（世界書局）。

〔註29〕見《續資治通鑑長編》卷二十九曰：「五月辛酉置秘閣於崇文院，分三館之書萬餘卷，以實其中，命吏部侍郎李至監秘書監，右司諫直史館宋泌兼直秘閣，右贊善大夫史館檢討杜鎬爲校理。」

〔註30〕見《宋史》卷二百六十六。
又《續資治通鑑長編》卷二十一記載略異：「秘書監李至與右僕射李昉，吏部尚書宋琪、左散騎常侍徐鉉，及翰林學士諸曹侍郎、給事諫議舍人等秘閣觀書，上弭之遣使就賜晏，大陳圖籍令縱觀，翌日甲辰，又詔權御史中丞王化基及三館學士並賜宴秘閣。」

〔註31〕蘇易簡《禁林讌會集》、淳化二年十二月作，現收錄於《翰苑群書》卷七（四庫）。

李昉有別墅在萬安山下，澄波橋北，遠離塵囂。見於李昉詩中所記：

> 何處此身堪養老，萬安山下有村居。澄波橋北多嫌遠，少有交朋到我居。

> 洛安郡裏東城下，一簇芳林是我居。

而李至的別墅在城南，近市區。

> 吾家何所有，別墅在城南。到頭別卜連園地，悔學齊嬰近市居。

李至對城南的別墅不甚滿意，羨慕李昉所居之清幽，而有「定許貧家卜鄰否，欲收殘俸便尋居」語〔註32〕。李昉別墅頗有亭林之勝，二李唱和詩多有稱美：

> 澄波橋遠馬班如，往復依稀十里餘。春色遶園千樹柳，清風吹面一堂書。
> （李至〈昨日奉詔還家，馬上偶成長句〉）

> 望山秋閣迥，占月夜庭寬。四野霜纏殞，千林葉盡乾。（李昉〈地僻塵埃少〉其三）

> 朱門多好景，清共佛鄰牆。風遞何僧磬，煙聞那院香。水聲流靜夜，塔影臥斜陽。（李至〈朱門多好景〉其一）

> 門前多野景，牆外是精藍。（李昉〈地僻塵埃少〉其五）

> 地勝長膏潤，泉甘劇蔗漿。樹深無日到，逕僻有莎荒。（李至〈朱門多好景〉其三）

從以上詩句，李昉萬安山下別墅的景致呈現在我們眼前：屋後群山環翠，門前綠野平疇，不遠處一脈清流橫臥於綠野平疇上，屋旁正是佛寺，鐘鼓梵唱隱隱傳來。別墅內庭院深深，林樹茂盛，亭閣雅致錯落置於園中。李昉游豫其間，頗為適意，賦詩云：

> 自喜身無事，因行過寺牆。閑題僧舍壁，靜爇佛家香。（李昉〈自喜身無事〉其二）

> 時時遊野墅，往往宿僧家。（李昉〈自喜身無事〉其五）

> 閑行策杖青苔遙，靜坐移床綠樹陰。（李昉〈寄秘閣侍郎〉）

> 自題花色號，暗記樹根莖。（李昉〈地僻塵埃少〉其一）

> 減食餵飢犬，汲泉防渴禽。（李昉〈老去心何用〉其二）

> 竹徑時教掃，蔬畦不使荒。（李昉〈老去心何用〉其三）

李昉在別墅中的生活十分閒適，常策杖閒遊，或到佛寺吟詩題壁，或在庭中欣賞花木，或是餵養犬禽，教人打掃竹徑，整理園中的蔬圃，村居生活樂陶陶。

三、吐露衰老心情

端拱元年時，李昉年六十四，李至四十七。昉於詩前語有「齒疾未平，灸瘡正

作」、「著灸數朝」，《宋史》載「昉素病心悸，數歲一發，發必彌年而後愈。」李昉在唱和詩中吐露爲病所苦，哀傷衰老的心情：

> 行行漸近懸車歲，轉恐君恩報答難。（〈老病相攻偶成長句寄秘閣侍郎〉）
> 老去只添新悵望，病餘無復舊懽狂。四時奔速都如電，兩鬢凋疏總作霜。
> 看取衰容今若此，有何情緒聽宮商。（〈攀和嘉篇〉）
> 抱病久無歡笑興，信緣慵答往還書。容顏也道隨年改，牙齒誰教斗頓疏。
> （〈答李至（如、餘、書、疏、居）五韻〉）
> 衰病增加我斗諳，頭風目眩一般般。縱逢盃酒都無味，任聽笙歌亦寡懽。
> （〈老病相攻偶成長句寄秘閣侍郎〉）

李至因爲目疾上表求解參知政事職〔註33〕行年近半百的他，在唱和詩前言「夜來風氣又作，腫連頤頷，熱發心脾」、「節假之中，風氣又作」，可見多病使他有衰老遲暮的感嘆：

> 可惜芳晨莫虛過，眼前便作白頭翁。（〈殘春有感〉其二）
> 漸老筋骸百事慵（〈輒呈短什聊抒下情〉）
> 目難看字垂垂暗，髮不勝簪漸漸疏。安得安邊一長策，少酬明主定狼居。
> （〈春色漸濃，物華相惱，又依前韻更得惡詩〉）
> 利名場裏心尤拙，少俊叢中鬢獨秋。（〈偶述鄙懷呈僕射相公〉）
> 霜毛種種已難簪，聖代歸田又未甘。（〈和自思忝幸因動詠吟〉）

然而二李在詩中吐露的遲暮心情是不同的。李昉一生「清職美官皆偏歷，物情時態盡深諳」，此時爭逐名利之心淡了，也了解到年老體衰是必然的，曾說：「如蓬短髮不勝簪，筋力衰羸分所甘」〔註34〕，但被歲月催逼的感覺的確不好受，多病衰老之軀，使他慵懶寡歡。李至在遲暮心情中吐露了他壯年因病辭職的不甘，不久後眞宗即位，他便再出任參知政事。〔註35〕

四、流連光景，貽養情性

李昉到了這個年紀，體會到此生「榮名厚祿都來足，酒興詩情積漸疏」〔註36〕，不應再去爭名逐利，宜尋求年老心靈的適意，故唱和詩中吐露他的養生之道：

> 行年已老擬何如，手植園林十畝餘。婢僕盡能修藥餌，兒孫親教讀經書。

〔註33〕見《宋史》卷二百六十六。
〔註34〕見李昉〈自思忝幸因動詠吟〉。
〔註35〕同註33。
〔註36〕見〈昉著灸數朝廢吟累日繼披佳什莫匪正聲，亦貢七章〉。

（〈答李至（如、餘、書、疏、居）五韻〉）

誠知老去唯宜靜，自笑閑中亦有忙。蓋下轉嫌金印重，眉間漸長白長毫。

手栽園樹皆成實，引著兒孫旋摘嘗。（〈更述荒蕪自詠閑適〉）

息念忘懷心晏如，隨宜生計不求餘。汲泉自漑新栽竹，借本重添舊欠書。

（〈答李至（如、餘、書、疏、居）五韻〉）

逢人不喜談時事，養性惟便讀道書。（〈同前〉）

李昉此時不問時事，欲使此身掙脫名利束縛，讀佛、道書、修藥餌，養慧增壽，與兒孫下蔂、讀經、植樹、摘果，歡享天倫之樂。

史載李至爲人「剛毅簡重，人士罕登其門」〔註37〕他在詩中亦自道「從來污僻寡明儔」〔註38〕，「他處跡皆疏，不是陪端揆，多應訪老徐」〔註39〕除了與呂端、徐鉉有師友之誼外，退公之餘多是閉門讀書、看書。

曉趨蓬閣暮還家，坐覽圖書見海涯。（〈和偶書口號寄秘閣侍郎〉）

一窗青史眞堪愛（〈和老病相攻偶成長句〉）

蓬閣多餘暇，群編得縱觀。書精新篆籀，畫古舊衣冠。（〈蓬閣多餘暇〉其六）

李昉、李至與外界應酬往來少了，而以酬唱相寄，李昉詩前語「自過節辰，又逢連假，既閉關而不出，但欹枕以閑眠，交朋頓少見過，盃酒又難獨飲，若無吟詠，何適情懷？一唱一酬亦足以解端憂，而散滯思也。」在《二李唱和集》中提到有關兩人酬唱的詩句有：

萬事不關思想內，一心長在詠歌中。（李昉〈依韻奉和見貽之什，且以答來章〉）

歌詩唱和心偏樂，勢利奔趨跡自疏。（李昉〈輒歌盛美寄秘閣侍郎〉）

時有新詩寄何處，蓬丘仙客是知音。（李昉〈寄秘閣侍郎〉）

吟成拙句何人和，按得新聲沒處誇。（李昉〈偶書口號寄秘閣侍郎〉）

句無騷雅口難開，豈稱明公唱和才。（李至〈和偶書所懷寄秘閣侍郎〉）

不覺新詩債，朝來又一箱。（李至〈出門何所適〉）

二李每於小園留連光景時，感於四季更迭，自然景物的轉變而吟詠道：

陰陰垂柳轉黃鸝，腸斷殘春欲去時。（李至〈殘春有感〉）

南風吹雨驟還收，五月簾櫳卻似秋。（李至〈奉和對雨閑吟之什〉）

〔註37〕同註33。

〔註38〕見李至〈偶述鄙懷奉呈僕射相公〉。

〔註39〕見李至〈出門何所適〉其三。

　　夜室已聞啼蟋蟀，秋庭惟見長莓苔。（李昉〈偶述所懷寄秘閣侍郎〉）

　　節辰纔過一陽生，草樹依依已有情。楊柳莫嫌凋舊葉，牡丹還喜動新萌。

　　（李昉〈冬至後作呈秘閣侍郎〉）

　　詩人對自然景物的改變總是最敏感，傷春即逝，或是夏日午后驟來的暴雨，使人卻有秋天蕭瑟涼意，秋夜傳來的蟋蟀聲，使人驚覺一年光陰易逝，度過漫長寒冬，詩人已發現早春的訊息在萌發中。詩人亦對一花一樹之秀美、可愛，彼此唱和以助雅興。

　　春來何處得檀欒，黃初換葉應深惜。綠未生成已好看。（李至〈詠新栽竹〉）

　　爛熳海紅花，花中信殊異。萬朵壓欄干，一堆紅錦被。顏色燒人眼，馨香

　　撲人鼻。（李昉〈對海紅花懷吏部侍郎〉）

以上詩中詠新竹的姿態清新，頗有憐愛之意，稱美海紅花之富貴氣象。

　　二李不管是歌詠秘閣清貢生活的閑適，抑是稱美別墅亭林之勝與留連光景的適意，還是吐露衰病的心情，詩歌的風格清新閑澹，用語平易自然，一點也不受次韻唱酬的限制，與眞宗景德年間（1004～1007）《西崑酬唱集》的「多用故事」、「語僻難曉」〔註40〕、「雕章麗句」〔註41〕相比，更可見宋初白體唱和是取法樂天閑適詩之「思澹而詞迂」與西崑詩人摹仿李商隱用僻典、過於雕琢詩句，在內容風格上極不相同。

肆、結　論

　　本文分別從二李與元白唱和詩中，尋求二李在唱和形式上受到元白影響的情形，也在《二李唱和集》中發現不少歌詠樂天晚年任秘書監時所作的閑適詩，再加上從二李唱和詩的內容風格上考察，更加感受到當時李昉、李至身任秘書監時公暇生活十分閑適，由於詩人愛好樂天詩，進而效法元白酬唱，更在唱和中歌詠樂天典故以爲雅事。茲將研究的成果歸納四點如下：

1. 二李雖學習元白次韻的唱和詩，但從內容看，元白那種以新樂府唱和的諷諭詩，在《二李唱和集》中是找不著的。

2. 二李學習元白次韻唱酬的形式，除了保留元白唱和詩中杯酒光景的小碎篇章，還

〔註40〕見歐陽修《六一詩話》云：

　　　楊大年與錢、劉諸公唱和，自西崑集出，時人爭效之，詩作一變，而先生老輩患其多用故事，至於語僻難曉。（藝文印書館）。

〔註41〕楊億〈西崑酬唱集序〉（上海古籍）。

將元白次韻的長篇排律及押險韻的長篇排律改由幾首詩串成的組詩，不講求和韻。又將押險韻的長篇形式，有些變成沒有擬題的集錦詩，有些是用其形式而不講求押韻，都是從元白次韻唱和形式中最簡易者，加以吸收改變。

3. 二李唱和詩反映了他們任職秘閣的生活，詩中歌詠秘閣清貢之樂，描述亭林別墅之美，吐露年老心情，留連光景與樂天晚年「退公獨處，移病閒居、知足保和、吟翫情性」的閒適詩，內容相近。

4. 二李唱和詩學習了樂天閑適詩「思澹而詞迂」的語言風格，既非「老嫗皆解」的俚詞口語，亦不是西崑酬唱詩的「雕章麗句」、「語僻難曉」，它平易自然的語言風格，亦可說明宋初白體詩的特色。

參考書目

一、古　籍

1. 《增補六臣註文選》，（梁）蕭統編（華正書局，民國 69 年 9 月出版）。
2. 《唐文粹》，（宋）姚鉉編（世界書局，民國 68 年 5 月三版）。
3. 《文苑英華附辯證拾遺》，（宋）李昉等編（大化書局，民國 74 年 5 月初版）。
4. 《全唐文及拾遺》，（清）董誥等編（大化書局，民國 76 年 5 月初版）。
5. 《全宋詩》，北京大學古文獻研究所編（北京大學出版社 1991 年 7 月出版）。
6. 《宋詩紀事》，（清）厲鶚輯（文淵四庫全書本，民國 72 年出版）。
7. 《宋詩紀事補遺附宋詩紀事小傳補正》，（清）陸心源輯（台北中華書局）。
8. 《名人碑傳琬琰集》（文海出版社，民國 56 年 1 月臺一版）。
9. 《西崑酬唱集》，（宋）楊億等（漢京文化事業，民國 73 年 7 月出版）。
10. 《禁林宴會集》，（宋）蘇易簡（收入洪遵《翰苑群書》文淵閣四庫全書本，民國 72 年出版）。
11. 《宋史》，（元）脫脫（鼎文書局，民國 61 年出版，北京中華書局）。
12. 《新舊唐書合抄》（鼎文書局，民國 61 年出版）。
13. 《續資治通鑑長編》，（宋）李燾（世界書局，民國 62 年出版）。
14. 《宋會要輯稿》，徐松（世界書局，民國 53 年出版）。
15. 《玉海》，（宋）王應麟（大化書局，民國 66 年出版）。
16. 《宋元學案補遺》（新文豐出版公司，民國 77 年出版）。
17. 《隆平集》，（宋）曾鞏（文海出版社，民國 56 年 1 月臺一版）。
18. 《宋朝事實類苑》，（宋）江少虞（源流出版社，民國 71 年 8 月出版）。
19. 《東都事略》，（宋）王稱（中央圖書館，民國 82 年 2 月出版）。

二、索引與資料彙編

1. 《中國古籍整理研究論文索引》（江蘇古籍，1989 年 7 月出版）。

2. 《唐五代人物傳記資料綜合索引》，傅璇琮等編（北京中華書局，1982 年 4 月出版）。

3. 《宋人傳記資料索引》，昌彼得等（鼎文書局，民國 63 年出版）。

4. 《歷代職官表》，（清）永瑢等編（新文豐出版社，民國 77 年出版）。

5. 《中國文學批評資料彙編·隋唐之部》，羅聯添（成文出版社，民國 67 年 7 月出版）。

6. 《中國文學批評資料彙編·北宋之部》，黃啓方（成文出版社，民國 67 年 7 月出版）。

7. 《宋金元文論選》（北京人民文學出版社，1984 年 11 月出版）。

8. 《韓愈資料彙編》，羅聯添（學海出版社，民國 73 年 4 月出版）。

9. 《柳宗元研究資料彙編》（明倫出版社，民國 69 年出版）。

10. 《百種詩話類編》，臺靜農（藝文印書館，民國 63 年 5 月出版）。

11. 《白居易資料彙編》，陳友琴編（北京中華書局，1986 年一版三刷）。

三、近人專著

1. 《隋唐五代文學思想史》，羅宗強（上海古籍出版社，1986 年 8 月出版）。

2. 《唐代社會與元白集團關係之研究》，馬銘浩（台灣學生書局，民國 80 年 7 月出版）。

3. 《唐代古文運動通論》，孫昌武（百花文藝出版社，1984 年 4 月出版）。

4. 《唐宋古文新探》，何寄澎（大安出版社，1990 年 5 月出版）。

5. 《唐宋古文運動》，錢冬夫（國文天地雜誌社，民國 80 年 7 月出版）。

6. 《中國學術思想論叢》，錢穆（東大圖書公司，民國 72 年 2 月出版）。

7. 《漢唐文學的嬗變》，葛曉音（北京大學出版社，1990 年 3 月出版）。

8. 《宋詩論文選集》，黃永武等編（復文出版社，民國 77 年 5 月出版）。

9. 《唐代文學研討會論文集》，香港浸會學院中國語文學系主編（文史哲出版社，民國 76 年 4 月出版）。

10. 《唐末五代散文研究》，呂武志（台灣學生書局，民國 68 年 2 月出版）。

11. 《宋元文學史稿》，吳組湘、沈天佑（北京新華書店，1989 年 5 月出版）。

12. 《兩宋文學史》，程千帆、吳新雷（上海古籍出版社，1991 年 2 月出版）。

13. 《中國雜文史》，邵傳烈（上海文藝出版社，1991 年 5 月出版）。

14. 《古文正聲》，胡楚生，黎明文化事業，民國 80 年出版）。

15. 《宋詩概說》，吉川幸次郎（聯經出版公司，民國 66 年出版）。

16. 《王禹偁研究》，黃師啓方（學海出版社，民國 68 年 4 月初版）。

17. 《王禹偁事跡著作編年》，徐規（中華社會科學出版社，1982 年出版）。

18. 《古代詩文總集選介》，張滌華（國文天地雜誌社，1990 年 5 月出版）。

19. 《中國古代文體學》，褚斌杰（台灣學生書局，民國 80 年 4 月出版）。

20. 《文選學》，駱鴻凱（華正書局，民國 69 年 8 月出版）。

21. 《古文通論》，馮書耕、金仞千（中華叢書編審委員會，民國 55 年 6 月出版）。

22. 《文體論纂要》，蔣伯潛（正中書局，民國 48 年 7 月出版）。

23. 《文心雕龍綜論》，中國古典研究學會（台灣學生書局，民國 77 年 5 月出版）。

24. 《中國文學論集》，徐復觀（台灣學生書局，民國 63 年出版）。

25. 《宋四大書考》，郭伯恭（台灣商務印書館，民國 56 年 9 月出版）。

26. 《宋代藏書家考》，潘美月（學海出版社，民國 69 年 4 月出版）。

27. 《中國古代圖書事業史》，來新夏等（上海人民出版社，1990 年 4 月出版）。

28. 《中國古代藏書與近代圖書館史料》，李希泌等（仲信出版社）。

29. 《中國圖書和圖書館史》，謝灼華等（武漢大學出版社，1990 年 1 月三刷）。

30. 《中國文官制度》，李鐵（中國法政大學出版社，1989 年 7 月出版）。

31. 《中國古代選官制度述略》，黃留珠（陝西人民出版社，1989 年 9 月出版）。

32. 《宋代修史制度研究》，蔡崇榜（文津出版社，民國 80 年 6 月出版）。

33. 《文藝社會學》，Robert Escarpit，顏美婷譯（南方出版社，民國 77 年 2 月出版）。

34. 《文藝社會學》，葉淑燕譯（遠流出版社，1990 年 12 月出版）。

四、期刊論文

1. 〈北宋的文論與詩詞論〉，黃啓方（《國立編譯館館刊》第六卷第一期六十六）。

2. 〈簡論唐代古文運動中的文學集團〉，何寄澎（《古典文學》第六集）。

3. 〈宋代古文運動之發展研究〉，金中樞（《新亞學報》第五卷第二期,民國 52 年 8 月）。

4. 〈試論《唐文粹》之編纂、體例及「古文」類之作品〉，衣若芬（《中國文學研究》第六期）。

5. 〈消息還依道・生涯只在詩──王禹偁詩析論〉，呂興昌（收入《宋代文學與思想》）。

6. 〈宋代的國立圖書館〉，黃潮宗（《大陸雜誌》第四十六卷第二期）。

7. 〈北宋崇文院建院目的和藏書利用〉，潘天禎（《圖書》1963 年）。

8. 〈北宋官書整理事業的特點〉，蕭魯陽（《上海師範學院學報》，1982 年 1 月）。

9. 〈北宋時期的古籍整理〉，王晟（《史學月刊》1983 年 3 月）。

10. 〈論兩宋時期的館閣藏書〉，李婷（《圖書館學情報知識》1988 年 4 月）。

11. 〈宋代的文官帖職制度〉，李昌憲（《文史》三十輯）。

12. 〈中國古代秘書監新探〉，劉少泉（《四川大學學報》1988 年 9 月）。

13. 〈唐宋時期的館閣制度〉，曾主陶（《文獻季刊》1991 年 2 月）。

14. 〈從文章辨體看古典散文研究範圍〉，曾棗莊（《文學遺產》1988 年 4 月）。

15. 〈古代文學選本的意義〉，江慶柏（《文學遺產》1986 第四期）。

16. 〈中西文學中的文類學研究〉，張靜二（《中外文學》十九卷十一期）。

17. 〈中國古典文論中文類批評的方法〉，游志誠（《中外文學》二十卷七期）。

18. 〈詩選的詩論價值——文學評論研究的另一個方向〉，楊松年（《中外文學》第十卷第五期,七十年十月）。

19. 〈文心雕龍與文選在選文定篇及評文標準之比較〉，齊益壽（《古典文學》第三集）。

20. 《北宋的古文運動》，何寄澎（民國 81 年 8 月，幼獅出版社印行）。

五、學位論文

1. 《今存十種唐人選唐詩考》，呂光華，（1984 年政大碩士論文）。

2. 《西崑酬唱集研究》，黃金榔，（1989 年政大碩士論文）。

3. 《宋代論詩詩研究》，周益忠，（1989 年師大博士論文）。

4. 《穆伯長及其作品研究》，蒲忠成，（1989 年師大碩士論文）。

5. 《宋代唐詩學》，蔡瑜，（1990 年台大博士論文）。

6. 《韓歐古文比較研究》，王基倫，（1991 年台大博士論文）。

後　記

　　蒙花木蘭文化出版社通知碩士論文《文學觀念的因襲與轉變──從文苑英華到唐文粹》將放入《古典文獻研究輯刊》出版，面對少作，為其青澀的文句，與不成熟的見解感到羞赧。本應大力修改，但目前許多學術研究工作在進行著，礙於時間壓力、出版社進度，只能放下。轉念一想，留下剛踏上研究路程的起點，證明自己是這樣開始的，不也值得珍重。原本附在論文之後的跋，曾感謝過的親朋好友衰歇與離去，人事感嘆就留給自己。而這段文字是應該保留下來：

　　從來就不是一個文思敏速的人，寫論文對我來說更是一件苦事。這篇論文從碩一寫到碩三，說好聽一些是慢慢醞釀，其實是虛擲時光者多。回想真正動筆的這一年，每天面對的戰場，就是小弟幫忙拼裝的 286 電腦，我從一指功到雙手並用，從役於電腦到駕馭電腦，論文也一點一滴的累積完成了。當論文寫成的此時，市面上再也找不到這已經淘汰的電腦機種，而《文苑英華》與《唐文粹》這一千年前的文學選本卻在我的論文裡發揮光芒，更讓人體會文學的永恆、動人。

　　這一本論文對學術不敢說有什麼貢獻，就算是研究所三年的學習記錄吧！最淡的墨水勝過最好的記憶，至少證明生命曾經如此用心過。

1993.5.5

　　十三年前，誰能預知數位化與網際網路會走向現在的光景，再一個十年，這些古老的文獻將有多少人用怎樣的方式瀏覽、使用，研究著？正如千年之前《文苑英華》與《唐文粹》的編者，我們也在時代的夾縫，看見過去的傳統，嗅聞未來將有的劇變，只能用這時代的文字與心靈詮釋，以微渺的力量，去守護保有這些美好的文字，與偉大的聲音。

張蜀蕙　2006　仲夏于花蓮東華大學居南邨

錢謙益《列朝詩集》文學史觀研究

許蔓玲　著

作者簡介

淡江大學中國文學碩士，曾任天主教恆毅中學教師，現任臺北市立西松高中代理教師。

提　　要

　　自 1910 年林傳甲的《中國文學史》後，各類型的中國文學史著作亦隨之紛紛出版問世，每本書所切入的角度各有不同，而其中的差異往往代表了一種文學史觀的展現。探究古代文獻中，也有許多類似今日文學史著作性質的作品，其中若以斷代文學史而言，最常為人所討論的就是錢謙益所編撰的《列朝詩集》。

　　錢謙益之所以為歷來古今學者所討論，不僅因為其個人節操的問題，也由於錢謙益個人才學的豐富，尤其是錢謙益對明代文學所發出的嚴厲批評，這些批評皆在《列朝詩集》一書中表露無遺。

　　本文針對此書探究錢謙益的文學史觀並將此書與朱彝尊《明詩綜》作一比較，進一步突顯出兩種不同的處理態度，從中確立錢謙益編撰《列朝詩集》一書的意義所在。

謝　　誌

　　有許多事情在冥冥之中，自有其巧妙的安排吧！猶記得仍身處於外雙溪的校園，老師在臺上賣力地講述魏晉玄學，就是這堂課開始了我和淡江的緣分……。授課之餘，江淑君　老師總不忘以自身的經歷鼓勵大家，希望同學們能繼續朝研究所邁進，因為進入研究所才能真正懂得什麼叫做學問。老師的這番話，始終縈繞於心。研究所考試放榜了，面臨東吳或是淡江的抉擇時，我相信這是上天賜予我的一個機會，我一定要好好把握，因此毅然決然地選擇了淡江，無非希望自己也能嚐一嚐老師當年所受過的「震撼教育」。

　　初次以淡江學生的身分踏進文學院大門時，並不如自己想像中的獨立、堅強，恐懼、不安的心情直襲而來，所幸同學、學長姊、老師以及助教們都很親切、溫暖，使我能很快地進入狀況專心地學習。在這段學習的過程中，自己的身體也出現了問題，知道自己的病很有可能跟著自己一輩子時，頓時覺得天昏地暗，手腳發軟，不肯相信這個事實，甚至腦海中也曾閃過灰暗的念頭。但是，這就是我來淡江的目的嗎？不是。當師長們得知我生病的事情後，給予我許多的關懷，我知道我不能對不起大家，更不能對不起自己。

　　我想論文的寫作就像是人生的一個縮影，期間我們試圖釐清一個問題，思索應該運用什麼材料，應該如何表達，應該如何說服他人。更重要的是，如何面對自己，當遇到瓶頸、挫折時，才發現自己竟然如此軟弱，有好幾次都想逃避不理，但是，真的躲得了嗎？就像自己得的病一樣，我知道無論我如何不去想，它始終是會跟著我的。更何況若我因此舉白旗投降了，我還能做好什麼事呢？人總是給了自己太多的理由與藉口，卻忘了給自己勇氣與力量。在論文即將面世之際，我自知寫得不夠好，不夠詳盡，仍有許多需要補充、修改之處，但是，值得欣慰的是我熬過來了，而且問心無愧，我相信這短短的幾年會是我人生中難以忘懷的經驗與體會。

　　淡江中研所的一千多個日子裡，十分感謝曾守正　老師、江淑君　老師與我由衷敬佩的指導教授──殷善培　老師，耐心、細心地在學問上引領著我，更不厭其煩地聆聽我生活上無法安頓的困惑與迷惘所給予衷心的建議。此外，更要感謝立民、伯宇、瀅靜、雅雯、伊莉、玲菁，在我寫論文期間所給予我物質以及精神上的一切協助。最後，當然不能漏掉的就是一直在背後默默支持我，忍受我任性脾氣的彥。

　　我想沒有你們，也不會有今天的我！

目

錄

第壹章　緒　論

第一節　問題意識的形成

　　自清末京師大學堂於章程中規劃有「歷代文章源流義法」之課程後，林傳甲於清光緒三十年（1904）為了講授方便，乃倣效日本笹川種郎所著之《支那文學史》，編成一本七萬餘字的講義，其中共有十六篇，二百八十八章，這是第一部由國人自著的文學史。自此之後，文學史著作相繼問世。當時，文學史著作的出現是為了教育之用，而中國文學史此一學科，在往後各大學中文系裡亦成為必修科目，如：鄭振鐸的《繪圖本中國文學史》、劉大杰的《中國文學發展史》、葉慶炳的《中國文學史》等書，已為中文系學生所熟悉。由於這些文學史著作被當成各大學中文系的教科書來使用，對中文系學生而言，書中所描述之文學發展現象與演變歷程，往往是了解中國文學發展的基礎。有鑑於此，前輩學者便對文學史著作提出反省與思考，如：西元一九九一年二月，中央研究院中國文哲研究所邀請邱燮友、王文進、尉天驄三位研究與講授中國文學史的教授於學術研討會中，對劉大杰的《中國文學發展史》與葉慶炳的《中國文學史》作一檢討；〔註 1〕西元一九九二年，王宏志、陳清僑與北京大學的陳平原、錢理群、葛兆光三位教授開始合編文學史集刊，一共有三集；西元一九九三年，陳國球主編《中國文學史的省思》；西元一九九七年，陳國球、王宏志、陳清僑合編《書寫文學史的過去：文學史的思考》，皆致力於文學史寫作的反省，因此興起一股「重寫文學史」的風潮。〔註 2〕此外，又如葉崗於〈文體意識

〔註 1〕詳細內容請見邱燮友、王文進、尉天驄主講，簡光明、柯志明記錄：〈兩種通行本中國文學史的檢討〉，《中國文哲研究通訊》第 1 卷第 1 期，1991 年 3 月，頁 75～95。

〔註 2〕詳細內容請見陳國球、王宏志、陳清僑合編，《書寫文學的過去——文學史的思考》（臺北：麥田出版股份有限公司，1997 年），頁 389～390。

與文學史體例〉一文中不贊同多數文學史依據各朝政權之更迭而加以分期的做法，認爲整個中國古代文學史的發展應分成上古、中古、近古三大歷史自然時段，如此一來方可保持各種文體的相對延續性與完整性，進而正確地審視作家作品之文學地位；〔註3〕以及袁行霈在〈關於幾個理論問題的思考──《新編中國文學史總緒論》〉提到文學史有其本體與兩翼，所謂本體即文學創作，至於文學理論、文學批評、文學鑑賞是文學史的一翼，另一翼則是文學傳媒，袁行霈據此認爲中國文學史除可分爲上古、中古、近古三期之外，又可再細分爲七段，用以強調文學本身的發展變化，而將其他的條件如社會制度、朝代的更迭視爲文學發展變化的背景。〔註4〕從這些研究中，不難發現文學史並不僅止於以各朝政權之更迭，即所謂的「朝代」，爲單一面貌呈現於世人面前，其眾多的可能性也一一揭示出文學史中不同的意義與內涵。

在反省與思考今人所編撰的文學史著作的同時，亦不免好奇，中國古代，是否有類似於今日文學史性質的著作出現？〔註5〕西漢劉歆《七略‧詩賦略》排列詩、賦，加以說明、分類；班固《漢書‧藝文志》的詩賦略承繼劉歆的做法，錄有西漢以前的詩家，共一百零六家，一千三百十八篇作品，按照時代、地域分成五大類，並附以總結說明。《後漢書》首創〈文苑傳〉，記錄二十二個作家的生平事蹟；此後，《晉書》、《魏書》、《北齊書》、《北史》、《舊唐書》、《宋史》、《新元史》、《明史》、《清史稿》亦皆有〈文苑傳〉；《南齊書》、《梁書》、《陳書》、《南史》、《隋書》、《遼史》則有〈文學傳〉；《新唐書》、《金史》另標爲〈文藝傳〉。這些著作多出於後人之手，或論作品之風格，或記作家之生平事蹟，皆具備一部份今日文學史之性質。若進一步探尋，中國歷來有沒有當代人寫當代之文學史呢？〔註6〕《四庫全書總目》的分類中，「總集類」的編纂或爲後代人所編，或爲當代人所撰，從總集所收之各家創作中，可想見各代文風及其潮流之所趨。中國最早之文學總集是南朝梁昭明太子蕭統所編之《文選》，雖然，昭明太子對各家作品有加以分類，卻未進一步作出評價，因此無法清楚了解昭明太子是如何看待文學發展之相關問題。

〔註3〕葉崗：〈文體意識與文學史體例〉，《中國文哲研究集刊》第17期，2000年9月，頁217～235。

〔註4〕按：所謂「文學本身」，指的是詩、賦、詞、曲等文體。詳細內容請見袁行霈：〈關於幾個理論問題的思考──《新編中國文學史總緒論》〉，《北京大學學報》（哲學社會科學版）1997年第5期，頁57～68。

〔註5〕黃人認爲在中國古代的著作文獻中，與文學史相似的有四類：文學家列傳（如文苑傳）、目錄（如藝文志類）、選本（如以時、地、流派選編者）、批評（如：《文心雕龍》、《詩品》、詩話之類）。詳細內容請見黃霖：《近代文學批評史》（上海：上海古籍出版社，1993年），頁799。

〔註6〕所謂「當代」，是指以各朝政權之更迭而言。

直到金人元好問編《中州集》，開始以人繫傳、以詩繫人，於史傳中不僅記敘傳主生平事蹟，亦對傳主之創作提出評價，此一體例爲明末清初的錢謙益所承繼而發揚光大。錢謙益學識淵博、見多識廣，《列朝詩集》之內容甚爲豐富，更特別的是，在力求全面蒐集當時的詩作之外，錢謙益亦嚴厲駁斥明代文學之弊端，個人色彩十分鮮明。

文學史，就性質而言，其所處理的對象是文學，但是，其本身卻是屬於一種歷史研究。歷史研究的目的是希望從歷史活動中發覺或賦予歷史的「意義」。但是，我們如何發覺或賦予歷史的「意義」呢？所依據的不是史料的多寡，而是依據人（史學家）心中的價值觀。史料所揭示的眞實，往往並非客觀而完整的，史料的呈現是經過史學家的選擇。選擇，便代表了一種價值的判斷。因此，歷史研究是詮釋者（史學家）由某一觀點對被詮釋者（史料）進行意義的了解。所以，歷史研究強調史觀的必要性，因爲沒有一套價值判斷的標準，僅能稱爲史料或史纂，不能稱爲歷史或史學。至於文學，將它作爲討論或認知對象時，也必然牽涉到價值判斷的問題，在鑑賞與評價的過程中，乃是一種主客交融、主客聯合的精神活動：以我們主觀固有的經驗、意念、情感，與外在客體（作品）相應相發，而構成受體的活動，轉化爲外在的文字，使其成爲我們所領略的意義，並形成美感之價值。而在歷來的眾多價值中，又必須經由我們的領會與研判，裁定文學作品的價值高下，並繫聯價值間的關係。〔註7〕因此，文學史家的史觀，實爲一部文學史著作決定以何種面貌呈現的重要關鍵。

由對今日文學史研究之關懷，起而探尋古代是否有文學史性質之著作產生，逐漸體會到由於古代的學術分際並不如現代來得細微，所以，古代的學者專家無論是在文學、藝術、科學……等等皆有許多可以相互討論的空間，並且可以從中獲得獨特的見解與想法。反觀現今的學術環境，研究者卻往往趨於只專研某一門學問。但是，此與彼之間的界限眞有如此壁壘分明嗎？兩者的對話空間仍有待開拓。職是之故，本文擬以「錢謙益《列朝詩集》文學史觀研究」爲題，一方面以《初學集》、《有學集》掌握錢謙益之文學思想，一方面則透過錢謙益所編撰之《列朝詩集》探討此書中所蘊含之文學史觀，進而觀察古代的學者專家是如何安頓文學與歷史之間的相互關係。

〔註7〕龔鵬程：〈試論文學史之研究——以劉大杰《中國文學發展史》爲例〉，收於中國古典文學研究彙編，《古典文學》第五集（臺北：臺灣學生書局，1983年），頁357～370。

第二節　歷史上對錢謙益評價之分析

　　錢謙益強烈抨擊明代文學的流弊，且進一步提出明確的主張，其影響力延至清初文壇，故欲討論明末清初的文學，實不可忽略錢謙益。另一方面，由於明亡之際，錢謙益選擇降清一途，名節大損，爲人所詬病。無論是與錢謙益同時的人，或是後世的人在討論錢謙益時，總不免對其人格操守有所議論。所以，錢謙益在政治與文學的表現，便形成世人對錢謙益的兩大爭議。雖然，政治與文學不應混爲一談，但是，世人在談論錢謙益的文學成就時，多視降清爲其生命中之敗筆，而鮮見探討爲何會形成如此爭議之研究，因此，本文在以錢謙益爲研究對象前，則將試著釐清形成錢謙益在政治或文學方面的評價內容爲何，以及了解形成評價背後的原因又是什麼，進而能對錢謙益有更爲清楚的認識。

一、政治方面

（一）負面的評價

　　錢謙益的名聲在乾隆時期遭到嚴重的貶抑，《清史列傳·貳臣傳乙》中記載了清高宗對錢謙益其人其書的評價：

> 乾隆三十四年六月諭曰：錢謙益本一有才無行之人，在前朝時身躋膴仕，及本朝定鼎之初，率先投順，洊陟列卿，大節有虧，實不足齒於人類。朕從前序沈德潛所選《國朝詩別裁集》，曾明斥錢謙益等之非，黜其詩不錄，實爲千古綱常名教之大關。彼時未經見其全集，尚以爲其詩自在，聽之可也。今聞其所著初學集有學集，荒誕悖謬，其中詆毀本朝之處，不一而足。夫錢謙益果終爲明朝守死不變，即以筆墨騰謗，尚在情理之中，而伊既爲本朝臣僕，豈得復以從前狂吠之語列入集中，其意不過欲借此以掩其失節之羞，尤爲可鄙可恥。錢謙益業已身死骨枯，姑免追究，但此等書籍悖理犯義，豈可聽其留傳，必當早爲銷毀。其令各督撫將初學有學集於所屬書肆集藏書之家，諭令繳出，至於村塾鄉愚，僻處山陬荒谷，並廣爲曉諭，定限二年之內，盡行繳出，無使稍有存留。錢謙益籍江南，其書板必當尚存，且別省有翻刻印售者，俱令將全板一併送京，勿令留遺片簡。朕此旨實爲世道人心起見，欲斥棄其書，並非欲查就其事，通諭中外知之。〔註8〕

滿人入關之後，漢人爲抵抗異族統治，所採取之方式有二：一爲起兵加以反抗，二

〔註 8〕中華書局編，《清史列傳·貳臣傳乙》卷 79（臺北：臺灣中華書局，1962 年 3 月臺一版），頁 33～35。

則藉由文字表達其不滿之情緒，清朝政權有鑑於此，故施行「文字獄」，只要發現有涉及攻訐滿清之文字，即令禁燬。由此我們可以推論得知，清高宗之所以會頒布銷毀錢謙益著作的原因，很有可能是因爲清高宗閱讀《初學集》、《有學集》之後，發現內容有多處對清朝大一統的政權不利。〔註9〕但是，清高宗卻對錢謙益的人品大作文章，加以強烈抨擊，認爲錢謙益如果在明代被滅之際，守節不降，縱使錢謙益出言不遜，尚可理解；但是，錢謙益既然降清，卻又於詩文中加以攻擊清代，便是「悖禮犯義」。之後，清高宗更進一步於乾隆四十一年十二月，下詔國史內必須增立〈貳臣傳〉，且將錢謙益納入其中；四十三年二月，則將錢謙益改列入〈貳臣傳〉乙編，認爲：

> 錢謙益素行不端，及明祚既移率先歸命，乃敢於詩文陰行詆謗，視爲進退
> 無據，非復人類，若與洪承疇等同列貳臣傳，不示差等，又何以昭彰癉，
> 錢謙益應列入乙編，俾斧鉞凜然，合於春秋之義焉。〔註10〕

清高宗認爲將錢謙益列入〈貳臣傳〉乙編乃是「合於春秋之義」，若進一步討論清高宗何以將〈貳臣傳〉分成甲、乙二編，則可以看出清高宗之所以批評錢謙益的立論基礎。清高宗於乾隆四十三年三月，下詔曰：

> 國初，明季歸附諸臣，大節有虧，與范文程諸人，自當區別，因命國史館
> 另立「貳臣傳」。惟事跡各異，淄繩必分。如洪承疇力屈俘降，律以有死
> 無貳之義，不能爲諱。然其雖不克終於勝國，實能效忠本朝。著國史館於
> 洪承疇及應入「貳臣傳」諸人，詳加考覈，分爲甲乙二編，俾優者瑕瑜不
> 掩，劣者斧鉞凜然。〔註11〕

清高宗認爲洪承疇雖然對清朝有其貢獻之功，然而洪承疇的身分仍是明朝的降臣，因此於史傳中當列入〈貳臣傳〉。將清高宗對洪承疇與錢謙益的看法，相互對照，可以知道清高宗認爲本在明朝任官，之後降服於清朝者，應列入〈貳臣傳〉，但是，並非所有降清之明臣，皆有功於清朝，故將〈貳臣傳〉加以區別，分爲甲、乙二編。由此考察清高宗對錢謙益的嚴厲批判，實有其政治因素的考量，再加上錢謙益的文集中又有不利清朝政權之處，便緊抓著錢謙益降清一事，大加撻伐。

〔註 9〕關於《初學集》、《有學集》的內容對清朝大一統政權不利的研究，莊吉發認爲此二書「多處記載滿洲先世、明清和戰及譏諷薙髮，皆爲清室所隱諱者，且於字裏行間散佈排滿思想，故視爲禁書，以其不合於一統之旨，而禁其流傳於世。」詳細內容請見莊吉發〈清高宗禁燬錢謙益著述考〉，《大陸雜誌》第 47 卷第 5 期，頁 263～264。

〔註10〕同註8，頁35。

〔註11〕轉引自李光濤：〈洪承疇背明始末〉，《明清檔案論文集》（臺北：聯經出版事業公司，1986 年），頁 685。

錢謙益投降清朝整件事的經過又是什麼？《清史列傳·〈貳臣傳〉乙》寫道：

> 本朝順治二年五月，豫親王多鐸定江南，謙益迎降，尋至京候用。三年正
> 月，命以禮部侍郎管秘書院事，充修明史副總裁；六月，以疾乞假，得旨
> 馳驛回籍，令巡撫巡按視其疾瘁具奏。〔註12〕

在清順治二年，豫親王多鐸入京之際，錢謙益選擇投降，甚至隔了一年，也接受了清朝政權所授予的官職；〔註13〕然而，在這段敘述中，頗值得玩味的是，錢謙益任官不久後，便因病告歸。顧變認為錢謙益乃是不滿禮部侍郎的官職，故稱病告歸，其云：

> 乙酉王師南下，錢率先投降。滿擬入掌綸扉，不意授為禮侍。尋謝病歸，
> 諸生郊迎，譏之曰，老大人許久未晤，到底不覺老。錢默然。一日謂諸生
> 曰，老夫之領，學前朝，取其寬。袖依時樣，取其便。或笑曰，可謂兩朝
> 領袖矣。〔註14〕

文中充滿對錢謙益譏諷的意味，認為錢謙益無法在明朝擔任閣臣，到了清朝，依舊無法如願。顧變立論的基礎，乃是認為錢謙益降清的原因，是為了求取更好的官位，豈料，錢謙益仍只是得到一個禮部侍郎的職位，故語多諷刺。

喬億雖然對錢謙益的詩才、詩學給予極高的評價，盛讚其才學可與前人媲美，然而，在其人品方面，卻有所保留，認為不可加以討論，其謂：

> 虞山詩才學識無愧前賢，而不可以言品，正與其人相似耳。〔註15〕

從人格操守的角度來看，喬億對錢謙益採取不置可否的態度。鄧之誠於《清詩紀事初編》錢謙益條，介紹錢謙益的生平大略時，亦提及錢謙益降清一事，其曰：

> 順治二年，清兵南下，謙益竟靦顏迎降，入都揚言為先朝修史。三年正月，
> 授秘書院學士兼禮部侍郎、明史副總裁。六月以疾歸，是時法令嚴，朝官
> 無敢謁假者，謙益竟馳驛回籍。〔註16〕

〔註12〕同註8，頁34。

〔註13〕關於豫親王多鐸南下的時間，《清史稿》在錢謙益的傳文，寫的是順治三年；葛萬里
所編的《清錢牧齋先生謙益年譜》則與《清史列傳》中所寫的時間相同，皆在順治
二年。關於詳細內容請見清史稿校註編纂小組編纂，《清史稿校註·卷四百九十一·
列傳二百七十一·文苑一》（臺北：國史館，1986年），頁11139與葛萬里：《清錢牧
齋先生謙益年譜》收於《國粹學報》第65期撰錄部分（臺北：文海出版社，1970
年），頁5。本文則採用清順治二年為豫親王多鐸南下的時間。

〔註14〕轉引自陳寅恪：《柳如是別傳》（下）（臺北：里仁書局，1981年），頁832。

〔註15〕（清）喬億：《劍谿說詩》（卷下），收於郭紹虞編選富壽蓀校點，《清詩話續編》（上）
（上海：上海古籍出版社，1983年），頁1106。

〔註16〕鄧之誠：《清詩紀事初編》（卷三），收於周駿富輯，《明代傳記叢刊·學林類28》（臺

鄧之誠視錢謙益降清一事，乃是厚顏無恥的行為，並且認為錢謙益為明朝修史一事，只是藉口，至於錢謙益擔任清朝官職不久，稱病返鄉更是無視於當時的法令。錢謙益在其筆下的形象，成了一個貪生怕死，卻又試圖掩蓋其行徑的人，除此之外，接受清朝所任命的官職，又無法遵守清朝的法令，而一意孤行。

梁啓超肯定錢謙益在清朝初年的學術地位，卻對其降清一事無法認同，其言：

> 更有一位人格極不堪，而在學界頗有名的人，曰錢牧齋。錢謙益，字牧齋，晚號蒙叟，江蘇常熟人。他是一位東林老名士，但晚節猖披已甚。清師渡江，首先迎降，任南禮部尚書；其後因做官做得不得意，又冒充遺老，論人格真是一無可取。但他極熟於明代掌故，所著《初學集》、《有學集》中，史料不少。他嘗親受業於釋憨山（釋德清），人又聰明，晚年學佛，著《楞嚴蒙鈔》，總算是佛典注釋裏頭一部好書。他因為是東林舊人，所以黃梨洲、歸元恭（歸莊）諸人都敬禮他，在清初學界有相當的勢力。〔註17〕

梁啓超以「人格極不堪」、「晚節猖披已甚」、「人格真是一無可取」等語形容錢謙益，梁啓超直接表示出對錢謙益人品的不屑，並且認為黃宗羲與歸莊之所以尊敬錢謙益，全因為錢謙益乃是東林舊人，言下之意，若錢謙益並非東林名士，則黃宗羲與歸莊也不會認同錢謙益在政治上的一些作為。

（二）正面的評價

以上皆對於錢謙益在政治上的作為，表示出負面的意見，認為錢謙益在人品上，確有其問題，無法認同。然而，亦有對錢謙益降清一事，給予同情的理解。例如，黃宗羲在《思舊錄‧尚書錢受之先生》便為錢謙益降清一事加以說明，其言：

> 豫王多鐸以先生負東南物望，優禮之。先生亦將別有規畫，暫且救一城民命，因與之詭隨。趙之龍傳檄四方，強署先生名，勸其降服，先生屢欲南逃，就瞿都師廣西迄不得間，乃由虜軍挾之而北，仍授之以故官。〔註18〕

黃宗羲認為豫親王多鐸了解錢謙益在江南的影響力與地位，便向錢謙益示好，甚至有可能是以江南居民的性命與錢謙益談條件，因此，黃宗羲才會說「先生亦將別有規畫，暫且救一城民命」，錢謙益選擇了與清軍在一起，或者說是做為人質，基於這個原因，黃宗羲並不說錢謙益降清；黃宗羲接著便寫道趙之龍勸降，錢謙益的反應是找機會逃走，可是始終沒有成功。因此，黃宗羲認為錢謙益之所以降清，是不得

北：明文書局，1991年），頁306。

〔註17〕梁啓超：《中國近三百年學術史》（臺北：里仁書局，1995年），頁243。

〔註18〕（清）黃宗羲：《思舊錄》，收於周駿富輯，《明代傳記叢刊‧學林類36》（臺北：明文書局，1991年），頁240。

不然。黃宗羲在明朝滅亡後，曾於浙東起兵，對抗清兵；此外，清朝政權屢次徵召黃宗羲入京任官，亦不爲所動。〔註19〕以黃宗羲的這些舉動來看，理當對錢謙益降清一事大加撻伐，但是，黃宗羲不僅未對錢謙益降清一事加以指責，反而替錢謙益作了一番說明，何以黃宗羲會這樣做？而其又何以能替錢謙益加以解釋？

　　黃宗羲與錢謙益的關係，可溯及黃宗羲的父親黃尊素，黃尊素與錢謙益同爲東林人士。天啓崇禎間，黃尊素由於黨爭而死於獄中，崇禎九年，黃宗羲請錢謙益依據其父之生平事略，刻寫墓誌銘；入清後，黃宗羲亦曾和錢謙益共同讀書、生活過一陣子；錢謙益也曾幫助過黃宗羲的弟弟黃宗炎，三人更一起合作，從事聯絡抗清的活動，〔註20〕由以上所述看來，黃宗羲不僅僅是因爲世交之誼，而與錢謙益友好，重要的是兩人聲氣相遇，志同道合，了解錢謙益的所作所爲，故黃宗羲對錢謙益降清一事並未加以責難。

　　歸莊身爲明朝的遺民，也曾經對「遺民」作過一番解釋，他在〈歷代遺民錄序〉提到：

> 孔子表逸民，首伯夷、叔齊；《遺民錄》亦始於兩人，而其用意則異。凡懷道抱德不用於世者，皆謂之逸民；而遺民則唯在廢興之際，以爲此前朝之所遺也。……遺民之類有三：如生於漢朝，進新莽之亂，遂終身不仕，若逢萌、向長者，遺民也；仕於漢朝，而潔身於居攝之後，若梅福、郭欽、蔣詡者，遺臣也，而既不復仕，則亦遺民也，孔奮、邳彤、郭憲、桓榮諸人，皆顯于東京矣，而亦錄之者，以其不仕莽朝，則亦漢之遺民也。徐穉、姜肱之倫，高士之最著者，以不在廢興之際，故皆不錄；魏晉以下，以此類推。故遺民之稱，視其一時之去就，而不繫乎終身之顯晦，所以與孔子表逸民，皇甫謐之傳高士，微有不同者也。〔註21〕

歸莊認爲「逸民」與「遺民」的最大差別乃是所處的時代背景，無論是治世或亂世只要是具有高尚節操而隱居不仕的人，便可以稱得上是「逸民」；但是，「遺民」則必定出現在國家存亡的關鍵時刻，此外，「遺民」又可加以區分爲三種類型，其共同點在忠於前朝故國，而不與新朝合作，亦不任新朝的官職。然而，歸莊又是如何看待錢謙益降清一事呢？歸莊在〈祭錢牧齋先生文〉表示出對錢謙益降清一事的體諒

〔註19〕詳細內容請見楊向奎：《清儒學案新編》（第一卷）（山東：齊魯書社，1985 年 2 月第 1 版），頁 130。

〔註20〕詳細內容請見孫之梅：《錢謙益與明末清初文學》（山東：齊魯書社，1996 年 2 月第 1 版），頁 368～370。

〔註21〕（清）歸莊：《歸莊集》（上海：上海古籍出版社，1982 年），頁 170。

與埋解，其文曰：

> 先生通籍五十餘年，而立朝無幾時，信蛾眉之見嫉，亦時會之不逢。抱濟
> 世之略，而纖毫不得展；懷無涯之志，而不能一日快其心胸。某性迂才拙，
> 心壯頭童。先生喜其同志，每商略慷慨，談讌從容。剖腸如雪，吐氣成虹。
> 感時追往，忽復淚下淋浪，髮豎鬙鬆。窺先生之意，亦悔中道之委蛇，思
> 欲以晚蓋，何天之待先生之酷，竟使之齎志以終。人誰不死？先生既享耄
> 耋矣，嗚呼！我獨悲其遇之窮。〔註22〕

文中提及錢謙益在朝期間遭人忌妒，歸莊所指當是錢謙益任禮部侍郎，遭禮部尚書
溫體仁上疏錢謙益於典試浙江時，有收受賄賂一事，錢謙益因此被罷官職；〔註23〕
錢謙益的政治生涯大致而言，並不順遂，滿腔的抱負無處伸展。而「窺先生之意，
亦悔中道之委蛇，思欲以晚蓋，何天之待先生之酷，竟使之齎志以終。」等語，則
寫出他可以深刻地感受到錢謙益對於降清一事的懊悔，以及錢謙益辭官之後，從事
反清運動，卻未成功的失望。〔註24〕歸莊與錢謙益在政治的角色上，一個是「遺民」，
一個是「貳臣」，何以歸莊不會輕視錢謙益，反倒是從錢謙益的政治生涯為其著想？
考察歸莊與錢謙益的往來，可從歸莊的父親歸昌世說起，歸昌世和錢謙益是交情甚
篤的好友，錢謙益在《初學集‧歸文休七十序》中，提到：「余與嘉定李長蘅（李流
芳）之友新安程孟陽（程嘉燧）、崑山歸文休（歸昌世）。三人者，皆強學好古，能
詩文善畫，跌宕世俗，擺落榮利。其與余交，久而彌篤，蓋所謂素交者也。」〔註25〕
錢謙益經由李流芳的介紹，得以結識程嘉燧與歸昌世，也由於趣味相投，因此成為
好友。歸昌世與錢謙益更曾經一同蒐集、校讀歸有光的著作，而編有《震川先生文
集》一書，錢謙益於〈新刻震川先生文集序〉中，說明他與歸昌世編此書的動機：「往
余篤好震川先生之文，與先生之孫昌世訪求遺集，參讀是正，始有成編。」〔註26〕

〔註22〕同上註，頁471。

〔註23〕詳細內容請見（清）夏燮撰：《明通鑑三‧卷81》（上海：上海古籍出版社，1998年，
　　　　《續修四庫全書》影印清同治十二年宜黃官廨刻本），頁331～332。

〔註24〕《有學集》收錄錢謙益入清之後（起自順治二年乙酉（即南明福王弘光元年）至康熙
　　　　二年癸卯）的詩文，《投筆集》則收錄了錢謙益晚年的詩文，由此二集可以看出錢謙
　　　　益的心情。「關於錢謙益對於降清一事的懊悔，以及錢謙益辭官之後，從事反清運動，
　　　　卻未成功的失望」詳細內容請見雷宜遜：〈錢謙益的著作、人品和詩學〉，《中國韻文
　　　　學刊》，第2期，1989年，頁13～16。

〔註25〕（清）錢謙益著、（清）錢曾箋注、錢仲聯標校：《錢牧齋全集》貳（上海：上海古籍
　　　　出版社，2003年），頁1077。

〔註26〕（清）錢謙益著、（清）錢曾箋注、錢仲聯標校：《錢牧齋全集》伍（上海：上海古籍
　　　　出版社，2003年），頁729。

歸莊也因爲如此，問學於錢謙益，錢謙益於序中即云：「昌世子莊，游于吾門，謂余少知其先學，摳衣咨請，歲必再三至。」〔註27〕，由此我們可以了解錢謙益對歸莊來說，亦師亦友，故其諒解之情，溢於言表，亦屬自然。

在《列朝詩集》中，錢謙益將劉基置於甲前集之第一人，其謂：「（劉基）自編其詩文曰《覆瓿集》，元季作也；曰《犁眉公集》者，國初作也。……余故錄《覆瓿集》列諸前編，而以《犁眉集》冠本朝之首。百世而下，必有論世而知公之心者。」〔註28〕錢穆認爲《列朝詩集》成書於清代，書名爲「列朝詩集」，而不爲「明朝詩集」，但是，卻又於小傳中直稱「本朝」，實可由此看出錢謙益雖投降於清，其心終究在明；另一方面，錢穆以爲錢謙益將其詩文集分爲《初學集》、《有學集》，實乃仿效劉基的《覆瓿集》、《犁眉集》，欲藉此能使後人對其分別觀之，而了解其用心。然而，後世對二人之評價卻大不相同，錢穆以爲其中原因乃是由於劉基是「從夷（元）變夏（明）」，錢謙益則是「從夏（明）變夷（清）」，因此劉基成爲明代之開國功臣，錢謙益卻成爲後人所譏笑的「貳臣」。〔註29〕

陳寅恪認爲降清一事對錢謙益而言，確實是他一生中的污點，但是，錢謙益會作出如此的決定，陳寅恪以爲和錢謙益的性格有很大的關係，錢謙益性格懦弱，因此面臨清兵南下的情勢時，投降是不得不然的，並非心悅誠服，若認爲錢謙益降清是心甘情願的，陳寅恪則認爲是有違情理。〔註30〕

（三）評價的角度

綜觀以上的評價，錢謙益對其所處時代或後世而言，都是一個極具爭議的人物，之所以會形成這些不同的評價，其實與評價者的身分與立場有著密不可分的關係，約略可以歸納爲以下五個面向來看：

1. 從君主統治言

清高宗站在維護清朝政權確立的立場看待錢謙益時，便無法容許錢謙益在《初學集》、《有學集》中，有任何對鞏固清朝政權不利的地方，因此以「進退無據」爲主軸，強烈地攻擊錢謙益的人品。

2. 從「忠臣不仕二主」言

顧炎的言語譏諷、喬億的不予置評、鄧之誠以無恥之徒加以刻劃、形容，更有

〔註27〕同上註。
〔註28〕（清）錢謙益撰：《列朝詩集小傳》，收於楊家駱主編，（中國學術名著第二輯中國文學名著第三集‧第二十三冊）（臺北：世界書局，1985年），頁13。
〔註29〕錢穆：《中國學術思想史論叢》（六）（臺北：素書樓文教基金會，2000年），頁126～127。
〔註30〕同註14，頁1024。

甚者，當屬梁啓超毫不留情的評語，以上諸人皆從「忠臣不仕二主」的角度作出判斷，故認爲錢謙益大節有虧。

3. 從相知情誼言

錢謙益是黃宗羲以及歸莊父親的朋友，不僅在學問上有所往來，彼此認識亦久，了解自然較一般人爲深，因此對於錢謙益降清一事，未有所責難，反倒是設身處地的爲錢謙益發言。

4. 從傳統政權言

劉基與錢謙益同樣處於國家政權交替之際，但是二人卻給後世留下了截然不同的印象，一個是開國元老，一個卻成了貳臣；錢穆認爲這是受到了中國自古以來正統政權概念的影響，若撇開不論，錢謙益仍是「身在曹營，心在漢」，實未忘懷明代。

5. 從個人性格言

陳寅恪從性格的因素，加以分析錢謙益降清一事，認爲其並非眞的貪圖權位，亦非厚顏無恥，更不是不知道此事對他的聲譽會造成多大的影響，然而，當大軍壓境，生死交關之際，懦弱的性格便流露無遺，只好作出如此的決定。

二、文學方面

（一）對詩文創作的評價

歸莊認爲錢謙益在壯年時，就已經在江南地區赫赫有名，並且認爲錢謙益的詩作可與唐代的李白、杜甫齊名，而其文章則可與唐代的燕、許大國公匹敵，故〈壽錢牧齋先生三十六韻〉一詩，曰：

> 南國生重器，大年自天錫。公以文章顯，方壯名赫赫。〔註31〕

又曰：

> 聲名李杜齊，文章燕許敵。〔註32〕

陳寅恪對《投筆集》給予極高評價，認爲此集所收之詩實勝杜甫詩作，其謂：

> 《投筆集》諸詩，摹擬少陵，入其堂奧，自不待言，且此集牧齋詩中頗多
> 軍國之關鍵，惟其所身預者，與少陵之詩僅爲得諸運道傳聞及追憶故國平
> 居者有異。故就此點而論，《投筆》一集，實爲明清之詩史，較之杜少陵
> 尤勝一籌，乃三百年絕大著作也。〔註33〕

《投筆集》收錄錢謙益晚年所作之詩，陳寅恪認爲集中雖有模仿杜甫詩風之處，但

〔註31〕同註21，頁20。
〔註32〕同註21，頁20。
〔註33〕同註30，頁1168～1169。

與杜甫詩作相比，猶有勝處，因為杜甫只是從傳聞以及對故國的追思之情加以創作，
而錢謙益卻是將其之親身經歷融於詩中，故更為真切、動人，若杜甫之詩作堪稱唐
代之詩史，則《投筆集》便是明清之詩史，足以見證當時之歷史事蹟。

（二）對文學觀念的評價

歸莊在〈吳梅村先生六十壽序〉與〈祭錢牧齋先生文〉二文中，皆提到類似的
評論，其言：

> 虞山錢牧齋先生，當萬曆蕪穢之後，起而闢之，剪荊棘以成康莊，而嘉定
> 之婁子柔（婁堅），臨川之艾千子（艾南英），其同心掃除者也。顧府君（指
> 吳偉業）晚達位卑，壓於同時之有盛名者，不甚章顯，虞山極力推尊，以
> 為三百年第一人，於是天下仰之如日月之在天，後進綴文之士，不為歧途
> 所惑，虞山之力為多。〔註34〕

又言：

> 百餘年來，文章之道，徑路歧而蕪穢叢。自先生起而頓闢康莊，一掃蒙茸。
> 知與不知，皆曰先生今日之歐蘇兩文忠。先生之文，光華如日月，瀚浩如
> 江海，巍峨如華嵩。至其稱物而施，各復其意，變化出沒，不可端倪，又
> 如生物之化工。殘膏剩馥，霑溉後學，使空空者果腹，倀倀者發蒙。文章
> 之有先生，信八音之琴瑟笙鏞，而五采之山龍華蟲。〔註35〕

歸莊文中所形容的歧途與雜草叢，指的是明代中葉以後，前後七子帶動了一股擬古
的風潮，使得明代詩文流於剽竊，之後，引起公安、竟陵對前後七子的反動，卻又
失之浮淺，失之幽僻，〔註36〕錢謙益在當時對這些文學現象皆嚴加攻擊，歸莊認為
錢謙益是為明代文學開啟了一條康莊大道，此外，也對其大力提攜文學後輩表示尊
敬，歸莊認為錢謙益如此的作為，可媲美宋代的文學盟主歐陽修與蘇軾。

自李夢陽、王世貞倡言「詩必盛唐」〔註37〕，明朝詩風便以盛唐詩為尚，然而，
此一現象到了清朝初年，卻有所改變，故葉燮謂：

> 蓋嘗溯有明之際，凡稱詩者咸尊盛唐，及國初而一變，詘唐而尊宋。〔註38〕

〔註34〕同註21，頁260～261。

〔註35〕同註21，頁470～471。

〔註36〕吳宏一：〈錢謙益詩論初探〉，《中外文學》，第5卷第6期，1976年11月，頁4～5。

〔註37〕詳細內容請見《明史‧卷二百八十六‧列傳一百七十四‧文苑二‧李夢陽傳》與《明
史‧卷二百八十七‧列傳一百七十五‧文苑三‧王世貞傳》（臺北：臺灣中華書局，
1965年），頁7348、7381。

〔註38〕（清）葉燮：《己畦集‧卷九‧三徑草序》，收於《四庫全書存目叢書‧集部二四四》
（臺南：莊嚴文化事業有限公司，1997年6月初版），頁104。

對此，喬億認為錢謙益的詩格屬宋，其言：

> 長沙詩格在唐、宋之間，虞山則全體皆宋矣。〔註39〕

又言：

> 觀錢受之詩，則知本朝諸公體製所自出。〔註40〕

鄭則厚亦云：

> 虞山學問淵博，浩無涯涘。其詩博大閎肆，鯨鏗春麗，一以少陵為宗，而
> 出入於昌黎、香山、眉山、劍南。以博其趣於北地信陽，王李鍾譚諸作者
> 尤排擊不遺餘力，萍浮草靡之徒，始紛紛旋其面目。本朝詩人輩出，要無
> 能出其範圍。〔註41〕

由於錢謙益的詩除宗法盛唐的杜甫外，亦效法中唐的韓愈、白居易與宋代的蘇軾、
陸游，並且對王世貞、李夢陽的「詩必盛唐」以及鍾惺、譚元春所編的《唐詩選》
皆加以駁斥，由此來看，錢謙益雖未明言以宋詩為宗，但其欣賞宋詩的行為，卻促
使清初詩風一改明代以盛唐詩為主的風尚，而改以宋詩為尊。因此，喬億與鄭則厚
皆認為錢謙益實為清初詩風轉變的關鍵。

　　以上皆對錢謙益在文學觀念的啟迪上，給予正面的評價，然而，錢謙益為了糾
正當時明代文學的弊病，言詞犀利，卻也招致負面的論述，例如，錢謙益雖對吳偉
業有提拔之恩，〔註42〕但是，吳偉業也認為錢謙益對前後七子的批評是有待商榷的，
其云：

> 牧齋深心學杜，晚更放而之於香山（白居易）、劍南（陸游），其投老諸什
> 為尤工。既手輯其全集，又出餘力以博綜，二百餘年之作其推揚幽隱為太
> 過，而矯時救俗以至排詆三四鉅公，即其中未必自許為定論也，誠有見於
> 後人之駁難必起，而吾以議論與之上下，庶幾疑信往復同敝天壤，而牧齋
> 之於詩也，可以百世。〔註43〕

吳偉業認為錢謙益的詩作可以流傳百世，但是，吳偉業認為錢謙益在《列朝詩集》
一書中，為了矯正當時的文學流弊，對前後七子中的李攀龍、王世貞、李夢陽、何

〔註39〕（清）喬億：《劍谿說詩》（卷下），收於郭紹虞編選富壽蓀校點，《清詩話續編》（上）
　　　　（上海：上海古籍出版社，1983 年），頁 1106。

〔註40〕同上註。

〔註41〕（清）徐世昌：《晚晴簃詩匯·卷十九》（北京：中國書店，1989 年 10 月第一版），
　　　　頁 196。

〔註42〕詳細內容請見註 21，頁 260～261。

〔註43〕（清）吳偉業：《梅村家藏稿·卷二十八·龔芝麓詩序》（臺北：臺灣學生書局，1975
　　　　年），頁 517。

景明有所排詆，吳偉業認爲錢謙益的說法不能視爲定論，日後也必定會引起後人的爭議。

　　除此之外，朱彝尊也反對錢謙益所選錄之明代詩作，認爲錢謙益所編集之《列朝詩集》有所缺失，故起而編有《明詩綜》，朱彝尊在〈答刑部王尙書論明詩書〉一文中，表達他的意見，其曰：

> 明自萬曆後，作者散而無紀。常熟錢氏，不加審擇，甄綜寥寥，當嘉靖七子後，朝野附和，萬舌同聲，隆慶鉅公，稍變而歸於和雅，……竊謂正嘉而後，於斯爲盛，又若高景逸（高攀龍）之恬雅，大類柴桑，且人倫規矩，乃錢氏概爲抹殺，只推松圓（指程嘉燧）一老，似非公論矣。故彝尊於公安、竟陵之前，銓次稍詳，意在補列朝選本之闕漏，若啓禎死事諸臣，復社文章之士，亦當力爲表揚之，非寬於近代也。〔註44〕

朱彝尊認爲錢謙益所編《列朝詩集》過於主觀，只推舉好友程嘉燧一人，對於其他明代詩人卻有所遺漏，因此，編《明詩綜》一書以補《列朝詩集》之缺。朱彝尊於《明詩綜》成書後，自序言：

> 明命既訖，死封疆之臣，亡國之大夫，黨錮之士，暨遺民在野者，概著錄焉。〔註45〕

就二人所收錄詩人的身分而言，錢謙益不錄死難之人及遺民，朱彝尊卻不限於此，由此可以看出，朱彝尊在選詩的態度上，主張選錄明詩應要力求完備，不可有所偏廢；錢謙益則「寓期望明室中興之意」，故不錄死難之人及遺民，〔註46〕二人選詩的標準不同，朱彝尊自然對錢謙益多有不滿。

（三）評價的角度

　　從以上的評述中，可以發現錢謙益在個人詩文創作的表現上，無論時人或後人皆抱持肯定的態度。歸莊認爲錢謙益之詩可與唐代的李白、杜甫齊名，而其文則可與唐代的燕、許大國公相抗衡；陳寅恪看待錢謙益的詩作，進一步從詩與史的關係中，認爲錢謙益處於國家動盪不安，改朝換代之際，能將自己的所見所感，盡情地抒寫於詩中，足以便後人對於當時所發生的事情加以考察。

　　然而，對於錢謙益所提出對明代文學的意見與批評，無論時人或後人則形成正、

〔註44〕（清）朱彝尊：《曝書亭集（中）・卷三十三・書三》，收於楊家駱編，《中國學術名著第六輯・文學名著第六集・第十八冊》（臺北：世界書局，1974 年 2 月 3 版），頁 414～415。

〔註45〕（清）朱彝尊：《明詩綜》，收於楊家駱編，《中國學術名著・歷代詩文總集・第十三冊》（臺北：世界書局，1962 年 2 月初版）。

〔註46〕同註 30，頁 987。

反兩極的看法。就正面的評價來說，歸莊將錢謙益與宋代的歐陽修、蘇軾相比，認為錢謙益與歐陽修、蘇軾皆是針對當時文風之失，加以提出具體的文學主張，且樂於提攜後進，實具有一代文壇領袖的風範，故而讚譽有加；喬億、鄭則厚也認為清初在詩風上以宋詩為宗，與錢謙益本身喜好宋詩、學習宋詩極有關係，因此，認為錢謙益實開一代風氣之先。若就反面的評價來說，吳偉業的文學思想是繼承、發揚前後七子，雖然亦對前後七子的理論有所修正，大致說來，仍是與前後七子一致，〔註47〕因此，吳偉業珍視前後七子的優點，而錢謙益卻直斥前後七子的缺點，便認為錢謙益所論有待商榷；而朱彝尊則認為詩選之作，當要保持客觀，求其詳備，且不可有所偏袒，但是，錢謙益卻是將其文學主張明顯地反映出來，以其態度而言，過於主觀，有失公允，故而無法認同。

　　因此，從文學方面來看歷史上對錢謙益的評價時，我們可以了解到錢謙益的詩文創作的確堪稱一時之勝，這是無庸置疑的；但是，其所提出之文學觀念，評論者或表肯定或加以批評，則涉及到評論者個人之文學思想以及對文學之認識角度，故而形成正、反兩極之不同意見。

第三節　前人研究成果

一、前人研究成果概況

　　錢謙益為一代淵博學者，具備了多重身分，不僅是當時有名的文學家、史學家，更是一位藏書家。因此，前輩學者在討論到錢謙益時，所呈現出來的研究面向亦趨向多元化，在綜多的研究論述中，大抵可區分為以下九類：

（一）降　清

　　由於錢謙益身為明臣，後卻投降於清軍，這樣貳臣的身分與中國傳統知識份子的忠君思想有很大的不同。其中最早討論到這個問題的當屬梁啟超，梁啟超在其著作《中國近三百年學術史》中便對錢謙益的人品大表不滿。〔註48〕之後，陳寅恪則試著從不同的角度來看待錢謙益降清一事，陳寅恪在《柳如是別傳》一書中，將錢謙益與柳如是的交往過程作了一番考證、論述，因此對錢謙益降清一事寄予同情的了解。〔註49〕

〔註47〕關於吳偉業與前後七子間的研究，詳細內容請見林啟柱：〈試論吳偉業的文學思想及其淵源〉，《重慶師院學報》（哲學社會版），第3期，1996年，頁81～84，以及劉世南：《清詩流派史》（臺北：文津出版社，1995年11月初版），頁116～122。
〔註48〕同註17。
〔註49〕詳細內容請見陳寅恪：《柳如是別傳》（臺北：里仁書局，1981年）。

從陳寅恪以性格解釋錢謙益之所以降清的原因後，學者專家亦不再侷限於錢謙益的
貳臣身分，或承繼陳寅恪的看法加以開展，或重新檢視錢謙益的政治生涯，或從遺
民的角度來看待錢謙益降清的問題，如：周法高〈讀柳如是別傳〉〔註50〕、王鍾翰
〈柳如是與錢謙益降清問題〉〔註51〕、任火〈論錢謙益性格的文化內涵〉〔註52〕、
賈艷敏與李可亭合著〈錢謙益的政治生涯及其成敗〉〔註53〕、劉振華〈論錢謙益的
「文化遺民」心態〉〔註54〕、周月亮與李新梅合著〈略論明清之際文人悼亡情緒的
文化史內涵〉〔註55〕等。

（二）生　平

前輩學者在這一方面的研究是將錢謙益的一生加以整理，作有系統的陳述，使
後人能對錢謙益有更為完整的認識，如：柳作梅〈錢牧齋新傳〉〔註56〕、裴世俊《四
海宗盟五十年：錢謙益傳》〔註57〕。

（三）著　述

這可分成兩方向來看，首先是前輩學者對錢謙益著述之序跋、考證，如：范曾
植〈跋投筆集〉〔註58〕、潘重規〈讀錢牧齋投筆集〉〔註59〕、周法高〈錢牧齋詩文
集考〉〔註60〕、朱鴻林〈錢謙益《國初群雄事略》撰作經過與成書年代推考〉〔註
61〕、龔鵬程〈「東澗寫校李商隱詩集」校記〉〔註62〕；其二，則是與清高宗下令禁

〔註50〕詳細內容請見《中央研究院歷史語言研究所集刊》第53本第2份，1982年6月，頁
　　　189～203，後收入周法高：《錢牧齋吳梅村研究論文集》（臺北：國立編譯館，1995
　　　年），頁141～158。
〔註51〕詳細內容請見北京大學中國中古史研究中心編，《紀念陳寅恪先生誕辰百年學術論文
　　　集》（北京：北京大學出版社，1989年），頁337～347；後收於王鍾翰：《王鍾翰學
　　　術論著自選集》（北京：中央民族大學出版社，1999年），頁404～424。
〔註52〕詳細內容請見《河北師範大學學報》（社會科學版）第20卷第3期，1997年7月，
　　　頁82。
〔註53〕詳細內容請見《黃淮學刊》（哲學社會科學版）第14卷第1期，1998年3月。
〔註54〕詳細內容請見《東南文化》第11期，2000，頁78～84。
〔註55〕詳細內容請見《學術界》第4期，2002年，頁215～228。
〔註56〕詳細內容請見《圖書館學報》第2期，1960年7月，頁179～182。
〔註57〕詳細內容請見裴世俊：《四海宗盟五十年錢謙益傳》（北京：東方出版社，2001年）。
〔註58〕詳細內容請見《學海月刊》第2卷第1冊，1945年1月，頁55～56；後收入張文山
　　　主編，《中國文化彙編》（臺北：古亭書屋，1986年），頁765～766。
〔註59〕詳細內容請見《華學月刊》第29期，1974年5月，頁1～5。
〔註60〕詳細內容請見《香港中文大學中國文化研究所學報》第7卷第1期，1974年12月，
　　　頁259～336；後收入周法高：《錢牧齋吳梅村研究論文集》（臺北：國立編譯館，1995
　　　年），頁1～97。
〔註61〕詳細內容請見《明清史集刊》第1卷，1985年，頁77～103。
〔註62〕詳細內容請見《書目季刊》第20卷第2期，1986年9月，頁33～42。

燬其著述的相關研究，如：徐緒典〈錢謙益著述被禁考〉〔註63〕、柳作梅〈清代之禁書與牧齋著作〉〔註64〕、莊吉發〈清高宗禁燬錢謙益著述考〉〔註65〕。

（四）交　游

錢謙益的交游研究，約可分為三種：第一，是探討與其降清之事的相關人士，如：張升〈論陳名夏與錢謙益之交往〉〔註66〕、趙儷生〈顧亭林與錢牧齋〉〔註67〕；第二，是其詩文之友，如：柳作梅〈朱鶴齡與錢謙益之交誼及注杜之爭〉〔註68〕王承丹〈錢謙益與公安派關係簡論〉〔註69〕；第三，則是其世交，如：陳公望〈歸莊與錢謙益〉〔註70〕、裴世俊〈論黃宗羲和錢謙益的關係〉〔註71〕。

（五）文　學

前輩學者在探討錢謙益的文學時，大致說來有以下六個研究面向：

1、作品論析

如：胡明〈錢謙益入清後詩歌試論〉〔註72〕、裴世俊《錢謙益詩歌研究》〔註73〕、簡恩定〈錢謙益《讀杜小箋、二箋》評議〉〔註74〕、裴世俊《錢謙益古文首探》〔註75〕、王英志〈錢謙益山水詩初探〉〔註76〕。

2、詩學理論

如：吳宏一〈錢謙益詩論初探〉〔註77〕、廖美玉《錢牧齋及其文學》〔註78〕、胡明〈錢謙益詩論平議〉〔註79〕、范宜如《錢牧齋詩學觀念之反省——以《列朝詩

〔註63〕詳細內容請見《史學年報》第 3 卷第 2 期，1940 年 12 月，頁 101～119。
〔註64〕詳細內容請見《圖書館學報》第 4 期，1961 年 7 月，頁 155～208。
〔註65〕詳細內容請見《大陸雜誌》第 47 卷第 5 期，1973 年 11 月，頁 22～30。
〔註66〕詳細內容請見《江海學刊》第 4 期，1998 年，頁 126128。
〔註67〕詳細內容請見《晉陽學刊》第 1 期，1987 年，頁 91～94。
〔註68〕詳細內容請見《東海學報》第 10 卷第 1 期，1969 年 1 月，頁 47～58。
〔註69〕詳細內容請見《蘇州大學學報》（哲學社會科學版）第 2 期，1998 年，頁 63～67。
〔註70〕詳細內容請見《求是學刊》第 3 期，2000 年 5 月，頁 101～104。
〔註71〕詳細內容請見《寧夏社會科學》第 3 期，1992 年，頁 89～94。
〔註72〕詳細內容請見《中華文史論叢》第 4 輯，1984 年 12 月，頁 175～192。
〔註73〕銀川：寧夏人民出版社，1991 年。
〔註74〕詳細內容請見《空大人文學報》第 5 期，1996 年 5 月，頁 1～16。
〔註75〕濟南：齊魯書社，1996 年。
〔註76〕詳細內容請見《南京大學學報（哲學·人文·社會科學)》第 1 期，1997 年，頁 63～70。
〔註77〕詳細內容請見《中外文學》第 5 卷第 6 期，1976 年 11 月，頁 4～38。
〔註78〕臺灣大學中國文學研究所博士論文，1983 年。
〔註79〕詳細內容請見《社會科學戰線》第 2 期，1984 年，頁 312～320。

集小傳》爲探究中心》〔註80〕、胡幼峰〈王士禛詩觀「三變」與錢謙益的關係〉〔註81〕、孫之梅〈靈心、世運、學問──錢謙益的詩學綱領〉〔註82〕、汪泓〈儒家詩教的重塑──錢謙益詩學理論散論〉〔註83〕、張連第〈錢謙益的詩學理論〉〔註84〕。

3、文學批評

如：（韓）李丙鎬《錢謙益文學評論研究》〔註85〕、朱東潤〈述錢謙益之文學批評〉〔註86〕、胡幼峰〈錢謙益的「〈弇州晚年定論〉說質疑」〉〔註87〕、孫之梅〈鬼趣，兵象──錢謙益論竟陵派〉〔註88〕。

4、對後世詩文的影響

如：趙永紀〈論清初詩壇的虞山派〉〔註89〕、胡幼峰《清初虞山詩派詩論》〔註90〕、孫之梅《錢謙益與明末清初文學》〔註91〕、劉守安與張玉璞合著〈論錢謙益對明代文學的評價和總結〉〔註92〕、羅時進〈錢謙益與唐宋兼宗的祁向與清代詩風新變〉〔註93〕。

5、與他人之比較

如：柳作梅〈王士禛與錢謙益之詩論〉〔註94〕、鍾來因〈杜甫《秋興》與錢謙益《後秋興》之比較研究〉〔註95〕、李世英〈論錢謙益與朱彝尊詩學觀的異同〉〔註96〕。

6、後人評價

如：謝正光〈探論清初詩文對錢謙益評價之轉變〉〔註97〕。

〔註80〕臺灣師範大學國文研究所碩士論文，1993 年。
〔註81〕詳細內容請見《輔仁國文學報》第 10 期，1994 年 4 月，頁 93～112。
〔註82〕詳細內容請見《山東大學學報》（哲學社會科學版）第 2 期，1996 年，頁 23～29。
〔註83〕詳細內容請見《江西師範大學學報》（哲學社會科學版）第 29 卷第 2 期，1996 年 5 月，頁 69～73。
〔註84〕詳細內容請見《聊城師範大學學報》（哲學社會科學版）第 2 期，1998 年，頁 73～79。
〔註85〕臺灣大學中國文學研究所碩士論文，1981 年。
〔註86〕詳細內容請見朱東潤：《中國文學論集》（北京：中華書局，1983 年），頁 71～89。
〔註87〕詳細內容請見《中外文學》第 21 卷第 1 期，1992 年 6 月，頁 116～131。
〔註88〕詳細內容請見《内蒙古師大學報》（哲學社會科學版）第 1 期，1997 年，頁 58～64。
〔註89〕詳細內容請見《文學遺產》第 4 期，1986 年，頁 89～96。
〔註90〕臺北：國立編譯館，1994 年。
〔註91〕山東：齊魯書社，1996 年。
〔註92〕詳細內容請見《學習與探索》第 3 期，1997 年，頁 105～112。
〔註93〕詳細內容請見《杭州師範學院學報》（人文社會科學版）第 6 期，2001 年 11 月，頁 67～71。
〔註94〕詳細內容請見《書目季刊》第 2 卷第 3 期，1968 年 3 月，頁 41～49。
〔註95〕詳細內容請見《草堂》第 2 期，1984 年，頁 100～109。
〔註96〕詳細內容請見《北方工業大學學報》第 8 卷第 2 期，1996 年 6 月，頁 12～18。
〔註97〕詳細內容請見《香港中文大學中文國文化研究所學報》第 2 期，1990 年，頁 261～

（六）史　學

關注到錢謙益在史學方面的成就，有：杜維運〈錢謙益其人及其史學〉〔註98〕、張永貴與黎建軍合著〈錢謙益史學思想評述〉〔註99〕、楊晉龍《錢謙益史學研究》〔註100〕。

（七）佛　學

錢謙益與佛學之相關研究有連瑞枝《錢謙益與明末清初的佛教》〔註101〕、孫之梅與王琳合著《錢謙益的佛學思想》〔註102〕。

（八）藏　書

論及錢謙益藏書之相關研究，有：周法高〈錢牧齋收藏之富與晚年家道中落之原因〉〔註103〕、簡秀娟《錢謙益藏書研究》〔註104〕、袁丹〈錢謙益藏書特點評析〉〔註105〕。

（九）學術思想

關於錢謙益學術思想方面的研究，有：趙剛〈錢謙益學術思想初論〉〔註106〕、（韓）姜正萬〈論錢謙益和“東林"的關係〉〔註107〕、王俊義〈論錢謙益對明末清初學術演變的推動、影響及其評價〉〔註108〕、裴世俊《錢謙益和經學》〔註109〕。

二、前人研究成果檢討

經由以上的歸納、整理後，我們可以得到兩個訊息：首先，錢謙益可供研究之處甚多。其次，在錢謙益的諸多研究中，以文學此一角度討論最廣、最深，故錢謙

283：後收入謝正光：《清初詩文與士人交遊考》（南京：南京大學出版社，2001年），頁60～108。

〔註98〕詳細內容請見《書目季刊》第10卷第1期，1976年6月，頁41～46；後收入杜維運：《清代史學與史家》（臺北：東大圖書股份有限公司，1984年），頁223～233。

〔註99〕詳細內容請見《史學月刊》第2期，2000年，頁19～24。

〔註100〕高雄師範大學國文學研究所碩士論文，1989年。

〔註101〕清華大學歷史研究所碩士論文，1993年。

〔註102〕詳細內容請見《佛學研究》，1996年，頁165～170。

〔註103〕詳細內容請見《大陸雜誌》第58卷第4期，1979年4月，頁29～32，後收入周法高：《錢牧齋吳梅村研究論文集》（臺北：國立編譯館，1995年），頁99～107。

〔註104〕臺灣大學圖書資訊研究所碩士論文，1989年。

〔註105〕詳細內容請見《圖書館雜誌》（大陸）第12期，2001年，頁45～47。

〔註106〕詳細內容請見中國人民大學清史研究所編，《清史研究集》第7輯（北京光明日報出版社，1990年10月），頁136～152。

〔註107〕詳細內容請見《寧夏大學學報》（社會科學版）第16卷第3期，1994年，頁37～44。

〔註108〕詳細內容請見《中國社會科學院研究生院學報》第2期，1996年，頁48～57。

〔註109〕詳細內容請見《蘇州大學學報》（哲學社會科學版）第1期，1997年，頁53～58。

益在中國文學史上的地位與影響由此可見一斑；然而，其中有關錢謙益史學與學術思想的研究，亦不容小覷。

就外緣背景之考察言，文學、史學以及各時代之學術風氣三者，雖可各自獨立，實則有其互為影響之處。而就文學的相關研究言，有許多前輩學者將焦點放在錢謙益的詩學理論，研析錢謙益的詩學理論，必然需要閱讀錢謙益的著作，因此，錢謙益的著作亦逐漸受到眾人的注目與重視，這些既有的研究成果為欲研究錢謙益者提供了豐富的認識基礎與參考資料，但是，從錢謙益的著作中是不是有其他可供挖掘之處。

故本題將以錢謙益的《列朝詩集》作為研究對象，並兼及史學的視野與時代學術風氣的層面，探究此書中所蘊含錢謙益的文學史觀。

第四節　本題研究進路

本文在研究錢謙益《列朝詩集》的文學史觀時，所運用的研究方法可分成三個層次來看：

一、外部研究

陳寅恪認為「對於古人之學說，應具了解之同情，方可下筆。蓋古人著書立說，皆有所為而發。故其所處之環境，所受之背景，非完全明瞭，則其學說不易評論。」〔註110〕因此，本文將在第壹章第二節以及第貳章對錢謙益及其所編纂之《列朝詩集》進行外部研究，以同情的了解錢謙益編纂此書的苦心孤詣。

二、內部研究

在第肆章除分析《列朝詩集》一書所以具備現在所謂文學史形式著作的要素外，並進一步闡釋此書所蘊含之文學史觀。於第伍章的部分，將從《初學集》、《有學集》中探討錢謙益文學思想形成的過程及其內涵，藉此以了解錢謙益於《列朝詩集》中所作評價的原因。而在進行內部研究的同時，將運用到以下兩種研究策略：

（一）文獻計量法

由於數量統計具有簡明、客觀的優點，因此研究選集時，可以從選錄的時間、詩作數量、傳主身分、傳主與附傳者關係等方面進行統計與整理的工作，藉由統計所得出的數據，輔以其他相關資料，便可從中推知編選者價值評判之標準。

（二）歸納法

〔註110〕詳細內容請見陳寅恪：《金明館叢稿二編》（北京：三聯書局，2001年5月），頁279。

　　《列朝詩集》是一部規模龐大的詩歌選集，亦是一部斷代文學史性質的著作，對於此書的編選原則、體例及文學史觀的探究等，都必須經過逐一檢閱、分析的功夫，在此便有賴於歸納法的運用。

三、比較研究

　　對《列朝詩集》中所呈現出錢謙益的文學史觀經過一番探究後，本文將在第陸章進一步與朱彝尊的《明詩綜》相互比較。朱彝尊編纂《明詩綜》意在補錢謙益《列朝詩集》之不足，且歷來多將此二書相提並論，故實有值得探討之處，亦可從中呈現出《列朝詩集》一書之價值所在。

第貳章 《列朝詩集》的背景說明

　　錢謙益編寫《列朝詩集》乃有其用心之所在，這便形成其文學史觀的背景思想，且進一步決定了如何選擇、評價詩人及其作品的原則與標準，這種種都可在此書中一覽無遺。但是，在對其文學史觀進行分析前，本章擬就《列朝詩集》一書的編纂經過、動機、目的與體例作一介紹，以對此書之背景有一基本認識。

第一節 《列朝詩集》之成書

一、編纂經過

　　錢謙益於《列朝詩集‧序》中，提到編纂此書，起初乃是友人程嘉燧所計劃實行的事情，其曰：

> 錄詩何始乎？自孟陽之讀《中州集》始也。孟陽之言曰：「元氏之集詩也，以詩繫人，以人繫傳。『中州』之詩，亦金源之史也。吾將倣而爲之。吾以採詩，子以庀史，不亦可乎？」〔註1〕

由於程嘉燧讀了《中州集》，肯定元好問蒐集金代詩作，期望藉此達到「以詩繫人，以人繫傳」的作用，並且認爲《中州集》亦可考見金代的史實，故欲起而效之，希望可以與錢謙益一起分工合作，程嘉燧負責蒐集明代詩作，而錢謙益則負責查證史實。這時正值天啓年間，錢謙益與程嘉燧一起讀書於耦耕堂，〔註2〕只可惜蒐集詩作的工作尚未完成，程嘉燧便於明思宗崇禎十六年十二月去世，〔註3〕因爲如此，《列

〔註 1〕（清）錢謙益撰：《列朝詩集小傳》，收於楊家駱主編，《中國學術名著第二輯‧中國文學名著第三集‧第二十三冊》（臺北：世界書局，1985 年），頁 1。

〔註 2〕關於錢謙益與程嘉燧讀書於耦耕堂的事情，詳細內容請見（清）錢謙益著、（清）錢曾箋注、錢仲聯標校：《錢牧齋全集》伍（上海：上海古籍出版社，2003 年），頁 782。

〔註 3〕錢謙益於〈耦耕堂詩序〉言：「崇禎癸未十二月，吾友孟陽卒于新安之長翰山。」同上註，頁 781。

朝詩集》的編纂也隨之暫停，故錢謙益曰：

> 山居多暇，譔次國朝詩集幾三十家，未幾罷去。此天啟初年事也。〔註4〕

到了清順治二年，豫親王多鐸率領清軍入主江南，錢謙益有感於朝代更替之際，典籍文獻亦可能隨之亡佚，始又繼續完成程嘉燧之遺願，著手編纂《列朝詩集》，其謂：

> 越二十餘年而丁開寶之難，海宇板蕩，載籍放失，瀕死頹繫，復有事於斯
> 集，託始於丙戌（清順治三年，1646），徹簡於己丑（清順治六年，1649）。
> 乃以其間，論次昭代之文章，蒐討朝家之史乘。州次部居，發凡起例；頭
> 白汗青，庶幾有日。〔註5〕

錢謙益於清順治三年開始撰寫《列朝詩集》，而此書之完成於清順治六年，錢謙益於《列朝詩集‧序》中，言：

> 集之告成，在玄黓執徐之歲〔註6〕

《有學集》卷十七〈季滄葦詩序〉云：

> 甲午（清順治十一年，1654）中秋，余過蘭江，滄葦明府訪余舟次，譚余
> 所輯《列朝詩集》，部居州次，累累如貫珠。人有小傳，趣舉其詞，若數
> 一二。〔註7〕

《有學集》卷十八〈耦耕堂詩序〉亦云：

> 崇禎癸未（明崇禎十六年，1643）十二月，吾友孟陽于新安之長翰山。又
> 十二年，歲在甲午（清順治十一年，1654），余所輯《列朝詩集》始出，
> 孟陽詩居丁集中，實爲眉目，而余爲小傳，以引其端，頗能推言孟陽之所
> 以爲詩，與其論詩考古之指意。〔註8〕

由以上可知，《列朝詩集》始於清順治三年，成於清順治六年，直至清順治十一年此書方流傳於世，而《列朝詩集》之序則寫於清順治九年。

二、編纂動機

清順治三年，錢謙益擔任禮部侍郎管秘書院事充明史副總裁的官職，六月，則以

〔註4〕同註1。
〔註5〕同註1。
〔註6〕同註1，頁2。「玄黓」，天干中壬的別稱，用以紀年。《爾雅‧釋天》：「在壬曰玄黓。」「執徐」，地支中辰的別稱，用以紀年。《爾雅‧釋天》：「在辰曰執徐。」故「在玄黓執徐之歲」，此乃指清順治九年（1652）。請見《十三經注疏》8（臺北：藝文印書館，1997年），頁95。
〔註7〕同註2，頁758。
〔註8〕同註2，頁781。

生病爲由，辭官告歸，這與錢謙益重新蒐集詩作的時間相近，因此，有專家學者認爲錢謙益編纂《列朝詩集》實際上是作爲修撰明史的前置工作，而修撰明史則是掩飾自己降清之舉。〔註9〕錢謙益與修撰明史是不是爲了掩飾自己的降清之舉，這一點有待商榷，因爲錢謙益在清代所任之官職是經由朝廷指派的，並不是自己提出要求的。至於錢謙益編纂《列朝詩集》是不是爲了修撰明史，並沒有確實的證據加以支持，但是，可以確定的是錢謙益有修撰明史的能力。此外，若就錢謙益認爲詩與史的價值可以相等的觀點而言，〔註10〕《列朝詩集》實足以視爲修撰明史的參考依據。

錢謙益編纂《列朝詩集》是爲了修撰明史，這乃是專家學者的推論，至於錢謙益自己的說法又是什麼？前文提到錢謙益希望可以保存明代的著作，所以繼續從事《列朝詩集》的編纂，關於這一點，在〈與周安期〉一文中也有提到：

> 鼎革之後，恐明朝一代之詩，遂致淹沒，欲仿元遺山《中州集》之例，選定爲一集，使一代詩人精魂留得紙上，亦晚年一樂事也。〔註11〕

總的來說，錢謙益編纂此書的動機，當與其所處時代環境有密切關係，由於當時正處於明代覆亡、清人入主中原之際，時局混亂，保存文獻更形困難，因此便希冀藉由編纂《列朝詩集》以保存明代的詩作，並且進一步可從詩作中想見詩人的志氣、風采。

第二節 《列朝詩集》與《中州集》之關係

錢謙益自言《列朝詩集》體例之安排乃仿效元好問《中州集》，如〈書徐布政貢詩後〉所敘：

> 余撰此集，倣元好問《中州》故事，用爲正史發端，搜摭考訂，頗有次第。
> 〔註12〕

所謂的「『中州』故事」，可分成兩大部分，從編目來看，除卷首外，共有十卷，每卷以天干稱之，從第一卷（甲集）到第七卷（庚集），大體依時代先後順序排列，收錄從金初到金末一百零九家之詩人詩作；從第八卷（辛集）到第九卷（壬集），又重新從金初開始排列一百二十九家之詩人詩作，而第九卷末的二十九人的諸朝丞相和

〔註9〕詳細內容請見楊家駱：〈合刊列朝詩集啓禎遺詩小傳序〉，同註1。
〔註10〕關於錢謙益認爲詩與史的價值可以相等的觀點，詳細內容請見本文第肆章第二節。
〔註11〕（清）錢謙益撰：《錢牧齋（謙益）先生尺牘·卷二》，收於沈雲龍主編，《近代中國史料叢刊第四十輯》（臺北：文海出版社，1966年），頁95。
〔註12〕同註1，頁158。

僞齊國王劉豫及狀元、異人、隱德等；第十卷所收之十一位詩人，則按類別加以區
分，先列「三知己」（溪南詩老辛愿、李講議汾、李戶部獻甫），次列「五南冠」（司
馬侍郎朴、滕奉使茂實、通理先生何宏中、醉軒姚先生孝錫、朱奉使弁），最後是元
好問的父、兄（元德明、元好古）。〔註13〕從內容來看，由人和詩構成，一方面是
撰述此人之生平事蹟，另一方面則是對此人之詩加以評論，也就是錢謙益所謂的「以
詩繫人，以人繫傳」。

　　《列朝詩集》雖仿效《中州集》之體例，其中仍有所不同。就內容而言，和《中
州集》一樣採取「以詩繫人，以人繫傳」的撰寫方式。然而，就編目而言，《列朝詩
集》則有不同，《中州集》之編目自甲集始，而終於癸集，《列朝詩集》亦始於甲集，
卻止於丁集，對此，錢謙益於〈江田陳氏家集序〉言：

> 余近輯《列朝詩集》，釐爲甲乙丙丁四部，而爲之序曰：「遺山《中州集》
> 止於癸，癸者，歸也。余輯《列朝詩集》止於丁，丁者，萬物皆已壯成實，
> 大盛于丁也。」蓋余竊取刪《詩》之義，顧異于遺山者如此。而閩中孝廉
> 陳昌箕以《江田詩乘》示余，俾爲其序。余觀陳氏家集，江山公伯康，洪
> 武間任江山令，則甲集中人也。贊善公完、中書公登、侍講學氏公全，登
> 朝永、宣間，則乙中人也。布政公崇德、教諭公良貴，在成化中，則丙集
> 中人也。太常少卿聯芳、兵侍郎省，在嘉靖、萬曆間，則丁集中人也。……
> 我國家摹隆盛治，流漢漂唐，久道化成，人文滋茂，燦然三代同風。以陳
> 氏一家徵之，豈不信哉！〔註14〕

錢謙益因爲替陳昌箕所輯之《江田詩乘》寫序，發現此書雖爲陳氏家族之詩集，但是
藉由此書，亦可證明其將《列朝詩集》之編目分成甲、乙、丙、丁四集足以符合明代
之實際情況。而錢謙益於《列朝詩集·序》中亦對止於丁集有其進一步之解釋，曰：

> 元氏之集，自甲迄癸；今止於丁者何居？曰：癸，歸也，於卦爲歸藏，時
> 爲冬令。月在癸曰極丁。丁，狀成實也。歲曰強圉〔註15〕。萬物盛於丙，
> 成於丁，茂於戊。於時爲朱明〔註16〕，四十強盛之年也。金鏡未墜，珠囊
> 重理，鴻朗壯嚴，富有日新，天地之心，聲文之運也。〔註17〕

錢謙益認爲癸乃是萬事萬物之終點，若就四時而言便是冬季，至於丁以四時來說則

〔註13〕（清）紀昀：《欽定四庫全書總目》（整理本）（北京：中華書局，1997年），頁2629。
〔註14〕同註2，頁771～772。
〔註15〕「強圉」，十干中丁之別稱，用以紀年。《爾雅·釋天》：「在丁曰強圉。」，同註6，
　　　　頁95。
〔註16〕《爾雅·釋天》：「夏爲朱明。」，同註6。
〔註17〕同註1，頁2。

是夏李，象徵萬事萬物之繁盛。因此，就此書而言，止於丁集之意義便在於希望藉由《列朝詩集》所選錄之詩人、詩作，而彰顯出明代之詩文盛況。然而，若從錢謙益所處之時代背景加以考量時，陳寅恪認爲錢謙益之所以不依照《中州集》迄於癸集之體例，而止於丁集，其中實寓有期望明室中興之意〔註18〕。

此外，在依時間順序之排列與分類方面，錢謙益有所調整，不似《中州集》有兩次重新排列之現象，對詩人之分類亦較《中州集》來得多且完整。《列朝詩集》之結構如下：〔註19〕

乾集上卷（《列朝詩集》卷一）

　　輯明代皇帝之詩作。

乾集上卷（《列朝詩集》卷二）

　　輯明代皇族之詩作。

甲前集（《列朝詩集》卷三至卷十三）

　　太祖元末壬辰起義至丁未建國共一十六年。

甲集（《列朝詩集》卷十四至卷三十五）

　　洪武開國至建文兩朝共三十五年。

乙集（《列朝詩集》卷三十六至卷四十三）

　　永樂、洪熙、宣德、正統、景泰、天順五朝共六十二年。

丙集（《列朝詩集》卷四十四至卷五十九）

　　成化、弘治、正德三朝共五十七年。

丁集上、中、下（《列朝詩集》卷六十至卷七十五）

　　嘉靖、隆慶、萬曆、泰昌、天啓、崇禎六朝共一百二十四年。

閏集（《列朝詩集》卷七十六至卷八十一）

　　輯高僧、名僧、異人、法侶、香奩、宗室、內侍、青衣、傭書、無名氏、
　　鬼、滇南、朝鮮、日本等人之詩作。

由以上統計分析可知，乾集共有二卷，收十帝十八王，附傳二人；甲前集共有十一卷，收一百零七人，附傳二十二人；甲集共有二十二卷，收二百三十七人，附傳十二人；乙集共有八卷，收二百二十九人，附傳十二人；丙集共有十六卷，收二百一十八人，附傳十六人；丁集共有十六卷，收四百五十四人，附傳五十九人；閏

〔註18〕陳寅恪：《柳如是別傳》（下）（臺北：里仁書局，1981年），頁987。

〔註19〕由於上海三聯書局所出版之《列朝詩集》於目錄部分有注明甲、乙、丙、丁四集之時間斷限，故於此作爲說明之依據。詳細內容請見（清）錢謙益：《列朝詩集》（據清順治九年毛氏汲古閣刻本重印）（上海：三聯書局，1989年）。

集共有六卷，收三百七十一人，附傳十五人。

　　若試著探究錢謙益何以仿效《中州集》，而編纂旨在存史的《列朝詩集》，這應該與兩人所處之時代背景相似有關。元好問處於金、元政權的交替過程中，親眼目睹金代由盛而衰而覆沒的歷史過程，深恐戰亂之際，詩人之詩作將亡佚而不傳於世，故於〈中州集引〉謂：

> 念百餘年以來，詩人爲多，苦心之士，積日力之久，故其詩往往可傳，兵
> 火散亡，計所傳者才十一耳，不總萃之則將遂湮滅而無聞，爲可惜也。乃
> 記憶前輩及交游諸人之詩，隨即錄之。〔註20〕

正因爲如此，元好問所編纂之《中州集》不僅彙集金代之詩作，且爲詩人撰述小傳，即如《四庫全書總目·中州集提要》所言：「大致主於借詩以存史，故旁見側出，不主一格。」〔註21〕錢謙益亦生逢明清易代之際，當其以明代遺民之身分閱讀金代遺民元好問之著作時，便容易感同身受，體會到元好問編纂《中州集》之用心良苦，了解到《中州集》以詩存史之時代意義，故仿效《中州集》之體例，著手編纂《列朝詩集》，具體發揮以詩存史之價值。由於錢謙益希望達到以詩存史之目標，故就此書而言，其保存史料之意義較大，然而，爲了能突顯出此書所蘊含錢謙益文學史觀的具體展現，故於後文中將多借用《列朝詩集小傳》中的評述文字作爲探討依據。

〔註20〕（金）元好問編（明）毛晉刊：《中州集》一（臺北：臺灣商務印書館，1973 年）。
〔註21〕同註13。

第參章　文學史觀與文學史研究

　　自清末林傳甲為京師大學堂講課方便而編寫文學史講義後，文學史的著作如雨後春筍般一一出現，隨著數量增加，文學史的面貌開始有所不同，文學史的研究也逐漸為學者專家所重視。在研究與反省文學史中，可以發現影響文學史寫作最為重要的便是「文學史觀」；但是，何謂「文學史觀」？其與文學史研究之間又是怎樣的關係呢？

第一節　文學史中文學與歷史之關係

　　寫中國文學史，簡單地說便是採取「文學」的觀念、按照「史」的時間順序來描述中國文學的過去。〔註1〕但是，這裡所說的「文學」指的是什麼？範疇為何？這是研究中國文學史前，首先需要了解的。在西方的文藝思想與教育制度傳入之前，「文學」一詞往往兼指文章與學術，直到廢除科舉，模仿歐美學制，始視「文學」為一門學科，獨立於經學、史學；受到西方文學概念的影響，「文學」的範疇不再涵括文字、聲韻、訓詁之學，亦不再忽略小說、戲曲的發展，而有了三個基本構成元素：詩歌、散文、戲曲。當文學成為學科之一，因應教學的需要，一種新的著述體裁——文學史便產生了，但要如何寫作中國文學史？馮友蘭在《中國哲學史·緒論》裡說：「哲學本一西洋名詞。今欲講中國哲學史，其主要工作之一，即就中國歷史上各種學問中，將其可以西洋所謂哲學名之者，選出而敘述之。」〔註2〕馮友蘭所說的治中國哲學史所需要做的工作，也正是寫作中國文學史所需要做的工作，這個工

〔註1〕戴燕：〈怎樣寫中國文學史——本世紀初文學史學的一個回顧〉，《文學遺產》1997年第1期，頁4。
〔註2〕馮友蘭：《中國哲學史增訂本》（臺北：臺灣商務印書館，1993年），頁1。

作簡單地說，就是按照歐美的文學概念，先從中國以往的學問中挑選出合適的部分，然後用新式的體裁加以描述。〔註3〕對此，黃人認爲在中國古代的著作文獻中，可以找到四種與文學史相似的東西，其謂：「所以考文學之源流種類正變沿革者，惟有文學家列傳（如文苑傳），及目錄（如藝文志類）、選本（如以時、地、流派選合者）、批評（如《文心雕龍》、《詩品》、詩話之類）而已。」〔註4〕這些著作文獻不僅提供了寫作文學史的素材，更提供了一種思考角度與作出評價的依據。

文學史在向古代史學涵取養分時，除以〈文苑傳〉等史料爲媒介外，也同時繼承中國既有「究天人之際，通古今之變」的史學傳統，它的意思是指史家要在盡記事之職的同時，更要善於追尋事物的來龍去脈、變化走勢，這一傳統史學精神也表現在〈文苑傳〉及文學史可資利用的其它史傳資料裡。〔註5〕在中國古代典籍中，「歷史」一詞並不多見，較常出現的是「史」字，從許慎《說文解字》的解釋中，可知「史」字本爲古代官職之稱，〔註6〕大抵掌管祭祀、卜筮、星曆、冊命、記事等工作，然而，隨著政治結構的發展，史官從身兼數職至專司一事，負責記錄各朝所發生過的史實，故「史」字便由官職的意思，引申爲官所寫的史書，史官並且在史書中展現懲惡揚善的精神以對當政者進行批判，這也就是班固在《漢書‧藝文志‧春秋類》小序中所說的：「古之王者世有史官，君舉必書，所以慎言行，昭法式也。」〔註7〕在西方的史學理論中，對於「歷史」一詞，柯靈烏（RG Collingwood）認爲「一切歷史都是思想史」，卡耳（Carr, Edward Hallett）則認爲「歷史是史家與過去之間無休止的對話」，詹京斯（Keith Jenkis）反對以上兩種說法，〔註8〕進而提出「歷史是一種由歷史學家所建構出的自圓其說的論述，而由過去的存在中，並無法導出一種必然的解讀：凝視的方向改變，觀點改變，新的解讀便隨之出現。」〔註9〕

無論從中國或是西方的角度來探討「歷史」，都可以發現所謂的「歷史」並不等

〔註3〕戴燕：〈文學‧文學史‧中國文學史〉，《文學遺產》1996年第6期，頁5～9。

〔註4〕轉引自黃霖：《近代文學批評史》（上海：上海古籍出版社，1993年），頁799。

〔註5〕戴燕：〈文學‧文學史‧中國文學史〉，《文學遺產》1996年第6期，頁12。

〔註6〕《說文解字》：「史，記事者也。」，見（漢）許慎撰（清）段玉裁注：《說文解字》（臺北：黎明文化事業股份有限公司，1986年），頁117。

〔註7〕（漢）班固撰（唐）顏師古注：《漢書》（臺北：宏業書局有限公司，1996年3月30日再版），頁1715。

〔註8〕柯靈烏認爲歷史學家可以己之心靈了解古人的所作所爲，詹京斯則認爲每個時代衡量事理的方式是不同的，因此歷史學家是無法進入古人的心靈；至於卡爾，詹京斯以爲古與今之間並不存在可供對話的前提，無休止的對話只是枉費力氣而已。詳細內容請見凱斯詹京斯（Keith Jenkis）著，賈士蘅譯，《歷史的再思考》（臺北：麥田出版，1996年），頁14～15。

〔註9〕同上註，頁68～69。

於過去一切的真實存在，我們現在所看到、熟知的「歷史」乃是經由史官或歷史學家所建構出來的歷史圖象，而在建構的過程中，歷史學家則扮演了關鍵性的角色。歷史學家選擇史料加以進行詮釋，始得以完成建構歷史圖象的偉大任務，但是，歷史學家選擇史料的標準何在？其詮釋的依據又為何？針對這個問題，李凱特爾認為價值是區別自然現象與文化現象的標準。在自然現象中，無需從價值觀點進行考察，因為自然現象並非價值的表露；但是，文化現象則必定具有價值，所以必須從價值與否的角度加以考察，而歷史研究的對象是文化現象，因此價值便成了歷史學家選擇史料的標準。〔註10〕故所謂「史觀」也就是歷史學家的主體思維，歷史學家據此對史料進行價值的評判以及指出史料對現在的意義和價值。

第二節　文學史觀與文學史研究之關係

陶東風認為文學史是以過去的文學作品為主要研究對象，文學作品本身就是作家價值態度的表現，這一點也決定過去的文學事實（包括作家、作品或文學運動）與當今研究主體之間的聯繫——價值，研究過去的文學事實就是為了評價它們，為了從當今的需要作為出發點進而發現過去文學事件對當代的意義，絕不是只為了純粹的認知，因此，文學史就是過去的文學現象在一定的價值標準下，經過主體闡釋、評價而形成的一個有內在意義關聯的連續體。〔註11〕

張榮翼則從兩個方面分析文學史的內涵，就文學而言，文學史所列對象都涉及到審美問題，它是一種共時序列，強調文學審美活動在各時代、各社會間的相互碰撞，其作用的機制是斷裂的，並不存在一個統一的文學目標，因此文學史不是人們審美活動的線性進化的歷程；就歷史而言，文學史又是一種有著編年性質的歷時序列，其作用的機制是延續的，強調文學發展的承繼性和在承繼基礎上進行的新創造。綜合這兩個方面，故其眼中的文學史是敘述文學的形成、發展、演化過程的歷史。〔註12〕

以上兩位先生所闡述的觀點實有相互補充說明之處，陶東風認為文學史為一個有內在意義關聯的連續體，也就是張榮翼所強調文學發展在歷時序列過程中的延續性；而陶東風所強調文學史中的主要構成因子為主體對過去文學現象的闡釋與評價，即張榮翼認為文學審美活動的作用機制是斷裂的，不同時代會形成不同的文學

〔註10〕陶東風：《文學史哲學》（河南：河南人民出版社，1994年），頁32。

〔註11〕同上註，頁32～33。

〔註12〕張榮翼：〈文學史：延續與斷裂的雙重構造〉，《中國古代、近文文學研究》1996年5期，頁9。

目標，而主體進行的闡釋、評價亦會隨之改變。因此，所謂文學史有其一體之兩面：在歷時序列之下，文學的發展有其內在意義的關聯性與延續性；而在共時序列之下，隨著價值標準的轉移，呈現出文學審美活動的斷裂性。

王鍾陵指出國內外，有兩種寫作文學史的主張：一種是主張文學史應有客觀的歷史內容並排斥具有個人色彩的東西，另一種則主張突出價值判斷以至認爲文學史不過是一種闡釋的憑藉。這兩種主張如果追溯其根源，實際上是兩種歷史觀的反映：第一種歷史觀認爲歷史有其純客觀的存在面貌，它滋生出上述第一種主張；第二種歷史觀認爲沒有什麼純客觀的歷史，歷史都是人心中的歷史，它孕育出上述第二種主張。〔註13〕由此可知，文學史著作要以何種面貌呈現，根本關鍵即在於文學史家身上，也就是王鍾陵所謂的「寫作文學史的主張」，在此則以「文學史觀」稱之。所以，「文學史觀」與「史觀」的區別，乃在於歷史學家是以價值判斷選擇史料，加以勾勒歷史圖象；而文學史家則是以其主體思維進行文學圖象的建構，選擇文學作品的標準亦同樣是價值取向，但是，隨著所處於不同的文學環境，其判斷的價值標準也會有所變動。

據陳玉堂《中國文學史書目提要》統計，自1910年林傳甲之《中國文學史》起，至1949年劉大杰之《中國文學發展史》止，幾十年間出版的各類文學史著作，包括通史、斷代史、分類史，專史之外，並有史論、史評，共346種。〔註14〕黃文吉編著之《中國文學史書目提要》統計1880年至1994年在臺灣、大陸、香港、新加坡、韓國、日本、歐洲、美國、蘇聯等地出版的中國文學史著作，多達1606種。〔註15〕由此可以看出文學史著作發展的變化與脈絡，這百年來文學史著作的編寫歷程，學者專家多認爲可分成四個階段：〔註16〕

第一階段是從二十世紀初到二十年代末，可謂是文學史發展的草創期。最早編寫中國文學史不是我國的學者，而是外國的學者，第一部文學史著作是由俄國人王西里於1880年所出版的《中國文學史綱要》，稍後則以日本人笹川種郎與英國人翟理斯所著的中國文學史對我國文學史著作的編寫最有影響，林傳甲所編的文學史講義便是以笹川種郎的《歷朝文學史》爲藍本。這一階段的文學史作者，大部分是爲

〔註13〕王鍾陵：《文學史新方法論》（江蘇：蘇州大學出版社，1993年），頁4。

〔註14〕陳玉堂：《中國文學史書目提要》（安徽：黃山書社，1986年），頁2。

〔註15〕黃文吉編著：《中國文學史書目提要》（臺北：萬卷樓圖書有限公司，1996年），頁5。

〔註16〕關於百年來文學史著作的編寫，本文乃根據董乃斌與宋文濤二人所寫文章加以處理，詳細內容請參考董乃斌：〈中國文學史百年——回顧與前瞻〉，收錄於董乃斌等編，《中國古典文學學術史研究》（新疆：新疆人民出版社，1997年），頁18〜47。宋文濤：〈20世紀的中國文學史研究〉，《江海學刊》2001年第4期，頁154〜157。

了教學的需要而編輯、出版文學史，例如林傳甲任教於京師大學堂，黃人任教於東吳大學。文學史這種形式的著作，並不出現於中國既有的史著形式，這是由於接觸西方文化後，才傳入這種著作形式與編寫體例。雖然，受到西方文化的影響，但是，此時的文學史著作在寫作上仍無法完全脫離中國傳統的文學觀念，往往把文章和學術都歸爲文學的範疇，如：謝无量的《中國大文學史》，在其緒論「文學之分類」一節中，將表譜、簿錄、纂草等皆列入「無句讀文」；而在「有句讀文」中的「有韻文」，則將賦、詩、詞與贊頌、哀誄、箴銘等並舉。由此便反映出一個問題，就是如何選擇與運用史料，羅列史料並不等於編纂史書，還應有史家對歷史現象的評價，也就是所謂的史觀。同理亦是，編寫文學史，文學史家除了文學觀外，尚需要有一種文學史觀。

第二階段是從二十年代末到四十年代末。此時的文學史著作在數量或內容方面，比起前一時期顯得更爲豐富與成熟。這時的文學史，無論從大方向的文學史觀、研究方法、結構體例、時期劃分，或是細部的內容分析、材料取捨、語言表達等，都可以看出寫作者的個人特色，例如：胡適的《白話文學史》，開宗明義便強調兩個觀點：一是以白話創作貫穿整個中國文學史，二是欲以文學史實來證明當時「白話文運動」乃有其深厚的歷史淵源。此一階段的另一個特色，則是新史料的運用，其中最爲代表的當屬鄭振鐸的《插圖本中國文學史》，書取材別於前人者，有唐、五代的變文，宋、元的戲文、諸宮調，元、明的講史、散曲，明、清的短劇、民歌，以及寶卷、彈詞、鼓詞等，不同的材料帶給文學史家不同的思考，因而賦予了文學史有了嶄新的風貌。

第三階段是從四十年代末至七十年代末。此時的文學史著作已由個人完成轉變爲眾人分擔編寫，其中影響最大的就是 1963 年由游國恩、王起、蕭滌非、季陣淮、費振剛等人所主編的《中國文學史》。此時，文學史著作的第二個特色，則是以馬克思主義的觀點來解釋一切文學現象，由於馬克思主義理論的狹隘理解與濫用，使得文學史著作的內容趨於單調、呆板。此外，這一階段的文學史著作多以批判的形式，就問題展開論辯，如：現實主義與反現實主義、民間文學是否爲主流以及資產階級觀念等。

第四階段是從七十年代末迄今。前一階段由於歷經文化大革命，因此大學停課，文學史的課程也無法正常運作，因此，整體來看，文學史著作的發展呈現出變動、停滯的局面。文化大革命結束後，文學史著作又得以重新出發，首先是史料的蒐集與重建，因此這一時期編輯出版了《全唐五代詩》、《全唐五代文》、《全唐詩補編》、《全唐文補遺》、《全明詩》、《全清詩》等資料彙編的書籍。其此，則是檢討、反省

文學史著作中的理論運用、闡釋方法、體例結構、分期斷限等相關因素，進而喊出「重寫文學史」的口號，希望加以革新、改進，例如：1990 年出版褚斌杰、袁行霈所主編的《中國文學史綱》；1996 年出版章培恒、駱玉明主編的《中國文學史》等。

由上所述，可以發現進行文學史研究時，必須關照到當時的社會環境與文化背景，除此之外，其中尤爲重要的當是這一群編寫文學史著作的文學史家，他們決定了文學史的風格走向，基於此，所謂的重寫文學史，實際上便是調整或改變既有文學史家的觀念與看法，唯有如此，才會有新的文學史的出現。因此，無論是探究現有的文學史著作或是中國古代類似於今日文學史著作性質的書籍時，我們首先所要了解的就是這位文學史家究竟抱持何種文學史觀，而這種文學史觀又是如何影響文學史家選擇史料以及如何形成價值判斷的標準。

但是，這樣對文學史觀的理解，在對古人的文獻著作進行研究時，要注意的是中國傳統文學無論是選擇作品或是批評作品，常帶有「知人論世」或是「以詩言志」的眼光卻不自知。因此，古代編寫類似今日文學史性質著作的文學史家，並沒有一個清楚而明確的意念（也就是文學史觀）來選擇史料與進行評價，這些「文學史觀」乃是經由後人分析、整理出來的，換言之，兩者之間很有可能會有所落差，但是，這也是身爲一個研究者所要努力的方向，因此本文仍試圖用「文學史觀」一詞來探討錢謙益是以什麼原則與標準來編寫《列朝詩集》一書。

第肆章　《列朝詩集》的文學史觀

　　本文探究錢謙益的文學史觀時，將透過《列朝詩集》一書以進行闡釋。此書體例主要包括詩人、小傳以及詩作等三個部分，其中又以小傳的部分最可反映出錢謙益的文學史觀，這是因爲錢謙益在撰寫小傳的同時，往往會對人或作品進行敘述、評論，故本章將透過對小傳的分析以了解錢謙益的文學史觀。

第一節　《列朝詩集》所具備之文學史性質

　　就所謂的文學史而言，《列朝詩集》呈現出有明一代的詩學發展狀況，故此書可算得上是一本具有文學史性質的著作；而因爲錢謙益於小傳的部分對當時的文學現象或主張有明顯的批評，所以，此書亦兼具有文學批評的性質。由於錢謙益在撰寫此書的過程裡，實乃融合了文學史與文學批評史兩大範疇，職是之故，在進行錢謙益文學史觀的分析、歸納時，本文將借用陳國球對伏迪契卡（Felix Vodi. ka）在文學史理論方面的研究成果。採取伏迪契卡學說的主要原因是由於在伏迪契卡的理論之中，認爲文學史研究與文學批評史有很多相通之處，視批評家爲「實際介入文學生命」的人物之一，有其特定功能：

　　1. 將作品視爲審美客體。
　　2. 記錄作品的「具體化過程」，即根據當時的審美立場而感受到的作品形貌。
　　3. 以他本身的判斷能力，評定作品在文學發展過程中的作用和地位。

且在其論述文學基準的重建時，更是把文學史與文學批評史兩個範疇融合爲一。〔註1〕雖然，這樣的看法，有專家學者並不認同，認爲文學史與文學批評史是兩種

〔註1〕陳國球：〈文學結構的生成、演化與接受——伏迪契卡的文學史理論〉，《鏡花水月——文學理論批評論文集》（臺北：東大圖書股份有限公司，1987年），頁152～154。

工作，因此，文學史不應該包括文學批評史；〔註2〕而有的專家學者對此則採取條件說，認爲屬於文學批評史範疇的內容之所以准許進入文學史，其前提必須是有助於說明在何種程度上影響並參與了文學作品的創造和演化。〔註3〕然而，若就《列朝詩集小傳》而言，錢謙益在撰寫的過程中，一方面依照歷時的順序排列，照應有明一代的詩人及其作品；另一方面，則在共時的序列中，對詩人或詩作進行評價，因此，實乃融合了文學史與文學批評史兩大範疇。

此外，應用伏迪契卡的文學史理論的原因則是伏迪契卡認爲文學史家在重構「文學作品的接受史」（the history of the reception of literary works）時，有四項要做的工作，而其中的兩項工作，與錢謙益處理《列朝詩集小傳》的方式有其相似之處，這兩項工作分別是：

1. 在研究某一時期的文學時，要重建當日的文學基準（literary norm）及文學規條（literary requirements）。

2. 重整當時的文學現象，找出經常被評論的作品以及當時文學價值的等級體系（hierachy of literary valures）。〔註4〕

若對應到《列朝詩集小傳》來看，則如下所述：

一、整理當時的文學史現象

《列朝詩集小傳》的編目是依時代順序加以排列，而有甲前集、甲集、乙集、丙集、丁集，〔註5〕從所收錄的詩人身上，可以觀察到明代詩壇的變化，茲舉下列幾則以作爲說明：

（一）明代初期

《列朝詩集小傳・甲集・劉司業淞》言：

國初詩派，西江則劉泰和閩中則張古田。泰和以雅正標宗，古田以雄麗樹幟。西江之派，中降而歸東里（楊士奇），步趨臺閣，其流也卑冗而不振；閩中之派，旁出而宗膳部（林鴻），規摹唐音，其流也膚弱而無理。余錄

〔註2〕陸侃如、馮沅君：〈關於編寫中國文學史的一些問題〉，《陸侃如文學論文集》（上海：上海古籍出版社，1987年），頁37。

〔註3〕葉崗：〈文體意識與文學史體例〉，《中國文哲研究集刊》17期，2000年9月，頁218。

〔註4〕另外兩項工作分別是研究個別作品（包括過去的與當代的）的「具體化情況」（actualization）以及研究作品在文學的與非文學的範圍中的效應（effect）。同註1，頁146～147。

〔註5〕乾集上、下主要以皇帝、皇族爲主，這裡並不納入討論之列。

二公之詩，竊有歎焉。〔註6〕

錢謙益認爲明代初期的詩壇，以西江與閩中二地爲盛，在西江有劉泰和，而閩中則有張古田。劉泰和早期詩作有雅正之音，後期卻流於卑冗不振；張古田早期詩作以雄麗見長，後期則流於膚弱無理，可知錢謙益對此二人之詩評價不高。但是，此二人卻足以代表明代初期的詩壇狀況，因此仍收錄此二人之詩。可見其對明代詩壇的關心，「竊有歎焉」。

（二）永樂至天順間

《列朝詩集小傳·乙集·楊少師士奇》言：

> 國初相業稱三楊，公爲之首。其詩文號臺閣體。今所傳《東里詩集》，大都詞氣安閒，首尾停穩，不尚藻辭，不矜麗句，太平宰相之風度，可以想見，以詞章取之則末矣。〔註7〕

於此之時，宰相好爲作創詩歌，其風格多類，故有「臺閣體」之稱。錢謙益認爲此類詩歌可以想見國家太平盛世之宰相氣度，但是，從詩歌的創作技巧來看，卻稱不上佳作。然而，楊士奇、楊榮、楊溥等三楊之詩作，實足以顯現當時宰相熱中詩作之現象，故加以收錄之。

此外，由高棅亦可察見此時詩歌的重要發展，《列朝詩集小傳·乙集·高典籍棅》言：

> 門人林誌志其墓曰：「詩至唐爲極盛，宋失之理趣，元滯於學識，而不知由悟以入，自襄城楊士弘始編《唐音正始遺響》，然知之者尚鮮。閩三山林膳部鴻，獨唱鳴唐詩，其徒黃玄、周玄繼之，先生與皆山王恭起長樂，頡頏齊名，至今閩中詩人推五人，而殘膏賸馥，沾漑者多。」林之論閩詩派，可謂悉矣。推閩之詩派，禰三唐而祧宋元，若西江之宗杜陵也，然與否耶？膳部之學唐詩，摹其色象，按其音節，庶幾似之矣。其所以不及唐人者，正以其摹倣形似，而不知由悟以入也。神秀呈偈黃梅，謂依此修行，免墮惡道。昔人亦謂，日模蘭亭一紙，終不成書。自閩詩一派盛行永、天之際，六十餘載，柔音曼節，卑靡成風。風雅道衰，誰執其咎？自時厥後，弘、正之衣冠老杜，嘉、隆之顰笑盛唐，傳變滋多，受病則一。反本表徵，不能不深望於後之君子矣。〔註8〕

〔註 6〕（清）錢謙益：《列朝詩集小傳》，收於楊家駱主編，《中國學術名著第二輯·中國文學名著第三集·第二十三冊》（臺北：世界書局，1985 年），頁 89。

〔註 7〕同上註，頁 162。

〔註 8〕同註 6，頁 180～181。

錢謙益認爲閩人喜學唐詩之風，初起於林鴻，爾後高棅作《唐詩品彙》則又將此一風氣推至高潮，形成閩中詩派論詩強調「襧三唐而祧宋元」的主張。錢謙益不認同這樣的主張，且認爲由於此一風氣瀰漫明代詩壇長達六十多年，使得明代詩作愈形卑靡，故錢謙益收錄高棅之詩，以代表當時詩風的成型。

（三）成化至正德間

《列朝詩集小傳·丙集·李副使夢陽》言：

> 獻吉生休明之代，負雄鷙之才，僩然謂漢後無文，唐後無詩，以復古爲己任。信陽何仲默起而應之。自時厥後，齊吳代興，江楚特起，北地之壇坫不改，近世耳食者至謂唐有李、杜，明有李、何，自大曆以迄成化，上下千載，無餘子焉。嗚呼，何其詩也！何其陋也！〔註9〕

繼高棅《唐詩品彙》後，李夢陽又主張「文必秦漢，詩必盛唐」〔註10〕，明代詩壇便興起一股復古之風，認爲「古詩必漢魏，必三謝；今體必初盛唐」，除此之外，詩皆不足取。附和李夢陽說法者有何景明，而隨之者更將李夢陽、何景明與唐代詩人李白、杜甫相比，對此錢謙益雖認爲荒謬至極，然而，此亦當時詩壇之寫照，故加以選錄之。

（四）嘉靖至崇禎間

《列朝詩集小傳·丁集·王尚書世貞》言：

> 元美弱冠登朝，與濟南李于鱗修復西京大曆以上之詩文，以號令一世。于鱗既歿，元美著作日益繁富，而其地望之高、游道之廣，聲力氣義，足以翕張賢豪、吹噓才俊。於是天下咸望走其門，若玉帛職貢之會，莫敢後至。操文章之柄，登壇設墠，近古未有，迄今五十年，弇州四部之集，盛行海內，毀譽翕集，彈射四起，輕薄爲文者，無不以王、李爲口實，而元美晚年之定論，則未有能推明之者也。〔註11〕

王世貞繼李夢陽、何景明、李攀龍之後，主盟明代詩壇，然而，其晚年則悔少時所作，「論樂府，則亟稱李西涯（李東陽），爲天地間一種文字，而深譏模倣，斷爛之失矣。論詩，則深服陳公甫（陳憲章）。論文，則推宋金華（宋濂）。」〔註12〕然而，世人卻不察王世貞詩風之改變，仍以其早年之論詩主張看待，亦可見當時詩風受此

〔註 9〕同註 6，頁 311。
〔註10〕此語詳細內容請見《明史》卷二百八十六〈列傳第一百七十四·文苑二·李夢陽傳〉（臺北：中華書局，1965 年），頁 7348。
〔註11〕同註 6，頁 436。
〔註12〕同註 6，頁 436～437。

四人影響之深。

二、影響當時文學現象的主要人物評價

從《列朝詩集》所選錄的人物中，除了可以觀察到明代詩壇的發展狀況之外，亦對引領當時文學潮流的重要人物進行評價，其討論的有：

（一）閩中詩派的林鴻與高棅

錢謙益認為閩中詩派是「以摹倣蹈襲為能事」〔註13〕，然而，閩中詩派的詩風之所以會如此，錢謙益認為林鴻與高棅要負起很大的責任。《列朝詩集小傳‧甲集‧林膳部鴻》言：

> 凡閩人言詩，皆本鴻。〔註14〕

《列朝詩集小傳‧丁集下‧謝布政肇淛》又言：

> 余觀閩中詩，國初林子羽、高廷禮，以聲律圓穩為宗；厥後風氣沿襲，遂成閩派。大抵詩必今體，今體必七言，磨礲娑盪，如出一手。〔註15〕

綜而觀之，錢謙益之所以認為林鴻與高棅要為閩中詩派形成模仿抄襲之詩風負起責任的原因，是由於閩人論詩皆以林鴻為宗，且高棅編纂《唐詩品彙》後，使得閩人作詩只作七言律詩，且講求聲律之圓融穩妥。這樣的作品，錢謙益認為看起來都是一個樣子，並不能看出每個詩人各自的個性或情感，因此稱不上是好詩。

（二）前後七子中的李夢陽、何景明、李攀龍

錢謙益對前後七子的批評，集中在對李夢陽、何景明、李攀龍三人身上。首先，於《列朝詩集小傳‧丙集‧李副使夢陽》言：

> 獻吉以復古自命，曰古詩必漢魏，必三謝；今體必初盛唐，必杜；舍是無詩焉。率率模擬剽賊於聲句字之間，如嬰兒之學語，如桐子之洛誦，字則字、句則句、篇則篇，毫不能吐其心之所言，古之人固如是乎？天地之運會，人世之景物，新新不停，生生相續，而必曰漢後無文，唐後無詩，此數百年之宇宙日月盡皆缺陷晦蒙，直待獻吉而洪荒再闢乎？獻吉曰：「不讀唐以後書。」獻吉之詩文，引據唐以前書，紕繆挂漏，不一而足，又何說也。國家當日中月滿，盛極孳衰，蠢材笨伯，乘運而起，雄霸詞盟，流傳譌種，二百年以來，正始淪亡，榛蕪塞路，先輩讀書種子，從此斷絕，

〔註13〕同註6，頁530。
〔註14〕同註6，頁143。
〔註15〕同註6，頁648。

豈細故哉！〔註16〕

李夢陽以復古為任，主張「漢後無文，唐後無詩」，且謂「不讀唐以後書」，錢謙益認為李夢陽如此的說法，只會使得詩人作詩拘泥於字句模擬剽竊之中，就像嬰兒學說話般，僅能逐字逐句地學習，而無法說出自己內心所真正要表達的感受；此外，錢謙益認為天地一直不斷地在運行流轉著，而人間的事物也持續地在變遷，怎麼可能漢代以後就沒有稱得上文的作品，唐代以後就沒有稱得上詩的作品，只有直到李夢陽出現後，才又出現稱得上文和詩的作品。然而，李夢陽這樣的說法卻影響明代詩壇二百多年，使得世人皆不好讀書，僅專尚模擬剽竊之事，故錢謙益對此認為應該加以指陳其失。

其此，《列朝詩集小傳・丙集・何副使景明》言：

> 余獨怪仲默之論，曰：「詩溺於陶，謝力振之，古詩之法亡於謝；文靡於隋，韓力振之，古文之法亡於韓。」嗚呼，詩至於陶謝，文至於韓，亦可以已矣。仲默不難以一言抹摋者，何也？淵明之詩，鍾嶸以為古今隱逸之宗，梁昭明以為跌宕昭彰、抑揚爽朗，橫素波而傍流，干青雲而直上。評之曰「溺」，於義何居？運世遷流，風雅代變，西京不得不變為建安，太康不得不變為元嘉，康樂之興會標舉，寓目即書，內無乏思，外無遺物，正所以暢漢魏之焱流，革孫許之風尚，今必欲希風枚馬，方駕曹劉，割時代為鴻溝，畫景宋為鬼國，徒抱刻舟之愚，自為捨筏之論，昌黎佐佑六經，振起八代，「文亡於韓」，有何援據？吾不知仲默所謂「文」者，何文，所謂「法」者，何法也。昔賢論仲默之刺韓，以為大言無當，矯誣輕悔，箴彼膏肓，允為篤論矣。……弘正以後，譌謬之學，流為種智，後生面目，僵背不知向方，皆仲默謬論微之質的也。因錄仲默之詩，略為辨正如此。
>
> 〔註17〕

何景明批評陶淵明之詩「溺」，謝靈運雖欲加以振作，卻使得古體詩的創作法則蕩然無存；且批評隋代之文「靡」，韓愈力圖挽救，亦使得古文的創作法則消失無蹤。對此，錢謙益指鍾嶸推舉陶淵明為「古今隱逸詩人之宗」並描述隋代文學之盛，亦舉出謝靈運於詩與韓愈於文力求振作的證據，而加以反駁何景明的批評，認為何景明之批評根本沒有證據加以支持，且與事實不符。但是，弘治、正德年間，世人卻皆信服何景明之論點，而不知其之荒謬至極，故錢謙益於此加以駁斥而正視聽。

再者，於《列朝詩集小傳・丁集上・李按察攀龍》，批評李攀龍之儗古樂府，

〔註16〕同註6，頁311～312。
〔註17〕同註6，頁323。

言：

> 要其謬者，可得而評騭也：其儗古樂府也，謂當如胡寬之營新豐，雞犬皆
> 識其家。寬所營者，新豐也，其阡陌衢路未改，故寬得而貌之也，令改而
> 營商之亳、周之鎬，我知寬之必束手也。易云擬議以成其變化，不云擬議
> 以成其臭腐也。易五字而爲翁離，易數句而爲東門行戰城南盜思悲翁之
> 句，而云烏子五烏母六，陌上桑竊孔雀東南飛之詩，而云西鄰焦仲卿、蘭
> 芝對道隅影響，剽賊文義，違反擬議乎，變化乎？〔註18〕

錢謙益認爲李攀龍所謂的「擬議以成其變化」，實爲「擬議以成其臭腐」，因爲其
之儗古樂府乃是改易古樂府之幾字或幾句，又或者是拿其他樂府之字句冠於自己所
作之樂府上，如此的賊取文義，怎可說是「變化」。且又批評其對詩體看法，言：

> 論五言古詩曰，唐無五言古詩，而有其古詩，彼以昭明所謬爲古詩，而唐
> 無古詩也，則胡不曰魏有其古詩，而無漢古詩，晉有其古詩，而無漢魏之
> 古詩乎？十九首繼國風而有作，鍾嶸以爲驚心動魄，一字千金，今也句摭
> 字捃，行數墨尋，興會索然，神明不屬，被斷齏以衣繡，刻凡銅爲追蠡，
> 目曰後十九，欲上掩平原之十四，不亦愚乎？僻學爲師，封己自是，限隔
> 人代，揣摩聲調，論古則判唐、選爲鴻溝，言今則別中、盛如何漢，謬種
> 流傳，俗學沈錮，昧者視舟壑之密移，愚人求津劍于已逝，此可爲歎息者
> 也！〔註19〕

李攀龍認爲古詩要以漢魏之風貌爲依據，而近體詩則應以盛唐詩之格調爲標準。錢
謙益批評李攀龍這樣的說法僅是一味地講求聲調的揣摩，而力求合於詩中所呈現的
情感，卻忽略了自己所處的時代已經不同，感受亦會隨之有所差距；這就像劍掉落
水中，想從水中撈起掉落的劍，卻忽略了船正不停地移動著，早已不在原來的位置
上了，這樣根本無法把劍找回來，而只是一種愚蠢至極的舉動罷了。

　　從錢謙益對閩中詩派與前後七子的批評中，可知其反對當時詩人從事模擬剽竊
古人詩句的行爲，但是，怎樣才算是模擬剽竊呢？錢陸燦在〈彙刻列朝詩集小傳序〉
中，提到吳殳（字修齡）認爲錢謙益於《列朝詩集小傳》中，亦有模擬剽竊的問題
故加以改正，對此，錢陸燦則作出辯駁：

> 正曰：「『以潰於成』，『潰』字雖出《詩》，『藏弆』字雖出《漢書》，歐、
> 蘇古文不用。」燦駁曰：「既出《詩》，出《漢書》，何以不可用？豈歐、
> 蘇在《詩》與《漢》之前耶？昔人爲韓文、杜詩，無一字無出處，然則將

〔註18〕同註6，頁428。
〔註19〕同註6，頁429。

出於何處耶？」〔註20〕

錢陸燦以爲「潰」字出於《詩經》，「藏弆」字出於《漢書》，錢謙益並無不能用之理，吳旻卻以歐陽修、蘇軾的古文不用作爲立論的基礎實在有問題，因爲《詩經》、《漢書》在時間上早於歐陽修、蘇軾之文，更何況韓愈、杜甫於詩文創作時主張無一字無出處，若以歐、蘇古文不用爲理由的話，韓愈、杜甫詩文中的出處又當源自於何處呢？若就錢陸燦所做的反駁來看，則錢謙益批評閩中詩派與前後七子豈不就自相矛盾了嗎？實則不然，錢謙益並不反對引用古人詩句，反對的乃是引用的目的、方法，例如：強調一定之詩作典型而一味地想要寫出與古人詩風相仿的作品，卻未將自己眞實的感情融入；只是割取古人的詩句，或是略爲加以改換字句便宣稱這是自己的創作，若是這樣便是錢謙益所謂的模擬剽竊古人詩句。

（三）公安三袁

首先，是對袁宗道的稱許。《列朝詩集小傳・丁集中・袁庶子宗道》言：

> 伯修在詞垣，當王李詞章盛行之日，獨與同館黃昭素，厭薄俗學，力排假借盜竊之失。于唐好香山，于宋好眉山，名其齋曰白蘇，所以自別於時流也。其才或不逮二仲，而公安一派實自伯修發之。伯修論本朝詩云：「弇州才卻大，第不奈頭領牽掣，不容不入他行市，然自家本色時時露出，畢竟非歷下一流人。晚年全效坡公，然亦終不似也。」余近年來拈出弇州晚年定論，恰是如此，伯修可謂具眼矣。〔註21〕

錢謙益認爲袁宗道的才華雖然比不上袁宏道與袁中道，但是，在王世貞、李攀龍之說盛行時，卻可以大力排擊此二人之缺失所在，與時流迥異，這樣的行爲實在可以視爲爾後公安派主張之發端。錢謙益又更進一步將自己所寫之〈弇州晚年定論〉與袁宏道對王世貞之評論相比，認爲袁宏道早有此看法，可謂眼光獨到。

其次，雖然錢謙益認爲袁宏道在反對前後七子的復古主張時，「機鋒側出，矯枉過正，於是狂瞽交扇，鄙俚公行，雅故滅裂，風華掃地。」〔註22〕，指出公安派輕佻莽蕩的流弊；然而，肯定袁宏道成就的言語仍表露無遺，其謂：

> 以爲唐自有詩，不必選體也。初盛中晚皆有詩，不必初盛也。歐、蘇、陳、黃各有詩，不必唐也。唐人之詩，無論工不工，第取讀之，其色鮮妍，如旦晚脫筆研者。今人之詩雖工，拾人飣餖，纔離筆研，已成陳言死句矣。唐人千歲而新，今人脫手而舊，豈非流自性靈與出自剽擬者所從來異乎！

〔註20〕同註6，頁2。
〔註21〕同註6，頁566。
〔註22〕同註6，頁567。

> 空同未免爲工部奴僕，空同以下皆重儓也。論吳中之詩，謂先輩之詩，人
> 自爲家，不害其爲可傳；而詆訶慶、曆以後，沿襲王、李一家之詩。論吳
> 中之詩，王、李之雲霧一掃，天下之文人才士始知疏瀹心靈，搜剔慧性，
> 以蕩滌摹擬塗澤之病，其功偉矣。〔註23〕

袁宏道認爲唐詩之體裁，各有所長，故無須講求某一種詩體才行；再者，唐詩在不
同的時期，有不同的風格呈現，而非初唐、盛唐之詩才是最好的；而且宋代亦有值
得誦讀之詩作，不用一定非唐詩不可；更何況，唐人所作之詩，無論優劣與否，都
是詩人自己嘔心瀝血的成果，不像當今世人所作之詩，只知拾唐人牙慧，卻無半點
生命；就像李夢陽不過是杜甫詩作的奴隸，至於李夢陽以後的人就更不用說了。錢
謙益認爲袁宏道以上的言論，乃是針對王世貞、李攀龍等人而發，甚爲有理，並且
使世人作詩懂得發掘自己性靈之所在才是最重要的，因此，掃除模擬剽竊之詩風，
袁宏道實在居功厥偉。

　　至於袁中道，錢謙益認爲袁中道的詩文「有多才之患」，其謂：

> 子之詩文，有才多之患，若游覽諸記，放筆芟薙去其強半，便可追配古人。

〔註24〕

雖然錢謙益對其詩文並未全面地加以肯定，但是，錢謙益對於當時文學的想法實與
袁中道不謀而合，《列朝詩集小傳・丁集中・袁儀制中道》言：

> 小修又嘗告余：「杜之〈秋興〉，白之〈長恨歌〉，元之〈連昌宮詞〉，皆千
> 古絕調，文章之元氣也。楚人何知，妄加評竄，吾與子當昌言擊排，點出
> 手眼，無令後生墮彼雲霧。」〔註25〕

言語之間，袁中道認爲杜甫〈秋興〉、白居易〈長恨歌〉與元稹〈連昌宮詞〉都稱得
上是千古絕調之作，亦可想見詩人之風采。但是，竟陵派之輩卻對杜甫等前代詩人
的作品多所貶抑，有鑑於此，袁中道便希望錢謙益能共同爲明代詩壇盡一份心力，
不要再使後人的詩作中有發生一定的問題。而袁中道所言，也正是錢謙益所一再強
調與努力的。〔註26〕

（四）竟陵派的鍾惺、譚元春

　　錢謙益肯定鍾惺初期反對前後七子復古主張的努力，《列朝詩集小傳・丁集中・

〔註23〕同註6，頁567。
〔註24〕同註6，頁569。
〔註25〕同註6，頁569。
〔註26〕錢謙益甚爲推崇杜甫，著有：《箋註杜詩》，亦有仿杜甫〈秋興〉的〈秋興八首〉與
　　　　〈後秋興〉一百零四首等作品。

鍾提學惺》言：

> 當其創獲之初，亦嘗覃思苦心，尋味古人之微言奧旨，少有一知半見，掠
> 影希光，以求絕出於時俗。〔註27〕

但是，隨著其文學主張之成熟，愈見其識見之不足，其謂：

> 久之，見日益僻，膽日益粗，舉古人之高文大篇鋪陳排比者，以爲繁蕪熟
> 爛，胥欲掃而刊之，而微其僻見之是師，其所謂深幽孤峭者，如木客之清
> 吟，如幽獨君之冥語，如夢而入鼠穴，如幻而之鬼國，浸淫三十餘年，風
> 移俗易，滔滔不返。〔註28〕

錢謙益認爲鍾惺爲了避免發生有與前後七子、公安派流弊一樣的問題，但是，卻由
於識見不足，因此無法掌握古人之精義，故流爲深幽孤峭。

至於譚元春，《列朝詩集小傳・丁集中・譚解元元春》言：

> 譚之才力薄于鍾，其學殖尤淺，讀劣彌甚，以俚率爲清眞，以僻澀爲幽峭，
> 作似了不了之語，以爲意表之言，不知求深而彌淺；寫可解不解之景，以
> 爲物外之象，不知求新而轉陳。無字不啞，無句不謎，無一篇章不破碎斷
> 落。一言之內，意義違反，如隔燕吳；數行之中，詞旨蒙晦，莫辨阡陌。
> 〔註29〕

錢謙益認爲鍾惺所有的問題，譚元春同樣也有，然而，由於譚元春的才華學識皆比
不上鍾惺，故相形之下，更見其陋。

錢謙益認爲竟陵派之所以會產生這些問題，「不讀書」是最大的原因：

> 世之論者曰：「鍾、譚一出，海內始知性靈二字。」然則鍾、譚未出，海
> 內之文人才士皆石人木偶乎！曰極七子之才致，不過爲宋之陸放翁，自南
> 渡以迄隆（隆慶）、萬（萬曆），將五百年，亦皆石人木偶，而性靈獨培發
> 於鍾、譚乎！彼自是其一隅之見，於古人之學，所謂渾涵汪茫，千彙萬狀
> 者，未嘗過而問焉。而承學之徒，莫不喜其尖新，樂其率易，相與糊心眯
> 目，拍肩而從之，以一言蔽其病曰：不學而已。〔註30〕

對於當時認爲鍾惺、譚元春出現後，才眞正發揮出「性靈」的涵義〔註31〕，錢謙益

〔註27〕同註6，頁571。
〔註28〕同註6，頁571。
〔註29〕同註6，頁571～572。
〔註30〕同註6，頁572。
〔註31〕關於「性靈」，龔鵬程認爲「性靈」又可稱爲「心性」、「情靈」，乃是抒情主體在與
外物相感相應後，以此作爲創作的主要內容，詳細內容請見龔鵬程：《文學批評的視
野》（臺北：大安出版社，1990年），頁457～459。郭紹虞則討論以此作爲文學主張

認為若就此番言論正確的話，在此之前的文人才士不就都是石人木偶，故深表不認同；此外，錢謙益也認為鍾惺、譚元春對於古人的學問並未加以廣泛閱讀，而世人認為他們的創作獨特、新奇，主張簡單、易學，便加以效法、追隨，對此，錢謙益認為問題的癥結便在於「不學」，故引張文寺之言，曰：

> 伯敬入中郎之室，而思別出奇，斤斤字句之間，欲闡古人之祕，以其道易天下，多見其不知量也。友夏別立蹊徑，特為雕刻。要其才情不奇，故失之纖；學問不厚，故失之陋；性靈不貴，故失之鬼；風雅不遒，故失之鄙；一言以蔽之，總之，不讀書之病也。〔註32〕

由此可知，錢謙益認為多讀書，自然便可闡發古人之道理所在；多讀書，便能才情出眾、學問豐厚、性靈高貴、風雅遒健，也就可以避免詩作有「淒聲寒魄」、「尖新割剝」之病。

錢謙益批評鍾惺、譚元春二人不讀書的觀點，在《明史‧文苑四‧袁宏道傳附鍾惺譚元春傳》中亦有相似的看法：

> 自宏道矯王、李詩弊，倡以清真，惺復矯其弊，變而為幽深孤峭。與同里譚元春評選唐人之詩為《唐詩歸》，又評選隋以前詩為《古詩歸》。鍾、譚之名滿天下，謂之竟陵體。然兩人學不甚富，其識解多僻，大為通人所譏。〔註33〕

但是，我們從通行本中國文學史卻也認識到由於公安派不強調「學問」而提倡「獨抒性靈」，〔註34〕因此產生詩文風格流於膚淺輕脫的流弊。若從竟陵是矯公安之弊而起的角度思考，竟陵派之於公安派已是積學以為詩，為何錢謙益卻對鍾惺、譚元春有如此嚴屬的批評，對三袁兄弟卻沒有呢？

在討論這個問題前，我們不妨先回顧一下公安三袁主張「性靈」的經過。在公安派之前的前後七子提倡復古，因而提出「文必秦漢，詩必盛唐」的口號，然而，卻演變成作詩只知模擬、剽竊，故公安三袁起而反之。袁宏道於〈敘小修詩〉談到：

> 蓋時文至近代而卑極矣。文則必欲準于秦漢，詩則必欲準于盛唐。剿襲模

時，所具備的特點為何以及探討此一文學主張的發展過程，詳細內容請見郭紹虞：《照隅室古典文學論集》（臺北：丹青圖書股份有限公司，1985 年），頁 279～326。

〔註32〕同註 6，頁 574。

〔註33〕（清）張廷玉：《明史‧列傳第一百七十六》（臺北：中華書局，1971 年），頁 7399。

〔註34〕如王忠林等八人合著的《中國文學史初稿》提到袁宏道提出公安派學主張──「獨抒性靈」、「不拘格套」，而由於袁宏道重視「性靈」，所以並不強調「意見」或「理」。詳細內容請見王忠林等八人合著：《中國文學史初稿》（臺北：石門圖書公司，1978 年），頁 912～913。

擬，影響步趨，見人有一語不肖者，則共指以為野狐外道。曾不知文準秦
漢矣，漢人曷嘗字字學六經歟？詩準盛唐矣，盛唐人曷嘗字字學漢魏歟？
秦漢而學六經，豈復有秦漢之文？盛唐而學漢魏，豈復有盛唐之詩？唯夫
代有升降，而法不相沿，各極其變，各窮其趣，所以可貴，原不可以優劣
論也。〔註35〕

在不同時代之下，所創作出的文學作品，皆有其獨特之意義與價值，不應該拿來作
為比較，更無所謂的優劣勝敗之分。以為前後七子所提倡的復古，乃是忽略了文學
是不斷改變、進步的重要原則，因此，申明文不必一定以秦漢為準，詩亦不必一定
以盛唐為準。袁宏道評論袁中道之詩文時，稱其：

足跡所至，幾半天下，而詩文亦因之以日進。大都獨抒性靈，不拘格套，
非從自胸臆流出不肯下筆。有時情與境會，頃刻萬言，如水東注，令人
奪魂。其間有佳處，亦有疵處，佳處自不必言，即疵處亦多本色獨造語。
〔註36〕

袁宏道認為袁中道詩文之所以大進，是由於袁中道每走一地，便將其所見所感真實地
反映於其所創作之詩文中，非出於胸臆者不作，縱使是瑕疵之處，都可見其本色，讀
來亦令人覺得清新可喜。由此可知，袁宏道認為詩文是用以抒發個人感情的，肯定性
靈自然流露的作品，這是模擬所無法達到的境界。公安三袁主張「性靈」，雖能對當
時所盛行的復古風氣造成反動，然而，亦不免有矯枉過正之處，對此，袁宏道是有自
覺的，這也反映於其晚年的創作態度上，袁中道於〈中郎先生全集序〉便提到：

然先生（袁宏道）立言，雖不逐世之顰笑，而逸趣仙才，自非世匠所及。
即少年所作，或快爽之極，浮而不沉，情景大真，近而不遠，而出自靈竅，
吐于慧舌，寫于銛穎。蕭蕭冷冷，皆足以蕩滌熱惱。況學以年變，筆隨歲
老，故自〈破硯〉以後，無一字無來歷，無一語不生動，無一篇不警策。
健若沒石之羽，秀若出水之花。其中有摩詰，有杜陵，有昌黎，有長吉，
有元白，而又自有中郎。意有所喜，筆與之會。合眾樂以成元音，控八河
而無異味。真天授，非人力也。天假以年，不之為後人拓多少心胸，豁多
少眼目！恐亦造化妒人，不肯發洩太盡耳。〔註37〕

〔註35〕（明）袁宏道：《袁中郎全集》（一）（臺北：偉文圖書出版社有限公司，1976 年），
頁 177～178。

〔註36〕同上註，頁 176～177。

〔註37〕（明）袁中道著，錢伯城點校：《珂雪齋集》中（上海：上海古籍出版社，1989 年），
頁 521～522。

袁宏道早年積極反對前後七子的復古主張,以為詩文必當從自己胸臆中流出。然而,隨著年紀的增長,袁宏道則認為從前人的詩句中擷取菁華,亦是學詩的途徑之一,故從其創作中逐漸可以發現到有王維、杜甫、韓愈、李賀、元稹、白居易等唐人的影子。袁中道的敘述中,亦指出由於袁中道才氣縱橫,因此可以憑藉性靈以為詩,這對一般人來說則顯得困難許多,更何況袁宏道晚年亦修正了自己的說法,但是,後學者往往不能隨之有所調整,而只知其一不知其二的結果,則導致公安末流的出現,故袁中道說:「至于一二學語者流,粗知趨向,又取先生(袁宏道)少時偶爾率易之語,效顰學步。其究為俚語,為纖巧,為莽蕩,譬之百花開,而荊棘之花亦開;泉水流,而糞壤之水亦流。烏焉三寫,必至之弊耳,豈先生之本旨哉!」〔註38〕。而鍾惺、譚元春有鑒於公安末流之詩過於空疏,故鍾惺於〈與高孩之觀察〉提出「靈」與「厚」,其謂:

> 詩至於厚而無餘事矣。然從古未有無靈心而能為詩者,厚出於靈,而靈者
> 不能即厚。弟嘗謂古人詩有兩派難入手處:有如元氣大化,聲臭已絕,此
> 以平而厚者;古詩十九首,蘇、李是也。有如高巖浚壑,岸壁無階,此以
> 險而厚也;漢郊祀鐃鼓,魏武帝樂府是也。非不靈也,厚之極,靈不足以
> 言之也。然必保此靈心,方可讀書養氣,以求其厚。〔註39〕

由此可知,鍾惺為調和前後七子復古之失與公安三袁性靈之弊,故提出「靈」、「厚」。「靈」,即公安三袁所謂的「性靈」,是詩人創作的來源;「厚」,則是指詩作的風格表現,詩欲厚則不能不講求詩人學養的豐富以及作詩的技巧,故「靈」與「厚」是構成詩人創作過程中所不可或缺的二項重要因素,二者相互搭配之下,才能有好作品誕生。然而,知易行難,由於二人學識的不足,故創作時並無法真正落實。

　　二人學識的不足,尚可從兩方面看出端倪:其一,袁宗道以意見為尊而以一家一派為尊,故於〈論文下〉曰:「有一派學問,則釀出一種意見。有一種意見,則創出一般語言;無意見則虛浮,虛浮則雷同矣。」〔註40〕袁宗道接納各種不同的意見,甚至認為沒有意見就容易隨波逐流,隨波逐流的結果就容易發生模擬、剽竊的情形。相較之下,鍾惺在看待這個問題時,態度卻不及袁宗道來得開放,其於〈東坡文選序〉提到:「或曰:『東坡之文似戰國。』予曰:『有東坡文,而戰國之文可廢也。』何以明之?戰國之言,非縱橫則名法,於先王之仁義道德、禮

〔註38〕同上註,頁 523。
〔註39〕(明)鍾惺:《隱秀軒集》(上海:上海古籍出版社,1992 年),頁 474。
〔註40〕(明)袁宗道:《白蘇齋類稿》(下)(臺北:偉文圖書出版社有限公司,1976 年),頁 623。

樂刑政無當焉。」〔註41〕鍾惺認為仁義道德、禮樂刑政乃是文之存廢的關鍵，從戰國之文中看不到仁義道德、禮樂刑政，但是蘇軾之文卻有仁義道德、禮樂刑政在其中，因此認為蘇軾之文可取代戰國之文，而戰國之文可廢。其二，紀昀認為鍾惺把《文子》、《新論》、《鬼谷子》、《公孫龍子》以及《文心雕龍》五種不同類別的書，各選數卷而成《合刻五家言》的做法，乃是「務為詭異，可謂杜撰無稽矣。」〔註42〕，對於鍾惺、譚元春合編之《詩歸》，紀昀亦有批評，認為此書「於連篇之詩隨意割裂，古來詩法於是盡亡。至於古詩字句，多隨意竄改。」〔註43〕由以上敘述，便可明白錢謙益認為鍾惺、譚元春之學識不足是有其道理的。

三、強調當時文學潮流下的不同聲音

在《列朝詩集小傳》中，可以看到錢謙益對當時所盛行的文學潮流表達出強烈的不滿，因此，錢謙益也特別推崇一些勇於提出反對意見的文學家，這些人分別是歸有光、湯顯祖、程嘉燧以及李贄。茲分別說明如下：

（一）歸有光

《列朝詩集小傳・丁集中・震川先生歸有光》言：

> 熙甫為文，原本六經，而好太史公書，能得其風神脈理。其於六大家，自謂可肩隨歐、曾，臨用則不難抗行。其於詩，似無意求工，滔滔自運，要非流俗可及也。當是時，王弇州踵二李之後，主盟文壇，聲華烜赫，奔走四海。熙甫一老舉子，獨抱遺經于荒江虛市之間，樹牙頰相撐拄不少下。嘗為人文序，詆排俗學，以為苟得一二妄庸人為之巨子。弇州聞之曰：「妄誠有之，庸則未敢聞命。」熙甫曰：「唯妄故庸，未有妄而不庸者也。」弇州晚歲贊熙甫畫像曰：「千載有公，繼韓歐陽，余豈異趨，久而自傷。」識者謂先生之文，至是始論定，而弇州之遲暮自悔，為不可及也。〔註44〕

錢謙益認為歸有光為文，本於六經，跟隨宋六大家；在詩作方面，雖未致力，而所作之詩卻皆有韻致，當時所流行之詩並無法與之相比。此外，嘉靖年間，王世貞主盟文壇，天下翕然從之；歸有光不以為然，且認為李攀龍、王世貞之輩不過是「一二妄庸人」，世人卻誤以為「巨子」。對此，錢謙益十分推崇歸有光勇於排除俗學的行為，且舉王世貞晚年後悔自己少時之作為而加以肯定之。

〔註41〕同註6，頁240。
〔註42〕（清）紀昀：《欽定四庫全書總目》（整理本）（北京：中華書局，1997年），頁1762。
〔註43〕同上註，頁2706。
〔註44〕同註6，頁559～560。

（二）湯顯祖

《列朝詩集小傳·丁集中·湯遂昌顯祖》言：

> 自王、李之興，百有餘歲，義仍當雲霧充塞之時，穿穴其間，力爲解駁。
> 歸太僕之後，一人而已。義仍少熟文選，中攻聲律，四十以後，詩變而之
> 香山、眉山，文變而之南豐、臨川。嘗自敘其詩三變而力窮。又嘗以其文
> 寓余，以謂不斬其知吾之所已就，而斬其知吾之所未就也。於詩曰變而力
> 窮，於文曰知所未就，義仍之通懷嗜學，不自以爲能事如此，而世但賞其
> 詞曲而已，不能知其所已就，而又安能知其所未就，可不爲三歎哉！〔註45〕

錢謙益認爲世人只知道欣賞湯顯祖在詞曲上的創作，卻不知道湯顯祖在詩作上亦是值得稱頌。湯顯祖自言其「詩三變而力窮」，且自我勉勵在文章方面應多所努力；錢謙益認爲湯顯祖之才學雖高，卻不以此自滿得意，仍期許自己當要努力於己之所未就，而不要只知己之有所就。除此之外，錢謙益認爲湯顯祖在詩作上的努力，亦對當時詩壇上所盛行的風氣，起了撥雲見霧的影響，因此，以爲自從歸有光力排俗學之後，後繼者當推只有湯顯祖一人，可見錢謙益對湯顯祖之推崇。

（三）程嘉燧

錢謙益於《列朝詩集》中最爲推崇程嘉燧之原因爲何，可由《列朝詩集小傳·丁集下·松圓詩老程嘉燧》之字裡行間得到解答，錢謙益言：

> 孟陽之學詩也，以爲學古人之詩，不當但學其詩，知古人之爲人，而後其
> 詩可得而學也。其志潔，其行芳，溫柔而敦厚，色不淫而怨不亂，此古人
> 之人，而古人之所以爲詩也。知古人之所以爲詩，然後取古人之清詞麗句，
> 涵泳吟諷，深思而自得之。久之于意言音節之間，往往若與其人遇者，而
> 後可以言詩。蓋孟陽之詩成，而其爲人已邈然追古人于千載之上矣。其爲
> 詩主干陶冶性情，耗磨塊壘，每遇知己，口吟手揮，纏纏不少休。若應酬
> 牽率骫骳說衆之作，則薄而不爲。〔註46〕

錢謙益認爲程嘉燧雖學習古人之詩，但是，程嘉燧在學習古人之詩前，必會先了解其爲人處世等相關背景資料後再加以學習，因爲這樣才可以清楚掌握古人何以作詩的動機以及情感之所在，而了解古人是爲了什麼原因作詩後，還一邊吟詠古人的詩句，一邊咀嚼詩句中的涵義，久而久之，無論是對詩句本身的修辭技巧或是詩句中的所蘊含的情感都有所領會，彷彿他和古人就像是相交甚深的朋友一般，因此，就

〔註45〕同註6，頁563～564。
〔註46〕同註6，頁576。

可據此中肯的評論古人之詩句而不會有所誤解。而且，錢謙益認為其所作之詩遠勝於古人，因為其作詩是出於真性情，也不屑因為應酬而加以敷衍了事。此外，錢謙益又言：

> 其詩以唐人為宗，熟精李、杜二家，深悟剿賊比擬之繆。七言今體約而之隨州，七言古詩放而之眉山，此其大略也。晚年學益進，識益高，盡覽中州、遺山、道園及國朝青丘、海叟、西涯之詩，老眼無花，炤見古人心髓。于汗青漫瀑丹粉凋殘之後，為之抉摘其所繇來，發明其所以合轍古人，而迥別于近代之俗學者，於是乎王、李之雲霧盡掃，後生之心眼一開，其功于斯道甚大，而世或未之知也。〔註47〕

由以上可知，錢謙益感嘆世人之不知程嘉燧，認為其於學詩深知摹擬剿竊之弊，故不與當時所盛行之詩風同流合污，實足以挽救王世貞、李攀龍所造成的亂象，而使後生晚輩了解什麼才是真正的作詩之道。

（四）李　贄

袁中道於〈答須水部日華〉一文中曾盛讚李贄為明代數百年來「迥超世外」不能復有之「異人」。〔註48〕而錢謙益亦將李贄歸為「異人」之類，《列朝詩集小傳·閏集·卓吾先生李贄》言：

> 卓吾所著書，於上下數千年之間，別出手眼，而其掊擊道學，抉摘情偽，與耿天臺往復書，累累萬言，胥天下之為偽學者，莫不瞻張心動，惡其害己，於是咸以為妖為幻，噪而逐之。……遺山《中州集》有異人之目，吾以為卓吾可以當之。〔註49〕

由此可以看出兩點，首先，錢謙益高度評價李贄對偽學的指斥抨擊；其次，錢謙益視李贄為「異人」，亦突顯李贄在當時不願隨波逐流、特立獨行的想法。

歸納錢謙益所推崇之人物，皆具有以下之共同特色：

1. 勇於向潮流之所趨表示出不同意見。
2. 學詩不專主於唐之杜甫，認為宋、元詩人之詩亦有值得所學之處。
3. 作詩當從詩人之性靈、性情而發。

因此，我們可以知道錢謙益對於當時之文學現象是有所不滿，故對這些反對的聲浪讚譽有加，這亦透露出錢謙益個人之文學思想。

〔註47〕同註6，頁577～578。
〔註48〕同註37，《珂雪齋集》下，頁1047。
〔註49〕同註6，頁705～706。

第二節　《列朝詩集》所呈現之文學史意涵

一、淘汰的原則

以錢謙益的文學思想而言，一方面繼承儒家詩教的規範，主張詩言志；另一方面，則認爲詩的本質乃是抒情。情志並舉的結果，便是以爲詩必須對政治教化有所關懷，且亦重視詩的內容是否可以看出詩人眞實情感的流露。〔註50〕這樣的觀點落實於《列朝詩集小傳》中，錢謙益編纂《列朝詩集》旨保存明代之詩作，但是，《列朝詩集》仍有其一套去取存廢的原則，而其所淘汰不選的詩作即其文學思想中所極力反對的。故其淘汰的原因有：

（一）不合雅道

《列朝詩集小傳‧丙集‧莊郎中㫤》言：

> 孟㫤刻意爲詩，酷擬唐人，白沙推之，有「百錬不如莊定山」之句。多用道學語入詩，如所謂「太極圈兒，先生帽子」，「一壺陶靖節，兩首邵堯夫」者，流傳藝苑，用爲口實。而豐城楊廉，妄評其詩，以爲高出於唐人杜子美「穿花蛺蝶深深見，撲水蜻蜓款款飛。」比定山「溪邊鳥訝天機語，担上梅挑太極行」尚隔幾塵。此等謬種，流入後生八識田中，眞所謂下劣詩魔，能斷詩家多生慧命，良可懼也！荊川之徒，選《二妙集》，專以白沙、定山、荊川三家詩，繼草堂擊壤之後，以爲詩家正脈是也，豈惟令少陵攢眉，亦當笑破白沙之口。余錄孟㫤詩，痛加繩削，存其不倍於雅道者，於白沙亦然。〔註51〕

唐順之的後學門生收錄陳憲章、莊㫤以及唐順之三人之詩，編有《二妙集》，認爲此三人實乃唐代杜甫後之詩學正宗。然而，這樣的認識是有問題的，因爲莊㫤與陳憲章多以道學之語入詩，但是，杜甫詩作中並未如此，因此，錢謙益認爲應該加以糾正這種錯誤的觀念，否則就會淪落「下劣詩魔」之地步了。基於這個原因，錢謙益在選錄莊㫤之詩作時，便削去不合於雅道者，而收錄合於雅道之詩。

（二）格調卑靡纖弱

《列朝詩集小傳‧丁集上‧張僉都九一》言：

> 嘉靖中，五子創詩社於長安，于鱗出守，元美爲攻，南昌余德甫（余允文）、銅梁張肖甫（張佳胤），相繼入焉，是爲七子。元美所謂吾黨有三甫（余允文、張佳胤、張九一）者也。厥後又益以蒲圻魏裳、歙縣汪道昆，爲後五

子。後五子之詩，皆沿襲七子格調，而余魏尤卑弱，茲集無取焉。〔註52〕
錢謙益認爲於余允文與魏裳之詩，雖在嘉靖年間，位居七子與後五子之列，但是，
二人格調甚爲卑靡纖弱，實在不值得加以采錄，故無所擷取。

（三）學習對象錯誤

《列朝詩集小傳・乙集・張僉都楷》言：

> 國初詩家，遙和唐人，起於閩人林鴻、高棅。永、天以後，浸以成風，式
> 之遍和唐音，及李杜詩，各十餘卷。又有并和瀛奎三體諸編者，塵容俗狀，
> 填塞簡牘，捧心學步，祇供噦嘔。昔人有言，賦名六合，已是大愚，其此
> 之謂乎！余之此集，概從鑴削，不惟除後生之惡因，抑亦懺前輩之宿業爾。
> 〔註53〕

錢謙益認爲明代初期自林鴻、高棅唱和唐人之詩後，到了永樂、天啓年間，便形成
一種詩壇上的風尚，而世人只知一味地揀選字句、蒐集唐詩，以做爲唱和之用。錢
謙益認爲眞正學詩的方法、態度當是「別裁僞體，轉益多師」，但是，世人卻專尙一
體，不知加以轉化。因此，錢謙益在選擇所欲保存的文獻時，只要是這一類的文獻，
錢謙益一律刪去不收，以避免危害更多後世學習詩作的人，也藉此補救前人已造成
的錯誤。又如《列朝詩集小傳・丁集中・雷簡討思霈》言：

> 何思與袁氏兄弟善，當公安掃除俗學，沿襲其風流，信心放筆，以刊落抹搬
> 爲能事，而不知約之以禮。石首曾可前字退如，何思之同年也，其詩亦彷彿
> 何思。天啓壬戌，閩人鄭之玄亦入史館，聞楚人之風而悦之，其驅愈下。小
> 修所謂學語效顰、烏焉三寫者，正謂此也。何思集，其門生鍾惺所論次，余
> 錄其詩附三袁之後，以見公安之末流如此，餘人則盡削不載。〔註54〕

公安派致力剷除前後七子於詩壇上所衍生的弊端，然而，公安派中亦有末流之輩，
只知撻伐前後七子，卻不知虛心求學、自我節制，因此，在詩的創作上每況愈下，
無足觀也。對於公安派末流的詩作，錢謙益僅取雷思霈一人以爲代表，使後人可了
解此輩風格之大概，至於其他人則刪去不選。《列朝詩集小傳・丁集下・王山人野》
亦言：

> 晚年詩頗爲竟陵熏染，竟陵極稱之，爲評騭以行世。凡竟陵所極賞者，皆
> 余之所汰也。〔註55〕

〔註52〕同註6，頁440。
〔註53〕同註6，頁192～193。
〔註54〕同註6，頁570。
〔註55〕同註6，頁606。

王野晚年的詩作受到竟陵派的影響，由於氣味相投，所以得到竟陵派的欣賞，而當時竟陵派爲詩壇之主流，故王野之詩名得以流傳。然而，錢謙益在選錄王野的詩作時，則明確地指出：凡是竟陵派所欣賞的作品，都是他所極力淘汰不錄的。由前文可知，錢謙益認爲鍾惺、譚元春詩作的問題在於學識不足，而王野卻以此做爲學習的對象，錢謙益不選錄王野晚年之詩作。

二、選錄的原因

　　錢謙益於《列朝詩集小傳》中，在選錄詩人或詩作時，除了以詩人的影響力、詩作的優劣作爲判斷依據外，更加重視所錄之人的行誼、處世，希望達到「借詩以存其人」的目標，故其謂：

　　　　余錄諸公之詩，閒有借詩以存其人者，姑不深論其工拙也。〔註56〕

楊家駱於〈合刊列朝詩集啓禎遺詩小傳序〉亦言：

　　　　謙益本以詩名，小傳中論詩固有勝義，然以視謙益存人之旨，反其餘事矣。
　　　〔註57〕

由此可知，錢謙益實乃具備了一種「詩史」觀。

　　「詩史」一詞，最早乃是唐人用以稱呼杜甫之詩作，〔註58〕孟棨〈本事詩·高逸第三〉：「杜（甫）逢祿山之難，流離隴蜀，舉陳於詩，推見至隱，殆無遺事，故當時號爲詩史。」〔註59〕用以強調杜甫創作時擅於敘事的語言能力以及指陳時事的風格。龔鵬程則進一步解釋「詩史」的意義可從兩方面來看：一種是作者於作品中表現出史的意識與自覺，一種則是讀者把詩看做是史。〔註60〕後者所謂的讀者也包括評論詩的人，龔鵬程認爲論者希望藉由作者在詩中所展現出來的人文精神與文化理想，記錄並批判一代史事。就此而言，「詩史」代表著一種價值觀念，而且此一觀念往往發生於民族存亡、歷史興廢之際，因爲人於此時，是心中的歷史文化意識最爲勃興的時刻。〔註61〕如此所象徵的「詩史」意涵，錢謙益於〈胡致果詩序〉中也提到：

　　　　孟子曰：「《詩》亡然後《春秋》作。」《春秋》未作以前之詩，皆國史也。

〔註56〕同註6，頁135。
〔註57〕同註6，頁2。
〔註58〕龔鵬程認爲詩史連稱，最早見於《宋書·謝靈運傳》及《南齊書·王融傳》，但是與唐宋以後所用之意義有所不同，詳細內容請見龔鵬程：《詩史本色與妙悟》（臺北：臺灣學生書局，1986年）頁，19。
〔註59〕丁仲祐：《歷代詩話續編》（臺北：藝文印書館，1959年），頁8。
〔註60〕同註58，頁87。
〔註61〕同註58，頁32。

人知夫子之刪《詩》，不知其爲定史。人知夫子之作《春秋》，不知其爲續
《詩》。《詩》也，《書》也，《春秋》也，首尾爲一書，離而三之者也。三
代以降，史自史，詩自詩，而詩之義不能不本于史。曹（植）之贈白馬，
阮（籍）之詠懷，劉（越石）之扶風，張（載）之七哀，千古之興，感歎
悲憤，皆于詩發之。馴至於少陵，而詩中之史大備，天下稱之曰詩史。……
考諸當日之詩，則其人猶存，其事猶在，殘篇囓翰，與金匱石室之書，並
懸日月。謂詩之不足以續史，不亦誣乎？〔註62〕

《詩經》是記錄「王者之跡」〔註63〕，與《春秋》一樣都屬於歷史文獻，只是語言
的表述方式不同。而從錢謙益的敘述中，則進一步認爲作爲文體的詩作亦同樣可以
表現出《詩經》、《春秋》的紀實特性，認爲從詩作中可以觀察到時代之更迭，且亦
可從中窺見時代、人物的眞實面貌，故其謂「詩之義不能不本于史」，並且認爲「千
古之興，感歎悲憤，皆于詩發之」，在此觀念之下，認爲詩作不僅是詩人個人意志之
呈現，更可借詩以存史、續史，甚至認爲詩就是史，肯定詩的價值等同於史。

因此，詩作之優劣與否並不是最主要的考量因素，詩人本身的行誼、處世才
是選錄與否的重要判斷依據。這是因爲人身處於歷史當中，透過對外在環境的感
受，進而抒發以作詩，藉此揭示個人之意志，經由意志的展現，足以彰顯此一時
代之人文精神與文化理想，因此，錢謙益從其自身所處的時代環境中所興起「借
詩以存其人」的觀點，便擴大且深化詩以存史、續史的「詩史」意涵。故其選錄
的原因有：

（一）借詩以存史、續史

錢謙益認爲詩可以爲史，經由詩作中可以看出當時的史實，這一點也反映在其
所收錄的詩作中，例如《列朝詩集小傳・丙集・張主事鳳翔》言：

宮詞百首，略見故實，爲節而錄之。〔註64〕

由此可知，錢謙益收錄張鳳翔詩作的原因便是因爲在張鳳翔的詩中可以發現當
時社會現象的一些端倪，因此錢謙益便選擇這些可以記錄史實的詩作加以收錄，以
補充史書不足之處。又如《列朝詩集小傳・閏集・許筠》言：

筠以科名冠冕東國，而慨慕中華，以不得試于天子之廷爲深恥。斯以見東

〔註62〕（清）錢謙益著、（清）錢曾箋注、錢仲聯標校：《錢牧齋全集》伍（上海：上海古籍
　　　　出版社，2003年），頁800～801。
〔註63〕《孟子・離婁》：「孟子曰：『王者之跡熄而《詩》亡。《詩》亡，然後：《春秋》作。』」
　　　　（宋）朱熹集註，蔣伯潛廣解《語譯廣解四書讀本・孟子》（臺北：啓明書局，1952
　　　　年），頁197。
〔註64〕同註6，頁317。

方禮讓之邦，迥出於四裔，而國家久道化成之盛，亦從可徵矣。〔註65〕

錢謙益認爲朝鮮在當時由於仰慕中華文化，進而學習效法，因此有明一代人文化成之盛，遠超過其他國家，藉由許筠的詩作便可得到印證。

（二）借詩以存人

其人何以可存，這可從兩個層面來看。

其一是所錄之人有詩作傳於世，故錄其詩以存其人，而其中又以詩名有否加以區分：

1.有詩名而不為後人所知

（1）小傳詳細

《列朝詩集小傳・乙集・丁學究敏》言：

> 弘治中，吳人張習企翔〈跋張來儀集後〉云：「吳中之時，一盛于唐末，再盛于元季，繼而有高、張、徐及張仲簡、杜彥正、王止仲、宋仲溫、陳惟寅、丁遜學、王汝器、釋道衍輩，附和而起，故極天下之盛，數詩之能，必指先屈于吳也。」先輩推重遜學如此。今人不復知其氏名，可歎也！余故錄一詩，以識其人焉。〔註66〕

從張習的敘述中，可知吳地詩壇之盛，且甚爲推崇丁敏之詩，然而，世人卻不知丁敏之名，錢謙益深感惋惜，故錄其詩，希望後人可藉由所收錄之詩作認識丁敏。

（2）小傳簡略

《列朝詩集小傳》中，可以發現到錢謙益對有些人沒有小傳作爲說明，或縱有小傳也甚爲簡略，且未對其詩進行評論，這些人之生平事蹟並無特別之處或不可考，然而亦曾在明代詩學的發展留下足跡，故仍加以選錄其詩以存其人。〔註67〕

2. 無詩名卻值得效法其行誼

（1）識見獨到

《列朝詩集小傳・丁集上・尹僉事耕》言：

> 子莘《塞語》末，有〈審幾〉一篇，謂漢之患在外戚，唐之患在藩鎮，而本朝當以備虜爲急，以有宋爲殷鑑，痛乎其言之也！分宜能知子莘，能用胡宗憲，其識見亦非他庸相可比，余故錄子莘之詩，而并及之，以告世之謀國者。〔註68〕

〔註65〕同註6，頁810～811。
〔註66〕同註6，頁201。
〔註67〕詳細內容請見附表一、二。
〔註68〕同註6，頁387～388。

尹耕於當時並無詩名，然而，其文卻表達了其對國家政治局勢的意見，認為明代應以宋代為借鑑，留意外患的侵擾，錢謙益認為尹耕對於時勢有其獨到之見解，故采錄其詩，希望藉此以存其人。

（2）講忠義

《列朝詩集小傳・閏集・守門下侍中鄭夢周》言：

> 東國之史，出朝鮮臣子之手，尊成桂父子曰太祖、太宗，曲為隱諱，而夢周不附成桂之事，謹而書之，不沒其實。正德中，麗人修《三綱行實》，忠臣以夢周為首。國有人焉，豈非箕子之遺教與？余故表而出之，無使天朝信史，傳弒逆之謾辭，以貽譏外藩；且使忠義之陪臣，負痛於九京也。
> 〔註69〕

鄭夢周為高麗人，於李成桂父子謀篡王位之時，不願依附李成桂父子，可謂忠臣，錢謙益感其節操，故錄詩以見其志，使後世明瞭。

（3）重讀書

《列朝詩集小傳・丙集・朱處士存理》言：

> （朱存理）所著《野航詩集》，楊君謙敘之，今不傳。其文集手稿，余得之於錢允治功甫，錄其詩數章，自元季迄國初，博雅好古之儒，總萃於中吳，南國俞氏、笠澤虞氏、廬山陳氏，書籍金石之富，甲於海內。景天以後，俊民秀才，汲古多藏，繼杜東原、刑蠹齋之後者，則性甫（朱存理）、堯民（朱凱）兩朱先生，其尤也。其他則又有刑量用文、錢同愛孔周、闇起山秀卿、戴冠章甫、趙同魯與哲之流，皆專勤績學，與沈啓南（沈周）、文徵仲、（文徵明）諸公，相頡頏吳中，文獻於斯為盛。百年以來，古學衰落，而老生宿儒、笥經蠹書者，往往有之。吳岫方山，非通人也，聚書逾萬卷。錢穀叔寶，畫史也，與其子允治手鈔書至數千卷。居今之世，後生末學，不復以讀書好古為事，喪亂以後，流風遺書，益蕩然矣。余嘗欲取吳士自俞石澗、王光菴以後，網羅遺佚，都為一編，而吳岫諸人，亦附著焉，庶幾前輩風流，不泯沒於後世，且使吳人尚知有讀書種子在也。錄詩至存理，俛抑感歎，而附志之如此。〔註70〕

從元代至明代初年，博雅好古之士多集中於吳地；景泰、天順年間，文獻之盛況依舊。然而，明代末年，古學式微，僅存藏書、鈔書之人；到了明亡之後，讀書好古者蕩然無存。錢謙益有感於此，便收錄朱存理、朱凱等人之詩，希望藉此仰望前人

〔註69〕同註6，頁802。
〔註70〕同註6，頁303～304。

之風采，而使名得以傳於世；亦使世人想見前人讀書好古之風氣，見賢思齊，起而
效法之。

（4）好節義，排俗詩

《列朝詩集小傳・閨集・女郎周玉簫》言：

> 玉簫一弱女子，好譚古今節義事，常采古列女懿可法佚可戒者，各為詩一
> 篇，比於彤管。其於名姬才女，瑕疵嗤點者，往往嚴酷擊排，比於狗彘。
> 詞雖不及，君子旌其志焉。〔註71〕

錢謙益認為周玉簫之詩雖不佳，然而其身為女流之輩，卻喜愛古今節義之事，選擇
可資效法、借鑑之古代列女事蹟以為詩；且對當時女子作詩之靡者，嚴加指責，錢
謙益認為周玉簫如此的作為值得鼓勵與效法，故加以采錄其詩，使後人得以見其志。

其二則是其人之學問值得表彰、效法，但此輩之詩作不傳於世，故附傳於有詩
作流傳者之後而存其人：〔註72〕

1. 好談經濟、精於三禮

《列朝詩集小傳・丁集中・張布衣名由》言：

> 公路（張名由）同時有張應武茂仁、丘集子成，皆宿學老儒。茂仁好談經
> 濟，以龐德公司馬德操自命，而子成精于三禮，古今郊廟朝祭之禮，指掌
> 畫圖，若能以身出其間，皆歸熙甫（歸有光）之門人，傳道其流風遺書者
> 也，二君詩皆無傳，故附識于此。〔註73〕

張應武談論經濟，丘集熟悉三禮，學問皆有所長，亦可算是歸有光之門生，雖然，
此二人之詩未見流傳，但是對於學問的態度卻值得世人學習，故附傳於張名由之後，
使世人有所效法的對象。

〔註71〕同註6，頁737。
〔註72〕關於《列朝詩集小傳》之附傳類型，有以下十一種：一、血緣（請見附表三）；二、
　　　　師生（請見附表四）；三、夫妻（汪宗孝附傳於孫瑤華之後，同註6，頁760。）；四、
　　　　交游（請見附表五）；五、時代相近（仲山人春龍附傳於謝榛之後，同註6，頁425。
　　　　海岱、實印、妙嚴、際瞻、源際、通洽、如曉附傳於宗乘之後，同註6，頁723～724。）；
　　　　六、選自同一詩集（有玉山草堂餞別寄贈諸詩人、金陵社集諸詩人、白門新社諸詩
　　　　人，同註6，頁31、462、466。）；七、評論（王寅曾評論過張瓛之詩，故張瓛附傳
　　　　於王寅之後，同註6，頁511。）八、正傳主之失（黃惟楫附傳於胡應麟之後，同註
　　　　6，頁447～448。）；九、學問行誼有特別之處（即本文此處所討論的張應武、丘集
　　　　附傳於張名由之後，以及龔方中、唐正雅附傳於鄭胤驥之後。）；十、理論相同（譚
　　　　元春附傳於鍾惺之後，同註6，頁571～572）；十一、其他（錢謙益未清楚交代附傳
　　　　之因，請見附表六）。
〔註73〕同註6，頁512。

2. 能詩好事，博通經史

《列朝詩集小傳・丁集下・鄭秀才胤驥》言：

> 龔方中，字仲和，翩翩佳公子，能詩好事，亦長蘅（李流芳）之友。唐正
> 雅字正叔，長身玉立，博通經史，好學深思之君子也。諸子詩文皆不傳，
> 惜其氏㙛名將泯泯迁斯世也。爲附著焉。〔註74〕

龔方中、唐正雅二人之詩文皆不傳於世，然而，龔方中能詩好事，唐正雅爲博通經史、好學深思之士，二人皆有可取之處，錢謙益對於二人之姓名即將泯沒不存深感惋惜，故附傳於鄭胤驥之後，欲使二人得以流傳於世。

姓　　名	詩作數量	頁　數	姓　　名	詩作數量	頁　數
胡悌	3	84	邵伯宣	1	181
涂守約	2	196	高伯恂	1	196
吳浩	1	197	章闇	1	197
盧彭祖	1	199	張彥倫	1	268
周鉉	1	274	謝貞	1	274～275
王鎰	1	324	林登秀	1	325
汪生民	1	373	余育	2	373
蕭宗	2	396	吳興韓履祥	1	632
無方	1	635	吳僧善誘	1	637
金陵妓朔朝霞	1	664	杭妓周青霞	1	664
程圻	2	673	李詹	1	681
成石磷	1	681	鄭希良	9	681
成侃	2	681	成俔	2	681
釋宏演	1	681	白元恆	1	682
崔應賢	1	682	金訢	1	682
南孝溫	1	682	金宗直	6	682
金淨	5	682	安璲	1	682
崔慶昌	1	682	李秀才	1	683
藍秀才	1	683	尹國馨	1	683
梁亨遇	1	683	崔孤竹	1	683～684
成氏	1	684	俞汝舟妻	3	684
交趾國王	1	685	占城使臣	4	685

〔註74〕同註6，頁585。1681

附表二：縱有小傳也甚為簡略者〔註77〕

姓　　名	詩作數量	頁　　數	姓　　名	詩作數量	頁　　數
吉雅謨	3	40	愛理沙	2	40
吳惟善	2	40	周南	2	48
俞明德	1	59	金翼	1	59
張師賢	1	59	呂恆	1	60
陳雷	1	75	鄭洪	5	82
董佐才	1	82	程煜	2	82
唐琪	2	82	邵臺掾思文	3	82
徐津	2	82	袁舉	2	82
劉原俊	1	83	范立	1	83
束宗耕	2	83	束宗癸	1	83
李曄	3	84	顧亮	1	84
李費	1	84	吳會	7	84
王翊	1	84	游莊	2	84
王中	15	84～85	陳安	3	85
劉廉（或作鐳廉）	1	85	鄭昂	2	85
吳學禮	6	85	徐淮	5	85
沙可學	2	85	趙次誠	3	85
張洙	2	87	盧煥	1	87
馬弓	2	87	錢岳	3	87
方布衣炯	1	87	時大本	1	95
殷徵士弼	1	174	鄭枋	1	190
鄭椸	2	190	曹教授孔章	2	190
陶員外誼	2	193	王敬中	2	193
吳去疾	2	193	周子諒	2	193～194
元宣	2	195	危進	3	196
吳世忠	3	196	谷宏	2	197

〔註77〕《列朝詩集》中縱有小傳也甚為簡略者，共有 168 人。

卞同	2	205	史訓導頤	1	205
沈毅	1	206	潘牧	6	206
田耕	1	206	周衡	1	206
徐良言	1	206	朱友諒	1	212
陳伯康	2	212	鄭布衣迪	1	212
唐庠	2	249	姚綸	3	251
蔡昶	1	256	姚僉事山	1	257
潘子安	1	257	陳秀才韶	2	264
沈翊	1	264	柳溪府君	1	266
祝封君祺	4	266	許穆	2	266
謝常	2	266～267	王秀才越	2	267
孫秀才寧	2	267	談震	2	267
盛篪	1	267	張野	1	267
徐雄	1	267	呂伯剛	1	267
張迪	1	268	時用章	1	268
錢訓導復亨	2	268	周傅	1	268
王汝章	5	268	陳縣丞端	2	271
羅周	2	272	高瓛	1	272
高璧	1	272	朱顯	1	272
張閩縣倬	2	272	丁岳	2	272～273
施敬	11	273	楊子善	2	273
周昉	1	273	楊彝	1	273
逯昶	7	273	朱綝	1	273
彭鏞	1	274	董儒	1	274
黃裳	2	274	徐璲	1	274
金主事誠	2	274	趙不易	2	274
任彪	1	274	李僉事齡	2	274
鍾沔陽順	1	274	謝復	2	275
王揮使清	1	292	謝省	1	321
孫舉人宜	7	367	方廷璽	1	373

王秀才建極	7	281	陳指揮節	1	381～382
朱員外琉	1	396	喬長史	1	404
任御史淳	2	412	胡按察直	3	413
聞人詮	1	413	姚學究咨（或作姚山人咨）	4	420
唐詩	1	420	余文獻	2	422
廖希顏	5	426	侯布政一元	4	438
陸文組	2	485	范如珪	1	485
吳錦	1	485	鄭玄撫	1	485
張儒士金	3	497	田四科	1	497
高爐	1	497	盧大雅	4	622
楚材杞公	1	635	懷海	1	635
志瓊	1	635	仁淑	1	635
觀白	1	635	正淳	1	635
法智	2	635	妙規圓公	1	637
月舟明公	1	637	月菴原公	1	637
月川澄公	1	635	月潭德公	3	645
知證	1	649	錢氏女	1	652
儲氏	1	652	引元	5	653
葉正甫妻劉氏	1	655	李氏大純	3	659
全氏少光	2	659	朱氏德璉	2	659
王女郎	2	659	劉氏苑華	4	659～660
沈憲英	2	661	沈華	2	661
劉雲瓊	2	662	汪宗孝	1	663
王儒卿	1	664	姜舜玉	2	664
張回	1	666	沙宛在	5	666
素帶	2	667～668	輔國中尉器封	8	670
德介氏	1	684	天祥	13	685
大用	1	685	哩嘛哈	1	685

附表三：〔註78〕傳主與附傳之人的關係（血緣）

傳　主	附傳之人	頁　數	傳　主	附傳之人	頁　數
王逢	王掖（長子）	15		康桌（子）	314
	王攝（次子）	15	朱應登	朱訥（父）	342
丁鶴年	吉雅謨（從兄）	18	王韋	王逢元（子）	343
	愛理沙（次兄）	19	蘇祐	蘇濂（長子）	389
	吳惟善（表兄）	19		蘇澹（次子）	389
顧德輝	顧元臣（長子）	27	陸粲	陸采（弟）	396
	顧晉（次子）	27	侯一元	侯一麐（弟）	420
	顧佐（兄之子）	28	李先芳	李同芳（弟）	427
陳秀民	陳雷（子）	41	王世貞	王士騏（長子）	437
王璲	王璉（兄）	166	許轂	許陞（父）	455
郭登	郭鈺（父）	183	阮自華	阮大鋮（從孫）	646
沐昂	沐僖（子）	184	張秉文妻方氏	姚貞婦方氏（妹）	736
	沐璘（孫）	184	沈氏宛君	沈氏宛君 李玉照（弟）	754
瞿佑	瞿士衡（叔祖）	190	葉小鸞	沈媛	756
陳禎	陳裕（弟）	197		周蘭秀	757
李東陽	李兆先（子）	247		沈智瑤（姨）	757
文徵明	文氏二承（孫）	306～307		沈倩君	757
康海	康阜（兄）	313			

附表四：傳主與附傳之人的關係（師生）

傳　主	附傳之人	頁　數	傳　主	附傳之人	頁　數
陳憲章	吳與弼（師）	265～266	蒲菴纏師復公	幻□住公（生）	669
袁中道	雷思霈（生）	569			

〔註78〕附表三、四、五之製成，乃根據（清）錢謙益：《列朝詩集小傳》，收於楊家駱主編，《中國學術名著第二輯·中國文學名著第三集·第二十三冊》（臺北：世界書局，1985年）。

附表五：傳主與附傳之人的關係（交游）

傳　主	附傳之人	頁　數	傳　主	附傳之人	頁　數
方孝孺	魏澤	149	姚咨	唐詩	400
	顧起元	149	王叔承	顧養謙	495～496
岳正	馬軾	182	湯顯祖	李至清	564～565
唐寅	張靈	298			

附表六：傳主與附傳之人的關係（其他）

傳　主	附傳之人	頁　數	傳　主	附傳之人	頁　數
楊維楨	張簡	21	陳勳	董養河	650
袁凱	時大本	73	于嘉	王彥泓	659
盧熊	盧彭祖	126	冰蘗禪師存翁則公	韓履祥	684
沈周	屠瀟	291	龍門完璞琦公	一愚賢公	686
祝允明	王錡	300	王氏鳳嫻	引元	733
屠隆	袁時選	446	鄭婉娥	沈韶	789
何良俊	皇甫子循	451	段氏妖巫女	馮都督	799
葉向高	林堯俞	551	鄭夢周	南袞	802
董應舉	丁起濬	557～558			

第伍章　錢謙益的文學思想

　　「文學批評」一詞在西方，主要是指對實際的文學作品進行分析和評估的活動。但是，往往卻被引伸開來，將作品的分析評價、理論研究、文學論辯的過程和歷史通通包含在內，而使得它與其它文學部門畛域不清。艾略特（E.S.Eliot）以爲「批評應是思想的一個部門」，不能以部分取代全體，不能以文學批評的研究代替整個文學思想的研究。就此來看，文學批評指的是對具體作家、作品進行評價和分析的行爲，而指導實際批評的批評理論則是一種文學思想。〔註1〕

　　羅宗強亦在《隋唐五代文學思想史》引言中提到，他撰寫文學思想史的研究方法，是將文學批評、文學理論主張與文學創作的傾向結合起來考察，以了解文學思想發展的實際情況、在各個時期的主要特點、演變的軌跡，以及它在歷史與理論上的價值。由這段言論中，我們可以這樣理解：所謂的文學思想是包括了文學批評、文學理論與實際創作，此外，文學思想更是這三者的基礎，並且深深影響其發展與變化。〔註2〕

　　若從上述兩種說法加以延伸思考，不僅了解一個時代之文學發展必先從此一時代之文學思想開始進行探討，方可得以認識其全貌外；在認識某一文學批評家、文學理論家或是文學作品時，亦當從其人之文學思想著手進行考察。基於此，爲了闡明錢謙益文學觀念的源流、發展與特色，故本章擬以其文學思想，作爲本章探討的起點。

〔註1〕王文生：〈「詩言志」——中國文學思想的最早綱領〉，《中國文哲研究集刊》第3期，1993年3月，頁209～214。
〔註2〕羅宗強：《隋唐五代文學思想史》（北京：中華書局，1999年），頁1。

第一節　錢謙益文學思想之形成

一、家學淵源

　　研究歷史人物時，除了從其人其書的角度著手外，亦可從其家世的探討，對所欲研究的歷史人物有更進一步地認識。誠如杜維運所認為的，從家世的研究可以窺知某歷史人物的個性所受遺傳的影響，其學術事業的發展，亦可由其列祖列宗的特殊成就，見其淵源。〔註3〕以下則試圖透過對錢謙益家世背景的瞭解，分析錢謙益的家學淵源。關於錢謙益的家世系譜，其所撰寫之《牧齋晚年家乘文》中有甚為詳細之記載。其中〈錢氏譜圖序〉提到：

> 錢氏之譜，肇於武肅王大宗譜。文僖公繼錄為慶系譜，其序曰：錢氏之先，出於少典。少典生黃帝，黃帝生昌意，昌意生顓頊。顓頊生稱，稱生老童，老童生重黎，重黎生吳回，吳回生陸終。陸終生子六人，第三子曰錢鏗，封于彭城，是為商伯，《世本》云彭祖是也。壽八百歲，生子五十四人，第二十八人子孚，為周文王師，官於錢府上士，因去竹而稱錢氏，為受姓之始。自孚凡四十二世至林公，漢平帝元始三年為烏程長。自林公七世生讓公，江東第一代祖也。〔註4〕

又〈族譜後錄上篇〉云：

> 吳越三世五王，傳八十四年。武肅為一世，文穆為二世，忠獻、忠遜、忠懿為三世，文僖公諱惟演，字希聖，忠懿王第六子也。……今吳越錢氏本支，皆祖文僖。〔註5〕

綜上所述，可知錢氏世系可分成兩個階段，第一個階段是由吳越王錢鏐往上的大宗支，從唐以前一直可上溯至遠古的少典、皇帝，到錢鏗受封於彭城，是為受封之祖。至錢鏗第二十八子孚，去竹稱錢氏，乃受姓之祖，其後錢鏐有吳越之地，為立國之祖，錢謙益以為此大宗系可以不論。第二階段則為錢謙益所強調的慶系譜，即北宋錢惟演所續錄大宗以後的譜系，這一階段始於唐末五代十國錢鏐立國於吳越，三世五王傳八十四年，至北宋統一天下，忠懿王錢俶遷至開封，錢惟演為其第六子，吳越錢氏江南本支即以之為祖。後〈族譜後錄下篇〉云：

> 我錢氏渡江以來，八世而分二支。……再世而端仁、端義、端禮三支漸分。

〔註3〕杜維運：《史學方法論》第十一章〈歷史輔助科學〉（臺北：三民書局，1979 年 2 月初版），頁 180。

〔註4〕（清）錢謙益著、（清）錢曾箋注、錢仲聯標校：《錢牧齋全集》柒（上海：上海古籍出版社，2003 年），頁 124。

〔註5〕同上註，頁 132～133。

　　其在浙，則台、越、姚又分。入蒙古而常熟與台、越大分。〔註6〕
錢惟演子暄生景臻，景臻生錢忱，錢忱於南宋之際南渡，賜第浙江天台〔註7〕。錢忱
有三子，端義、端禮子孫皆在浙，而端仁子孫家於常熟，錢謙益遂分台越和海虞兩支。
其中，端仁、端義皆早世，端禮世居台越。端仁雖生三子，但錢符、錢籥皆先祖父錢
忱卒，僅剩錢竿一支，故常熟而下一支之官爵、壽年、葬地，譜皆闕漏。〔註8〕錢忱
五世宗子錢邁之子元孫，號千一公，錢謙益謂其爲海虞始祖，這是由於錢謙益曾考察
宗法，參考國故，「以彭城（錢景臻）當禮之別子，以榮國（錢忱）當繼別之子，而
端仁之子孫，世世爲大宗之宗子。若千一之居常熟，則《禮》所謂異姓公子，由他國
而來。後世子孫，但繼此別子者，其爲百世不遷之宗，又可知也。由元孫已上泝，而
至於端仁。更由端仁已上泝，而至於武肅，水之有源也，木之有本也。」〔註9〕因此，
錢謙益是以錢邁之子錢元孫，接續錢端仁，而奉之爲江南常熟宗祖。

　　錢元孫生錢綺，錢綺生錢渚，錢渚生錢煜，錢煜生錢昌宗，錢昌宗二子，長子
錢鏞爲常熟鹿園錢氏，次子錢琛爲常熟奚甫錢氏。錢琛生五子，第三子錢友義生子
錢竹深，錢竹深生錢泰，錢泰有五子，第三子錢元禎即錢謙益之高祖父，元禎生錢
體仁，是爲其曾祖，錢體仁生錢順時，順時生錢世揚，即爲錢謙益之父，由此可知，
錢謙益當屬常熟奚浦錢氏一支。〔註10〕此乃錢體仁依據慶系譜重修，後由錢謙益加
以續錄之族譜大略。而根據錢謙益的記錄，可整理成下表：

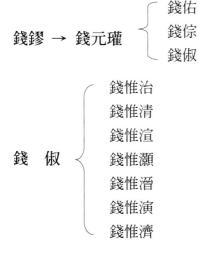

錢鏐 → 錢元瓘｛ 錢佑
　　　　　　錢倧
　　　　　　錢俶

錢　俶｛ 錢惟治
　　　　錢惟清
　　　　錢惟渲
　　　　錢惟灝
　　　　錢惟溍
　　　　錢惟演
　　　　錢惟濟

〔註 6〕同註 4，頁 168～169。
〔註 7〕詳細內容請見〈族譜後錄上篇〉，同註 4，頁 133～137。
〔註 8〕詳細內容請見〈族譜後錄上篇〉，同註 4，頁 137。
〔註 9〕詳細內容請見〈族譜後錄上篇〉，同註 4，頁 131。
〔註10〕詳細內容請見〈族譜後錄上篇〉，同註 4，頁 138～168。

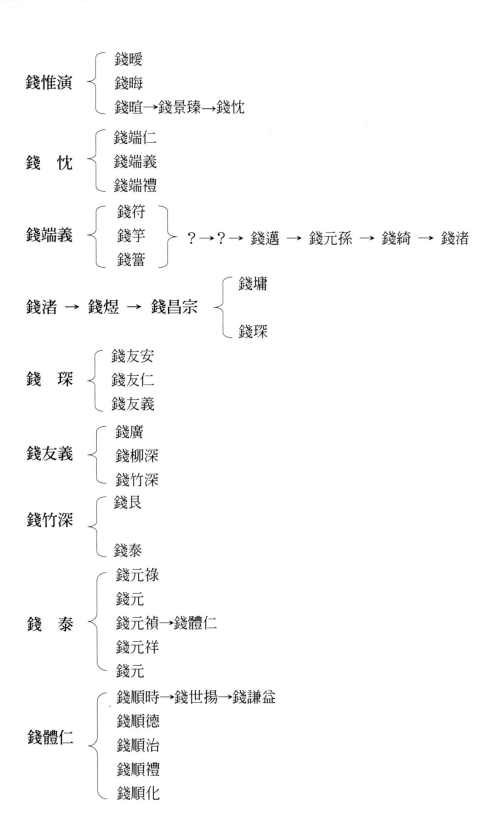

錢謙益於〈請誥命事略〉提到祖父編有《資世文鑰》一事，其謂：

> 先祖倜儻有大志，不屑爲章句小儒，焚膏宿火，講求天文、律曆、河渠、
> 兵、農諸家之學，提綱舉要，薈蕞成書，凡百餘卷，名曰《資世文鑰》，
> 蓋《通典》、《通考》之流亞也。〔註11〕

此書乃祖父錢順時考察天文、律曆、河渠、兵、農等制度的實施加以寫成，錢謙益
盛贊此書並不亞於唐代杜佑《通典》與元代馬端臨《文獻通考》；至於錢謙益的父親
錢世揚則編有《古史談苑》十卷，此書乃其晚年讀史有感之作，且「採刻正史中異
聞奇事，可以聳見聞、資勸戒者」〔註12〕加以成書，旨在「激揚忠孝，指陳修悖，
主于明扶三綱，陰闡六度」〔註13〕，而此書共有旌行、物差、神逮、咫聞四個部分，
錢謙益據以分析：

> 循覽先君子所論次，班、范以前，多採擷《呂覽》、《淮南》及劉向所序諸
> 書，去古未遠，資博而事約。六代以後，蕪文穢史，手自繩削，遂使甲乙
> 之帳簿，與腐爛之邸報，字櫛句篹，比於良史，則先君子陽秋之筆，略見
> 一斑。後有作者，弗可誣已。做之不止，乃成君子，是故勵德業者恆存乎
> 旌行。他山之石，可以攻玉，是故辨貞客者恆存乎物差。善言天者必驗於
> 人，三世之事，信而有徵，君子蓋雅言之，故神逮咫聞終焉。語有之，教
> 之《春秋》，爲之聳善而抑惡焉，以戒勸其心。先君子豈徒託諸空言，其
> 亦《春秋》之志乎？〔註14〕

錢謙益認爲父親編《古史談苑》一書，當是認爲魏晉南北朝之前，史書仍有可觀者，
但魏晉南北朝之後，史書則無可觀者，遂加以整理，並希望藉由此書以宣揚善惡之
理，進而使人心有所警惕，故旌行、物差、神逮與咫聞等，各有所託，足見其關懷
之所在，因此錢謙益認爲父親此書實寓有《春秋》之志，確爲中肯之論。錢世揚在
重病臨死之前，特地親自將書交給錢謙益，並說「此宋人之遺弓也。吾死，無忘吾
所爲殫瘁矣」〔註15〕，希望錢謙益能將此書發揚光大，其深切之期望溢於言表。從
二人著書的動機與目的而言，皆期望透過史書的編纂能對現實的政治環境有所助
益；若以此來看錢謙益編纂《列朝詩集》的動機與目的時，可以發現到有類似的用

〔註11〕（清）錢謙益著、（清）錢曾箋注、錢仲聯標校：《錢牧齋全集》參（上海：上海古
　　　　籍出版社，2003 年），頁 1634。
〔註12〕（清）錢謙益著、（清）錢曾箋注、錢仲聯標校：《錢牧齋全集》陸（上海：上海古
　　　　籍出版社，2003 年），頁 1493。
〔註13〕同上註，頁 1493。
〔註14〕同註 11，頁 1637。
〔註15〕同註 11，頁 1637。

心，錢謙益希望經由此書能指陳當時的文學弊端，據此進一步提出具體的看法。

此外，錢謙益的父親錢世揚，也是教授胡安國《春秋傳》的專家，且名聞一時。〈請誥命事略〉提及：「先君諱世揚，年十二三，能闇記五經、《史記》、《文選》，凡百餘萬言。世授胡氏（胡安國）《春秋》，收拾旁魄，搜逖疑互，既成，以授學者。學者咸師尊之，從而執經考疑者繼於門。」〔註16〕錢謙益為《春秋匡解》作序時，云：「余為兒時，受《春秋》於先夫子。先夫子授以《春秋匡解》一編。」〔註17〕在明代，胡安國所撰之《春秋傳》乃為科舉考試所必讀之書，《欽定四庫全書總目》曰：「明初定科舉之制，大略承元舊式，宗法程、朱，而程子《春秋傳》僅成二卷，闕略太甚，朱子亦無成書。以安國之學出程氏，張洽之學出朱氏，故《春秋》定用二家。蓋重其淵源，不必定以其書也。後洽《傳》漸不行用，遂獨用安國書，漸乃棄經不讀，惟以安國之《傳》為主。當時所謂經義者，實安國之《傳》義而已。故有明一代，《春秋》之學為最弊。」〔註18〕錢謙益自幼跟隨父親錢世揚學習胡安國所傳之《春秋》，起初並不瞭解其中所含之意義，僅懂得句讀，年長後才明白此書實為科舉考試時，發表國家政策意見的重要參考書籍，故〈與嚴開正書〉謂：「僕家世授《春秋》，兒時習胡（胡安國）《傳》，粗通句讀則已，多所擬議，而未敢明言。長而探究源委，知其為經筵進講，箴砭國論之書。」〔註19〕胡安國的《春秋傳》在當時往往被士人視為晉身仕宦的工具，但是，錢謙益認為此書的價值應當為其中所蘊含的義理，而非僅限於考上科舉的手段，故感嘆道：「所最可惜者，本是通經著述之書，卻言為舉業而作。」〔註20〕由此可見其對經學的重視。

二、師友影響

明熹宗時，閹黨與東林黨互相較勁，宦官魏忠賢更於天啟五年（1625）十二月，頒布東林黨人榜，謂「生者削籍，死者追奪，已經削奪者禁錮」〔註21〕榜中所載人物可以發現錢謙益名列其中；顧苓於《東澗遺老錢公別傳》中認為「東林以國本為

〔註16〕同註11，頁1635。

〔註17〕（清）錢謙益著、（清）錢曾箋注、錢仲聯標校：《錢牧齋全集》貳（上海：上海古籍出版社，2003年），頁876。

〔註18〕四庫全書研究所整理：《欽定四庫全書總目》（整理本）（北京：中華書局，1997年1月），頁345。

〔註19〕同註12，頁1316。

〔註20〕同註12，頁1318。

〔註21〕詳細內容請見周駿富輯，《明代傳記叢刊·學林類3》（臺北：明文書局，1991年），頁22。

終始，而公（錢謙益）與東林爲終始者也。」〔註22〕所謂「東林」可以分成學術與政治二個層面來看：在政治的層面，錢謙益是東林黨的成員之一；在學術的層面，錢謙益的學術思想淵源可溯及東林學派。於此暫且不論錢謙益在政治的層面上與東林黨的關係，試著從錢謙益在學術思想上與東林學派是如何產生關聯加以考察。錢謙益於〈顧母王夫人壽序〉說：

> 光祿（顧憲成）未第時，與予先君友善。余兒時從先君造門，光祿呼爲小友，拜夫人堂下。〔註23〕

又於〈顧端文公淑人朱氏墓誌銘〉提到：

> 余年十五，從先夫子以見於端文（顧憲成），端文命二子與淳、與沐與之游。〔註24〕

錢世揚與顧憲成友好，錢謙益自幼便跟隨父親拜訪過顧憲成，並與顧憲成之子交游，錢、顧二家除朋友之誼外，錢謙益更以尊師之禮對待顧憲成，其謂：

> 公初以吏部郎里居，余幼從先夫子省謁，凝塵蔽席，藥囊書籤，錯互几案，秀羸善病人也。已而侍公於講席，衷衣緩帶，息深而視下，醇然有道者也。
> 〔註25〕

錢謙益視顧憲成爲「醇然有道者」，其敬重顧憲成，由此可見一斑。

當時的文人儒士多認爲晚明的學術環境充斥著空談心性與不務實學，針對這樣的現象，顧憲成於〈東林會約〉提出「尊經」，認爲：

> 尊經云何？經，常道也。孔子表章六籍，程朱表章四書，凡以昭往示來，維世教，覺人心，爲天下留此常道也。〔註26〕

面對空疏不實的學術風氣，錢謙益也認爲應當從「反經」入手挽救，其所謂的「反經」正是返回、回歸古代經典之意，故云：

> 今誠欲回挽風氣，甄別流品，孤撐獨樹，定千秋不朽之業，則惟有反經而已矣。〔註27〕

又說：

〔註22〕顧苓：《東澗遺老錢公別傳》，收於北京圖書館編，《北京圖書館藏珍本年譜叢刊》第64冊（北京：北京圖書館，1999年），頁665。
〔註23〕同註17，頁1046～1047。
〔註24〕同註17，頁1457。
〔註25〕同註12，頁901～902。
〔註26〕詳細內容請見（清）高攀等輯，《東林書院志》卷二，收於《續修四庫全書》編纂委員會：《續修四庫全書》721史部地理類（上海：上海古籍出版社，1995年），頁35。
〔註27〕同註12，頁1314。

誠欲正人心，必自反經始。誠欲反經，必自正經學始。〔註28〕

從如何改革學術流弊的觀點來看，二人的想法是一致的，皆認為經學才是正本清源之道。無論是家學或師承，皆可看出何以錢謙益日後如此重視經學的原因。

學詩之初，錢謙益所取法的對象，可從〈虞山詩約序〉中看出，其謂：

余少而詩，沉浮於俗學之中，懵無適從。已而扣擊世之作者，而少有聞焉。於是盡發其囊所誦讀之書，泝洄《風》、《騷》，下上唐、宋，回翔於金、元、本朝，然後喟然而嘆，始知詩之不以苟作，而作者之門仞奧窔，未可以膚心末學，跂而及之也。〔註29〕

錢謙益感嘆自己少不更事，「沉浮於俗學之中」，並且不了解前人詩作的可貴之處；然而，這情形在錢謙益閱讀、比較〈國風〉、〈離騷〉、唐、宋、金、元以及本朝詩人所作之詩後則有所改觀，藉由大量、廣泛的閱讀，終於領會到詩人作詩是需要投注許多心力，並不是模擬仿效古人的詩作就可以輕而易舉做到的。另一方面，在古文的學習上，少年時期的錢謙益十分喜好李夢陽、王世貞的著作，〈答山陰徐伯調書〉云：

僕年十六七時，已好陵獵為古文。空同、弇山二集，瀾翻背誦，暗中摸索，能了知某行某紙。搖筆自喜，欲與驅駕，以為若己若也。〔註30〕

錢謙益學習古文是從李夢陽、王世貞二人的文章入手，且認為當今之世，沒有人可以像自己一樣作出與二人水準相同的文章，故引以為傲、沾沾自喜。但是，這樣的想法，在錢謙益認識李流芳之後，產生了些微的變化，其謂：

為舉子，偕李長蘅上公車，長蘅見其所作，輒笑曰：「子他日當為李、王輩流。」僕駭曰：「李、王而外，尚有文章乎？」長蘅為言唐、宋大家，與俗學迥別，而略指其所以然。僕為之心動，語未竟而散去。〔註31〕

李流芳看過錢謙益的創作後，嘲諷錢謙益追隨李、王之俗學，錢謙益始驚訝當世之文章，除此二人之外，還有其他更值得學習的嗎？李流芳便為之說明唐宋學派之大略，勸導錢謙益當拋棄俗學，效法唐宋學派，這裡所謂的「俗學」，指的當是李夢陽、王世貞之文學主張。〈答杜蒼略論文書〉提到：

僕狂易愚魯，少而失學，一困于程文帖括之拘牽，一誤于王、李俗學之沿襲，尋行數墨，倀倀如瞽人拍肩。〔註32〕

〔註28〕同註12，頁851。
〔註29〕同註12，頁922～923。
〔註30〕同註12，頁1347。
〔註31〕同註12，頁1347。
〔註32〕同註12，頁1306。

錢謙益認爲自己從少年時期做錯了兩件事情：其一是爲了參加科舉考試而鑽研八股文；其二便是學習王世貞、李攀龍等之作品。因此，我們可以推測此處所謂的「俗學」，指的便是王世貞、李攀龍所承襲前七子的復古主張。無論是從詩或古文的方面來看，透過錢謙益對自己學習過程的反思，以及友人的提醒，錢謙益於少年時期從事文學創作時的學習對象，概括而言即是「俗學」。經由以上的分析，可以歸納「俗學」一詞乃是用以稱呼前後七子以復古爲口號所提出的文學主張。

　　但是，錢謙益是從何時開始體悟到自己所效法的對象並非是正確的選擇？其謂：

> 年近四十，始得二三遺民老學，得聞先輩之緒論，與夫古人詩文之指意、學問之原本，乃始豁然悔悟，如推睡睡于夢囈之中，不覺流汗浹背。〔註33〕

在錢謙益快四十歲之際，由於認識到二三遺民之老學，因此得以聽聞前輩之言論，故幡然改轍。此外，〈讀宋玉叔文集題辭〉也談到這個問題，自言：

> 長而讀歸熙甫之文，謂有一二妄庸人爲之巨子，而練川二三長者，流傳熙甫之緒言。〔註34〕

對照上述兩段引文，可以發現「二三遺民老學」也就是「練川二三長者」，而「先輩之緒論」即爲「熙甫之緒言」。由於嘉定縣南方有練祈塘，因此嘉定又稱練川，故練川二三長者即爲嘉定四君子，從前文可知，錢謙益透過李流芳，擴大其對明代文學的認識，也因爲李流芳，錢謙益得以結織婁堅、唐時升、程嘉燧等人，〈張子石六十壽序〉云：

> 因長蘅得交婁丈子柔、唐丈叔達、程兄孟陽，師資學問，儼然典型，而孟陽遂與余耦耕結隱，衰晚因依。〔註35〕

由於李、婁、唐、程四人的創作活動主要在嘉定（今屬上海），故被稱爲嘉定四君子，而其中對錢謙益影響最大且爲錢謙益所推崇的是程嘉燧，〈復遵工書〉云：

> 中年奉教孟陽諸老，始知改轍易向。孟陽論詩，自初、盛唐及錢、劉、元、白諸家，無不析骨刻髓，尚未能及六朝以上，晚始放而之劍川、遺山。余之津涉，實與之相上下。〔註36〕

由於嘉定學說多出於歸有光之門，〈金爾宗詁翼堂詩草序〉云：

〔註33〕同註12，頁1306。

〔註34〕同註12，頁1588。

〔註35〕（清）錢謙益著、（清）錢曾箋注、錢仲聯標校：《錢牧齋全集》伍（上海：上海古籍出版社，2003年），頁929。

〔註36〕同註12，頁1359。

嘉定爲吳下邑，僻處東海，其地多老師宿儒，出於歸太僕之門，傳習其緒
論。其士大夫相與課《詩》、《書》，敦名行，父兄之訓誨，師友之提命，
咸以謏聞寡學，叛道背德爲可恥。〔註37〕

錢謙益便透過與嘉定四君子交游，始得以聽聞歸有光之學說。〈嘉定四君子集序〉云：

嘉定四君子集者，嘉定令四明謝君所刻唐叔達、婁子柔、程孟陽、李長蘅
之詩文也。嘉靖之際，吾吳王司寇以文章自豪，祖漢禰唐，傾動海內。而
崑山歸熙甫昌言排之，所謂一二妄庸人爲之巨子者也。……熙甫既沒，其
高第弟子多在嘉定，猶能守其師說，講誦于荒江寂寞之濱。四君子生于其
鄉，熟聞其師友緒論，相與服習而討論之。……熙甫之流風遺書，久而彌
著，則四君之力，不可誣也。〔註38〕

明弘治年間，李夢陽「倡言文必秦漢，詩必盛唐」〔註39〕，成爲當時文壇之所趨，
此後，王世貞承李夢陽主張，成爲嘉靖年間的文壇盟主。歸有光對當時文壇上所盛
行的復古之風，深表不以爲然，〈項堯思文集序〉云：

蓋今世之所謂文者，難言矣。未始爲古人之學而苟得一二妄庸人爲之巨
子，爭附和之，以詆誹前人。〔註40〕

「一二妄庸人」指的即是李攀龍、王世貞，當時文人不明古人爲文之理，只見二人
聲勢如日中天，便爭相入其門下，《明史・王世貞傳》說：「才最高，地望最顯，聲
華意氣籠蓋海內。一時士大夫及山人、詞客、衲子、羽流莫不奔走門下。片言褒賞，
聲價驟起。」〔註41〕對此，歸有光以爲文學並不牽涉到權勢或聲望，而是關乎自己
本然的個性，且認爲文章要禁得起不同時代的考驗才可突顯出其價值所在，無須期
盼憑藉他人權勢聲望而提高自己，更無須爲了增加自己的地位而沒來由地攻擊他人
的文章，故其謂：

文章，天地之元氣，得之者，其氣直與天地同流。雖彼其權，足以榮辱毀
譽其人，而能以與于吾文章之事，而爲文章者，亦不能自制其榮辱毀譽之
權于己，兩者背戾而不一也，久矣。〔註42〕

〔註37〕 同註35，頁775。

〔註38〕 同註12，頁921。

〔註39〕 詳細內容請見（清）張廷玉：《明史・卷二百八十六・列傳一百七十四・文苑二・李
夢陽傳》（臺北：中華書局，1971年），頁7348。

〔註40〕 （明）歸有光：《歸震川集》，收於楊家駱主編，《中國學術名著・文學名著第三集・
第十三冊》（臺北：世界書局，1960年），頁12。

〔註41〕 同註39，〈卷二百八十七・列傳一百七十五・文苑三・王世貞傳〉，頁7381。

〔註42〕 同註40。

歸有光這樣的言論，一方面不僅對明代身兼朝廷大臣與文壇領袖的王世貞提出了嚴重的質疑與挑戰；另一方面也是告誡時人盲目地跟隨別人的腳步，或是別人的一句讚美之詞未必能使自己的名聲、作品留名青史，傳誦千古，重要的是作品中是否流露出自己真切的情感。除此之外，歸有光認為以王世貞為首的後七子，雖明言主張「文必秦漢」，然而事實上卻只是「以琢句為工」、「剽竊齊梁之餘」，而導致模擬剽竊，〈與沈敬甫〉便云：

> 今世相尚以琢句為工，自謂欲追秦漢，然不過剽竊齊梁之餘，而海內宗之，翕然成風，可謂悼歎耳。區區里巷童子，強作解事者，此誠何足辨也。〔註43〕

歸有光既然不滿意後七子的文學主張，那他自己又提出什麼樣的看法呢？〈雍里先生文集序〉云：

> 以為文者，道之所形也。道形而為文，其言適與道稱。謂之曰其旨遠，其辭文，曲而中，肆而隱，是雖累千萬言，皆非所謂出乎形，而多方駢枝於五臟之情者也。〔註44〕

歸有光認為文學是道的具體表現，這裡所謂的「道」，指的是人對世間萬物的所有一切投注關懷，故其謂：「文字又是無本源，胸中盡有，不待安排。」〔註45〕，又說：「文者，道事實而已。」〔註46〕因此，歸有光認為情乃是文學的本源，而創作文學時所最為重要的就是內容應當言之有物且充滿感情。

　　由以上可知，李流芳實為錢謙益與婁堅、唐時升、程嘉燧相識的一個關鍵人物，同時也是錢謙益認識歸有光學說的一個橋樑。藉由李流芳的提點，錢謙益開始思索自己在文學上的定位，這時候的錢謙益尚未決定自己的方向，究竟是誰使錢謙益下定決心的呢？錢謙益自言道：

> 午、未間，客從臨川來，湯若士（湯顯祖）寄聲相勉曰：「本朝文，自空同已降，皆閩之輿臺也。古文自有真，且從宋金華（宋濂）著眼。」自是而指歸大定。〔註47〕

明神宗萬曆四十六、四十七年間，湯顯祖託人傳話，告訴錢謙益明代的文章之所以愈來愈糟，李夢陽要負起很大的責任，勉勵錢謙益如果要學習真正的古文，應當從

〔註43〕同註40，頁457。
〔註44〕同註40，頁14～15。
〔註45〕同註40，頁455。
〔註46〕同註40，頁174。
〔註47〕同註12。

宋濂入手，而非李夢陽。湯顯祖在其著名的劇曲〈牡丹亭〉中，刻劃情之於人的意義，劇中主人翁杜麗娘因情而死，又因情而生，雖然我們都明白人死不能復生，但是在湯顯祖的思考邏輯裡，認爲情是一種信念，也是一種力量，所以縱使我們的至親好友、人生伴侶與世長辭，但是他們的一顰一笑、一舉一動仍會存在於我們心中，永難抹滅，這就是湯顯祖所欲表達「有情則雖死猶生」的眞諦所在。而在作品中表現出作者的眞性情，這一點不僅是湯顯祖創作的特色，也是他對文學所抱持的看法，〈答呂姜山〉云：

> 凡文以意趣神色爲主。四者到時，或有麗詞俊音可用，時能一一顧九宮四聲否？如必按字模聲，即有窒礙迸拽之苦，恐不能成句矣。〔註48〕

如果依照格律的要求會使作品的情感無法流暢地表達，湯顯祖認爲他寧願違反格律，也不願更動字句而破壞作品的情感。因此，他對於格律的看法是：

> 不佞生非吳越通，智意短陋，加之舉業之耗，道學之牽，不得一意橫絕流暢於文賦律呂之事。獨以單慧涉獵，妄意記誦操作。層積有窺，如暗中索路，闖入堂序，忽然雷光得自轉折，始知上自葛天，下至胡元，皆是歌曲。曲者，句字轉聲而已。葛天短而胡元長，時勢使然。總之，偶方奇圓，節數隨異。四六之言，二字而節，五言三，七言四，歌詩自然而然。乃至唱曲，三言四言，一字一節，故爲緩音，以舒上下長句，使然而自然也。〔註49〕

湯顯祖認爲「上自葛天，下自胡元，皆是歌曲」，每個人表達心聲的方式各有不同，怎可以某一類型的歌曲做爲規矩以限制各種不同情感的表達，因此他強調「自然而然」，讓作者對於自己的作品有完完全全的自主權，而得以盡情地揮灑。由於湯顯祖強調眞性情的表達，也強調作者個性的展現，所以對於當時所耳熟能詳的「文必秦漢，詩必盛唐」的文學主張表示出反對的意見，湯顯祖在〈答王澹生〉中寫道：

> 弟少年無識，嘗與友人論文，以爲漢宋文章，各極其趣者，非可易而學也。學宋文不成，不失類鶩；學漢文不成，不止不成虎也。因於敝鄉帥膳郎舍論李獻吉，於歷城趙儀郎舍論李于鱗，於金壇鄧孺孝館中論元美，各標其文賦中用事出處，及增減漢史唐詩字面處，見此道神情聲色，已盡於昔人，今人更無可雄。妙看稱能而已。〔註50〕

湯顯祖認爲時人所作的文章多半是在前人的詩文上加以增減字句，這樣不僅無法表

〔註48〕（明）湯顯祖：《湯顯祖集》（臺北：洪氏出版社，1975年），頁1337。
〔註49〕同上註，頁1345。
〔註50〕同註48，頁1234。

現出前人詩文中的「神情聲色」，更遑論與前人的成就相提並論。因此，他指出：「文章之妙不在步趨神似之間。自然靈氣，恍惚而來，不思而至。怪怪奇奇，莫可名狀。非物尋常得以合之。」〔註51〕至妙的文章來自作者的自然靈氣，這種自然靈氣是無法經由學習他人的作品而得到，完全要仰賴自己的性情修養，若看待世間有情萬物毫無所感，也就無法創作出至妙的文章。

　　由於受到湯顯祖的鼓勵，錢謙益確定了自己在文學上所要努力的方向，故自云「自是而指歸大定」。但是，錢謙益所要努力的方向是什麼？錢謙益感嘆：

> 自嘉靖末年，王、李盛行，熙甫遂為所淹沒。萬曆中，臨川能訟言之，而窮老不能大振。僕以孤生謏聞，建立通經汲古之說，以排擊俗學，海內驚噪，以為希有，而不知其郵傳古昔，非敢創獲以譁世也。〔註52〕

嘉靖末年，歸有光雖起而抵抗文壇上所盛行王世貞、李攀龍之主張，但是成效不彰；萬曆中期，湯顯祖也同樣地加以批評，卻心有餘而力不足，面對這樣的景況，激發錢謙益「建立通經汲古之說，以排擊俗學」的想法，所謂「通經汲古之說」，乃思以六經為中心的古籍，從這些古籍中加以反省、檢討，進而以此批評當時的文壇。錢謙益之所以會提出這樣的看法，認為問題癥結是在於文人的學問。錢謙益於〈頤志堂記〉中曾感嘆道：

> 今之學者，陳腐于理學，膚陋于應舉，汩沒錮蔽於近代之漢文唐詩，當古學三變之後，茫然不知經經緯史之學，何處下手。〔註53〕

「古學三變」是錢謙益將明代學術的演變分為三個時期，他說：

> 自儒林道學之歧分，而經義帖括之業盛，經術之傳，漫非古昔。然而勝國國初之儒者，其舊學猶在，而先民之流風餘韻未泯也。正、嘉以還，以剿襲傳訛相師，而士以通經為迂。萬曆之季，以繆妄無稽相誇，而士以讀書為諱。馴至于今，俗學晦蒙，繆種膠結，胥天下為夷言鬼語，而不知其所從來。〔註54〕

歷經國初、正嘉與萬曆以後這三個時期，明代學風每況愈下，錢謙益歸結其中原因認為明代文人學問之弊皆導因於理學的空疏及八股文的盛行。錢謙益在〈賴古堂文選序〉便進一步分析當時由於不明「經經緯史之學」所犯下的錯誤，首先是在經學方面，其謂：「經學之繆三：一曰解經之繆，以臆見考《詩》、《書》，以杜撰竄三《傳》，

〔註51〕同註48，頁1078。
〔註52〕同註12。
〔註53〕同註12，頁1115～1116。
〔註54〕同註12，〈蘇州府重修學志序〉，頁853。

鑿空瞽說，則會稽季氏本爲之魁；二曰亂經之繆，石經托之賈逵，詩傳儗諸子貢，矯誣亂眞，則四明豐氏坊爲之魁；三曰侮經之繆，訶《虞書》爲俳偶，摘《雅》、《頌》爲重複，非聖無法，則餘姚孫氏纜爲之魁。」〔註55〕其次是在史學方面，其謂：「史學之繆三：一曰讀史之繆，目學耳食，踵溫陵卓吾之論，而漫無折衷者是也；二曰集史之繆，攘遺捨潘，昉毘陵荊川之集錄，而茫無鉤貫者是也；三曰作史之繆，不立長編，不起凡例，不諳典要，腐于南城《皇明書》，蕪于南潯《大政書》，蹐駁于晉江《名山藏》，以至于盲瞽僭亂，螽生而蝸鳴者皆是也。」〔註56〕有鑑於此，錢謙益於〈汲古閣毛氏新刻十七史序〉中認爲經與史的關係爲：

> 經猶權也，史則衡之有輕重也。經猶度也，史則尺之有長短也。古者六經
> 之學，專門名家，各守師說，聖賢之微言大義，綱舉目張，肌劈理解，權
> 衡尺度，鑿鑿乎指定於胸中，然後出而從事於史，三才之高下，百世之往
> 復，分齊其輕重長短，取裁於吾之權度，累黍杪忽，罄無不宜，而後可以
> 明體達，爲通天地人之大儒。〔註57〕

在先秦，史學附屬於經學之下，直到漢代，司馬遷作《史記》、班固作《漢書》，二人開創了史書的體例後，史便漸漸從經學中獨立出來。縱使史學脫離經學而存在，這並不代表史學與經學自此就毫無瓜葛，錢謙益認爲：「六經，史之宗統也。六經之中皆有史，不獨《春秋》三傳也。六經降而爲二史，班、馬，其史中之經乎。」因此，在錢謙益的認知裡，不僅強調宗經，更認爲經與史當互爲表裡，強調經與史同等重要。

錢謙益於〈袁祈年字田祖說〉中提到：

> 三百篇，詩之祖也；屈子，繼別之宗也；漢、魏、三唐以迨宋、元諸家，
> 繼禰之小宗也。六經，文之祖也；左氏、司馬氏，繼別之宗也；韓、柳、
> 歐陽、蘇氏以迨勝國諸家，繼禰之小宗也。古之人所以馳騁於文章，枝分
> 流別，殊途而同歸者，亦曰各本其祖而已矣。〔註58〕

詩之祖是《詩經》，而散文之祖則爲六經，因此，古人所作之作品內容雖然各有差異，但是仍對國家社會起著相同的作用，這都是因爲他們秉持著六經的精神。但是，這些道理卻不爲時人所知曉，錢謙益指出：

> 今之爲文者，有兩人焉，其一人曰：必秦必漢必唐，舍是無祖也。是以人

〔註55〕同註35，頁768。
〔註56〕同註35，頁768。
〔註57〕同註35，頁679～680。
〔註58〕同註11，頁826。

之祖禰而祭於己之寢也。其一人曰：何必秦？何必漢與唐？自我作古。是
被髮而祭於野也。此兩人者，其持論不同，皆可謂不識其祖者也。夫欲求
識其祖者，豈有他哉？六經其壇墠也；屈、宋以下之書，其譜牒也。尊祖
敬宗收族，等而上之，亦在乎反而求之而已。〔註59〕

前後七子申明「文必秦漢，詩必盛唐」的主張，卻不知道追溯源流，而自以為是；
至於鍾惺、譚元春之輩雖然反對前後七子，但是根本不明白文學自古以來有其典範
可資效法。錢謙益認為縱使兩者之論點針鋒相對，然就其行徑而言，皆可說是不識
文學之祖。因此，為了挽救兩者所造成的弊病，只能「反而求之」，從認識六經開始，
此即其提出「通經汲古之說」的用心所在。

第二節　錢謙益文學思想之內涵

一、詩學主張

錢謙益於〈題杜蒼略自評詩文〉提出：

夫詩文之道，萌折于靈心，蟄啓于世運，而茁長于學問。三者相值，如燈
之有炷有油有火，而焰發焉。〔註60〕

錢謙益以燈因為具備了炷、油、火這三個條件，才得以產生熊熊火焰的道理來說明
創作詩文之道，認為世運就如同燈炷，學問則宛如燈油，至於靈心便是使火焰燃燒
的火；創作詩文時，如果同時具備了世運、學問、靈心這三個條件，必然有名傳千
古的佳作出現，以下則分別討論之。

（一）靈　心

所謂的「靈心」指的乃是詩人的性情，錢謙益於〈胡致果詩序〉中說：

其徵兆在性情，在學問，而其根柢則在乎天地運世，陰陽剝復之幾微。〔註
61〕

因此，錢謙益強調詩作中要表現出詩人的性情，〈題顧與治偶存稿〉云：

詩之為物，陶冶性情，標舉興會，鏗然如朱弦玉磬，悽然如焦桐孤竹，惟
其所觸，而詩出焉。〔註62〕

詩作的誕生即是在陶冶詩人的性情以及外在事物之所觸發詩人內在情感的反映。錢

〔註59〕同註11，頁826～827。
〔註60〕同註11，頁1594。
〔註61〕同註35，頁801。
〔註62〕同註11，頁1812。

謙益於〈王元昭集序〉中進一步舉出實例,加以說明:

> 古之作者,本性情,導志意,讕言長語,客嘲僮約,無往而非文也。塗歌
> 巷舂,春愁秋怨,無往而非詩也。〔註63〕

古之作者皆本於性情,隨著志意的引導,而爲文作詩。且於〈嚴印持廢翁詩稿序〉
談到:

> 作爲歌詩,往往原本性情,鋪陳理道,諷諭以警世,而託寄以自廣,若釋
> 然于功名身世之際。〔註64〕

詩人根據各自的性情,而創作出不同的詩作,或講述道理,或諷諭時事以警告世人,
或寄託個人之懷抱。所以,錢謙益反覆強調性情是詩人創作的根本,其用意即在申
明詩的本質之一便是抒情。

關於詩的本質,《尚書·堯典》中記載到:

> 帝曰:「夔!命汝典樂,教胄子。直而溫,寬而栗,剛而無虐,簡而無傲。
> 詩言志,歌永言,聲依永,律和聲;八音克諧,無相奪倫;神人以和。」
> 〔註65〕

「詩言志」並不是獨立看待的,而是被放入樂的領域裡一併討論。由於樂可以陶
冶人的性情,使人具有「直」、「溫」、「寬」、「栗」、「剛」、「無虐」、「簡」、「無傲」
諸德行,因此具有教育的意義,「詩言志」就在此一前提底下,同樣具有教育的況
味。〔註66〕然而,西晉陸機於〈文賦〉提出「詩緣情」的理論觀點後,「詩言志」
的理論觀點便受到了質疑。雖然,陸機並非有意在「言志」之外另立一個「緣情」
的理論,也無意用「緣情」取代「言志」,其本意僅在闡述各種不同文體的特色,
其謂:

> 體有萬殊,物無一量。……詩緣情而綺靡,賦體物而瀏亮。碑披文以相質,
> 誄纏綿而悽愴。銘博約而溫潤,箴頓挫而清壯。頌優遊以彬蔚,論精微而
> 朗暢。奏平徹以閒雅,說煒曄而譎誑。〔註67〕

陸機以爲詩的特色在於抒發人內心的感情,由於感情是微妙且不易形容的,因此詩

〔註63〕同註12,頁932。

〔註64〕同註12,頁951。

〔註65〕(漢)孔安國傳(唐)孔穎達等正義:《尚書正義》(臺北:藝文印書館,1960年),
頁46。

〔註66〕曾守正:〈孔孟說詩活動中的言志思想〉,《鵝湖月刊》第25卷第6期,1999年12
月,頁5。

〔註67〕(梁)蕭統撰(唐)李善注:《昭明文選》上(臺北:河洛出版社,1975年),頁351
～352。

所用以表達的文辭便需講求綺麗精細。但是，陸機在揭示詩的抒情特質之際，也啓發後世對詩此一文體的認識，因而開始了「詩言志」與「詩緣情」的爭論。錢謙益雖然重視詩的本質是抒情，並不意味著他反對「詩言志」，〈徐元歎詩序〉云：

> 《書》不云乎：「詩言志，歌永言。」詩不本於言志，非詩也。歌不足以永言，非歌也。宣己諭物，言志之方也。文從字順，永言之則也。寧質而無佻；寧正而無傾；寧貧而無儳；寧弱而無剽。〔註68〕

他認同《尚書‧堯典》中「詩言志」的論點，認爲詩、歌的創作起源於言志、永言，若以此作爲準則，在文字上，寧可質樸而不願輕佻；在立論上，寧可正直而沒有偏私；在內容上，寧可貧乏也不願大肆堆疊；在風格上，寧可顯得單薄也不至於剽竊。只是錢謙益認爲詩作的產生應當不僅限於政治教化，在〈范璽卿詩集序〉中，其謂：

> 詩者，志之所之也。陶冶性靈，流連景物，各言其所欲言者而已。如人之有眉目焉，或清或揚，或深而秀，分寸之間，而標置各異，豈可以比而同之也哉？〔註69〕

詩是詩人各自抒發自己所想要說的話，無論是內心的主觀感受，亦或是外在的客觀景物，皆可以寄託於詩來表現。因此，每個人的詩都呈現出不同的特色，就像每個人的眼神一樣，有的清澈而明亮，有的深邃而娟秀，於分寸之間，互有差異，無法等同而視之。除了「志」與「情」外，錢謙益於〈題燕市酒人篇〉又進一步提出「氣」的發動，其謂：

> 詩言志，志足而情生焉，情萌而氣動焉，如土膏之發，如候蟲之鳴，歡欣噍殺，紆緩促數，窮于時，迫于境，旁薄曲折，而不知其使然者，古今之眞詩也。〔註70〕

錢謙益以爲古今足以稱得上是眞詩的作品，其內容必然包含有三個要素：志、情、氣。當情感充滿於胸中，又加上與外在事物的接觸，便會興起創作的念頭，也就因此產生流動的文氣。這就像是幻苗從土壤中鑽出，生長速度隨著環境的變遷而或快或慢；或像是秋蟬在樹上發出聲響，節奏起伏順應著氣候的變化而或急或徐，不是刻意經營，就自然而然地發生了。

除此之外，錢謙益根據詩人的天分，將詩人分爲六種，〈梅村先生詩集序〉曰：

> 以爲詩之道，有不學而能者，有學而不能者，有可學而能者，有可學而不可能者，有學而愈能者，有愈學而愈不能者。有天工焉，有人事焉。知其

〔註68〕同註12，頁924～925。
〔註69〕同註12，頁910。
〔註70〕同註11，頁1550～1551。

所以然，而詩可以幾而學也。〔註71〕

在其分類中，「不學而能者」、「可學而能者」、「學而愈能者」，都算得上是有詩才；相反地，「學而不能者」、「可學而不可能者」、「愈學而愈不能者」，則不可算是有詩才。照其將詩人分類的概念來看，錢謙益認爲天分的高下，是決定詩人能否創作的重要關鍵，這一點在〈梅杓司詩序〉也進一步提到：

> 夫詩之爲道，駢枝儷葉，取材落實，鋪陳揚屬，可以學而能也。劌目鉥心，推陳拔新，經營意匠，可以思而致也。若夫靈心儁氣，將迎怳忽，稟乎胎性，出之天然。其爲詩也，不衿局而貴，不華丹而麗，不鈎棘而遠。不衫不履，粗服亂頭，運用吐納，縱心調暢。雖未嘗與捃摭掐擢者炫薄爭奇，而學而能，思而致者，往往自失焉。〔註72〕

如何運用修辭、典故以及詩句的安排等是屬於詩的外在形式，這些只要詩人努力學習便可以達到；至於詩作內容中只可意會，不可言傳的部分，則全是是詩人本有的天分、詩才，這是「學而能，思而致者」始終所不及的。

錢謙益所謂的「不學而能者」也正是嚴羽於《滄浪詩話・詩辨》中曾說過的「夫詩有別材，非關書也；詩有別趣，非關理也。」〔註73〕嚴羽以爲「別材」、「別趣」是源於詩人的性情，並不是講究用字有來歷，押韻有出處的雕章酌句。在詩歌創作過程中，詩人的性情因有所感觸而產生創作的動力（材）以及詩歌中所表現出來的情致（趣），與書本（學問）、道理並無直接關係。〔註74〕

（二）世　運

錢謙益認爲詩人的遭遇，是詩人創作的動力來源。〈虞山詩約序〉云：

> 古之爲詩者，必有深情畜積於內，奇遇薄射於外，輪囷結轖，朦朧萌折，如所謂驚瀾奔湍，鬱閉而不得流；長鯨蒼虬，偃蹇而不得伸；渾金璞玉，泥沙掩匿而不得用；明星皓月，雲陰蔽蒙而不得出。於是乎不能不發之爲詩，而其詩亦不得不工。〔註75〕

在特殊的境遇之下，如受到不公平的待遇，卻無處抒發心中的鬱悶；又如有滿腔的抱負，卻無處可以施展；或世態炎涼，人心不古；又或君王昏昧，朝綱敗亂等，詩人遭遇到這些事情時，便會激發起詩人心中豐富的情感以作詩，而此時所作之詩，

〔註71〕同註35，頁756。

〔註72〕同註35，頁797。

〔註73〕（宋）嚴羽著，郭紹虞校釋：《滄浪詩話校釋》（臺北：里仁書局，1987年），頁26。

〔註74〕李銳清：《滄浪詩話的詩歌理論研究》（香港：中文大學出版社，1992年），頁172。

〔註75〕同註12，頁923。

往往會有佳作出現。〈馮定遠詩序〉也提到：

> 古之爲詩者，必有獨至之性，旁出之情，偏詣之學，輪囷偪塞，傴塞排募，
> 人不能解而已不自喻者，然後其人始能爲詩，而爲之必工。是故軟美圓熟，
> 周詳謹愿，榮華富貴，世俗之所嘆羨也，而詩人以爲笑；凌厲荒忽，敖僻
> 清狂，悲憂窮寒，世俗之所詢姍也，而詩人以爲美。人之所趨，詩人之所
> 畏；人之所憎，詩人之所愛。人譽而詩人以爲憂，人怒而詩人以爲喜。故
> 曰：詩窮而後工。詩之必窮，而窮之必工，其理然也。〔註76〕

「詩窮而後工」的道理，認爲詩人愈是處在困窘窮迫的環境，愈能創作出不凡的詩
作。因此，世人和詩人的差別，就在於世人所追求的是安穩富裕的生活，但是，詩
人卻不以爲然，因爲一成不變的生活，並無法使詩人體會生命中的無常，唯有不同
的生活經驗，才能創作出真正的好詩。錢謙益進一步將詩人的境遇與國家的興亡聯
在一起，〈周元亮賴古堂合刻序〉云：

> 古之爲詩者有本焉，國風之好色，小雅之怨誹，離騷之疾痛叫呼，結轖於
> 君臣夫婦朋友之間，而發作于身世偪側、時命連蹇之會，夢而囈，病而吟，
> 春歌而溺笑，皆是物也。故曰有本。〔註77〕

〈國風〉呈現出男女之情、〈小雅〉反映了士人間的交際應對以及屈原在〈離騷〉中
發出痛心疾首的呼告，都是發生在詩人身世乖舛與國運動盪不安的時刻，才會有這
些流傳千古的佳作。因此，錢謙益於〈書瞿有仲詩卷〉認爲：

> 凡天地之內，恢詭譎怪，身世之間，交互緯繣，千容萬狀，皆用以資爲詩。
>
> 〔註78〕

詩人除了感受到自己身世的愁苦，由於同時也身處於國家、天地間，對這一切皆有
所接觸，相互沖擊激盪之下，而引發詩人內心波濤洶湧的情感，所以，詩人與天地
間所產生的種種變化，都是詩人源源不斷的創作的題材。

（三）學　問

錢謙益雖然認爲作詩需要「靈心」、「世運」，但是沒有學問作爲根基也是不行的。
〈愛琴館評選詩慰序〉云：

> 古之爲詩者，學逴九流，書破萬卷，要歸于言志永言，有物有則，宣導情
> 性，陶寫物變。〔註79〕

〔註76〕同註 12，頁 939。
〔註77〕同註 35，頁 767。
〔註78〕同註 11，頁 1557。
〔註79〕同註 35，頁 713。

古人作詩的目的雖然是在言志、抒情，卻也十分重視學問的涵養。但是，該如何涵養學問呢？錢謙益以爲可效法古人學習的方法，〈蘇州府重修學志序〉云：

> 古之學者，九經以爲經，註疏以爲緯，專門名家，各佩師說，必求淹通服習而後已焉。經術既熟，然後從事于子史典志之學，泛覽博採，皆還而中其章程橐其繩墨。〔註80〕

古代的學者在學習的過程中，必先從儒家的經典入手，在熟悉、了解經典的內容後，接著則閱讀子書、史著、集錄等作品。由此可知，藉由經、史、子、集，詩人可以增長自己的見識。然而，詩人除了廣博的閱讀以涵養自己的學問外，在學習作詩的過程中，還要注意「別裁僞體，轉益多師」的重要，錢謙益於〈曾房仲詩序〉一文中，以杜甫爲例而作說明：

> 自唐以降，詩家之途轍，總萃於杜氏。大曆後以詩名家者，靡不緣杜而出。韓之〈南山〉，白之〈諷喻〉，非杜乎？若郊，若島，若二李，若盧仝、馬異之流，盤空排奡，橫從譎詭，非得二杜之一枝者乎？然求其所以爲杜者，無有也。以佛乘譬之，杜則果位也，諸家則分身也。逆流順流，隨緣應化，各不相師，亦靡不相合。宋、元之能者，亦緣是也。向令取杜氏而優孟之，飭其衣冠，效其嚬笑，而曰必如是乃爲杜，是豈復有杜哉？……杜有所以爲杜者矣，所謂上薄〈風〉、〈雅〉，下該沈、宋者是也。學杜有所以學者矣，所謂別裁僞體，轉益多師者是也。〔註81〕

自唐以後的詩家，皆效法杜甫所作之詩，進而建立起個人詩風的特色，就連杜甫自己也是經由學習〈風〉、〈雅〉以及沈佺期、宋之問的詩作，而發展出屬於自己的詩作風格。

錢謙益以爲正確的學詩方法，首先要從經、史、子、集的閱讀入手；其次才是要廣泛地從他人的詩作中吸取經驗，再加以形成屬於自己的特色。這樣的學詩之法，與嚴羽所倡導的學詩之法有所不同，錢謙益於〈馮巳蒼詩序〉云：

> 孟子不云乎：君子深造之以道，欲其自得之也。又曰：博學而詳說之，將以反說約也。余以爲此學詩之法也。抒山之言曰：取由我衷，得若神表。文外之旨，但見情性，不睹文字。嚴羽卿以禪喻詩，歸之妙悟，此非所謂自得者乎？說約者乎？深造也，詳說也，則登山之蹻，渡水之筏也。「讀書破萬卷，下筆如有神」、「別裁僞體親風雅，轉益多師是汝師」，得之者

〔註80〕同註 12，頁 928～930。
〔註81〕同註 12，頁 928～929。

妙無二門，失之者遐若千里。此下學之徑術，妙悟之指歸也。〔註82〕

嚴羽《滄浪詩話》倡妙悟之說，認為要達到第一義之悟，「工夫須從上做下，不可從下做上。先須熟讀《楚辭》，朝夕諷誦以為之本；及讀〈古詩十九首〉，樂府四篇，李陵蘇武漢魏五言皆須熟讀，即以李杜二集枕籍觀之，如今人之治經，然後博取盛唐名家，醞釀胸中，久之自然悟入。」〔註83〕嚴羽提出的學詩之法，是從詩學詩，並且將《楚辭》推為詩之源流、詩之祖，錢謙益對此深表不以為然，以為學詩當先熟悉經、史、子、集，其次才是從詩作中加以學習，縱使學習詩作也應該從詩之祖——《詩經》開始著手，而非《楚辭》，故從學習的方法及對象可以看出二人差異之所在。

此外，錢謙益也鼓勵詩人要勇於求變，〈與方爾止〉提到：

> 古人詩暮年必大進。詩不大進必日落，雖欲不進，不可得也。欲求進，必自能變始，不變則不能進。〔註84〕

詩人隨著年齡的增長，詩作也隨之有所精進；如果不是這樣，其詩作必然是江河日下。這是由於詩人了解詩作達到某一程度時，如果沒有力求突破，而安於現狀，就始終沒有進步的一天。故錢謙益認為唯有不斷地求新求變，詩人所作之詩才會不斷地有所進步。

二、對明代文學的批評

〈題懷麓堂詩鈔〉云：

> 近代詩病，其證凡三變：沿宋、元之窠臼，排章儷句，支綴蹈襲，此弱病也；剽唐、《選》之餘瀋，生吞活剝，叫號驟突，此狂病也；搜郊、島之旁門，蠅聲蚓竅，晦昧結慘，此鬼病也。救弱病者，必之乎狂；救狂病者，必之乎鬼。傳染日深，膏肓之病日甚。〔註85〕

根據錢謙益之分析，可知當時之詩學有三病，一是只會沿襲宋、元詩學之舊式，創作形式華美的詩句，或是只懂得割取、模擬前人之詩，毫無內容、情感可言，故病於弱。二則是剽竊唐詩、《文選》，並未對其內容有深入之理解，就加以斷章取義，作為己用，甚至以此作為口號，呼籲大家一同效法，故病於狂。三為搜羅孟郊、賈島之冷僻詩作，而用怪字、押險韻，使詩作艱澀難讀，沒有絲毫興味，故病於鬼。有此三病，乃起於當世之詩人為救弱病，不料反成狂病；為救狂病，豈知又有鬼病

〔註82〕同註12，頁1087。

〔註83〕同註55，頁1。

〔註84〕同註11，頁1356。

〔註85〕同註11，頁1758。

之失。此番言論清楚地交代明代詩學中臺閣體、前後七子以及竟陵派所造成之流弊。其中錢謙益以爲竟陵派這種「幽深孤峭」的詩風乃是學習晚唐詩人孟郊、賈島，此二人之詩素有「郊寒島瘦」之稱，從錢謙益批評竟陵派的言語中亦可發現他對孟郊、賈島之詩評價並不高，錢謙益於此雖然是在批評明代詩學之弊，卻也可約略看出錢謙益對於唐代詩學的批評。有前輩學者以爲末代文人在生活上有其困難之處，轉而追求精神上的自我陶醉，因此有晚唐孟郊、賈島之作以及明末竟陵派的出現，除此之外，在南宋後期的四靈與清末的同光派都走向「幽深孤峭」的冷僻詩風，這些詩作的產生是結合了詩人本身所處的歷史環境，故反對錢謙益對竟陵派的批評，認爲應當重新還給竟陵派一個公正的評價。〔註86〕不可否認，詩作與詩人所處的歷史環境之間的關係是十分緊密的，所以前輩學者考察這種冷僻詩風的形成時，發現這種現象並不是單一個案，而認爲是一種文學史發展的規律，但是我們不能以此說錢謙益的攻訐之語是有問題的，因爲前輩學者看待這件事情時是從後世的角度加以進行分析，至於錢謙益則是出自於憂心當時詩風的敗壞，故對當時的詩學進行總體性之批判，從不同的角度來看待竟陵派時，自然對其有不同之評價，自然也就沒有孰是孰非的爭論了。

此外，錢謙益於〈王詒上詩序〉一文中亦有以上類似之言論，其曰：

> 嗟夫！詩道淪胥，浮僞並作，其大端有二。學古而贋者，影掠滄溟、弇山之賸語，尺寸比儗，此屈步之蟲，尋條失枝者也。師心而妄者懲創《品彙》、《詩歸》之流弊，眩運掉舉，此牛羊之眼，但見方隅者也。之二人者，其持論區以別矣。不知古學之由來，而勇於自是，輕於侮昔，則一同歸於狂易而已。〔註87〕

明代詩學之弊端，錢謙益認爲可從兩個方面來看，其一，是「學古而贋者」，這一類的人有李夢陽、王世貞；其二，是「師心而妄者」，屬於此者的有高棅所選《唐詩品彙》與鍾惺、譚元春所編《唐詩歸》。

綜合以上所述，可以發現錢謙益在檢討明代詩學的問題時，批評的對象有臺閣體、高棅、前後七子、竟陵派等，可以發現錢謙益的論述主要集中在高棅、李夢陽、王世貞與竟陵派，以下則分別討論。

（一）高　棅

宋代嚴羽將唐詩之發展區分爲初、盛、中、晚四個時期，錢謙益認爲嚴羽這樣

〔註86〕詳細內容請見胡詩華：〈錢謙益對竟陵派評析簡析〉，收於竟陵派文學研究會編，《竟陵派與晚明文學革新思潮》（湖北：武漢大學出版社，1987年5月），頁111～119。

〔註87〕同註35，頁765。

的說法是很有問題的。〈唐詩英華序〉云：

> 世之論唐詩者，必曰初、盛、中、晚。老師宿儒，遞相傳述。揆厥所由，
> 蓋創于宋季之嚴儀（嚴羽），而成於國初之高棅。承譌踵謬，三百年于此
> 矣。夫所謂初、盛、中、晚者，論其世也，論其人也。……一人之身，更
> 歷二時，將詩以人次耶？抑人以時降耶？〔註88〕

初、盛、中、晚四期是專就時代之遞嬗而言，錢謙益認為不應以時代劃分詩人之詩
作，如果發生詩人的生平是橫跨二個時期的情況時，就會出現無法歸類的問題。然
而，嚴羽所提出的說法卻為高棅所承繼、發揚，故錢謙益於〈唐詩鼓吹序〉批評：

> 世之論唐詩者，奉近代一二家為律令，《鼓吹》之集，僅流布燕、趙間，
> 內府鋟版，用教童豎。若王荊公（王安石）《百家》之選，則罕有能舉其
> 名者。蓋三百年來，詩學之受病深矣。館閣之教習，家塾之課程，咸稟承
> 嚴氏之詩法、高氏之《品彙》，耳濡目染，鑴心剋骨。學士大夫，生而墮
> 地，師友熏習，隱隱然有兩家種子盤互于藏識之中。迨其後時知見日新，
> 學殖日積，洄旋起伏，祇足以增長其邪根謬種而已矣。〔註89〕

當時對唐詩的學習，無論是在館閣或是家塾的教授，僅知遵奉嚴羽之詩法以及高棅
之《唐詩品彙》為圭臬。錢謙益認為嚴羽、高棅就是兩個種子，在成長的過程中相
互盤根錯節，將錯誤的觀念不斷地流傳下去，因此，造成明代詩學產生積重難返的
現象。

（二）李夢陽

〈答唐訓導論文書〉云：

> 弘、正之間，有李獻吉者，倡為漢文杜詩，以叫號於世，舉世皆靡然而從
> 之矣。然其所謂漢文者，獻吉之所謂漢而非遷、固之漢也；其所謂杜詩者，
> 獻吉所謂杜，而非少陵之杜也。彼不知夫漢有所以為漢，唐有所以為唐，
> 而規規焉就漢、唐而求之，以為遷、固、少陵盡在於是，雖欲不與之背馳，
> 豈可得哉！〔註90〕

李夢陽於明弘治、正德間，提倡漢代文與唐代杜甫之詩，口號一出，世人群起效尤。
李夢陽雖然以此規範詩、文之學習，但是，錢謙益經過考察，以為李夢陽所謂的漢
代之文，並沒有司馬遷、班固所處之時代特色；而李夢陽所效法的杜詩，也不見杜
甫詩作中之風格。故錢謙益於〈曾房仲詩序〉云：

〔註88〕同註35，頁707。
〔註89〕同註35，頁709。
〔註90〕同註11，頁1701。

> 夫獻吉之學杜，所以自誤誤人，以其生吞活剝，本不知杜，而曰必如是乃
> 爲杜。〔註91〕

從其評論中可知，錢謙益認爲李夢陽根本不懂得欣賞眞正的杜詩，就要求世人在學習杜詩時，必須採取和他一樣的方法，故以「自誤誤人」批評之。

（三）王世貞

前七子中以李夢陽對當時之文壇最具影響力，名列後七子之一的王世貞，接續李夢陽的文學主張而聲名大噪，錢謙益於〈黃子羽詩序〉提到：

> 近代之學詩者，知空同、元美而已矣。其哆口稱漢、魏，稱盛唐者，知空
> 同、元美之漢、魏、盛唐而已矣。自弘治至於萬曆，百有餘歲，空同霧于
> 前，元美霧于後。學者冥行倒植，不見日月。甚矣兩家之霧之深且久也！
> 以余所見，才人志士，踔屬風發，可以馳驟古人者多矣。惟其聞見習熟，
> 抑沒於兩家之霧中，而不能自出，如昔人所謂有下劣詩魔，入其肺腑者。
> 夫是以少而眩，長而堅，老而無成，而終不自悔也。〔註92〕

李夢陽、王世貞的相繼出現就像兩團雲霧，籠罩明代文壇長達一百多年，他們主張什麼，當時的人就學習什麼，根本沒有自己的意見。錢謙益認爲這便是嚴羽所說的「下劣詩魔」，迷惑眾人心智，縱使所作之詩毫無價值可言也不知悔改。錢謙益除了談到王世貞對當時產生的影響外，在〈答唐訓導論文書〉中，可以看出錢謙益對王世貞所作之詩文，十分不以爲然，其謂：

> 今觀弇州之詩，無體不具，求其名章秀句，可諷可傳者，一卷之中，不得
> 一二。其於文，卑靡冗雜，無一篇不倍背古人矩度，其規摹《左》、《史》，
> 不出字句，而字句之譌謬者，累累盈秩。〔註93〕

錢謙益認爲王世貞之詩，就體裁而言，非常完備；但是，就其詩句而言，雖然精細雅緻，卻找不到可供世人規勸、流傳的部分。至於其文，錢謙益以爲讀來萎靡不振，且又顯得冗長雜蕪，沒有一篇是按照古人作文的法度，甚至在傚效《左傳》、《史記》之處，也是錯誤連連。

（四）竟陵派

錢謙益在評論明萬曆年間以來所盛行之詩時，稱鍾惺、譚元春等人之詩作風格爲「鬼趣」、「兵象」。〈徐司寇畫溪詩集序〉云：

> 嘗取近代之詩而觀之，以清深奧僻爲致者，如鳴蚓竅，如入鼠穴，淒聲寒

〔註91〕同註12，頁928。
〔註92〕同註12，頁925～926。
〔註93〕同註11，頁1702。

　　魄，此鬼趣也。以尖新割剝爲能者，如戴假面，如作胡語，噍音促節，此

　　兵象也。〔註94〕

由於此輩作詩乃致力於營造一種「清深奧僻」的境界，錢謙益以爲這就彷彿試圖在
蚯蚓所鑽的出孔竅中發出聲音，以及設法進入老鼠所出沒的洞穴一般，能做到這種
地步的不是鬼又是什麼？更何況讀來只會覺得聲調淒切，使人不寒而慄，故以「鬼
趣」稱之。另外，此輩又擅長賣弄學問，寫出新奇少見的詞語，錢謙益認爲這不就
像是漢人的士兵戴著面具，裝作胡人說話的口吻，而在沙場上衝鋒陷陣一樣，這樣
的詩句吟詠起來只會感到音節急促、不安，故以「兵象」稱之。而錢謙益甚至認爲
明代之傾覆，亦可從竟陵派，看出徵兆。〈劉司空詩集序〉云：

　　居今之世，所謂復聞正始之音者與？使世之學者，服習是詩，奉爲指南，
　　必不至悼慄眩運，墮鬼國而入鼠穴，余又何憂焉？史稱陳、隋之世，新聲
　　愁曲，樂往哀來，竟以亡國。而唐天寶樂章，曲終繁聲，名爲入破，遂有
　　安、史之亂。今天下兵興盜起，民不堪命，識者以謂兆起於近世之歌詩，
　　類五行之詩妖。〔註95〕

錢謙益考察前代詩歌之發展，發現陳、隋兩代的詩作中都瀰漫著愁苦哀痛之音，沒
想到國家竟然就眞的滅亡了；而唐代天寶年間的樂章，有以「入破」命名者，後來
便發生安、史之亂。因此，錢謙益認爲國家之局勢實可從當時所盛行的詩歌中看出
端倪。回顧萬曆之際，世人皆以竟陵派作爲學習效法的對象，同時國家也戰禍不斷、
亂賊四起，使得民不聊生，故指責竟陵派所提倡之詩作風格乃是亡國的不祥之兆，
無異於五行之詩妖。

　　「詩妖」一詞最早見於漢代伏勝所撰之《尚書大傳》卷二〈洪範五行傳〉，其謂：

　　　言之不從，是謂不乂，厥咎僭，厥罰恆暘，厥極憂。時則有詩妖。〔註96〕

鄭玄於詩妖之下注曰：「詩之言志也。」〔註97〕鄭玄認爲詩妖是百姓抒發自己情志
所作的詩歌，強調詩歌與政治之間的關係，並且把詩歌視爲現實政治的一個徵兆；
對此，班固則於《漢書‧五行志》中作了更詳細的解釋：

　　　「言之不從」，從，順也。「是謂不乂」，乂，治也。孔子曰：「君子居其室，
　　　出其言不善，則千里之外違之，況其邇者乎！」《詩》云：「如蜩如螗，如

〔註94〕同註 12，頁 903。
〔註95〕同註 12，頁 908～909。
〔註96〕（漢）伏勝撰、鄭玄註（清）孫之騄輯，《尚書大傳》，收於《景印文淵閣四庫全書‧
　　　　經部‧書類》第 68 冊（臺北：臺灣商務印書館，1983 年），頁 401。
〔註97〕同上註，頁 402。

沸如羹。」言上號令不順民心，虐諟慣亂，則不能治海内，失在過差，故
其咎僭。僭，差也。刑罰妄加，群陰不附，則陽氣勝，故其罰常陽也。旱
傷百穀，則有寇難，上下俱憂，故其極憂也。君炕陽而暴虐，臣畏而柑口，
則怨謗之氣發於謌謠，故有詩妖。〔註98〕

由於在上位者的統治失當，使得政治上產生了嚴重的問題，在內憂外患之下，引起
社會大眾的強烈不安，但是臣子又害怕受到嚴刑峻罰，所以不敢對上表達不滿，因
此整個社會處於一種異常的狀態，而瀰漫著一股「怨謗之氣」，這種情緒經過詩歌的
形式宣洩出來，便是所謂的「詩妖」。〔註99〕綜而觀之，這種詩歌風格有別於一般
的雅正之音，並且往往伴隨著某一特殊的客觀環境而出現，故可視為一種上天的警
告或是反映現實的一種讖言，誠如《中庸》所說的「國家將興，必有禎祥；國家將
亡，必有妖孽。」〔註100〕

〔註98〕（漢）班固撰：《漢書·五行志》（臺北：宏業書局有限公司，1996年），頁1378。

〔註99〕吳承學：〈論謠讖與詩讖〉，《文學評論》1996年第2期，頁105～106。

〔註100〕（宋）朱熹集註，蔣伯潛廣解《語譯廣解四書讀本·中庸》（臺北：啓明書局，1952
年），頁34。

第陸章　《列朝詩集》與《明詩綜》之比較

　　歷來學者常常將朱彝尊《明詩綜》與錢謙益《列朝詩集》相提並論，或讚賞《明詩綜》，或稱許《列朝詩集》，說法各有出入。由於朱彝尊所編的《明詩綜》，乃在錢謙益《列朝詩集》之基礎上，欲補其闕漏、不足之處；再者，《靜志居詩話》之於《明詩綜》實乃一如《列朝詩集小傳》之於《列朝詩集》。因此，若能將二書作一對照，勢必有助於更進一步地認識明代詩文之發展狀況。本章即在此一立場上，比較、分析二書之異同。

第一節　朱彝尊之論詩主張

　　在比較朱彝尊與錢謙益對所選錄詩人及其作品之評價有何不同前，將先試著了解朱彝尊在詩歌創作的相關看法與主張，再由此進一步探討何以朱彝尊會對錢謙益所編《列朝詩集》有所批評。

一、重學問

　　錢謙益以為作詩應以學問做為根基，對此，朱彝尊於〈鵲華山人詩集序〉中也有提到類似之說法，其謂：

> 予少而學詩，非漢魏六朝三唐人語勿道，選材也，良以精，稍不中繩墨，
> 則屏而遠之；中年好鈔書，通籍以後，集史館所儲，京師學士大夫所藏弃，
> 必借錄之，有小史，能識四體書，間作小詩慢詞，日課其傳寫，仕是為院
> 長所彈去官，而私心不悔也；歸田以後，鈔書愈力，暇輒瀏覽，恆資以為
> 詩材，於是緣情體物，不復若少時之隘，惟自喻於心焉。鵲華山人善詩，

其鈔書之癖，頗與予同，官舍之暇，席溷咸爲鈔書之所，山人自歙再徙而
莅寧波，天一閣藏書具在，故所鈔書比予更富。其取材也愈博，宜其詩之
雅以醇，閎而不肆，合宋元來作之長，仍無戾於漢魏六朝三唐人之作也。
今之言詩者，目不闚曹、劉之牆；足不履潘、左、陶、謝之國，顧厭棄唐
人以爲平熟。下取蘇、黃、楊、陸之體製，而又遺其神明，獨拾瀋渣。……
故論詩以取材博者爲尚。〔註1〕

其以自身學詩之經驗與鵲華山人善詩之因，強調學問之重要性，認爲學問愈深，識
見也隨之廣闊；識見一廣，作詩時方能「取材博」；若「取材博」，便可不囿於前人
之詩作，而有自己之風格，因此，朱彝尊認爲無論是作詩或論詩皆當「以取材博者」
爲首要之考量。然而，朱彝尊與錢謙益之所以強調學問，皆是有感於當時詩風之弊，
其於〈棟亭詩序〉中，云：

今之詩家，空疏淺薄，皆由嚴儀卿詩有別才匪關學一語啓之，天下豈有舍
學言詩之理。〔註2〕

今之詩作內容所以空疏淺薄，皆源於不學之故，而有鑑於此，故其申明不學無以言
詩之理。

二、主緣情，反摹擬

正由於朱彝尊重視學問，因此評詩時並不以詩歌流派之意見爲考量，而是以詩
作中可否看出詩人之性情爲評論之依據，故在〈馮君詩序〉中自言道：

吾於詩而無取乎人之言派也，呂伯恭曰：「詩者，人之性情而已。」吾言
其性情，人乃引以爲流派，善詩者不樂居也。〔註3〕

也因爲如此，朱彝尊反對摹擬之作，其以爲：

緣情以爲詩，詩之所由作，其情之不容以者乎？夫其感春而思，遇秋而悲，
蘊於中者深，斯出之也善。長言之不見其多，約言之不見其不足，情之摯
者，詩未有不工者也。後之稱詩者，或漫無所感於中，取古人之聲律字句，
而規仿之，必求其合，好奇之士，則又離乎古人，以自鳴其異，均之爲詩。
未有無情之言可以傳後者也，惟本乎自得者，其詩乃可傳焉。〔註4〕

凡詩之作皆必緣情，且情摯之詩，必爲佳作。雖然，摹擬古人詩作，或是故作新奇

〔註1〕（清）朱彝尊：《曝書亭集》，收於楊家駱主編，《中國學術名著第六輯·文學名著第
六集·第十八冊》，臺北：世界書局，1964年，頁480～481。
〔註2〕同上註，頁484。
〔註3〕同註1，頁472。
〔註4〕同註1，頁455～456。

之詩皆可爲詩,但是,能流傳久遠之詩,必是情由己發,感有所得之作,此亦與錢謙益強調詩作中要表現出詩人的性情有異曲同工之妙。

　　從另一方面來看,朱彝尊與錢謙益則對「詩言志」作出不同的理解,錢謙益認爲志乃是經由外在事物與內心情感之相互引發後而產生的,而此一外在事物往往是與國家興亡相聯繫,且認爲詩人處於愈困頓的環境中,便愈能作出千古傳唱、感動人心的詩作,因此錢謙益欣賞「偃蹇鬱閉」的詩歌風格;然而,朱彝尊則強調詩歌中要有「平和之氣」,其於〈高舍人詩序〉中云:

> 詩之爲教,其義:風、賦、比、興、雅、頌;其旨:興、觀、群、怨;其辭:嘉、美、規、誨、戒、刺,其事:經夫婦,成教敬,厚人倫,美教化,移風俗;其效:至於動天地,感鬼神,惟蘊諸心也正,斯百物溫外而不遷,發爲歌詠,無趨數教辟燕濫之音。〔註5〕

由此可看出朱彝尊比起錢謙益,是更爲承襲傳統儒家詩教的規範,認爲詩的內容必須符合詩教。

三、宗　唐

　　查慎行序《曝書亭集》言朱彝尊稱詩以唐人爲宗,曰:

> （朱彝尊）其稱詩最早,格亦稍稍變,然終以有唐爲宗。〔註6〕

又曰:

> （朱彝尊）其稱詩以少陵爲宗,上追漢魏而氾濫於昌黎、樊川。句酌字斟,務歸典雅,不屑隨俗披靡,落宋人淺易蹊徑,故其長篇短什,無體不備,且無嫩不臻。〔註7〕

言語之中,透露出朱彝尊認爲宋人之詩不夠典雅,易流於淺易,因此以爲學詩當學唐人之詩,而唐人之詩中又甚爲推崇杜甫之詩。朱彝尊於〈王學士西征草序〉中提到:

> 學詩者以唐人爲徑,此遵道而得周行者也。唐之有杜甫,其猶九達之逵乎!外是而高、岑、王、孟,若李若韋、若元、白、劉、柳,則如崇期劇驂,可以交復而歧出。至若孟郊之硬也,李賀之詭也,盧仝、劉叉、馬異之怪也,斯綆縮而登斯險者也,正者極於杜,奇者極於韓,此躋夫三峰者也。宋之作者,不過學唐人而變之爾,非能軼出唐人之上。若楊廷秀、鄭德源之流,鄙俚以爲文,詼笑嬉褻以爲尚,斯爲不善變矣,顧今之言詩,或效

〔註 5〕同註1,頁468。
〔註 6〕同註1,頁5。
〔註 7〕同註1,頁2。

之何與？……舍唐人而稱宋，又專取其不善變者效之，惡在其善言詩也！
〔註8〕

杜甫是唐詩之極致表現，宋人所作之詩皆在杜詩之基礎上，加以變化形成自己之風格；雖然宋詩亦欲學唐詩而變之，然而詩風卻顯得鄙俚、粗俗，根本無法超越唐詩，因此朱彝尊以為宋詩實不足以做為學詩者之取法對象，由此可知，朱彝尊對宋詩之評價並不高。

然而，錢謙益則頗為欣賞宋詩，其於〈復遵王書〉中，言：

> 袁氏兄弟，則從眉山起手，眼明手快，能一洗近代窠臼。眉山之學，實根
> 本六經，又貫穿兩漢諸史，演迤弘奧，故能凌躒千古。〔註9〕

除肯定蘇軾之詩外，錢謙益也推崇陸游之詩，曾於〈張子石六十壽序〉（《有學集》中）謂：「子石之詩，得放翁法，餘生晚景，良可師法。」〔註10〕且有學者以為錢謙益一反明人「詩必盛唐」之說，主張兼取宋詩而另闢蹊徑，提倡「轉益多師」的態度，在客觀上啟迪了清代提倡宋詩的風氣。〔註11〕

在了解朱彝尊對詩的相關看法後，可以發現朱彝尊與錢謙益由於身處於不同之時代背景、文學環境，因此在論詩的態度上亦隨之有所差異。就錢謙益而言，處於明末清初，前後七子、竟陵派主張正盛之際，造成了眾人學詩只知一味摹擬剽竊及詩風多流為「深幽孤峭」的問題，再加上錢謙益個人之遭遇複雜，也難怪其詩多牢騷不平之音，論詩亦主張「詩窮而後工」之理；反觀朱彝尊，從其言論中可知前後七子、竟陵派之影響漸弱，時人競相以宋詩為尚，卻使詩風愈趨於淺易、鄙俚，故其對宋詩多所不滿，若又就其自身之際遇來看，活躍於康熙盛世，且深得康熙重視，因此，論詩傾向於講求典雅、平和之氣。

第二節　《明詩綜》之背景說明

一、編纂動機

《四庫全書總目》中提到朱彝尊編纂《明詩綜》乃針對錢謙益《列朝詩集》而

〔註8〕同註1，頁459。
〔註9〕（清）錢謙益著、（清）錢曾箋注、錢仲聯標校：《錢牧齋全集》陸（上海：上海古籍出版社，2003年），頁1359～1360。
〔註10〕（清）錢謙益著、（清）錢曾箋注、錢仲聯標校：《錢牧齋全集》伍（上海：上海古籍出版社，2003年），頁930。
〔註11〕王運熙、顧易生主編，《中國文學批評通史——清代卷》（上海：上海古籍出版社，1995年），頁4。

來，其謂：

> 錢謙益《列朝詩集》出，以記醜言僞之才，濟以黨同伐異之見，逞其恩怨，
> 顛倒是非，黑白混淆，無復公論。彝尊因眾情之弗協，乃編纂此書，以糾
> 其繆，每人皆略述始末，不橫牽他事，巧肆譏彈。〔註12〕

《四庫全書總目》之所以會如此認爲，是其來有自的。朱彝尊本人曾於〈答刑部王
尙書論明詩書〉中說到其編纂《明詩綜》乃是由於：

> 明自萬曆後，作者散而無記。常熟錢氏，不加審擇，甄綜寥寥，當嘉靖七
> 子後，朝野附和，萬舌同聲，隆慶鉅公，稍變而規於和雅，定陵初禩……
> 竊謂正嘉而後，於斯爲盛，又若高景逸之恬雅，大類柴桑，且人倫規矩，
> 乃錢氏概爲抹殺，止推松圓一老，似非公論矣。故彝尊於公安、竟陵之前，
> 銓次稍詳，意在補列朝選本之闕漏，若啓禎死事諸臣，復社文章之士，亦
> 當力爲表揚之，非寬於近代也。〔註13〕

在這篇文章中，朱彝尊直接而明白地指出錢謙益《列朝詩集》的缺失與問題，他認
爲錢謙益在編選的過程中，並未能以客觀、全面的角度選擇所收錄的詩人、詩作，
例如：明末天啓崇禎年間的「死事諸臣」或是「復社文章之士」的詩作也應當加以
收錄，但是在《列朝詩集》中卻未能發現蹤影；除了認爲錢謙益收錄詩人、詩作的
不夠嚴謹與完整外，朱彝尊對於錢謙益評論詩人、詩作的看法亦有所意見，他認爲
錢謙益談論到正德、嘉靖年間的詩人時，只推崇程嘉燧一人，對於其他人則大爲批
評，實在有失公允。基於這個原因，朱彝尊便思起而編纂《明詩綜》以補《列朝詩
集》之闕漏。

爲此，朱彝尊於《明詩綜》中自序言道：

> 合洪武迄崇禎詩甄綜之，上自帝后，近而宮壼宗潢，遠而蕃服，旁及婦寺
> 僧尼道流，幽索之鬼神，下徵諸謠諺，入選者三千四百餘家，或因詩而存
> 其人，或因人而存其詩，間綴以詩話，述其本事，期不失作家之旨。明命
> 既訖，死封疆之臣，亡國之大夫，黨錮之士，暨遺民之在野者，概著於錄
> 焉，析爲百卷，庶幾一代之書，竊取國史之義，俾覽者可以明夫得失之故
> 矣。〔註14〕

〔註12〕（清）紀昀：《欽定四庫全書總目》（整理本）（北京：中華書局，1997年），頁2662
～2663。
〔註13〕同註1，頁414～415。
〔註14〕（清）朱彝尊：《明詩綜》，收於楊家駱主編，《中國學術名著・歷代詩文總集第十三
冊》，臺北：世界書局，1962年，頁1。

所收錄之詩人詩作，共有三千三百二十四家，並針對錢謙益所未收錄之「死封疆之臣，亡國之大夫，黨錮之士，暨遺民之在野者」一概加以進行編選，以表彰其人之志氣、節操。由其敘述可知，朱彝尊不僅志在補《列朝詩集》之闕漏，更希望藉此讓後人了解「國史之義」，而從中明白政治盛衰得失之故。

二、編纂原則〔註15〕

（一）分　卷

《明詩綜》共一百卷，在其編目的部分，與《列朝詩集》頗為類似，如下所列：

卷第一

分為上下，上卷輯有明帝十人、皇后一人之詩作，下卷輯有三十六王之詩作。

卷二至卷八十二

依時代先後排列，輯有二千八百〇一位詩人之詩作。

卷八十三至卷一百

分別收錄有樂章八首、宮掖六人、宗潢二十八人、閨門七十九人、中涓六人、外臣八人、羽士二十人、釋子上中下共一百〇七人、女冠尼五人、土司四人、屬國上下共一百〇五人、無名子五十二人、雜流十一人、妓女二十三人、神鬼二十二人、雜謠歌詞一百五十五首之詩作。

趙慎珍於《靜志居詩話·序》謂此書分卷「一切以史法行之。於是首十卷，本紀也；次宗潢重本支也；次樂章，祀郊廟以告成功也；次為諸臣，曰家數，列傳之體也；中為黨錮，為節義，為隱逸之士，書獨行也；次屬國，大無外之規也；次宮閨，理陰教也；又其次為釋子，為道流，為工、為賈、為青衣，雜流也；而以神怪、雜歌、謠辭終焉，志五行也。」〔註16〕綜上所述，可知全書分卷乃以作者為分類之依據，而以時間為序。其中，朱彝尊在選錄詩人時，多為考取科第之士，再一百卷中即有三十九是以考取科第之年限作為分卷標準，而每卷之內又以進士為主，舉人次之，鄉試會考者則又次之。此外，在布衣、處士的分卷方面，除以時間先後作為依據，亦將里地相近者聚而論之；若有兄弟親屬皆為能詩者，則大多皆比鄰排列。因次，《明詩綜》全書之分卷，大致說來是以身分、時序、考取功名與否及出生里地等方面作為分卷之依據。

〔註15〕關於《明詩綜》之編纂原則，本文乃根據陳靜瑩之碩士論文加以整理，詳細內容請見陳靜瑩：《朱彝尊《明詩綜》之詩觀研究》，輔仁大學中國文學研究所碩士論文，2001年，頁49～50、頁73～75。

〔註16〕（清）朱彝尊著、姚祖恩編，黃君坦校點，《靜志居詩話》（北京：人民文學出版社，1998年），頁1。

（二）選 詩

《明詩綜》中所選錄之詩作，大都採「以詩存人」之標準，但對於詩作數量不多之詩人，則基於「以人存詩」的理由加以選錄。所謂「以詩存人」者，即詩作有其可傳之處，故其人賴以得存，屬於選詩之通例；至於「以人存詩」者，則其詩作未必可傳，然因其人之故而加以存錄，屬於選詩之變例。基於保存詩作的立場，朱彝尊對於一些詩格平庸的詩作仍加以選錄，由此更可看出其選錄詩作之考量多出於「以人存詩」，此一用心使得不僅人以詩傳，有明一代之詩史亦得以藉此保存。

（三）詩 評

朱彝尊對於部分選錄詩人附有評論，《明詩綜》中則稱爲《靜志居詩話》，此外，書中亦輯錄了各家對於相關詩作及詩人風格之評述。關於《明詩綜》詩評之輯錄工作，朱彝尊並未於書中明言其標準，但根據每卷之首所載之編者姓名，可知並非全由朱彝尊選定，而是由一群康熙年間的新科才俊與其親友分卷編撰而成。書中的輯評可謂別具特色，大抵說來約有四點：

第一，並非於每位詩人之下皆收有各家之評，當中或有詩名沒沒無聞者因而無評，但亦有選詩甚多者卻未加輯評者，如何取捨端看編者而定。不過，整體的數量仍遠遜於朱彝尊的詩話。

第二，輯評所錄涵括明代及清初詩人。明代有王世貞、徐泰、楊用修、穆敬甫、曹學佺、陳子龍等人；清代則有沈進、王翃、繆永謀、嚴蓀友等人。

第三，所收錄詩評較多之詩人，大都是曾經從事明詩編選或評論者，書中對於明代詩歌之評論則多被採用。如：俞憲編有《盛明百家詩》、楊慎編有《皇明詩鈔》、陳子龍編有《皇明詩選》、王世貞著有《明詩評》及《國朝詩評》、徐泰著有《詩談》、顧起綸著有《國雅品》、胡應麟著有《詩藪》等。

第四，輯評所錄以錢謙益之評論最多，其次則爲王世貞。而錢謙益之評乃擷自《列朝詩集》之小傳中部分文字，或稍加刪改而成。考察輯評者大量採用錢謙益之評論，一方面可能與朱彝尊欲補錢謙益《列朝詩集》不足之意有關，故特加選錄以作爲對照；另一方面，也可能代表錢謙益於小傳中所提出之評論受到當時文壇的肯定，故而加以採錄。

由上可知，雖然，朱彝尊在編目的結構上倣效錢謙益，但是，在詩人小傳的撰寫方面，則可見其所欲彰顯與錢謙益不同之處，錢謙益《列朝詩集》的詩人小傳，主要包含了以下兩個方面：

1. 小傳：記字號、年里、官爵、著作、交遊等。
2. 評語：錢謙益對詩人作品、論詩主張或與詩人相關之評價。

至於朱彝尊《明詩綜》的詩人小傳，亦有兩個重點：

　　1. 小傳：記字號、居地、官籍、著作。

　　2. 輯錄：輯錄各家對有關作品與詩人詩作風格之論，其中包含自己對詩人之評價，不僅論詩，亦兼具其他方面之考據。〔註17〕

　　而朱彝尊在小傳的處理上，與錢謙益最為不同的地方即在於錢謙益在評價詩人時，雖亦有參考前人之說法，但是自己意見為多，這也是最為朱彝尊所詬病之處，因此，朱彝尊在處理詩人之評價問題時，則廣為蒐集前人之意見，力求客觀、公允。

　　此外，不管是從詩論或明代詩歌史的角度來看，二書之小傳部分皆具有其獨特之價值與貢獻，都有後人將小傳之文字獨立出來，刊刻成書。《列朝詩集》有錢謙益的族孫錢陸燦，整理此書之小傳，另成《列朝詩集小傳》一書，其謂：

> 《列朝詩集小傳》，先族祖齋公入本朝為秘書院學士，以老謝歸里居，發
> 其家所藏故明一代人文之集，就其詩而品騭之，案其姓氏爵里平生，與其
> 詩之得失，為小序以發其端。……今上五六年間，余移家金陵，周元亮侍
> 郎、方爾止文學，聚而商於余曰：「君家是書，合之詩，則錢氏之詩序也
> 而可；離之詩，則續《初學》、《又學集》之後而可。否則孤行其書，為青
> 箱之本、枕中之秘，無不可。」概當時海內之愛其文之著如此。〔註18〕

而《明詩綜》則有朱彝尊之同鄉後進姚柳依抽出此書之小傳，別梓《靜志居詩話》（或稱《竹垞詩話》）一書，曾燠於《靜志居詩話・序》記錄此事，曰：

> 燠同年生姚君柳依，為先生鄉後進，一日語燠曰：「前輩吳景旭嘗著《歷
> 代詩話》，上起三百篇，下迄明季，分為十集，博則博矣，而苦不精。其
> 專繫一朝者，則有《唐音癸籤》、《唐詩紀事》、《宋詩紀事》、《五代詩話》，
> 而明詩話無專本。茲從《明詩綜》摘出，編而梓之，書名分類，並仍其舊，
> 亦竹垞先生之志乎？」燠曰：「先生是明詩之功臣，子又先生之功臣也。
> 敢為序。」〔註19〕

有了錢陸燦、姚柳依將小傳輯出的工作，使後人能更為清楚明白錢謙益、朱彝尊編纂《列朝詩集》、《明詩綜》之重要性以及其他詩歌選集之不同處，且替後人提供了不同之觀點、角度認識明代詩歌之發展脈絡，的確稱得上是居功厥偉。

〔註17〕詳細內容請參見楊松年：《中國文學評論史編寫問題論析：晚明至盛清詩論之考察》
　　　　（臺北：文史哲出版社，1988年），頁99。

〔註18〕（清）錢謙益撰：《列朝詩集小傳》，收於楊家駱主編，《中國學術名著第二輯・中國
　　　　文學名著第三集・第二十三冊》（臺北：世界書局，1985年），頁1。

〔註19〕同註16，頁1～2。

第三節 《靜志居詩話》與《列朝詩集小傳》之異同

由於《明詩綜》與《列朝詩集》二書所選錄詩人之數量甚多，為突顯朱彝尊與錢謙益二人評論之差別，故本文將選擇二書中皆有談及且為明代較具重要性之詩人加以討論。首先，是前、後七子中領袖人物的李夢陽、何景明與王世貞、李攀龍；接著則為公安派之代表人物袁宏道，以及竟陵派的鍾惺、譚元春二人；最後，則是錢謙益在《列朝詩集》中所最為推崇的程嘉燧。由於二人評論皆已另輯為《列朝詩集小傳》與《靜志居詩話》，因此，下文中所引用二人對詩人評價之資料，將以此二書為主要討論範圍。

一、李夢陽

由朱彝尊評論中可看出其對李夢陽甚為稱許，其謂：

> 成弘間詩道傍落，雜而多端，臺閣諸公，白草黃茅，紛蕪靡蔓，其可披沙而揀金者，李文正（李東陽）、楊文襄（楊一清）也。理學諸公，「擊壤」「打油」，筋斗樣子，其可識曲而聽真者，陳白沙（陳憲章）也。北地（李夢陽）一呼，豪傑四應，信陽（何景明）角之，迪功（徐禎卿）犄之，律以高廷禮（高棅）《詩品》浚川（王廷相）、華泉（邊貢）、東橋等為之羽翼，夢澤（王廷陳）、西原（薛蕙）等為之接武。正變則有少谷（鄭善夫）、太初（孫一元），傍流則有子畏（唐寅），霞蔚雲蒸，忽焉丕變。嗚呼！盛哉！獻吉五古，源本陳王（曹植）、謝客（謝靈運），初不以杜為師，所云杜體者，乃其摹仿之作，中多生吞語，偶附集中，非得意詩也。至效盧、駱、張、王諸體，特游戲耳。惟七古及近體，專仿少陵七絕則學供奉。蓋多師以為師者。其謂：「唐以後書不必讀，唐以後事不必使。」此英雄欺人之言。如「江湖陸務觀」，「秦相何緣怨岳飛」等句，非唐以後事乎？[註20]

以上評論可分成兩個方面來說，首先，朱彝尊先介紹李夢陽所處明代成化、弘治年間的詩壇發展狀況，當時詩壇由「詩道傍落」轉而「忽焉丕變」之過程，朱彝尊以為李夢陽即為其中之關鍵人物，且以高棅《唐詩品彙》之盛行作為譬喻來說明李夢陽所提倡之復古運動亦有其響應者。其次，朱彝尊則評述李夢陽各詩體之得失，綜而言之，朱彝尊以為李夢陽五古取法漢魏，七古、七律學杜甫，七絕則效法李白，故謂其「多師以為師」。此外，朱彝尊反駁李夢陽「唐以後書不必讀，唐以後事不必使。」之主張，並舉李夢陽於詩作中仍有用唐以後之事作典故，位李夢陽此語實為

〔註20〕同註16，頁260。

「英雄欺人之言」。

因此，就朱彝尊之角度來看，朱彝尊認為李夢陽之詩雖不免有模擬之病，然其中亦不乏佳作，這與錢謙益嚴厲指責李夢陽之詩「牽率模擬剽賊於聲句字之間，如嬰兒之學語」〔註21〕有很明顯之不同；而朱彝尊稱李夢陽為振興成化、弘治年間詩壇之領袖人物，對此，錢謙益卻批評李夢陽乃「麤材笨伯，乘運而起，雄霸詞盟，流傳譌種，二百年以來，正始淪亡，榛蕪塞路，先輩讀書種子，從此斷絕。」〔註22〕二人對李夢陽態度之不同，由此可見一斑。〔註23〕

二、何景明

朱彝尊對何景明之評論，主要針對李夢陽與何景明二人之爭論而發，其言：

> 弘、正間，作者倡復古學，同調六七人，李、何實為之長。李以秀朗推何，何麗目李。其後互相牴牾，何誚李「搖骭振鐸」，李誚何「搏沙弄泥」。譬之鍼砭，不中腧穴，徒曉曉耳。兩君皆負才傲物，何稍和易，以是人多附之。薛君采詩云：「俊逸終何大復，麤豪不解李空同。」自此詩出，而抑李申何者，日漸多矣。初唐四子體，今人棄之，若土苴矣。然其音節宛轉，從六朝樂府中來，初學者正不可不知也。默仲〈明月篇〉擬議頗工，未墮惡道。子美詩云：「王楊盧駱當時體，輕薄為文哂未休。爾曹身與名俱滅，不廢江河萬古流。」其論詩之旨若此，然則初唐，亦豈可盡廢乎？〔註24〕

文中，朱彝尊先交代李、何二人由詩壇盟友卻轉為互相攻訐之本末。其次，朱彝尊則從二人之批評言語中，提出自己的看法，其以針灸治病為例，認為李、何二人所爭論的內容皆未能切中要害，各說各話，故終究淪為意氣之爭。由這一點來看，朱彝尊對於李、何所爭論的問題，頗不以為然；但是，朱彝尊又引用薛蕙之詩，除對後人「抑李申何」之原因作一說明外，似乎亦透露出對李、何詩作的看法，故稱許何景明所作之〈明月篇〉，「擬議頗工，未墮惡道」〔註25〕。至於錢謙益對李、何二人之爭論，其謂「仲默初與獻吉創復古學，名成之後，互相詆諆，兩家堅壘，屹不相下。於時，王渼陂倒前徒之戈；俊逸龐浮，薛西原分北軍之祖。則一時軒輊已明。」〔註26〕朱彝尊

〔註21〕（清）錢謙益撰：《列朝詩集小傳》，收於楊家駱主編，《中國學術名著第二輯·中國文學名著第三集·第二十三冊》（臺北：世界書局，1985年），頁311。
〔註22〕同上註，頁312。
〔註23〕關於錢謙益對李夢陽的評論，詳細內容請見本文第肆章。
〔註24〕同註16，頁261。
〔註25〕同註16，頁261。
〔註26〕同註21，頁323。

與錢謙益皆援引薛蕙的說法，以為李、何二人高下之爭，當以何景明為高；然而，錢謙益對何景明之評價亦同於李夢陽，以為「弘正以後，謬繆之學，流為種智，後生面目，僵背不知向方，皆仲默謬論微之質的也。」〔註27〕由此可知，朱彝尊對何景明之評價實高於錢謙益。〔註28〕

三、李攀龍

後七子雖為李攀龍所首倡，然而朱彝尊對李攀龍則頗多批評之語，其言：

> 于鱗樂府，止規字句，而遺其神明。是何異安漢公之〈金縢〉、〈大誥〉，文忠子之續經乎？惟相和短章，稍有足錄者。五言學步蘇、李、曹、劉，如「浮雲從何來，焉知非故鄉」，「來者自為今，去者自為昔」，差具神理，然新警者寡矣。七古五律絕句，要非作家。惟七律人所共推，心摹手追者，王維、李頎也。合而觀之，句重字複，氣斷續而神低離，亦非絕品。元美之峨眉天半雪，至謂「文許先秦上，詩卑正始還」，譽過其實。于鱗乃居之不疑，據白雪樓，高自位置。此時章邱李伯華架插萬卷書，海豐楊伯謙吟精五言體，是宜降心相從，乃敢大言謂：「微吾竟長夜。」豈非妄人。又自詡與元美狎主齊盟，目四溟（謝榛）以縶羈鞭弭左右，四溟豈心服乎？〔註29〕

以上所述，大致可分成三個方面來看：

其一，朱彝尊以為李攀龍樂府詩，多一味侷限於字句上的模擬，無感人之處，有相和短章，稍可觀之。

其二，朱彝尊以為李攀龍之五古、七古、五律、五絕、七律詩作中，僅有七律為人所共同推崇，然而朱彝尊對李攀龍七律之作仍有微詞，以為「合而觀之，句重字複，氣斷續而神低離，亦非絕品。」。

其三，朱彝尊對王世貞稱許李攀龍「文許先秦上，詩卑正始還」，以為言過其實，且對於李攀龍的自矜之詞及其貶抑謝榛的態度亦表示不滿，故稱其為狂妄之人。

就李攀龍之詩作而言，朱彝尊與錢謙益的看法相去不遠，〔註30〕錢謙益認為李攀龍之樂府詩僅改易古樂府之幾字或幾句，又或者只是拿其他樂府之字句冠於自己所作之樂府上；至於其所作之古體詩及近體詩則是一味地講求聲調上的摹仿，以為

〔註27〕同註21，頁323。
〔註28〕關於錢謙益對何景明的評論，詳細內容請見本文第肆章。
〔註29〕同註16，頁381。
〔註30〕關於錢謙益對李攀龍的評論，詳細內容請見本文第肆章。

李攀龍這樣的做法無異「愚人求津劍于已逝」〔註31〕。

四、王世貞

在後七子中，朱彝尊對王世貞頗多讚賞之詞，其云：

> 嘉靖七子中，元美才氣，十倍于鱗。惟病在愛博，筆削千兔，詩裁兩牛，
> 自以為靡所不有，方成大家。一時詩流，皆望其品題，推崇過實，諛言日
> 至，箴規不聞。究之千篇一律，安在其靡所不有也。樂府變，奇奇正正，
> 易陳為新，遠非于鱗生吞活剝者比。七律高華，七絕典麗，亦未遽出于鱗
> 下。當日雖名七子，實則一雄。〔註32〕

評論中，朱彝尊將王世貞與李攀龍作一比較，先說王世貞才氣遠勝李攀龍，但是因
為「愛博」故其詩作往往失之駁雜。接著，具體地從王世貞之樂府、七言詩作來說
王世貞才氣實勝於李攀龍，就樂府言，王世貞能「易陳為新」，雖用他人之句卻可融
為己句之用；若就七律、七絕言，則能得高華、典麗之詩風，因此以為這些作品皆
非李攀龍可以比擬，故推王世貞為後七子之「一雄」。

關於王世貞、李攀龍二人才華高下的問題，錢謙益認為「元美之才，實高於于，
其神明意氣，皆足以絕世。」〔註33〕就這一點來看，朱彝尊、錢謙益皆對王世貞之
才華給予很高之評價，以為王世貞足為當時詩壇之冠冕。朱彝尊以為王世貞詩作失
之駁雜，而錢謙益評論王世貞時，則提到王世貞晚年創作態度的改變，錢謙益以為
王世貞「少年盛氣，為于鱗輩撈籠推輓，門戶既立，聲價復重，譬之登峻陂、騎危
牆，雖欲自下，勢不能也。迨于晚年，閱世日深，讀書漸細，虛氣銷歇，浮華解駁，
於是乎渙然汗下，蘧然夢覺，而自悔其不可復改矣。」〔註34〕由錢謙益的言語中，
可看出錢謙益認為王世貞少年時期由於聲名已立，因此雖自知缺失所在，然而迫於
情勢，故無法有所改變；但隨著年紀的增長，閱歷的豐富及能以更為仔細的態度來
讀書，終能有所悔悟。所以，錢謙益對王世貞並不如其他前、後七子般有許多具有
攻擊性的、貶抑性的字眼。〔註35〕故就朱彝尊與錢謙益對王世貞之評論而言，實同
中有異，異中有同。

五、袁宏道

由上所述，可以看到朱彝尊、錢謙益二人對前、後七子抱持不同態度。探究其

〔註31〕同註21，頁429。
〔註32〕同註16，頁382。
〔註33〕同註21，頁436。
〔註34〕同註21，頁436。
〔註35〕關於錢謙益對王世貞的評論，詳細內容請見本文第肆章。

原因，或可從二人對袁宏道的介紹中得知一、二。錢謙益肯定袁宏道提出「性靈」的詩論主張，進而改變明代模擬剽竊的詩風。〔註36〕關於這一點，朱彝尊亦深表贊同，其謂：

> 傳有言，琴瑟既蔽，必取而更張之，詩文亦然，不容不變也。隆、萬間，王、李之遺派充塞，公安昆弟起而非之，以爲「唐自有古詩，不必選體，中、晚皆有詩，不必初、盛，歐、蘇、陳、黃各有詩，不必唐人。唐時色澤鮮妍，如旦晚脱筆硯者，今詩縱脱筆硯，已是陳言。豈非流自性靈，與出自剽擬，所從來異乎？」一時聞者，渙然神悟，若良藥之解散，而沉痾之體去也。〔註37〕

二人所不同之處，乃在於錢謙益認爲袁宏道之言論乃針對前後七子而發，朱彝尊則以爲袁宏道所攻訐的則是「王、李之遺派」，這也反映了二人對明代文學所盛行模擬剽竊問題源頭的看法，錢謙益認爲這皆歸諸於前後七子所提出之文學主張，朱彝尊則不認爲這全是前後七子的問題，而是七子之末流所造成的結果。

錢謙益批評袁宏道之詩作多鄙俚，對此，朱彝尊雖不認同袁宏道此等詩作，但亦多維護之語，其謂：

> 乃不善學者，取其集中俳諧調笑之語。如〈西湖〉云：「一日湖上行，一日湖上坐。一日湖上住，一日湖上臥。」〈偶見白髮〉云：「無端見白髮，欲哭翻成笑。自喜笑中意，一笑又一跳。」〈嚴陵釣臺〉云：「人言漢梅福，君之妻父也。」此本滑稽之談，類入於狂言，不自以爲詩者。乃錫山華聞修選明詩，從而擊賞歎絕。適何異氣蘇合之香，取蛣蜣之轉邪？予於中郎，盡汰其鄙俚之作，存其稍用意者，對之可以刮目矣。〔註38〕

然而，對於明末詩風多空疏、鄙俚的問題，朱彝尊認爲此乃起於公安矯七子之弊，再加上竟陵變公安之失，才得以愈演愈烈，其於〈胡永叔詩序〉中，曰：

> 自明萬曆以來，公安袁無學兄弟，矯嘉靖七子之弊，意主香山、眉山，降而楊、陸，其辭與志，未有大害也。竟陵鍾氏譚氏，從而甚之，專己空疏淺薄詭譎是尚，便於新學小生採其觚者，不必讀書識字，斯害有不可言者已。〔註39〕

此外，在評論袁宗道之詩時，亦謂：

〔註36〕關於錢謙益對袁宏道的評論，詳細內容請見本文第肆章。
〔註37〕同註16，頁478。
〔註38〕同註16，頁478～479。
〔註39〕同註1，頁481～482。

> 自伯修出，服習香山、眉山之結撰，首以白蘇名齋，既導其源，中郎、小
> 修繼之，益揚其波，由是公安流派盛行。然白、蘇各有神采，顧乃頹波自
> 放，舍其高潔，專尚鄙俚。鍾、譚從而再變，梟音鴃舌，風雅蕩然，泗鼎
> 將沉，魑魅齊見，言作俑者，孰謂非伯修也邪？〔註40〕

明末專尚鄙俚之詩，始作俑者即爲袁宗道之服習白居易、蘇軾之詩。關於這一點，
錢謙益則認爲問題是出在公安末流的不知虛心求學與自我節制，並非公安三袁之過
〔註41〕。

六、鍾惺、譚元春

有關鍾惺、譚元春之詩作，錢謙益多斥責之語，以爲此二人詩作之風格充滿「鬼
趣」、「兵象」，無異於「五行之詩妖」，實乃明代亡國之徵兆。〔註42〕對此，朱彝尊
與錢謙益有相同之看法，其論鍾惺曰：

> 《禮》云：「國家將亡，必有妖孽」。非必日蝕星變，龍漦雞禍也。惟詩有
> 然。萬曆中，公安矯歷下、婁東之弊，倡淺率之調，以爲浮響，造不根之
> 句，以爲奇突，用助詞之語，以爲流轉，著一字，務求之幽晦，構一題，
> 必期於不通。《詩歸》出，而一時紙貴，閩人蔡復一等，既降心以相從，
> 吳人張澤、華淑等，復聞聲而遙應。無不奉一言爲準的，入二豎於膏肓，
> 取名一時，流毒天下，詩亡而國亦隨之矣。〔註43〕

以上評論，大致有兩點：

第一，朱彝尊將竟陵派之詩作視爲亡國之音，以爲其提倡「淺率之調」，造幽晦
之語，詩作呈現衰敗之跡，也象徵著國家將隨之滅亡。

第二，朱彝尊以爲《詩歸》一書的出版無異於「流毒天下」，對於當時詩人如蔡
復一、張澤、華淑等卻爭相仿效深感不以爲然。

之後，朱彝尊又論譚元春：

> 鍾、譚竝起，伯敬揚歷仕塗，湖海之聲氣猶未廣，藉友夏應和，派乃盛行。
> 《詩歸》既出，紙貴一時，正如摩登伽女之淫咒，聞者皆爲所攝，正聲微
> 茫，蚓竅蠅鳴，鏤肝鉥腎，幾欲走入醋甕，遁入蘺絲。充其意不讀一卷書，
> 便可臻於作者。此文恪斥爲亡國之音也。〔註44〕

〔註40〕同註16，頁465。
〔註41〕關於錢謙益對公安末流之評論，詳細內容請見本文第肆章。
〔註42〕關於錢謙益對鍾惺、譚元春之評論，詳細內容請見本文第肆章。
〔註43〕同註16，頁502～503。
〔註44〕同註16，頁563。

朱彝尊指出《詩歸》一書對當時詩風的影響，就如同魔咒一般，能攝世人魂魄，而此時，雅正之聲亦逐漸消逝不復聽聞；且點明竟陵派束書不觀，執己狹陋之意以爲詩的創作態度。

七、程嘉燧

至於錢謙益所大爲推崇的程嘉燧，[註45]朱彝尊則認爲：

> 孟陽格調卑卑，才庸氣弱，近體多於古風，七律多於五律，如此技倆，令三家邨夫子，誦百翻兔園冊，即優爲之，奚必讀書破萬卷乎？蒙叟深懲何、王、李、王流派，乃於明三百年中，特尊之爲詩老。六朝人語云：「欲持荷作柱，荷弱不勝梁。欲持荷作鏡，荷暗本無光。」得毋類是與？[註46]

若眞如錢謙益所言，尊程嘉燧爲明代詩壇之詩老，無異是「持荷作柱」，根本比不上做爲支撐房屋的樑柱，也宛若「持荷作鏡」，沒辦法做爲鏡子看清楚自己的面容。朱彝尊評論程嘉燧之詩時，也提到：

> 虞山錢氏，諡嘉定程孟陽曰：「松圓詩老。」謂「能照見古人心髓，若親炙古人，而得其親授」，歎爲古未有。新安閔景賢輯明布衣詩，推歸安吳允兆爲中興布衣之冠。是皆阿其所好，不顧千秋之公是公非。以余觀二子之作，以政則魯、衛，以風則曹、檜，陳詩者不廢，斯幸矣。[註47]

錢謙益推舉程嘉燧之舉，與閔景賢在輯錄明布衣詩時推吳夢暘爲「中興布衣之冠」，全是出於一己之私心，並非放而皆準之公論。且朱彝尊認爲若眞就嘉定四子之詩文來看的話，其以爲：

> 「嘉定四先生」詩文，要當推叔達（唐時升）第一，長蘅、子柔且遜席，矧孟陽乎？錢氏謂其「放筆而成」，繹其辭，乃追而出者。由其欲伸孟陽，故有意抑之爾。[註48]

李流芳、婁堅都比不上唐時升，更遑論程嘉燧了，因此認爲錢謙益此舉根本是欲伸程嘉燧而刻意貶抑唐時升，言論有欠公允。

不同的時、空環境之下，錢謙益、朱彝尊所面臨的問題亦有所不同，這便造成了二人在論詩之態度與主張方面有所差異，而此一差異也使得朱彝尊對錢謙益所編之《列朝詩集》表示不滿。二人誰對誰錯，並沒有一定的標準答案，由於觀察、分析的角度不同，所得出的評論當然也就不可能完全一樣，而這正是《列朝詩集》與

〔註45〕關於錢謙益對程嘉燧的推崇，詳細內容請見本章第肆章。
〔註46〕同註16，頁544～545。
〔註47〕同註16，頁545。
〔註48〕同註16，頁544。

《明詩綜》之價值所在，因爲透過二人對明代詩歌的關懷與了解，將有助於我們更加認識明代詩歌之發展與演變。另一方面，由二書之比較中，可以發現到不同的文學史家在面對相同的文學人物與文學史料時，往往會因爲自己的思考模式而作出不同的評價與選擇，此亦爲研究文學史之相關命題時，值得加以注意與進一步探討的地方。

第柒章　結　論

　　本論文在正文的部分共有五章，第貳章對錢謙益編纂《列朝詩集》一書作一背景說明，第參章為文學史觀與文學史研究，第肆章則針對錢謙益於《列朝詩集》中所蘊含之文學史觀，作深入的剖析；第伍章將探討錢謙益的文學思想，以了解其文學思想是如何影響其編纂《列朝詩集》時的去取原則與評價標準；第陸章則將《明詩綜》與《列朝詩集》加以比較。以下將就各章節闡釋之後所得結論，逐一統整。

　　在研究錢謙益的文學史觀之前，將先了解「文學史觀」一詞的涵義以及其與文學史研究之間的關係。所謂的「文學史觀」就是文學史家在撰述文學史時選擇史料以及進行評價的標準，這個標準與文學史家個人的學術背景、文學主張有密不可分的關係，文學史家學術背景、文學主張往往在不自覺中會左右文學史家的判斷。今日文學史著作的體裁，乃受到清末西方思潮與教育傳入的影響，在中國古代，亦有類似性質的著作，例如：文苑傳、目錄、選集與詩話等，但是對於文學的概念卻大不相同，中國傳統對文學的看法，傳統的文學不僅只有辭章也涵蓋學術，但是西方思潮所謂的文學指的則是詩歌、散文、戲劇等。因此，在現今對文學史研究的理解基礎上，欲探討錢謙益文學史觀的過程中，不可不注意古今之間的理解落差。

　　在釐清文學史觀與文學史研究之間的關係後，於第參章、第肆章則從《列朝詩集》分析其文學史觀。從錢謙益所勾勒出來的明代文學史或明代詩史的文學圖象中，可以發現錢謙益對於當時文壇之主要影響人物所採取的處理態度，深受文學思想的影響，雖然客觀地描述了他們的名聲與地位，但是，對他們的文學主張則是提出了強烈的抨擊；反觀錢謙益在處理反對當時文壇潮流之人物時，大表肯定之詞，其價值判斷的標準顯而易見；此外，錢謙益也收錄一些可以考見當時史實之詩，以及一些名不見經傳，但是行誼處世有值得表彰之人。總的來看，其價值取向的依據，有以下幾點：

1. 詩要言志。
2. 詩要緣情。
3. 詩要重學。
4. 借詩以存史。
5. 借詩以存人。

第伍章則進一步探究錢謙益的文學思想。受到家學淵源的影響，錢謙益對於經史之學十分有興趣，這一點亦可從《初學集》、《有學集》中看出端倪。至於詩文方面，少年時期的錢謙益取法於當時的文壇盟主——李夢陽、王世貞，直到結識了嘉定四子之一的李流芳，得以聽聞歸有光之學說，以及受到湯顯祖的影響，始反省其過往之所學，因此其文學思想乃幡然改轍。鑒於明代詩學之各家主張，各有其優劣所在，錢謙益則提出了自己的看法，其以為創作詩文的三個條件，就是靈心、世運、學問。所謂「靈心」指的便是詩人的性情，錢謙益認為詩的本質是抒情，所以有靈心才有所謂真詩的存在；除強調詩人的性情外，錢謙益也申明詩人創作的動力來源之一——世運，即個人所處之境遇，往往是與國家興亡有緊密之關係，這也就是所謂「詩窮而後工」的道理。詩人的性情是詩人與生俱來的，至於詩人的境遇則端賴外在環境的變化，若希望藉由個人的力量來加以扭轉，實在是不太可能的一件事，自己能操縱、掌握的便是學問的積累了，因此，錢謙益特別指出學問的重要性，強調詩文創作必須要以學問作為基礎。若考察錢謙益何以提出這三個條件的原因，實是針對明代詩學弊病所做出的批判與解決之道，從其著作中可以發現錢謙益所指責的對象主要集中在高棅、李夢陽、王世貞、鍾惺以及譚元春等人，此輩問題之癥結，可分為兩個層面來看，其一，是「學古而贗者」；其二，則是「師心而妄者」。由以上分析來看，文學史家的學術背景與文學主張，實會在其撰述文學史著作時，左右文學史家選擇史料以及進行評價的判斷。

最後，由於朱彝尊不滿《列朝詩集》的編選，認為錢謙益有所疏漏，評價亦不夠公允，故起而輯有《明詩綜》。透過兩書所提供的不同角度，將有助於我們認識明代文學的發展狀況。

因此，錢謙益的《列朝詩集》在文學史研究的歷程中，實占有舉足輕重的地位，不可忽視之；此書也使我們了解到中國古代有今日所謂文學史性質的著作，古今實有可以互相參照的地方，進而擴大我們研究文學史的視野與角度。

參考書目

說　明：

一、本文參考、徵引之書目，依性質相近者加以臚列。排列順序爲書名、作者、出版地、出版社、出版年月。

二、出版年一律換算爲西元紀年，以清眉目。

三、本文之參考書目共分爲古典文獻、現代專著、學位論文、單篇論文四大部分。

四、古典文獻依據四庫全書分爲經、史、子、集四部，並以時代先後排列。

五、現代專著中屬於對古典文獻之箋注者，亦附於古典文獻。

六、現代專著依作者筆劃多寡排列。

七、單篇論文依作者筆劃多寡排列，如作者已將其收錄出版成書者，則入於現代專著，不再另列。

八、學位論文依時間先後排列。

壹、古典文獻

1. 《十三經注疏》（臺北：藝文印書館，1997 年）。
2. 《尚書大傳》，漢·伏勝撰，鄭玄註，清·孫之騄輯（臺北：臺灣商務印書館，1983 年）。
3. 《尚書正義》，漢·孔安國傳，唐·孔穎達等正義（臺北：藝文印書館，1960 年）。
4. 《說文解字》，漢·許慎撰（臺北：黎明文化事業股份有限公司，1986 年）。
5. 《孟子》，宋·朱熹集註（臺北：啓明書局，1952 年）。
6. 《中庸》，宋·朱熹集註（臺北：啓明書局，1952 年）。

7. 《漢書》，漢・班固撰（臺北：宏業書局有限公司，1996 年）。

8. 《東林始末》，明・蔣平階撰（臺北：明文書局，1991 年）。

9. 《皇明三元考》，明・張弘道、張凝道同輯（臺北：明文書局，1991 年）。

10. 《明史》，清・張廷玉（臺北：臺灣中華書局，1965 年）。

11. 《明通鑑》，清・夏燮撰（上海：古籍出版社，1998 年）。

12. 《東林列傳》，清・陳鼎輯（臺北：明文書局，1991 年）。

13. 《清史列傳》（臺北：中華書局，1962 年）。

14. 《清史稿校註》（臺北：國史館，1986 年）。

15. 《清代七百名人傳》，蔡冠洛編纂（臺北：明文書局，1991 年）。

16. 《今世說》，清・王晫撰（臺北：明文書局，1991 年）。

17. 《皇清書史》，李放纂輯（臺北：明文書局，1991 年）。

18. 《東林黨籍考》，李棪（臺北：明文書局，1991 年）。

19. 《新世說》，易宗夔述（臺北：明文書局，1991 年）。

20. 《碑傳集補》，閔爾昌纂錄（臺北：明文書局，1991 年）。

21. 《錢牧齋（謙益）先生尺牘》，清・錢謙益撰（臺北：文海出版社，1966 年）。

22. 《錢牧齋（謙益）先生遺事及年譜》，虞山丁氏鈔藏（臺北：文海出版社，1966 年）。

23. 《思舊錄》，清・黃宗羲（臺北：明文書局，1991 年）。

24. 《漁洋山人感舊集》，清・王士禛撰，盧見補傳（臺北：明文書局，1991 年）。

25. 《東林書院志》，清・高崟（上海：古籍出版社，1995 年）。

26. 《歷代詩話續編》，丁仲祐（臺北：藝文印書館，1959 年）。

27. 《歸震川集》，明・歸有光（臺北：世界書局，1960 年）。

28. 《湯顯祖集》，明・湯顯祖（臺北：洪氏出版社，1975 年）。

29. 《袁中郎全集》，明・袁宏道（臺北：偉文圖書出版有限公司，1976 年）。

30. 《白蘇齋類稿》，明・袁宗道（臺北：偉文圖書出版有限公司，1976 年）。

31. 《珂雪齋集》，明・袁中道（上海：古籍出版社，1989 年）。

32. 《隱秀軒集》，明・鍾惺（上海：古籍出版社，1992 年）。

33. 《錢牧齋全集》，清・錢謙益著（上海：古籍出版社，2003 年）。

34. 《歸莊集》，清・歸莊（上海：古籍出版社，1982 年）。

35. 《己畦集》，清・葉燮（臺南：莊嚴文化事業有限公司，1997 年）。

36. 《晚晴簃詩匯》，清・徐世昌（北京：中國書局，1989 年）。

37. 《梅村家藏稿》，清・吳偉業（臺北：臺灣學生書局，1975 年）。

38. 《曝書亭集》，清・朱彝尊（臺北：世界書局，1964 年）。

39. 《昭明文選》，梁・蕭統撰，唐・李善注（臺北：河洛出版社，1975 年）。

40. 《中州集》，金・元好問編（臺北：臺灣商務印書館，1973 年）。

41. 《列朝詩集》，清・錢謙益輯（上海：三聯書店，1989 年）。

42. 《列朝詩集小傳》，清・錢謙益撰（臺北：世界書局，1985 年）。

43. 《明詩綜》，清・朱彞尊編（臺北：世界書局，1962 年）。

44. 《滄浪詩話校釋》，宋・嚴羽著，郭紹虞校釋（臺北：里仁書局，1987 年）。

45. 《靜志居詩話》，清・朱尊（北京：人民文學出版社，1998 年）。

46. 《劍谿說詩》，清，喬億（上海：古籍出版社，1983 年）。

47. 《清詩紀事初編》，鄧之誠（臺北：明文書局，1991 年）。

48. 《欽定四庫全書總目》（整理本），四庫全書研究所整理（北京：中華書局，1997 年）。

貳、現代專著

1. 《元明清詩歌批評史》，丁放、朱欣欣（安徽：大學出版社，1995 年）。

2. 《中國文學批評》，方孝岳（臺北：莊嚴出版社，1981 年）。

3. 《中國文學史初稿》，王忠林等（臺北：石門圖書公司，1978 年）。

4. 《清代學術探研錄》，王俊義（北京：中國社會科學研究院，2002 年）。

5. 《中國文學批評通史》，王運熙、顧易生主編（上海：古籍出版社，1995 年）。

6. 《文學史新方法論》，王鍾陵（江蘇：蘇州大學出版社，1993 年）。

7. 《王鍾翰學術論著自選集》，王鍾翰（北京：中央民族大學出版社，1999 年）。

8. 《元明詩概說》，吉川幸次郎著，鄭清茂譯（臺北：幼獅文化事業公司，1986 年）。

9. 《中國文學批評家與文學批評》，朱東潤（臺北：臺灣學生書局，1971 年）。

10. 《中國文學批評史大綱》，朱東潤（臺北：臺灣開明書局，1960 年）。

11. 《中國文學論集》，朱東潤（北京：中華書局，1983 年）。

12. 《常熟文史論稿》，何振球（南京：大學出版社）。

13. 《明清文學史》（明代卷），吳志達（湖北：武漢大學出版社，1994 年）。

14. 《明文學史》，宋佩韋（上海：上海書局，1996 年）。

15. 《明清檔案論文集》，李光濤（臺北：聯經出版事業公司，1986 年）。

16. 《滄浪詩話的詩歌理論研究》，李銳清（香港：中文大學出版社，1992 年）。

17. 《史學方法論》，杜維運（臺北：三民書局，1979 年）。

18. 《清代史學與史家》，杜維運（臺北：東大圖書股份有限公司，1984 年）。

19. 《錢牧齋吳梅村研究論文集》，周法高（臺北：國立編譯館，1995 年）。

20. 《明清詩歌史論》，周偉民（吉林：教育出社，1995 年）。

21. 《清初虞山詩派詩論》，胡幼峰（臺北：國立編譯館，1994 年）。

22. 《中國文化彙編》，范曾植（臺北：古亭書屋，1986 年）。

23. 《錢謙益與明末清初文學》，孫之梅（山東：齊魯書社，1996 年）。

24. 《中國文學理論批評發展史》，張少康、劉三富（北京：大學出版社，1995 年）。

25. 《明清文學批評》，張健（臺北：國家出版社，1983 年）。

26. 《中國文學理論批評史》，敏澤（吉林：教育出版社，1993 年）。

27. 《中國近三百年學術史》，梁啓超（臺北：里仁書局，1995 年）。

28. 《照隅室古典文學論集》，郭紹虞（臺北：丹青圖書股份有限公司，1985 年）。

29. 《中國文學批評史》，郭紹虞（臺北：明倫出版社，1970 年）。

30. 《中國文學史書目提要》，陳玉堂（安徽：黃山書社，1986 年）。

31. 《中國詩學批評史》，陳良運（江西：人民出版社，2001 年）。

32. 《鏡花水月——文學理論批評論集》，陳國球（臺北：東大圖書股份有限公司，1987 年）。

33. 《柳如是別傳》，陳寅恪（臺北：里仁書局，1981 年）。

34. 《陸侃如文學論集》，陸侃如（上海：古籍出版社，1987 年）。

35. 《文學史哲學》，陳東風（河南：人民出版社，1994 年）。

36. 《竟陵派與晚明文學革新思潮》，竟陵派文學研究會編（湖北：武漢大學出版社，1987 年）。

37. 《歷史的再思考》，凱斯・詹京斯著、賈士蘅譯（臺北：麥田出版，1996 年）。

38. 《中國文學史》，游國恩等（北京：人民出版社，1991 年）。

39. 《中國哲學史》，馮友蘭（臺北：臺灣商務印書館，1993 年）。

40. 《中國文學史書目提要》，黃文吉（臺北：萬卷樓圖書有限公司，1996 年）。

41. 《中國文學理論史》，黃保真等（臺北：洪業文化事業有限公司，1994 年）。

42. 《近代文學批評史》，黃霖（上海：古籍出版社，1993 年）。

43. 《清儒學案新編》，楊向奎（山東：齊魯書社，1985 年）。

44. 《中國文學評論史編寫問題論析：晚明至盛清詩論之考察》，楊松年（臺北：文史哲出版社，1962 年）。

45. 《中國古典文學學術史研究》，董乃斌等編（新疆：人民出版社，1977 年）。

46. 《四海宗盟五十年：錢謙益傳》，裴世俊（北京：東方出版社，2001 年）。

47. 《錢謙益古文首探》，裴世俊（濟南：齊魯書社，1996 年）。

48. 《錢謙益詩歌研究》，裴世俊（銀川：寧夏人民出版社，1991 年）。

49. 《中國明代文學史》，趙景雲（北京：人民出版社，1994 年）。

50. 《清詩流派史》，劉世南（臺北：文津出版社，1995 年）。

51. 《錢謙益之生平與著述》，蔡營源（苗栗：芙蓉書局）。

52. 《中國古代文學批評史》，蔡鎮楚（湖南：岳麓書社，1999 年）。

53. 《明代文學》，錢基博（臺北：臺灣商務印書館，1933 年）。

54. 《中國學術思想史論叢》，錢穆（臺北：素書樓文教基金會，2000 年）。

55. 《清代詩歌發展史》，霍有民（臺北：文津出版社，1994 年）。

56. 《清代詩文與士人交遊考》，謝正光（南京：南京大學出版社，2001 年）。

57. 《隋唐五代文學思想史》，羅宗強（北京：中華書局，1999 年）。

58. 《東澗遺老錢公別傳》，顧苓（北京：北京圖書館，1999 年）。

59. 《文學批評的視野》，龔鵬程（臺北：大安出版社，1990 年）。

60. 《詩史本色與妙悟》，龔鵬程（臺北：臺灣學生書局，1986 年）。

參、學位論文

1. 《泰州學派對晚明文學風氣的影響》，周志文（臺灣大學中國文學研究所碩士論文 1975 年）。

2. 《錢謙益文學評論研究》（韓）李炳鎬（臺灣大學中國文學研究所碩士論文 1981 年）。

3. 《錢牧齋及其文學》，廖美玉（臺灣大學中國文學研究所碩士論文 1983 年）。

4. 《錢謙益史學研究》，楊晉龍（高雄師範大學國文學研究所碩士論文 1989 年）。

5. 《錢謙益藏書研究》，簡秀娟（臺灣大學圖書資訊研究所碩士論文 1989 年）。

6. 《錢謙益與明末清初的佛教》，連瑞枝（清華大學歷史研究所碩士論文 1993 年）。

7. 《錢牧齋詩學觀念之反省——以《列朝詩集小傳》為探究中心》，范宜如（臺灣大學國文研究所碩士論文 1993 年）。

8. 《唐初史官文學思想及其形成》，曾守正（臺灣大學國文研究所碩士論文 1994 年）。

9. 《清代前詩歌創作論及其實踐研究》，陳明鎬（東吳大學中國文學研究所碩士論文 1999 年）。

10. 《明代詩學精神與神韻傳統》，黃如焄（中正大學中國文學研究所博士論文 2000 年）。

11. 《明代中期吳中文壇研究——一個地域文學的考察》，范宜如（臺灣師範大學國文研究所博士論文 2001 年）。

12. 《崑山歸有光研究——明代地方型文人的初步考察》（臺灣師範大學國文研究所碩士論文 2001 年）。

13. 《朱彝尊《明詩綜》之詩觀研究》，陳靜瑩（輔仁大學中國文學研究所碩士論文 2001 年）。

14. 《錢曾《牧齋詩註》之史事考察》，劉福田（東海大學中國文學研究所博士論文 2001 年）。

15. 《清代宋詩運動研究》，吳文雄（中國文化大學中國文學研究所博士論文 2002 年）。

肆、單篇論文

1. 〈錢謙益的文學本質論〉（韓）朴璟蘭（《復旦學報》（社會科學版）第 4 期 2001 年。

2. 〈論錢謙益和“東林”的關係〉（韓）姜正萬（《寧夏大學學報》（社會科學版）第 16 卷第 3 期 1994 年。

3. 〈「詩言志」──中國文學思想的最早綱領〉，王文生（《中國文哲研究集刊》第 3 期 1993 年 3 月。

4. 〈錢謙益與公安派關係簡論〉，王承丹（《蘇州大學學報》（哲學社會科學版），第 2 期 1998 年。

5. 〈論錢謙益對明末清初學術演變的推動、影響及其評價〉，王俊義（《中國社會科學院研究生院學報》第 2 期 1996 年。

6. 〈錢謙益山水詩初探〉，王英志（《南京大學大學學報》（哲學・人文・社會科學）第 1 期 1997 年。

7. 〈《列朝詩集》述要〉，王琳、孫之梅（《山東師大學報》（社會科學版）第 5 期 1995 年。

8. 〈論錢謙益性格的文化內涵〉，任火（《河北師範大學學報》（社會科學版）第 20 卷第 3 期 1997 年 7 月。

9. 〈對立互補，趨於融通──《列朝詩集小傳》、《靜志居詩話》對讀三則〉，同林、利民（《南通師專學報》（社會科學版）1996 年 3 月 12 卷第 1 期。

10. 〈文學史研究中的“史識”問題〉，朱志榮（《江海學刊》2001 年第 5 期。

11. 〈錢謙益《國初群雄事略》撰作經過與成書年代推考〉，朱鴻林（《明清史集刊》第 1 卷 1985 年。

12. 〈錢謙益詩論初探〉，吳宏一（《中外文學》第 5 卷第 6 期 1976 年 11 月。

13. 〈論謠讖與詩讖〉，吳承學（《文學評論》1996 年 2 期。

14. 〈20 世紀的中國文學史研究〉，宋文濤（《江海學刊》2001 年第 4 期。

15. 〈論錢謙益與朱彝尊詩學觀的異同〉，李世英（《北方工業大學學報》第 8 卷第 2 期 1996 年 6 月。

16. 〈儒家詩教的重塑──錢謙益詩學理論散論〉，汪泓（《江西師範大學學報》（哲學社會科學版）第 29 卷第 2 期 1996 年 5 月。

17. 〈罕見的錢謙益遺著及其他清季善本詩文集〉，汪玨（《國立中央圖書館館刊》第 25 卷第 2 期 1992 年 12 月。

18. 〈略論明清之際文人悼亡情緒的文化史內涵〉，周月亮、李新梅（《學術界》第 4 期 2002 年。

19. 〈元遺山對金源史學的貢獻〉，孟繁舉（《中華文化復興月刊》第 22 卷第 9 期 1989 年 9 月。

20. 〈試論吳偉業的文學思想及其淵源〉，林啓柱（《重慶師院學報》（哲學社會版）第 3 期 1996 年。

21. 〈金元之際元好問對於保全中原傳統文化的貢獻（一）〉，姚從吾（《中原文獻》第 13 卷第 6 期 1981 年 6 月。

22. 〈金元之際元好問對於保全中原傳統文化的貢獻（二）〉，姚從吾（《中原文獻》第 13 卷第 7 期 1981 年 7 月。

23. 〈錢牧齋新傳〉，柳作梅（《圖書館學報》第 2 期 1960 年 7 月。

24. 〈朱鶴齡與錢謙益之交誼及注杜之爭〉，柳作梅（《東海學報》第 10 卷第 1 期 1969 年 1 月。

25. 〈清代之禁書與牧齋著作〉，柳作梅（《圖書館學報》第 4 期 1961 年 7 月。

26. 〈王士禎與錢謙益之詩論〉，柳作梅（《書目季刊》第 2 卷第 3 期 1968 年 3 月。

27. 〈錢謙益的「〈弇州晚年定論〉說質疑」〉，胡幼峰（《中外文學》第 21 卷第 1 期 1992 年 6 月。

28. 〈王士禎詩觀「三變」與錢謙益的關係〉，胡幼峰（《輔仁國文學報》第 10 期 1994 年 4 月。

29. 〈錢謙益詩論平議〉，胡明（《社會科學戰線》，第 2 期 1984 年。

30. 〈《中州集》的編纂過程和編纂體例〉，胡傳志（《山西大學學報》（哲學社會科學版）第 2 期 1994 年。

31. 〈《中州集》的文化意義再評價〉，胡傳志（《晉陽學刊》第 2 期 1994 年。

32. 〈《中州集》的流傳和影響〉，胡傳志（《文學遺產》第 3 期 1994 年。

33. 〈《列朝詩集小傳》中的吳中文壇圖象〉，范宜如（《師大國文學報》第 2 期 1999 年。

34. 〈錢謙益的“香觀”“望氣”說〉，孫之梅（《中國韻文學刊》第 1 期 1994 年）。

35. 〈靈心、世運、學問——錢謙益的詩學綱領〉，孫之梅（《山東大學學報》（哲學社會科學版）第 2 期 1996 年。

36. 〈鬼趣，兵象——錢謙益論竟陵派〉，孫之梅（《內蒙古師大學報》（哲學社會科學版）第 1 期 1997 年。

37. 〈錢謙益的佛學思想〉，孫之梅、王琳（《佛學研究》1996 年。

38. 〈錢謙益著述被禁考〉，徐緒典（《史學年報》第 3 卷第 2 期 1940 年 12 月。

39. 〈錢謙益藏書特點評析〉，袁丹（《圖書館雜誌》（大陸）第 12 期 2001 年。

40. 〈《中州集》的史料價值〉，高人雄（《檔案》第 5 期 1997 年。

41. 〈論陳名夏與錢謙益之交往〉，張升（《江海學刊》第 4 期 1998 年。

42. 〈錢謙益史學思想評述〉，張永貴、黎建軍（《史學月刊》第 2 期 2000 年。

43. 〈錢謙益的詩學理論〉，張連第（《聊城師範學院學報》（哲學社會科學版）第 2 期 1998 年。

44. 〈文學史：延續與斷裂的雙重構造〉，張榮翼（《中國古代、近代文學研究》1996 年 5 期。

45. 〈清高宗禁燬錢謙益著述考〉，莊吉發（《大陸雜誌》第 47 卷第 5 期。

46. 〈歸莊與錢謙益〉，陳公望（《求是學刊》第 3 期 2000 年 5 月。

47. 〈從清季宋詩運動探尋中國古典詩學特徵〉，陳方（《中山大學學報》（社會科學版）第 1 期 1997 年）。

48. 〈中國古典詩歌創作上之詩識觀〉，陳明鎬（《東吳中文研究集刊》第 6 期 1999 年 5 月。

49. 〈錢謙益和經學〉，斐世俊（《蘇州大學學報》（哲學社會科學版）第 1 期 1997 年。

50. 〈孔孟說詩活動中的言志思想〉，曾守正（《鵝湖月刊》第 25 卷第 6 期 1999 年 12 月。

51. 〈朱彝尊的詩文理論〉，曾聖益（《中國文化月刊》195，1996 年 1 月。

52. 〈文學史的理性與實踐〉，楊洪承（《江海學刊》2001 年第 3 期。

53. 〈論文學史範型的新變──兼評傅璇琮主編的《唐五代文學編年史》〉，董乃斌（《文學遺產》2000 年第 5 期。

54. 〈元好問編選《中州集》的宗旨〉，詹杭倫（《四川師範大學學報》第 1 期 1992 年）。

55. 〈錢謙益的政治生涯及其成敗〉，賈艷敏、李可亭（《黃淮學刊》（哲學社會科學版）第 14 卷第 1 期 1998 年 3 月。

56. 〈錢謙益的著作、人品和詩學〉，雷宜遜（《中國韻文學刊》第 2 期 1998 年。

57. 〈清初「唐宋詩之爭」初探〉，廖淑慧（《文藻學報》第 5 期 2001 年 3 月。

58. 〈論黃宗羲和錢謙益的關係〉，裴世俊（《寧夏社會科學》第 3 期 1992 年。

59. 〈錢謙益和經學〉，裴世俊（《蘇州大學學報》（哲學社會科學版）第 1 期 1997 年。

60. 〈論清初詩壇的虞山派〉，趙永紀（《文學遺產》第 4 期 1986 年。

61. 〈錢謙益學術思想初論〉，趙剛（《清史研究集》第 7 輯，1990 年 10 月。

62. 〈顧亭林與錢牧齋〉，趙儷生（《晉陽學刊》第 1 期 1987 年。

63. 〈論錢謙益對明代文學的評價和總結〉，劉守安、張玉璞（《學習與探索》第 3 期 1997 年。

64. 〈論錢謙益的"文化遺民"心態〉，劉振華（《東南文化》第 11 期 2000 年。

65. 〈讀錢牧齋投筆集〉，潘重規（《史學年報》第 3 卷第 2 期 1940 年 12 月。

66. 〈論選集在文學批評上的價值──以錢謙益《列朝詩集》與朱彝尊《明詩綜》

爲例〉，鄭世芸（《受業集》第 2 期 2001 年 8 月。

67. 〈文學・文學史・中國文學史〉，戴燕（《文學遺產》1996 年第 6 期。

68. 〈中國文學史的早期寫作〉，戴燕（《中國典籍與文化》1998 年第 2 期。

69. 〈怎樣寫中國文學史——本世紀初文學史學的一個回顧〉，戴燕（《文學遺產》1997 年第 1 期。

70. 〈中國文學史：一個歷史主義的神話〉，戴燕（《文學評論》1998 年第 5 期。

71. 〈文科教學與“中國文學史”〉，戴燕（《文學遺產》2000 年第 2 期。

72. 〈錢謙益《讀杜小箋、二箋》評議〉，簡恩定（《空大人文學報》第 5 期 1996 年 5 月。

73. 〈錢謙益與唐宋兼宗的祁向與清代詩風新變〉，羅時進（《杭州師範學院學報》（人文社會科學版）第 6 期 2001 年 11 月。

74. 〈「東澗寫校李商隱詩集」校記〉，龔鵬程（《書目季刊》第 20 卷第 2 期，1986 年 9 月。